갈라파고스 수용소

■ 사이비 종교의 범죄 행각과 그를 비호하는 자들의 실체 ■

갈라파고스 수용소

초판 인쇄 2014년 6월 11일
초판 발행 2014년 6월 17일
2판 1쇄　2020년 7월 20일
지은이 허병주
펴낸이 허병주
펴낸곳　Director
등록번호 제 25100-2020-000046 호
출판등록 2005-153(2005년 9월 8일)
주소(지사) 경기도 부천시 소사본동 78번지 211호
전화 010)3232-4770
팩스 032)349-2255

ISBN | 979-11-971052-0-3
값 15,000 원

© 영적지도자「Director」, 2020 (Printed in Korea)
이 책의 판권은 본사에 있습니다.
본사의 허락 없이 이 책의 복사, 일부 무단전제, 전자책 제작 유통 등 저작권 침해 행위는 금지됩니다.

사이비 종교의 범죄 행각과 그를 비호하는 자들의 실체

갈라파고스 수용소

허병주 지음

Director

프롤로그

그의 집 뒤편에는 명당에 자리 잡고 있는 무덤이 있다. 그 무덤가에서 바라보면 모래섬이 보인다. 모래섬은 보였다 사라지기도 한다. 언젠가 그 섬이 송두리째 사라진 적이 있다. 굉음과 함께 포클레인, 중장비들이 그 섬의 모래와 자갈들을 트럭에 실어 도시로 날랐다. 그리고 그 섬은 사라졌다.

많은 세월이 지난 후 그는 그 집에 갔다. 창가에 바람이 스치고 산꽃향기가 코를 스치면서 그 강 가운데 그 섬은 다시 솟아나 있었다. 그 섬은 나타났다 사라지기를 계속 되풀이 하고 있을 것이다. 그가 그 섬에 갔을 때 달맞이꽃이 흐드러지게 피어있었다. 물새들이 둥지를 달맞이꽃 그늘에 틀고 있었다.

언젠가는 그 곳에도 많은 사람들이 천막을 치고 거주했다. 한 사나이를 따라서 많은 사람들이 몰려왔었다. 그 사나이가 사라진 후 그 사람들도 섬도, 그 사나이를 따라 사라졌다. 세월이 지나면 또다시 그 섬은 솟아오를 것이다.

홍수가 지나면 모래섬은 다시 솟아오른다. 언젠가는 고라니 한 마리가 그 모래섬을 떠돌고 있었다. 그러다 사라졌다.

그는 그 섬에 가기 위해 헤엄을 쳐서 강을 건넌 적이 있다. 강물 한가운데에는 물 산맥이 있다. 물 산맥 정상을 넘어야 강을 건널 수 있다. 여러 번 물 산맥의 봉우리를 넘지 못하고 그는 다시 돌아와야 했지만 물 산맥을 넘어 모래섬으로 간 적이 있었다. 그곳에는 개미도 없었고 모기도 없

없다. 다만 종종 날아온 풀씨들만 얕은 뿌리를 모래 속에 내렸다가 강렬한 햇빛에 타죽기도 했다. 그 곳은 사막이었다.

그 섬을 바라보는 마을은 짙은 안개가 덮여 있다. 깊은 강 속에서 피어오른 안개는 그 마을 곳곳에 스며들어 자리 잡고 있었다. 추운 겨울에도 물 속 깊은 곳에서 안개는 피어오른다.

▪ 이 책을 소개하는 말 ▪

저에게는 살아서 꼭 하고 싶은 이야기들이 있습니다.

저는 현직 목사로서 사이비이단의 불법행위를 고발합니다. 수많은 사람들의 재산을 빨아들여 자기들만 호의호식(好衣好食)하면서 기망행위(欺罔行爲)를 한 사이비 종교 교주의 패륜(悖倫) 행태를 고발할 것입니다.

사이비 종교 교주의 '황금성'에는 말세에 구원을 받으려고 사람들이 몰려들었습니다. 노아의 방주로 착각한 이들이 많았습니다.
그러나 '황금성'은 곧 '수용소'가 되어 버렸습니다. '황금성'에서 일어났던 많은 범죄들은 모두 묵살되었습니다. 범죄를 덮어주는 이들과 '황금성'과의 관계는 누구도 알 수 없었습니다. 종교라는 이름아래 '황금성'은 치외법권(治外法權) 지대가 된 지 오래입니다. '황금성'의 피해자들은 언론사에 억울함을 호소하였지만 기사는 한 줄도 나가지 않았습니다. 이런 '황금성'은 여러분들의 곁에 있습니다.
피해자는 사랑하는 가족이 될 수도, 혹은 자신이 될 수도, 여러분의 이웃이 될 수도 있습니다.

모든 사이비이단의 폐해는 공통분모를 갖고 있습니다. 어느 한 이단만이 갖는 행태가 아닙니다. 사이비이단 교주는 삼대까지 세습되지 않는 것이 사이비이단의 공통분모입니다.
지금 기독교계는 가짜 교회로 몸살을 앓고 있습니다. 흔히 이단이니 사이비니 해서 거론되는 교회들이 바로 그것입니다.

사이비 종교는 한 사람이라도 더 끌어들이려고 발버둥을 칩니다. 자신들이 '진짜'라며 거짓으로 건전한 신도들의 영혼을 좀먹게 만듭니다. 그러다 사이비 종교에 빠지면 가정이 파탄 나고 재산은 모두 사이비 종교 속으로 사라져버립니다.

우리가 사이비종교의 마수(魔手)에 빠지지 않으려면 아예 그곳에 가지 않는 것이 가장 좋은 방법입니다. 그러나 정통교회(正統敎會)의 탈을 쓰고 있는 사이비이단종교(似而非異端宗敎)와 정통 교회를 분간하기란 참으로 어렵습니다.

이단교회의 가장 큰 거짓말은 '나는 메시아다', '나는 하나님이다', '나를 거쳐야 구원을 받는다', '모든 재산을 헌납해야 하늘나라에 간다', '부모도, 가족도, 친구도 모두 버려야 구원을 받는다', '예수는 가짜다', '(정확한 일자를 말하며) 그 때가 종말이다', '나는 계시를 받았다'등을 주장하는 것입니다. 그런 주장을 한다면 그것은 이단교회라고 보면 틀림없습니다.

이 책을 구매하시는 모든 분들에게 사이비 이단종교와 정통교회를 분별할 수 있는 간단한 핵심원리를 담고 있는 소책자를 증정합니다. 우리는 이제 옥석(玉石)을 구분할 수 있는 혜안(慧眼)을 가져야 합니다.

이 소설에 나오는 주인공들은 어떤 한 사이비종교 교주 혹은 신도를 지칭하는 것이 아닙니다. 이 땅에 존재했거나 현재 존재하고 있거나 앞으로 존재할 이단의 사기꾼들을 가리킵니다. 그들의 사고방식과 행동방식은

이 책의 주인공과 거의 유사하다고 보면 착오를 일으키는 일은 없을 것입니다. 이런 자들은 계속 출연했다가 사라지는 일을 되풀이할 것입니다.

■ 제목 설명 ■

갈라파고스는 에콰도르령(領) 남아메리카 동태평양의 고립된 19개 섬들로 이루어진 섬으로 생물들의 종(種)은 다양하고 독특하지만 오랫동안의 고립으로 멸종위기에 몰리고 있다. 여기서 찰스 다윈은 진화론을 생각해 냈다.

그러나 이 책에서 말하는 갈라파고스란 외부와 소통을 거부하는 단절된 상징적 공간을 의미한다.

■ 이 책을 구입하시는 분들에게 ■

우리 시선은 저 남쪽 바다로 쏠려 있습니다. 차디찬 바닷물 속에서 어머니를 부르면서 스러져간 어린 영혼들을 생각하면 가슴이 아픕니다. 그 슬픔이 너무 커서 우리는 아무것도 할 수 없습니다. 벌써 7년이 흘렀던 이야기입니다. 이제 또다시 코로나로 슬픔을 우리는 맞이하고 있습니다.

이 사건에는 종교가 자리 잡고 있습니다.

이 책에는 사이비 종교의 불법성과 인간성 말살, 돈만을 추구하는 모든 범죄가 망라되어 있습니다. 사이비종교는 우리의 영혼을 갉아먹고 건강한 공동체를 파괴합니다. 더 나아가 사후에까지 그 피해를 남깁니다. 여러분 주변에 단 한 명이라도 사이비종교의 피해자가 있다면 이 책을 꼭 읽어 보시길 추천합니다.

· 추천사 ·

『갈라파고스 수용소』:
사이비종교의 추태와 행악, 그 고발적인 증언

조신권
(시인 / 문학평론가 / 총신대 초빙교수 / 연세대 명예교수)

　다산 정약용은 오늘날 조선 후기 최고의 사상가로 평가됩니다. 경학(經學)과 경세학(經世學)에서 그 누구도 따라올 수 없을 만큼 빛나는 저술들을 남겼고, 짧지만 출세를 통해 뛰어난 재능을 실천한 바도 있습니다. 추사 김정희, 정인보 등 후대의 학자들도 다산을 최고의 학자로 평하는 데 주저하지 않았습니다. 하지만 유배생활 이후 별세할 때까지 삶의 긴 기간 그에게는 괴롭고 어려운 일들이 더 많았습니다. 그런 내면의 체험을 담아 유배지에서 가족들과 제자, 그리고 지기들에게 편지를 써 보냈는데, 우리는 이 편지들을 통해 인간 정약용의 고통과 역경을 견디며 극복하는 적극적인 자세, 가족과 제자들을 돌보는 진솔한 내면을 읽어볼 수 있습니다.
　다산 정약용은 유배지에서 보낸 편지에서 "진실한 시(글)를 짓(쓰)는데 힘쓰라"고 가족과 자식들에게 말한 후, 이어서 "임금을 사랑하고 나라를 근심하고, 시대를 아파하고 세속을 분개하며, 아름다운 것을 아름답다고 하고 미운 것을 밉다 하고 선을 권장하고 악을 징계하는 뜻이 담기지 않은 내용의 시(글)는 시(글)라고 할 수 없다"라 덧 부쳤습니다. 이른 바 다산의 시론이라 할 수 있습니다. 이 글에서 '시'를 '글'로 바꾸면 '진실한 글을 쓰라'는 작품론이라고도 할 수 있습니다. 진실한 글이 아니면 글이 아니라는 것입니다.

  나도 뼈 속 깊이까지 공감하게 되는 경세철학(經世哲學)입니다. 나는 오늘 부천 소신교회 담임목사이신 허병주 목사님이 쓰신 소설 『갈라파고스 수용소』에 붙이는 추천사를 써달라는 부탁을 받고 나가 그 책을 받아가지고 집으로 돌아왔습니다. 이 책은 352페이지에 달하는 장편 소설 형식으로 써진 사이비종교의 본원지인 황금성 교주 김영일과 그 추종자들의 추태와 비리와 행악, 그리고 그 비호세력들의 금품거래와 먹이사슬로 얽힌 검은 범죄들을 소설적 미학으로 충실하게 묘사한 증언이요 진언(眞言)이라 할 수 있습니다. 이 소설은 총 30장으로 이루어져 있는 사이비종교의 피해를 입은 사람이나 올바른 신앙생활을 지향하는 신자들은 꼭 한 번 읽어 봤으면 합니다.

  나는, 서상한 바와 같이, 이 책을 가지고 돌아와 꼬박 5시간 한 자리에 앉아서 독파했습니다. 독파한 이후 직감한 것은, 그만큼 몰랐지만 궁금했던 사실들에 대한 바른 식견을 주고 지적인 흥미와 호기심을 자극할 뿐 아니라 비공인신흥종교들이 남기는 폐해도 피해자들의 뼈저린 가족사적인 비극과 그 아픈 체험에 대한 이미지를 그려서 형상화시킨 소설이라는 것이었습니다. 아니 단순한 글이라기보다는 사이비종교의 범죄를 샅샅이 파헤치는 증언이요 그를 비호하는 세력의 정체에 대한 고발이라 할 수 있습니다. 더욱 "사이비 종교는 우리의 영혼을 갉아먹고 공동체를 파괴합니다. 더 나아가 사후에까지 그 피해를 남깁니다. 여러분 주변에 단 한 명이라도 사이비종교의 피해자가 있다면 이 책을 꼭 읽어 보십시오"라고 하는 경고를 담은 경세철학적인 진술이라는 것이었습니다.

허병주 목사가, 이 소설 프롤로그에서 말하고 있는 바와 같이, 여기 등장하는 황금성은 말세에 구원을 받으려고 몰려든 사람들의 교회입니다. 어쩌면 노아의 방주와 같다고 볼 수 있습니다. 그러나 황금성의 실상은 교회가 아니라 일종의 수용소이었습니다. 그 안에서 일일이 열거할 수 없는 만행과 범죄가 일어나고 있지만, 공권력은 오히려 이들을 비호하는 먹이사슬이 되어 있었습니다. 이런 비리와 만행과 금품수수와 여성성농락행위 등을 고발하고 사이비이단들의 공통분모적 사건들을 통해 증언하며 한국 교회와 무지하고 순진한 신도들에게 보내는 경고의 메시지가 이 소설『갈라파고스 수용소』입니다. 사이비 종교의 불법성과 인간성 말살, 돈만을 추구하는 모든 범죄가 망라되어 있는 어디서도 찾아보기 드문 귀중한 문건이라고도 할 수 있습니다. 특히 29장 "김철구 회장이 안 보인다"와 30장 "김 교주의 손톱과 발톱을 얻다"는 소설의 대미를 장식하는 귀중한 결론적인 언술입니다. 그리고 후기로 남긴 작가의 말을 보면 슬픈 사이비종교 피해자들의 공통분모적인 가족사를 확연히 엿볼 수가 있어서 가슴 아프고 서글프기만 합니다. 다시는 이런 가슴 아픈 일들이 우리 가족 사회에서 소설 속에서라도 일어나지 않았으면 좋겠습니다.

허병주 목사는 단순한 작가가 아니라 목사 소설가입니다. 1949년생으로서 현재 부천 소신교회 담임목사이며 한국예수교전도관부흥협회 회장이십니다. 경희사대 문창과를 나온 문학 창작이론을 다 갖춘 소설가요 총신대학교 전문대학원 이단 선교학 전공 석사학위 소지자로서 사이비종교 피해자 나홀로소송시민연대(종피연) 사무총장이기도 하고 인간내면을 그린 소설과 시가 다수 저작한 작가이기도 합니다. 그리고 신도

사택인 소사 신앙촌의 토지와 건물이 사기꾼들에게 탈취당한 바 있는데, 허병주 목사는 이 사기꾼들과 30여 년간 법정 싸움을 계속해 오다가 30여 년 만에 신도 총유재산으로 확정 판결을 받은 바 있는 사이비종교의 사기꾼들과의 싸워오고 있는 정의의 깃발을 든 투사요 정의의 사도입니다.

  공권력의 손길이 미치지 않는 하나의 폐쇄된 공간, 마치 남아메리카 동태평양의 고립된 18개 섬들로 이루어진 '갈라파고스'와 같은 외딴섬이 된 황금성에서 일어난 사이비종교의 사기행각과 비리 및 구원을 빙자한 여신도들 섹스 안찰과 금품횡령과 살해행위 등을 고발하는 소설 『갈라파고스 수용소』를 지은 이입니다. 또한 이 소설과 한 쌍을 이루는 김영일 황금성 교주를 알면서 사이비이단피해자들의 이야기를 그린 미학적 소설 『낯선 자들의 섬』의 작가이기도 합니다. 주안에서 애정을 가지고 일독을 권하는 바입니다.

  목사 작가인 허병주 목사님을 통해 하나님의 크신 역사와 사이비종교의 비리 고발과 그의 나라의 확장이 이루어지기를 축원하며 축사를 가름합니다.

2020년 7월 6일

文巢濟에서

雲岩 趙神權 씀

· 추천사 ·

이원섭 소설가
(『미꽃제』, 『제이슨 리』, 『섬』, 『신점』, 『부적』작가)

바이러스같이 질기고 극악하게 인간을 공격하는 이단 교주 김영일의 일대기를 추적해가는 소설 《갈라파고스 수용소》는 붉은피톨이 툭툭 튀는 섬뜩한 범죄 현장과 하나님으로 변신한 괴물의 '몸안찰'이라는 섹스파티가 팬터마임처럼 펼쳐지는 기상천외의 소재로 구성되어 있다.

한국사회의 '부패'라는 오랜 병폐가 사실은 종교 그 중에도 기독교와 사교를 적당히 혼합한 이단 종교와 결탁되면서 오히려 독버섯처럼 더욱 번성해가는 아이러니!

일찍이 이런 종교·사회적 블랙커넥션을 다룬 소설은 없었다. 그만큼 이글은 사실 같으면서도 회화적이고 우화나 판타지 영화 필름처럼 환상적이다. 거룩한 신전을 주 공간으로 사용했지만 실제로는 짐승의 뿔에 붉은 혀를 날름거리는 악귀가 주요인물로 나타나 필로폰과 혼음섹스·폭력 살인과 납치 암매장을 스스럼없이 실행한다.

실로 칼날처럼 예리하고, 창끝처럼 날카로운 하나하나의 사건들이 초반 도입부터 종장에 이르기까지 숨 막힐 듯 펼쳐진다.

때로는 현실이 아닌 세계를 연희하는 팬터마임 같지만 자본사회의 주축인 재벌·정치·검·경들이 조연으로 출현하고부터는 저도 모르게 악과 선을 동시에 공감하는 만드는 홍콩 느와르나 하드보일드 "미드"같다.

가슴을 향해 달려드는 범죄 신(Scene)들은 너무나 치밀하고 선명해서 읽어가는 동안 느끼는 전율은 경이로울 만큼 공포 적이다.
  전쟁의 후유증으로 피폐한 민중 속으로 파고들어가 나약한 약자들을 도구로 하여 매머드 성장한 교주·기업가인 김영일 교주는 고도로 문명화된 현실사회에도 얼마든지 존재한다.
  어디 그뿐인가?
  최근까지도 그 뿌리악의 잔재들은 제각기 다른 얼굴과 다른 교리로 변장한 채 사회 곳곳에 독버섯처럼 똬리를 틀고 호시탐탐 약자들을 노리고 있다.
  이처럼 무서운 현대판 괴물이야기를 판타지드라마처럼 재미있고 흥미롭게 형상화시킨 허병주목사의 《갈라파고스 수용소》
  부패와 탐욕, 불의와의 결탁, 사회정의의 외면과 무관심을 경계하기 위해서라도 반드시 일독해야 할 가치 있는 작품이다.

2020. 7. 7.

소설가 **이원섭**

· 추천사 ·

류언근 목사
(이단 전문서적 최다보유, 現아레오바고 사람들 이사장)

    다빈치의 《최후의 만찬》에 예수님과 가룟유다의 모델이 동일인 인 것이 생각났다.
    종교, 그 이름은 생명과 파멸의 양날의 검과 같다는 사실을 증명하는 기념비적 기록이라는 생각이다.
    어떻게 이런 일이 있을 수 있을까!
    그러나 이 사실 위에서 살아낸 저자의 삶에 경이로운 하나님의 섭리를 발견한다.
    종심(從心)의 나이에 학문의 최고봉을(신학 박사)향한 불타는 열정은 그냥 생성된 범인(凡人)의 정열이 아님을 새삼 느꼈다.
    현실보다 더 사실적인 이 소설은 종교가 존재하는 모든 삶의 영역에서 읽혀지고 전파해야만 하는 필독서요 특히 神이 되고 싶은, 神이 되어 가는, 모든 목회자들과 모든 종교지도자들은 꼭 탐독해야 하는 필독서라는 생각이 든다.

2020. 7.

아레오바고 사람들 이사장 **류언근** 박사

· 추천사 ·

김두안 시인
(한국일보 신춘문예 당선시인, 『물론의 세계』, 『달의 야가미』의 시인)

 소설 "갈라파고스 수용소"의 내용은 충격적이다. 사이비 종교는 현실 속에 은밀히 기생하며 인간의 가장 나약한 부분을 갉아 먹는다. 그 이단 종교의 교주는 교묘한 이론으로 인간의 육체를 구속하고 심연에 푸른빛으로 떠 있는 영혼을 파괴한다.

 지금까지 허병주 작가는 이러한 사이비 종교를 오랫동안 체험하며 응시해왔다. 그리고 이제 목구멍 깊은 곳에서 그 부패한 진실의 시간을 토해내고 있다. 돈과 권력의 수단으로 폐쇄한 사이비 종교의 비열한 허구를 매우 구체적인 방법으로 묘사하고 있다. 소설 갈라파고스 수용소는 "아멘"에 대한 참회보다 사회적 고발이다. 작품 속에 "아멘"은 신이 쏜 화살이며, 마음의 과녁에서 고요히 들려오는 눈물보다 순수한 대답이다. 그런데 누가 함부로 우리에게 "아멘"의 세계를 강요하는가? 그리고 당신은 왜! 사이비 종교를 비호하며 동참하는가? 지금 허병주 작가는 "갈라파고스 수용소"를 통해 온갖 아름다움으로 채색된 검은 마수의 손길을 파격적으로 그려내고 있다. 죽음보다 무서운 내 영혼의 결핍에 대하여…

2020. 7.

시인 **김두안**

· 목차 ·

프롤로그 ▪ 5
1. 불태운 흔적의 시신 ▪ 23
2. 지구의 종말이 다가온다 ▪ 40
3. 생수, 생수, 생수 ▪ 55
4. 갱도가 무너지다 ▪ 67
5. 최 장로, 김 교주에 매료되다 ▪ 82
6. 김 교주, 대홍수로 한 밑천 잡다 ▪ 94
7. 상표 바꿔치기로 떼돈을 벌다 ▪ 105
8. 필사의 탈출로 폐병을 고치다 ▪ 121
9. 교주와 삼천 궁녀 ▪ 130
10. 섹스 안찰은 천국행 티켓이다 ▪ 141
11. 특수사 맨바닥을 개처럼 기다 ▪ 148
12. 김영일 교주, 박기수를 부르다 ▪ 157
13. 아버지, 아버지, 하나님 맞나요 ▪ 166
14. 몸 안찰로 가정이 풍비박산되다 ▪ 177
15. 사법 마피아가 황금성을 옹위하다 ▪ 191

16. 아버지의 여인들을 범하다 ▪ 200

17. 정관을 바꿔 재산을 가로채다 ▪ 206

18. 종교국, 쿼하는 곳이야 ▪ 219

19. 김 교주는 사후 아방궁을 만들었다 ▪ 226

20. 아버지는 왜 이리 오래 살지 ▪ 233

21. 형제가 유산을 놓고 싸우다 ▪ 246

22. 여공들이 어디론가 사라진다 ▪ 253

23. 황금성에 기쁨조 들어서다 ▪ 260

24. 황금성의 재산은 신도들의 것이다 ▪ 276

25. 황금성 해체 계획을 꾸미다 ▪ 281

26. 후계자 제거 음모를 꾸미다 ▪ 295

27. 암매장 사건을 덮은 검은 뭉칫돈 ▪ 305

28. 하나님 후계자도 여자하고 동침하나요 ▪ 314

29. 김철구 회장이 안 보인다 ▪ 325

30. 김 교주의 손톱과 발톱을 얻다 ▪ 340

작가의 말 ▪ 350

· 등장인물 ·

김영일   황금성을 창교한 이단교회 교주. 많은 기업을 일으켰지만 독단적인 경영과 갈라파고스 섬 같은 고립경영으로 부실기업이 계속 생겨났다. 몸 안찰을 받아야 천국에 간다면서 여신도들을 현혹하여 돈을 받아낸다. 말년에 당뇨, 간경변증, 고혈압을 앓으면서도 여신도들을 성폭행했다. 그는 차남 김철구를 후계자로 삼았다. 박기수 장로에게 자금을 주면서 자기의 피가름 교리를 전수하라고 지시한다.

최민섭   황금성교회 장로. 옹기를 만드는 장인으로 광주부흥회에서 김영일 교주를 알게 되어 전 재산을 바치면서 충성을 다했다. 돈이 떨어지자 김 교주의 아들 김철구는 조폭들을 사주하여 그의 아들 최경진을 워커발로 짓이겨 버린다. 김 교주에게 배신을 당한 최 장로는 주유원, 직매소 배달원으로 일하다가 생계를 유지할 수 없게 되자 다시 옹기마을로 내려가서 공장을 세우다가 뇌출혈로 세상을 떠났다.

최경진   날선동 진리 교회 목사, 기독교부흥협회 회장으로 숱한 위기의 순간을 맞으면서 빼앗긴 땅을 찾으려고 나선다. 눈 하나 깜짝 하지 않고 당차게 사기꾼들을 제압해 나간다. 그러나 실세 중 실세인 국가정보부장의 방해공작에 부딪힌다. 국가정보부장 차준은 최후에 남아있는 5천 평의 대지에 눈독을 들인다.

김철구 김영일 교주의 차남으로 형 김철성을 제치고 황금성 후계자가 된다. 중학교 2학년 때 연예인들을 불러 섹스를 즐길 정도로 방탕한 삶을 살았다. 아버지 김영일 교주의 30조원 대의 재산을 차지하고도 형에게는 단 한 푼도 안 준다. 그러다 황금성의 암투 과정에서 사라진다.

김철성 김영일 교주의 장남. 후계자 김철구의 형. 방탕한 생활로 김 교주의 눈 밖에 나면서 후계자의 길에서 멀어졌다. 아버지가 '나는 하나님이다'라고 선포한 후에 아버지를 하대했다. 아버지한테 기업과 종교를 분리시켜 달라고 간청하지만 동생 철구의 방해로 무산된다. 동생이 아버지를 독살했다는 첩보를 간호사에게서 듣는다.

박기수 신흥종교인 새희망교의 교주. 젊어서 김영일 교주 밑에서 주물공장 공장장을 지냈다. 자기만이 김 교주의 정통 후계자라는 믿음으로 신자 수가 16만6천 명이 되면 종말이 온다고 선동한다. 박기수는 대선에서 후보에게 50만 표를 몰아주어 공을 세운다. 황금성 후계자 김철구를 제거하고 지분의 과반을 확보하여 황금성을 장악하려다가 실패한다.

1

불태운 흔적의 시신

2000년 그 해 전국의 산하는 가뭄으로 타들어가고 있었다. 농민들은 하늘만 쳐다보면서 한숨을 쉬고 있었다. 땅에 발이 묶인 농작물들은 물을 마시지 못하고 늘어져 죽어갔다. 양파, 배추, 감자 등의 농산물 가격이 치솟으면서 소비자 물가는 고공행진을 하고 있었다.

제일TV에서는 가뭄이 극심한 지역을 조명하는 프로그램을 방송했다. 카메라가 감자 산지를 찾아가 집중적으로 취재를 했다. 50대 농민이 감자줄기를 잡아 뽑았다. 감자줄기에는 방울토마토 크기 만 한 감자 네댓 개가 매달려 있었다. 밭은 마치 중국 황허 상류의 황토고원처럼 흙먼지가 풀풀 날리고 있었다.

이렇게 가뭄이 8개월째 이어지자 농민들의 가슴은 숯검정이 되고도 남았다. 설상가상으로 장마전선은 고기압 전선의 세력에 밀려 북상하지 못하고 오키나와 해상에서 멈칫거리고 있었다.

하지만 삼라만상(森羅萬象)은 때가 되면 제자리로 돌아가려는 본성이 나타나게 마련이다. 7월로 들어서면서 기상청은 집중호우가 잦을 것이라는 전망을 내놓고 있었다. 아니나 다를까, 중순을 넘어서면서 기상청은 중부지방에 집중호우가 쏟아질 것으로 예보했다. 보도에 따르면 시간당 최고 1백 밀리미터가 쏟아진다는 것이다. 예년 같으면 장마가 끝나갈 때에 호우주의보가 발령된 것이다. 한 번 내리기 시작한 비는 하늘에 구멍이라도 난 것처럼 퍼부었다. 이 바람에 황금성 뒷산은 흙이 깎여 나가 벌겋게 맨살을 드러냈다.

"비가 주춤하면서 이번 호우로 인한 피해가 속속 드러나고 있습니다. 특히 황금성 지역은 평소에 관의 힘이 미치지 못해 이번에도 피해가 컸습니다. 뒷산에서 약 5만 톤으로 추정되는 토사가 밀려와 네 채의 민가까지 덮치는 바람에 3명이 주검으로 발견되고 8명이 실종되었습니다. 지금 구조대가 인명구조 작업을 벌이고 있지만 실종자가 생존할 확률은 제로에 가까운 것으로 보입니다. 일부 유족들은 황금성 앞에서 천막을 치고 가족을 살려내라고 농성을 벌이고 있습니다. JBS뉴스 이찬구입니다."

이날 제일방송은 황금성의 호우피해 속보를 집중적으로 내보냈다. 이렇게 되자 김철구 회장은 화가 머리꼭대기까지 치밀어 올랐다.

"아니, 저 쌍놈의 기자 새끼. 저건 뭐야. 개 같은 방송국 새끼들 같으니라고. 우리가 집중호우 내리라고 물 떠 놓고 고사라도 지냈냐고. 왜 자꾸 우리 공장만 보여주고 개지랄을 떨고 있는 거야."

김 회장을 비롯하여 황금성이라는 갇힌 울타리 안에 사는 사람들은 자기들의 문제점을 지적하기만 하면 눈을 부릅뜨고 덤벼드는 습성이 고

착화되어 있었다. 이들은 지방의 힘없는 신문에서 김영일 교주를 거론했다는 이유만으로 명예가 훼손되었다고 소송을 제기했다.

이에 대해 재판부는 과거에 유사한 사례가 많이 있다면서 패소 판결을 내렸다. 한 번은 어떤 인터넷 블로그에서 황금성과 관련된 설교, 기사, 댓글을 내리라고 가처분소송을 제기했지만 재판부는 국민들의 알권리라는 이유로 피고 승소판결을 내린 적이 있다.

이들의 주장은 '우리끼리 잘 살고 있으니까 건드리지 말라'는 것이었다. 이를 두고 어느 대학교수가 칼럼에서 '황금성은 구한말 쇄국시대에 살고 있는 인간들이다'고 말했다가 '인간들'이라는 말에서 모욕을 느꼈다면서 민·형사 소송을 거는 바람에 고역을 치루기도 했다. 하지만 대법원 최종심에서 판사는 국민의 알 권리와 공공의 이익을 위해서라는 이유로 피고의 손을 들어주었다.

이때 김 회장은 너무 격분해서 말도 제대로 못하고 덜덜거렸다. 옆에서 봤다면 뇌졸중으로 쓰러지고도 남을 것만 같았다.

황금성은 외지인이 들어올 수 없는 폐쇄된 공간이어서 제멋대로 산지를 훼손시켜도 단속의 손길이 미치지 못했다. 시간당 198밀리미터에 이르는 집중호우에 공사로 파헤쳐 놓은 본부 건물 쪽에서부터 산사태가 일어나 산 밑의 공장이 매몰되었다. 주차장에 있던 수십 대의 차량들은 강변으로 떠밀려 갔다. 공장은 반파되었고 숙소와 사무동은 완파되었다. 숙소동의 3층까지 토사가 밀려들어 진흙밭이 되었다. 시청에서 긴급구호에 나섰지만 황금성은 입구에서 공무원들의 접근을 강력하게 차단했다.

김 회장의 불호령이 떨어지자 총무과 직원들은 신도 수십 명을 이끌고 제일방송으로 달려갔다. 그들은 제일방송 입구를 가로막고 현수막을 펼쳤다.

〈황금성의 집중호우 피해를 과장 보도하는 제일방송은 각성하라. 각성하라! 각성하라!〉

이렇게 되자 제일방송 보도국장이 이 사건에 대해 해명을 하려고 시위대 앞으로 나왔다. 그러자 이들은 더욱더 목청을 높였다.

〈편파 방송하는 제일방송 폐쇄! 황금성의 호우 피해를 과장하는 기자를 해고하라!〉

제일방송 보도국장은 보도에 대한 해명의 기회가 주어지지 않자 도로 들어가 버렸다. 정말 답답한 노릇이었다.

보도국장이 무겁게 입을 열었다.

"김 차장, 이리와 봐요. 황금성 사람들이 저러고 생떼를 부리고 있는데 뭣 좀 더 내보낼 것 없어요? 어디 없나 한 번 찾아봐요."

"있습니다. 황금성 학교 강당이 불법 건축물로 판명이 났는데 시청 담당공무원이 덮어줬다는 겁니다."

"어디가 불법이라는 거지?"

"그 건물이 원래보다 뒤쪽으로 200미터쯤 들어갔습니다."

"그건 왜지요?"

"그렇게 하면 약간 올라가면서 강이 보이게 됩니다. 아마 경관을 고려해서 불법을 자행한 것 같습니다."

"김 차장, 미안하지만 그걸 갖고 황금성을 더 세게 조입시다."

"국장님, 오늘은 이렇게 하시죠. 그쪽에 이 문제로 일단 전화를 하겠습니다. 그러면 납작 엎드릴 겁니다. 공무원들이 깊숙이 개입되어 있는 증거도 있습니다."
"그러면 일단 겁을 줘서 시위대를 철수시키라고."

해가 질 무렵, 김 차장은 보도국장 방문을 두드렸다. 그때까지도 보도국장은 이지러진 기분을 달래려고 끊었던 담배를 피워대고 있었다.
"어서 와. 어떻게 되었지?"
"국장님, 창밖을 보시죠. 아주 말끔합니다."
"어? 그러네. 잘 됐구먼. 언제 철수했지?"
"30분 전에 황금성 시위대가 완전 철수했습니다."
"그러면 집중호우 보도는 원래 기조대로 가는 거로! 알았지?"
"예, 그렇게 하겠습니다."
"저놈에 황금성은 우리 지역 기업이지만 우리한텐 전혀 이득이 없어. 어디 광고를 하나, 협찬을 하나…. 그러면서 말썽만 계속 일으키고 있으니 말이야."

집중호우 때문에 사건은 엉뚱한 데서 생겼다. 한 시민이 황금성 뒷산을 운동 삼아 올라갔다가 움푹 팬 곳에서 검게 그을린 사람의 유골을 발견했다. 목뼈의 아랫부분은 거의 다 타고 드개골만 겨우 남아 있었다. 처음에는 오래된 묘지가 흙이 깎여서 유골이 노출된 것이려니 하고 하찮게 여겼다. 퉤! 침을 뱉으며 발로 흙을 차 덮으려는데 타다 만 알록달록한 옷이 발에 툭 걸렸다. 옷감으로 봐서 시신의 주인공은 여자로 보였다.

그는 사진을 몇 장 찍어서 저장하고 112 긴급전화 버튼을 눌렀다. 잠시 후 경찰이 전화를 받았다.

"누구십니까? 전화번호와 위치는 파악이 되었습니다. 날선동 뒷산이 맞지요?"

"그렇습니다. 성우산입니다. 저는 등산객 최우철입니다."

"어떤 일이지요?"

"산에서 내려오다가 유골을 발견했는데 그 옆에 옷가지가 있어서 신고합니다."

"아 그렇습니까? 바로 출동할 테니 그 자리에서 떠나지 마십시오."

전화를 끊고 숲속으로 들어가서 오줌을 누고 있는데 우정경찰서 경찰차가 달려왔다. 황금성 주차장에 차를 세우고 경찰관 3명이 손에 박스를 들고 올라오고 있었다.

그때 경찰의 전화가 걸려왔다.

"신고하신 분 어디 있습니까?"

"지금 올라오는 길에서 위를 보면 말라죽은 소나무가 보일 겁니다. 그 옆에 있습니다."

"그 소나무 옆으로 가면 되나요?"

"네, 그리 오세요."

경찰들은 오자마자 공식대로 유골 주변에 '폴리스 라인'을 빙 둘러서 설치했다. 그리고는 본부로 보고했다.

"여기는 순찰차, 26호. 본부 나와라."

"여기는 본부다. 용건을 말하라."

"성명 미상의 유골 한 구를 확인했다. 범죄 감식차를 속히 보내주기 바란다."

경찰이 박스를 열자 그 안에는 호미, 삽, 괭이 같은 도구들이 들어 있었다. 그 중에 가장 어려 보이는 경찰이 신고자의 인적 사항을 기록했다. 한 명은 유골의 위치를 기록하면서 사진을 찍고 다른 한 명은 조심스럽게 유골을 들춰냈다. 그때마다 사진을 찍었다. 그때 경찰이 별안간 소리를 지르는 것이었다.

"야, 치아는 온전하게 있네. 이건 분명히 살해되어 불에 탄 후 암매장된 것이 확실하다."

두 명의 경찰이 흙이 잔뜩 묻은 치아를 들고 동료에게 바짝 다가섰다.

"어서 흙을 털어내라고. 이거 횡재야. 금으로 보철을 했네."

"빨리 보철을 보자고. 보철을…"

그는 안달이 나서 단 1초도 참을 수 없다는 듯이 재촉을 해댔다. 경찰은 치아 보철에 묻은 흙을 하얀색 부직포 위에 조심스럽게 떼어 놓았다.

"여기 이름이 있어. 보철로 봐서 여자야. 치과 기록을 보면 신원을 확인할 수 있을 거 같은데…."

가장 어려 보이는 경찰이 치과 기록을 확인하는 데 쓰려고 치아를 찍어서 사고 보고서에 입력했다. 그러자 초록색 액정 모니터에 기록사항이 바로 떠올랐다.

"두개골의 망자는 여자로 추정됨. 나이는 미정이며 미(未) 귀가자(歸家者)로 추정됨."

경찰은 사망자가 살해되어 불에 탔을 것으로 추정을 하고 있었다. 그때서야 범죄 감식팀이 올라오고 있었다.

팀장처럼 보이는 경찰이 앞으로 나섰다.

"응, 먼저 작업을 했구먼. 뭐 특이한 것은 없나?"

팀장의 목소리를 듣고서야 세 명은 허리를 펴더니 인사를 나누었다.
"예, 오셨군요. 있습니다. 피해자의 치아를 찾았습니다. 여기 있습니다."
이때 감식팀장은 세 사람의 등을 툭툭 치더니 소나무 아래로 불러 모았다.
"최초의 신고자가 저 분인가?"
"예, 그렇습니다. 등산객입니다."
"일단 신원이 밝혀지기까지는 보안을 유지해 줘야겠는데…"
"왜요?"
"여기는 황금성과 무관한 사람이 얼씬도 못하는 황금성의 보안구역이다. 이곳에서 유골이 발견되었다면 황금성과 연관이 없다고는 할 수 없지 않겠어?"

이날 6시간에 걸쳐서 범죄 감식팀은 유골을 수습하고 뒷정리를 마쳤다. 신고자도 경찰들과 함께 수사과로 동행했다. 그는 현장에서 보고 들은 것을 머릿속에 담았다.
뒤이어 경찰은 황금성 뒷산에서 여자의 유골이 발견되었다는 사실을 음어(陰語)를 사용해서 검찰에 보고했다.
검찰의 특수팀이 경찰서로 급파되었다. 치아 진료기록을 뒤져서 피해자 신분까지 밝혔다. 검찰은 별도 라인을 통해 경찰서장과 연결되었다. 검찰은 일단 모든 것이 다 드러날 때까지는 비공개 수사를 하기로 경찰과 합의했다. 언론에 사건을 알리는 것도 검찰의 지휘를 받는 것으로 해두었다.

검찰은 경찰에 공문을 내려 보냈다.

〈우정경찰서장 귀하. 일전에 발견된 여성으로 추정되는 유골과 관련하여 당 검찰은 다음과 같이 조치해줄 것을 요구합니다.

   1. 본 사건의 진상이 밝혀질 때까지 보안을 유지해 주기 바랍니다.
   2. 본 사건 망자의 유골은 조속한 시간 안에 당 검찰지청으로 이관 바랍니다.
   3. 이 수사는 귀 경찰이 주관하되 당 검찰의 수사부서와 협의하기 바랍니다.〉

이날 유골을 발견한 사람은 경찰서까지 갔다가 모든 것을 다 알게 되었다. 경찰은 그에게 보안을 유지해 달라고 신신당부를 했다. 보안을 유지하겠다는 각서에 지문을 찍으라는 것을 거절하고 집으로 돌아왔다.

그로부터 두 달 가까이 지났을 때 그는 그의 고향 친구 유달록에게 오랜만에 전화를 걸었다. 둘은 고등학교에서 1, 2등을 다투었던 경쟁자였다. 그 친구는 서울로 올라가서 대학을 졸업하고 신문사 국장을 거쳐 지금도 그쪽 일을 하고 있었다.

"야, 달록아. 너 지금도 신문사에 있나?"

"그럼. 배운 게 그것 밖에 없어서 한때 다른 사업도 해봤는데 그게 안 되더라고. 다시 신문으로 돌아왔어."

"그래 우리 나이에 자기가 하고 싶은 일을 하면 행복한 거 아니겠니?"

"야, 달록아. 특종감이 있다. 내일 내려올래?"

"그러면 제목만이라도 살짝 말 해 봐라. 내려갈게."

"전화로는 안 된다. 만나서 얘기해 줄게."
"알았어, 내일 KTX로 내려갈게."

다음날 유달록 전무는 고향으로 내려가고 있었다. KTX의 속도는 순식간에 300킬로미터로 올라갔다. 친구를 만난다는 것보다 친구가 말한 특종이라는 것 때문에 300킬로미터도 지루하게 느껴졌다. 친구는 역으로 직접 나와 주었다. 그의 머리는 올백이었다.

친구는 유달록 전무를 한정식 집으로 데리고 들어갔다. 자리에 앉자마자 물었다.

"야, 특종이라는 게 도대체 뭐야? 어서 얘기해봐. 어젯밤에 궁금해서 잠까지 설쳤다."

"그러고 보니 너 나 보고 싶어서 온 게 아니고 특종 때문에 온 거구나."

"무슨 섭섭한 얘기를…. 그건 아니고…."

"잘 들어봐. 두 달 전에 황금성 뒷산에 올라갔다가 유골을 발견했어. 그 전날 이쪽에 비가 48시간 동안 엄청 퍼붓더라고. 산에서 내려오는데 뭔가 나무 같은 게 보였어."

"그래서…?"

"살살 다가갔지. 그런데 가까이서 보니 막대기가 아니었어. 타다 만 시체였던 거야. 난 너무 놀라 112로 신고를 했지."

"그런데 왜 그게 뉴스로 안 나오는 거야?"

"그러니까. 황금성에서 그걸 알고 돈을 뿌려서 막았다는 설이 파다하거든. 이번 유골 사건으로 이 지역에서 황금성 김 회장 돈을 받은 사람이 많다더군. 그 유골이 황금성에서 회계담당을 하던 여자의 것이란 소문이 있어."

"사실 지금까지 황금성에서 일어났던 사건들 가운데 시원하게 해결된 게 단 한 건도 없어. 전부 픽딜을 해서 한 몫 챙긴다는 거야. 그래서 너한테 전화한 거다. 자료를 즐 테니 한 번 써 볼래?"

"주기만 하면 잘 써볼게."

"그래. 판검사들이 여기 오면 김 회장한테 은밀하게 문안을 드린다는 군. 잘 나가는 에스그룹의 떡값은 500만 원이라던데 여기는 했다 하면 수억 단위라는 거야."

"그런데 그 여자는 어쩌다 죽은걸까?"

"그 여자가 아마 날선동 택지를 재개발하면서 학교법인 소유 돈 3,700억 원 가까이를 그 여자가 갖고 있었다는 거야. 그건 김 회장이 가져가면 횡령(橫領)이 되는 돈이래. 소설을 써보자면 이랴. 김 회장이 그것을 달라고 했으나 주지 않은 거지. 그래서 그녀를 불러서 돈을 강탈하고 부하들을 시켜서 죽였겠지. 시신을 은폐하려고 기름을 뿌리고 소각했는데 급한 나머지 다 타지 않은 채 두개골만 남은걸 수습해서 뒷산에 매장 했을 테고, 이번 비에 토사가 씻겨 내려가는 바람에 내 눈에 띈 거지."

"그럼 그 돈은 어떻게 되었어?"

"어떻게 되기는…. 내가 여기저기 알아보니 그 여자가 횡령한 것으로 고소가 되었고 검찰은 주소 불명으로 기소중지를 해버렸다는 거야."

"정말 웃지 못 할 일이군…."

"자넨 어떻게 그 많은 정보를 얻었나?"

"흐흐, 이 사건은 최경진 목사라는 분이 젤 잘 알아. 한번 만나봐."

그날 두 사람은 유골에 얽힌 얘기를 장장 5시간 동안이나 나누었다.

그는 다음날 출근하자마자 친구한테 받은 사건 사진을 유심히 분석했다. 그동안 사건 기자 생활 25년 경험으로 비추어 볼 때 피살된 지 대략 3년 쯤 되어 보였다. 일부 남은 대퇴부 형태로 봐서 여성이라는 것은 분명했으며 출산 경험은 없어 보였다.

그는 최경진 목사를 만났고 많은 이야기를 나눴다. 그는 일찍부터 황금성의 비화를 하나씩 수집하고 있었다. 기자회견에는 아주 적절한 인물이었고 신앙도 그만큼 두터운 사람이었다. 최경진 목사의 기자회견 소식은 H통신사를 통해 전 언론사에 전달되었다.

〈검찰, 황금성 내부에서 3개월 전에 유골이 옷과 함께 발견되었는데 아직도 쉬쉬하고 있는 이유는 무엇인가? 지금 당장 그 사실을 밝히고 황금성 김철구 회장을 살인혐의로 구속하고 황금성을 폐쇄하라. 검찰은 김 회장의 선친인 김영일 교주의 범죄도 함께 수사하라.〉

그날 회견장으로 기자들은 구름처럼 몰려들었다.
"이번에 황금성 김철구 회장은 이 억울한 죽음에 대해 이실직고하고 황금성을 폐쇄해야합니다. 황금성에는 콜드 케이스(cold case)로 남은 사건이 이것 말고도 수십 개가 더 있습니다. 이번에 황금성의 피 묻은 돈을 받은 검사들을 가려내어 모두 법의 심판대에 세워야 합니다."

그때 기자 회견장 뒤쪽에서 슬슬 맴돌던 기자들 중 일부는 황금성으로 몰려갔다. 황금성은 기자들을 위한 별도의 공간을 재빨리 마련했다. 홍보담당 설용남 실장은 정신이 없는 중에도 눈치껏 봉투를 돌리고 있었다. 기자들은 가방을 살짝 열어놓고 딴청을 피우는 척했다. 그러면 설 실장은 열려 있는 가방에 돈 봉투를 슬쩍 찔러 넣었다.

그날 기자회견 5분 전에 유 전무는 인터넷 스톰(storm)뉴스에 특종기사를 장장 5꼭지 38쪽이나 올렸다. 그날 현장에 갔던 중앙 일간지들은 황당하긴 했지만 다들 스톰 뉴스의 기사를 받아썼다. 자존심이 몹시 상했지만 이런 큰 이슈를 출처도 없이 내보낼 수는 없었다.
중앙일간지 권칠환 기자가 불평을 쏟아냈다.
포털들 역시 약간 창피스럽기는 했지만 클릭 수를 늘려볼 속셈으로 그 기사를 메인으로 배치시켰다.

사건이 점점 커지게 되자 검찰은 할 말이 없게 되었다. 이렇게 중대한 사건을 3개월 가까이 숨긴 것은 명백한 직무유기였다. 검찰은 궁여지책으로 달랑 사과문만 내보냈다.
〈사건을 접수하고 오래 지연된 것은 보안을 유지하여 사건의 실체에 다가가려는 것이었습니다. 오늘 이후 본격적인 수사에 들어가서 진실을 밝히도록 하겠습니다. 이렇게 국민들에게 의혹을 주게 된 점을 사과드립니다.〉

검찰 대변인을 통해 검찰의 사과문이 발표된 다음날 최 목사는 청와대와 중앙지검, 대검 앞을 이동하며 세 차례나 기자회견을 가졌다.
〈이번 황금성의 유골 발견을 3개월 이상이나 숨긴 것은 어떤 의도가 있는 것으로 보입니다. 대통령과 법무부 장관, 검찰총장은 이번 사건을 은폐하는 데 가담한 검사를 바로 해임하기 바랍니다. 만약 검찰이 계속

해서 은폐를 시도하거나 황금성을 두둔하면 검찰 수뇌부와 황금성의 김 회장이 모처에서 유골 발견 직후 긴급회동이 있었다는 사실을 국민들에게 알리겠습니다.〉

이처럼 강력하게 경고했지만 검찰은 눈과 귀를 가리고 자기들에게 닥칠 유불리(有不利)를 계산하는 데만 촉각을 곤두세우고 있을 뿐이었다.

그러던 며칠 후였다. 황금성의 간부를 지낸 적이 있었던 서태형은 우정경찰서 형사과장 주현우의 전화를 받았다. 주과장은 완곡한 어투로 빨리 우정경찰서로 와달라고 말했다. 부드럽게 이르는 말이었지만 가지 않을 수 없게 압력을 가하는 힘이 깃들어 있었다. 그는 전화를 끊고 곧바로 그리로 달려갔다.

"주현우 형사과장을 만나러 왔습니다."

"연락을 받았습니까?"

"예, 한 시간 전에 통화를 했습니다."

"잠깐만 기다리십시오. 모시고 오겠습니다."

그는 형사과장이 오라는데 무시할 수가 없어서 한달음에 달려오기는 했지만 황금성과 관련된 것이라면 스스로 걸리는 게 많아서 불안한 마음이 들었다. 그때 날카로운 인상의 경찰이 다가왔다.

"서태형 씨입니까?"

"예, 접니다, 무슨 일로 저를 오라고…"

"형사과장 주현우입니다. 너무 긴장하지 마십시오. 도움을 받을 게 있어서 그럽니다."

이 말에 어느 정도 안심하기는 했지만 그래도 형사과장의 눈치를 계속

살폈다.

"저를 따라 오세요."

그는 마시던 커피 잔을 놓고 형사과장을 따라갔다. 그는 청사 내의 미로를 따라서 걸어갔다. 문에 '범죄증거 감식실'이라는 푯말이 붙은 방으로 따라 들어갔다. 좀 으스스하다는 느낌이 확 다가왔다.

"여기 앉으십시오. 오늘 여기까지 오라고 한 것은 다름이 아니라 유골을 보여줄 테니까 혹시 아는 사람인지 말해 주면 됩니다."

"그런 걸 왜 제게 묻는 겁니까?"

"탐문수사에서 서태형 씨가 알 수 있을 것 같다는 진술이 나왔습니다."

"그러면 보여주시죠. 아는 대로 말하겠습니다."

형사과장은 금고의 다이얼을 돌리더니 까만 비닐봉지에 담긴 것을 꺼내 갖고 왔다. 다시 포장된 비닐 팩을 열자 보기에도 끔찍한 두개골이 들어 있었다.

"이겁니다. 이게 지난여름 성우산에서 발견되었습니다. 피살자의 두개골인데요, 크기나 형태로 봐서 피해자는 여자가 분명하고 나이는 오십대 전 후반 정도 되어 보입니다. 다행히 치아가 온전하게 남아 있었습니다."

주현우 형사과장은 비닐장갑을 꺼내 주었다. 그는 떨리는 손에 비닐장갑을 끼고 유골을 집어 들고 조명에 갖다 댔다. 그 순간 그의 머리에는 김영선이 퍼뜩 떠올랐다.

그녀와는 20년 전부터 내연의 관계를 맺고 있었다. 그녀는 김영일 교주에게 30대 초반에 섹스 안찰을 받고 홀로 살고 있었다. 쓸쓸한 미소를 가끔씩 지켜보던 그에게 어느 날 그녀가 말을 건넸다. "제 얘기 들어서 알고 계시죠?" 그는 고개를 가로 저었다. "아니요 그냥..." 뒤를 얼버무렸지만 그녀는 알고 있을 것이다. 그 후 두 사람은 가끔씩 말벗이 되어 교회 뒤뜰을 걷곤 했다. 그러다 어느 순간 깊은 관계를 맺게 되었다.

둘은 스스럼없이 몸을 섞다 보니 서로에 대해 모르는 부분이 없었다. 그녀와 헤어지기 몇 년 전, 그녀가 치과 치료를 받을 때도 함께 따라가 주었다. 그녀는 어금니 6개가 충치를 먹어 금으로 보철을 했다. 그날 의사가 보철을 하는 모습을 생생하게 기억하고 있었다.

"성우산에 황금성 여신도들 50여 명이 집단으로 모여 살면서 김영일 교주를 숭배하고 있는데 혹시 피해자가 그 집단의 소속이 아닐까 해서 수사를 그쪽으로 집중하고 있습니다."

"이빨을 보니까 그쪽 여자 같습니다. 다른 것은 몰라도 그쪽 여자들은 보철을 50년 대 식으로 금으로 이빨을 둘러싸는 식으로 합니다. 그 여자들 가운데 김영선이라는 여자가 유독 금이빨을 좋아해서 멀쩡한 이빨도 금을 입혔습니다. 또 돈도 많이 만졌고요."

"이 여자는 거기서 어떤 일을 했습니까?"

"김철구 회장의 지시에 따라 황금학원의 회계를 담당하면서 비자금을 관리했습니다."

"서 선생님, 그러면 확률은 어느 정도로 보십니까?"

"현재로서는 약 95퍼센트 이상입니다."

"다른 정보는 없습니까?"

"그동안 김영선 씨가 황금학원의 토지 매각대금 수천억 원을 관리했는데 김철구 회장이 그것을 내놓으라고 협박을 했다는 겁니다. 원칙적으로 황금학원의 재산은 김철구 회장이 가져가서는 안 됩니다. 그런 얘기가 있고 난 후 여자가 사라졌고 3년 동안 연락이 두절되었습니다. 특별히 연락할 것도 없고 저도 사느라 바빠서 관심을 가질 수가 없었죠."

"알겠습니다. 감사합니다. 오늘 저를 만난 사실은 보안을 유지해주시고 앞으로 정보가 있으면 계속 협조해주시기 바랍니다."

그는 우정경찰서에서 세 시간에 걸쳐 진술을 하고 나왔다. 유골의 치아를 보니 김영선이 틀림없었다. 그는 그녀와 20년 가까이 몸을 섞었기 때문에 그녀의 치아 상태를 잘 알고 있었다.

2

지구의 종말이 다가온다

황금성. 김영일 교주.

그는 불세출의 인물이었다. 해방 후 그는 무일푼에 혈혈단신(孑孑單身)으로 월남했다. 김일성이 개선장군처럼 평양으로 입성하고 이어서 소련군이 진주하자 고향의 미래가 훤히 보여서 눌러앉아 있을 수가 없었다.

김 교주는 입 하나로 백만 여명의 신도들을 끌어들이고 그들에게 말세(末世)가 왔다고 선동하여 부모자식도, 재산도, 애인도, 명예도 다 버리고 황금성으로 향하도록 만들었다.

그는 타고난 달변가(達辯家)로 보였지만, 그의 말을 꼼꼼히 분석해 보면 9할은 거짓말이었다.

"여러분, 이제 지구의 멸망은 초읽기에 들어갔어요. 하루 빨리 황금성으로 들어오지 않으면 지옥 불에 떨어져요. 재산도 명예도 다 필요 없어요. 오로지 자기밖에는 없어요. 구원이 그렇게 쉽게 하늘에서 뚝 떨어지지 않아요. 자기 헌신이 없이는 구원은 그림의 떡이죠. 여러분 빨리 재산을 처분하여 하나님께 바치고 황금성으로 들어오세요. 그 길만이 하나님을 기쁘게 하여 구원의 대열에 합류하는 길입니다."

김영일 교주는 입만 열었다 하면 거짓말이 줄줄 새어나왔다. 세상에 거짓말이라면 김 교주를 따라올 자가 없어 보였다.

그의 첫 번째 거짓말은 세상이 곧 망한다는 것이었다. 이것은 흔히 말세론(末世論)이나 종말론(終末論)으로 그럴듯하게 포장되었다.

말세론은 돌면 돌수록 그럴듯하게 꾸며지는 속성이 있다. 말세론은 신도들에게는 공포나 다름없었다. 그러나 이것은 김 교주가 신도들의 돈을 뜯어내려는 속셈에서 계획적으로 꾸며낸 것이다.

그는 말세론을 얘기할 때에는 꼭 손가락 세 개를 들어 보였다. 그것의 의미는 한 마디로 엿장수 맘이었다. 신도들은 손가락 세 개의 의미를 제각각 해석하고 있었다.

주일 예배를 마치고 나이가 지긋한 신사가 질문을 던졌다.

"아니, 김 교주님이 요즘 부쩍 손가락 세 개를 보이는 경우가 많은데 그게 무슨 의미일까?"

그러자 50대 초반에 머리를 곱게 빗어 묶은 여성이 냉큼 말을 받아쳤다.

"아니 그것도 모르고 계세요? 그건 말세가 3년 밖에 안 남았다는 의미입니다."

"여보세요. 그렇게 얼버무리지 말고 왜 3년 있으면 세상이 끝나는지 딱 부러지게 말해 보쇼."

"그야 당연히 손가락 세 개니까 3년이겠죠."

"그런가? 어쨌든 우리 지구 종말이 오기 전에 신앙생활을 열심히 합시다."

그런데 아무리 시간이 지나도 말세는 오지 않았다. 신도들은 술렁거리기 시작했다. 집 팔고 땅 팔아서 김 교주에게 다 바치고 마지막 피난처로 알고 황금성에 들어왔는데 말세는커녕 전쟁의 조짐조차도 없고 말세가 될 징후 하나도 일어나지 않았다. 그때 김 교주가 전국에 땅을 샀다는 소문이 돌고 있었다. 이러자 김 교주는 말을 잽싸게 바꾸었다.

"내가 며칠 전 하나님을 만났지. 거기서 뜻밖의 사실을 알았다고. 하나님께서 말세의 벌을 내리시려다가 참으신 겁니다. 왜 참으셨겠습니까?"

신도들은 뭐라고 대답을 해야 할지 몰라 눈을 크게 뜨고 서로 옆 사람 얼굴만 쳐다보고 있었다.

"여러분들이 헌금을 많이 하고 기도를 잘 하니까 예쁘게 봐주셔서 말세를 늦추신 겁니다."

"아멘, 아멘…"

예배당에는 2만 명의 신도들이 외치는 아멘, 소리로 가득 차고 넘쳤다. 이때 김 교주가 다시 말을 이어갔다.

"이제 말세를 더 늦추려면 여러분이 하나님을 더 기쁘게 해드려야 합니다. 그게 뭡니까? 물적 봉헌 말고는 아무것도 없습니다."

김 교주의 말세론에 위기감을 느낀 신도들은 김 교주에게 갖고 있는 돈들을 갖다 바치기 시작했다.

그는 이번에도 손가락 세 개를 펴 보이더니 하나님을 만났다고 허풍을 떨었다. 이렇게 뻔한 거짓말을 늘어놓는데도 신도들은 눈을 크게 뜨며 교주의 말 한마디, 얼굴표정 하나도 놓치지 않으려고 집중했다.

사람들은 지구가 멸망하게 된다는 말을 듣고는 갈피를 잡지 못하고 있었다. 한국전쟁이 끝난 지 5년 만이었다. 길가에 널브러진 시체를 매일 보며 지내오던 이들에겐 지구 멸망이 온 뒤가 실감나게 다가왔다. 모든 생명체가 다 죽어 여태 겪은 것보다 더 비참할 것을 상상 하니 온 몸이 떨려왔다. 지금 갖고 있는 돈이 모두 쓸모없게 느껴졌다. 김 교주의 설교를 듣다가 감명 받은 신도들이 전 재산을 갖다 바치는 일이 전국적으로 퍼지기 시작했다.

이렇게 거둬들인 헌금으로 김 교주는 전국을 돌면서 앞으로 도시 개발이 되면 땅값이 오를 만한 지역의 땅을 닥치는 대로 사들였다. 이건 그가 주장하는 말세론에 정면으로 배치되는 행동이었으나 신도들은 눈치 채지 못했다.

김 교주는 신도들에게는 말세가 가까이 왔다고 공포감을 심어주면서 김장순 장로와 함께 서울 변두리의 땅을 보러 다니고 있었다. 말세가 얼마 남지 않았다면서 땅을 사재기 하는 것을 신도들이 알면 전 재산을 바치는 우를 범하진 않았을 것이다.

그는 현지를 답사하다가 날선동에 있는 내소산이라는 지명에 눈길이 쏠렸다.

"내소산이라, 내소산. 한자로는 '來蘇山'이라고 쓰는데 뭔가 특별한 의미가 없을까? 여기서 '來'자는 '온다'는 뜻인데 '蘇'자는 뭘까?"

그는 반나절을 '蘇'자가 무슨 의미일까, 생각하면서 다 보냈지만 쌈박한 아이디어가 떠오르지 않았다.

꽃샘추위가 기승을 부리던 날, 김장순 장로와 함께 허술한 식당으로 찾아 들어갔다. 간단히 요기를 하고 땅을 찾아 나설 참이었다. 김 장로는 해방 전 경성제대 의예과를 졸업하고 외과병원을 개업해서 돈을 많이 벌었다. 반면에 김 교주는 이북에서 상고를 겨우 졸업하고 더 이상 책을 펼 수 있는 기회를 잡지 못했다. 그래서 지식에서 많이 딸렸고 그게 평생의 콤플렉스였다. 그 대신 돈을 버는 일이라면 생사를 넘나들면서 매달리게 되었다. 하지만 정상적으로는 큰돈을 만질 수 없다는 것을 누구보다도 잘 알고 있었다.

주문한 국밥 두 그릇이 나왔다. 국그릇에는 미제 소시지가 둥둥 떠 있었다. 누가 먼저라 할 것 없이 숟갈을 들었다. 당시 전쟁 후 국밥에는 미군 부대서 흘러나온 소시지를 넣고 끓인 국밥이 인기가 있었다. 두 사람은 국밥 한 그릇씩을 뚝딱 해치웠다.

뱃속에 뜨끈한 국물이 들어가자 얼굴이 붉게 변한 김 교주가 입을 열었다.

"김 장로, 아까 보니까 내소산이라고 있던 거 봤지요? 그게 뭘까요. 머릿속을 꽝 하고 치는 게 있는데 도무지 뭔지 떠오르지 않네요."

"예, 저도 봤습니다. '來'자는 온다는 뜻인데 '蘇'자는 뭐를 의미할까요?"

그는 일제 강점기에 중국 사람들이 오면 예수를 '야소(耶蘇)'라고 부르는 것을 들은 적이 있었다. 이것은 영어 예수를 중국어로 음역(音譯)한 것이다. 여기에 이르자 김 장로의 가슴은 벌렁벌렁 뛰기 시작했다. 어려서 남의 밭에 들어가 고구마를 캐다가 주인한테 들켰을 때처럼 가슴이 방망이질 치는 것이었다.

"이제야 기발한 생각이 떠올랐습니다. 김 교주님, 중국에서는 예수를 야소라고 합니다. 산은 예수님께서 오실 곳을 가리킵니다. 이건 '소자가 가운데 들어 있어서 미래를 말합니다. 만약 맨 앞에 있으면 이미 오신 곳으로 의미가 퇴색됩니다. 이건 하나님께서 태초(太初)에 점지(點指)하신 것입니다."

김 교주는 김 장로가 이렇게 의미를 부여하자 마치 어린애처럼 좋아서 펄쩍펄쩍 뛰었다.

"정말 그럴듯합니다. 안성맞춤이네요."

"맞아요. 앞으로 예수님께서 오실 곳을 미리 정해 놓으신 것처럼 딱 맞아 떨어진 겁니다."

"역시 김 장로가 있으니까 답이 나온 겁니다."

그날 이후 김 장로는 김 교주의 지시를 받고 내소산 일대를 중심으로 토지를 사들이기 시작했다. 이곳에 황금성이 들어온다는 소문이 나면 땅값이 뛰기 때문에 사업에 실패하고 조금 남은 돈으로 농사나 지을 땅을 사는 것으로 위장했다.

김 장로는 내소산 일대에 매일 나가 김 교주의 땅을 샀다. 당시에 아무도 거들떠보는 사람이 없는 데서 땅을 보러 다니다가 간첩으로 몰려 경찰서까지 연행된 적도 몇 번 있었다. 신발에 누런 황토가 묻어 있는데다가 아침 일찍 현장을 답사하다보니 꼬락서니가 영락없는 간첩이었다. 가방에는 줄자와 지도가 들어 있었기 때문에 경찰은 상부에 아예 간첩으로 확정해서 보고를 올리기도 했다. 중앙지 기자들은 취재에 나섰다. 나중에 이것이 오보로 밝혀지면서 기자들은 허망해졌다.

"에이, 경찰은 뭐하고 있는 거야. 우리가 오보를 내게 하고 말이야. 이 나라 경찰의 정보력이나 분석력이 겨우 이 정도야?"

"한심합니다. 멀쩡한 사람을 간첩으로 만들기나 하고 말이죠."
경찰청에 출입하는 일선 기자들의 불만은 점점 더 팽배해지고 있었다. 이때 한 일간지 기자가 일어서더니 약간 시비조로 질문을 던졌다.
"간첩은 그렇다 치더라도 김장순, 그 사람 의사라고 하던데, 그 사람이 왜 그렇게 많은 땅을 오랫동안 사재기하는지 궁금하지 않습니까? 여러분…"
"맞습니다. 이미 공개된 것이니까 우리가 취재를 통해 그 배경을 밝혀 봅시다. 아무래도 수상합니다. 지금 우리는 미국의 원조 없이는 할 게 아무것도 없는데 거기 땅을 사들이는 것은 뭔가 수상합니다."

기자들의 의심을 사자 김 장로는 종적을 감추었다. 기자들은 경찰서로 몰려가 김 장로의 소재지를 물었지만 이미 김 장로가 건네준 돈을 받은 경찰은 입을 다물 뿐이었다.
시간이 지나 사재기 문제가 기자들의 관심에서 멀어지자 김 장로는 또다시 땅을 보러 나섰다. 이때는 먼저와는 다르게 미군에서 불하받은 자동차를 타고 다니면서 기자들을 따돌렸다. 또 부동산 업자를 하나 포섭하여 복비를 주면서 일을 진행했다.

"여러분, 예수님은 우리들의 신랑입니다. 우리들은 등불을 켜고 주님을 맞으려고 기다리는 열 처녀입니다. 우리들이 기다리고 있어야 할 곳이 있다는 것을 주님이 꿈속에서 나에게 계시해 주셨습니다. 그곳은 바로 날선동 황금성입니다. 그 이름은 '내소산'입니다."
이렇게 말하자 부흥회에 참석한 2만여 명의 신도들은 '아멘! 아멘!'하면서 대성통곡을 했다.

이 장면을 제대(祭臺)에서 실눈을 뜨고 내려다보고 있던 김 교주는 회심의 미소를 짓고 있었다.

"으흐흐, 어리석은 것들 실컷 이용해 먹는 거지 뭐…. 이번 부흥회는 대성공이야. 내소산은 예수님께서 오실 곳이라고 계속 밀고 나가야지…."

그 말을 한 날, 황금성 중앙교회 예배시간엔 기적 같은 일이 벌어졌다. 수만 명이 예배에 참가했는데 관절염으로 제대로 걸을 수 없는 사람부터 온몸에 종기가 나서 고생하는 사람까지 언제 그랬냐는 듯이 깨끗이 나았다는 간증(干證)들이 여기저기서 쏟아져 나왔다.

신도들은 내소산 밑 날선동 황금성 덕분에 이런 일이 생겼다며 내소산이 어딘지 알려주지도 않았는데 그곳으로 가서 철야 기도를 올리기 시작했다. 이 바람에 황금성 건설은 새벽부터 밤 10시까지 초롱불을 들고 불철주야로 진행되었다. 신도들은 피곤함도 잊고 하나님의 집 황금성을 만들어 나갔다. 처음에는 공사비가 턱없이 모자랐지만 신도들이 인건비를 반납하는 바람에 무난히 건물을 완성 할 수 있었다.

날선동이 완성되어 황금성 중앙교회의 몸집은 매우 커졌다. 그러나 김 교주는 여기에 만족하지 못하고 신도들의 돈을 한 푼이라도 더 뜯어내려고 술수를 부렸다. 김 교주는 입에 거품을 물고 돈 뜯어내는 설교를 했다.

"여러분, 아들이 돈이 있는데 아버지가 실직해서 가정이 어려워지면 아들은 어떻게 해야죠."

신도들은 영문을 몰라서 서로 얼굴을 바라보면서 눈동자만 깜빡거리는 것이었다. 김 교주가 다시 목청을 돋우었다.
"그 돈을 꼭꼭 감춰두고 혼자만 써야 합니까?"
"아닙니다."
"그러면, 아버지 여기 돈이 좀 있습니다, 살림에 보태세요, 이렇게 해야 하지 않습니까?"
"예, 그렇습니다."
"이렇게 답이 나왔습니다. 이제는 여러분이 갖고 있는 돈을 아끼지 말고 하나님께 온전히 바쳐야 구원을 받습니다. 여기서 인색하면 하나님께서 여러분을 모른다고 하실 겁니다."
"할렐루야, 아멘, 아멘…"
"자 여러분, 찬송가 '내게 있는 모든 것을 아낌없이 바치네'를 함께 부릅시다."
김 교주는 윗도리를 벗어던지더니 신들린 것처럼 박수를 신나게 치면서 찬송가를 인도해 나갔다. 그 모습은 마치 신 내림을 받은 박수무당과 같았다.

내게 있는 모든 것을 아낌없이 바치네.
사랑하고 의지하여 주만 따라 가겠네.
주께 드리네, 주께 드리네.
사랑하는 구주 앞에 모두 드리네.
내게 있는 모든 것을 겸손하게 바치네.
세상 복락 멀리 하니 나를 받아 줍소서.

주께 드리네, 주께 드리네.
사랑하는 구주 앞에 모두 드리네.
내게 있는 모든 것을 주를 위해 바치네.
크신 권능 충만하게 내게 내려 줍소서.
주께 드리네, 주께 드리네.
사랑하는 구주 앞에 모두 드리네.

찬송가가 끝나자 신도들은 양 팔을 높이 들어 머리 위로 벌리고 한 목소리로 아멘을 부르짖었다. 김 교주는 신도들에게 선택의 기대감을 주어 더 많이 헌금하도록 할 목적으로 이렇게 과대 포장했다.

"여러분, 내 얘기를 들어보세요. 이곳 내소산에서 나는 하나님이 되었어요. 알겠나요? 이제 내가 하나님이 되었으니까 미국 경제를 쇠퇴하게 하고 한국으로 미국 경제를 이동하게 할 겁니다. 그러면 미국에 있는 수만 톤의 금이 다 우리한테 오게 됩니다. 금덩어리, 누렇게 빛나는 금덩이를 우리가 갖게 되고 세계 경제의 주축이 되도록 제가 만들 겁니다. 맞아요?"

"네에…"

5만 명의 신도가 외치는 소리가 내소산을 뒤흔들고도 남을 것만 같았다. 또 물과 석탄으로 석유를 만들 수 있는 권능을 하나님께서 자기한테 주셨다고 허풍을 떨기도 했다.

"제가 한강물에 손을 담그고 기도를 하면 한강물은 석유가 됩니다. 또 화순탄광에다 손을 얹고 하나님, 저의 꿈이 이루어지게 하소서, 하고 기도하면 무연탄이 기름이 됩니다. 기름은 연탄보다 열량이 좋고 잘 타서 좋죠. 안 그래요?"

"그렇습니다. 맞습니다!"

"그러면 여러분은 한강물을 바가지로 퍼 담아 보일러에도 때고 자동차도 거저 굴릴 수 있습니다. 이건 동화 속에서나 나올 것 같은 얘기지만 제가 손을 대면 현실이 됩니다. 이렇게 되면 우리나라가 미국보다 훨씬 더 잘 살게 되어 신도들에게 자동차 한 대씩 나눠주고 냉장고와 세탁기도 한 대씩 드리겠습니다."

"아멘! 아멘! 아멘!"

김 교주는 간혹 예배시간에 늦는 경우가 있었다. 한번은 그가 땀을 뻘뻘 흘리면서 제대에 올라와 마이크를 당기고 이렇게 말하는 것이었다.

"여러분, 오늘 제가 왜 예배시간에 늦었습니까? 벌써 15분이나 지났는데 전화를 끊기가 너무 힘들었습니다. 미국 대통령 레이건이 갑자기 전화를 한 겁니다. 그러더니 뭐라고 말했는지 아십니까?"

신도들은 김 교주가 레이건 미국 대통령을 말하자 눈만 말똥말똥 뜨고 아무 말도 하지 못했다.

"아니, 저보고 미국에 한 번 오라는 겁니다. 와서 허심탄회하게 남북통일을 논의하자는 겁니다. 그래서 나는 사양했습니다. 그건 당신이 알아서 해라. 나는 어린양들을 돌보는 일이 더 급하다고 했죠. 그랬더니 전용기를 보낼 테니 꼭 왔다 가라는 겁니다."

김 교주가 이렇게 거짓말을 하는데도 대부분의 신도들은 너무 감격해서 바닥을 치면서 눈물과 콧물이 뒤범벅되어 울었다. 그들의 눈에서는 눈물이 펑펑 흘러내렸다.

이때 김 교주는 아주 기발한 제도 하나를 공개했다.

"이제부터 헌금을 많이 하는 사람에게는 여기 황금성에서 살 수 있는 주택을 임대하겠습니다. 헌금을 5백만 원 이상하면 스무 평짜리를 임대하고 그 이하는 8평짜리를 임대합니다. 더 넓은 집도 가능합니다. 그러나 사람은 많고 집은 제한되어 있으니까 5백만 원 이상으로 끊겠습니다. 헌금 영수증을 갖고 관리소로 가면 주택 임대증을 발행할 것입니다. 서둘러 주시기 바랍니다."

주일 예배시간에 김 교주가 말한 것이 주효했는지 다음 주에는 평소 주말에 비해 헌금이 네 배는 더 많이 들어왔다. 여기서 김 교주는 자신감을 얻어 매주 예배시간에 이벤트를 벌였다.

한편, 김 교주는 김 장로도 모르게 주변의 땅들을 개인적으로 사들이고 있었다. 신도들이 낸 헌금은 황금성보다 더 좋은 땅들을 사재기하는 데 들어갔다. 그는 내일이면 당장 세상이 끝날 것처럼 외치면서 몰래 땅을 사고 있었다. 이건 김 교주 말고는 아무도 모르는 비밀이었다. 등기도 신자들의 차명으로 했기 때문에 아무도 그 사실을 모르고 있었다.

"흐흐흐, 제깟 놈들이 알긴 뭘 알아? 이 땅은 영원히 내거야. 아무도 모르겠지?"

하지만 김 장로는 우연히 날선동 부동산에 들렀다가 김 교주가 혼자서 땅을 보러 다닌다는 것을 알게 되었다.

"말세라고 떠들면서 결국 딴 주머니를 차는구나. 세상에 믿을 놈이 한 놈도 없구나."

그는 김 교주의 토지 매입 상황을 살펴보기로 했다. 동사무소에는 쉽게 접근할 수가 없었다. 김 교주와 공무원들은 벌써 한통속이 되어 움직이고 있었다.

그는 은밀하게 뒷조사에 들어갔다. 김 교주가 탐을 낼만한 토지를 찍어서 복덕방에 사겠다고 중개를 요청했다. 아니나 다를까, 돈이 될 만한 요지의 땅은 이미 교인들의 이름으로 등기해 놓고 있었다. 차명이라고 해 봤자 이름 석 자만 보면 다 알 수 있는 사람들이었다.

이렇게 해서 김 장로는 김 교주가 신도들의 헌금으로 딴 주머니를 차고 있다는 것을 확실히 알게 되었다. 김 교주는 신도들의 감성을 자극하여 불과 3년 만에 날선동에 60만평의 토지를 사들여 순식간에 부동산 재벌로 등극하게 되었다. 바로 내소산, 즉 예수님께서 오시는 곳이 예루살렘도 아니고 로마도 아니며 다마스쿠스도 아닌 동방의 나라 대한민국 내소산이라는 예언 때문이었다.

그는 돈을 위해서는 거짓말을 밥 먹듯 해댔다. 심지어 예배를 드리려고 올 때 이상한 소리를 내면서 몸을 떨기도 했다. 신도들은 이런 것 하나하나가 다 주님께서 김 교주에게 임하기 때문에 일어나는 기적으로 여겼다. 그는 후들후들 떠는 모습으로 제단에 섰다.

"여러분, 지금 여기까지 오는 길에 제 몸에 마귀가 백 마리 이상이 들러붙어 안 떨어져 예배를 못 드릴 뻔했어요. 제가 기도하니까 요상한 소리를 내면서 다들 떨어져 나갔습니다. 왕마귀가 떨어져 나가는 소리를 들은 사람 손들어 보세요."

이런 질문을 던지자 늦게 들어와서 뒤에 자리를 잡은 신도들의 대부분이 손을 드는 것이었다. 그는 자기가 하나님의 사랑을 받으니까 마귀들이 시샘을 하면서 매달리는 것이라고 했다.

그는 더 신이 나서 허풍을 떨어댔다.
"이런 때는 어떻게 해야죠? 몸을 흔들면 마귀들이 떨어져 나가나요?"
"아닙니다. 아닙니다."
"그러면 어떻게 해야죠?"
"……"
"주님, 저는 아무것도 할 수 없습니다. 주님께서 악을 물리쳐 주소서."
"아멘, 아멘, 아멘…"
예배당 성전의 지붕이 통째로 무너져 내릴 것 같은 소리로 신도들은 울음 반 기쁨 반으로 소리를 질러댔다. 김 교주는 이 모습을 제대에서 내려다보면서 자기의 성공이 꿈처럼 느껴지고 있었다. 그때 그가 더 큰소리로 이렇게 외쳤다.
"예수의 이름으로 명하노니 이놈의 악마야 썩 물러가라!"
그는 거울처럼 반사경이 달린 십자가를 꺼내들었다. 그 거울은 금빛 찬란하게 빛나고 있었다.

"자, 이렇게 우리 모두 함께 해봅시다. 예수의 이름으로 명하노니 악마야 썩 물러가라!"
"예수의 이름으로…"
"명하노니…"
"명하노니…"
"악마야 썩 물러가라"
"악마야 물러가라!"

그때 절반이 넘는 신도들이 까무러쳐 뒤로 넘어졌다. 아이와 함께 온 한 아이의 엄마가 뒤로 고꾸라져 손발을 떨었다. 아이는 엄마의 이상한 모습을 보자 얼굴이 새빨개지며 울었다. 그 울음소리는 예배당의 괴성 소리에 파묻혔다. 소리를 지르는 수백 명이 바닥에 뒤엉켰다. 허리를 펴고 앉아 경청하던 사람들은 머리를 바닥에 찧고, 쥐어뜯고, 옆의 사람을 때렸다. 가슴속의 악마를 꺼내야 한다는 소리를 지르며 한 여자는 브래지어가 다 보이도록 옷을 찢어버렸다. 여자의 오른쪽에서 은혜를 받은 척 고개를 앞뒤로 흔들던 남자는 그 여자의 가슴에 손을 가져갔다. 여자는 별 감흥 없는 듯 자신의 옷을 찢는 데에 집중했다. 그러자 주변에 있던 몇몇 남자들이 그 주변에 몰려들어 서로 만지겠다고 몸싸움을 했다. 멀리 떨어진 곳에서 반바지를 입고 있던 비쩍 마른 남자는 주먹을 쥐고 다리를 쳤다. 치는 곳마다 멍이 들었다. 평소에 앙심을 품고 있던 사람에게 다가가 주먹질을 하는 사람도 있었다. 맞는 사람은 갑자기 날아드는 주먹을 막지 못했다. 군데군데 상처가 나기 시작했다. 주먹을 칠 때마다 핏방울이 조금씩 주변 사람들에게 튀었다. 그러나 그런 모습을 보아도 누구도 말리지 않았다. 예배당은 아수라장이 되었다. 지옥을 보는 듯 했다. 악마가 나갔다기 보다는 악마가 들어온 모양새였다. 광기어린 예배 시간은 반나절이 넘도록 지속 됐다. 김 교주의 전속 사진사는 이 장면을 찍어서 두고두고 팔아 큰돈을 벌어들였다. 그날 이후 이 사진은 황금성의 기적을 상징하는 고상한 성물(聖物)이 되었다.

3

생수, 생수, 생수

김 교주는 돈이 될 만한 이벤트를 기획해 내는 데는 타고난 귀재였다. 황금성은 돈에 홀린 것처럼 돌아가고 있었다. 돈 들어올 만한 신도가 오면 인정사정 보지 않았다. 갖가지 방법으로 위기감을 불어넣어 뽑을 수 있는 데까지 뽑아내자는 것이 김 교주의 속셈이었다.

황금성에서는 돈이 없으면 인간 취급을 받지 못했다. 사실 기업경영에는 별 관심이 없었다. 협박으로 신도들의 지갑을 터는 일과 봉사, 헌신이라는 명목의 저임금으로 신도들을 이용하는 것이 재산증식 주요 수단이었다. 이렇게 황금성의 재산은 하루가 다르게 불어나고 있었다.

돈은 모두 신도들의 지갑에서 나왔다. 황금성의 물건들이 인기를 끌자 김 교주는 이익을 극대화하려고 잔꾀를 부리기 시작했다. 동대문시장에서 비슷한 물건을 도매로 헐값에 떼어다가 상표갈이를 하여 서너 배는 더 붙여서 팔았다. 그 물건들은 모두 황금성에 사는 신도들에게 팔려나갔다. 이렇게 5년 넘게 수탈을 하다 보니 신도들의 지갑이 텅텅 비었다. 그때 착안한 것이 임금이었다. 김 교주는 위기감을 더욱 증폭시켰다. 어떤 신도들은 김 교주의 말이 이랬다저랬다 하니까 일찌감치 황금성에서 보따리를 싸기도 했다. 김 교주가 들고 나온 것은 생수였다.

김영일 교주는 자기가 축복한 생수를 비싼 값에 판매하여 이익을 취했다. 김 교주가 말하는 생수란 예수와 사마리아 여인의 대화에서 착안한 것이다. 김 교주는 생수가 만병통치약인 것처럼 과장했으며, 생수를 마시면 죄를 용서받는다고까지 떠들었다.

생수는 황금성 신도들이 이탈하지 않도록 해주는 마법의 물이었다. 생수는 특별생수와 정기생수로 나누어 값을 다르게 매겼다. 나중에는 생수를 과대 포장하여 신도들의 지갑을 무자비하게 털어갔다. 신도들은 생수를 마셔야 구원을 받을 수 있다고 하니까 그런 줄 알고 따를 수밖에 없었다.

"내가 축복한 이 생수에는 내 영이 들어 있습니다. 이 물을 마시면 병도 낫게 되고 죄를 씻어 내며 늙은 몸을 젊게 하고 죽을 자의 생명을 연장시켜 줍니다. 내가 축복하는 생수 한 방울에는 우주 전체의 신비가 들어 있습니다. 이 생수 한 방울이 여러분의 목숨도 살리고 영생으로 이끌어 주는 피와 같습니다. 여러분이 피를 다 쏟아도 이 생수만 마시면 죽지 않습니다. 아멘."

수돗물에 불과한 생수를 놓고서 이렇게 과장하고 나오자 눈치 빠른 신도들은 불평불만을 늘어놓기 시작했다. 또 어떤 신도는 "김 교주 학교나 나왔어? 혹시 학력을 위조한 것은 아닌가? 뭔 설교가 저래. 알맹이가 전혀 없어. 매번 돈 내라는 소리만 지르지 살이 되고 뼈가 되는 내용은 하나도 없어."하고 투덜거렸다.

경비과장 홍수만은 김 교주에 대해 불평을 하는 신도를 솎아내는 일을 전담하고 있었다.

어떤 신자는 김 교주가 책 한 권 읽지 않은 것 같다고 하면서 불평을 늘어놓았다.

"도대체 김 교주, 그 사람 정신이 온전하게 박힌 거야, 뭐야? 어제는 헌금을 많이 하면 구원을 받는다고 하더니 오늘은 생수를 사야 구원을 받는다고 말을 수시로 바꾸니 지갑에 돈이 남아나질 않아. 우리도 사람인데 돈이 있어야 살 것 아냐? 저걸 보고 믿다가 천국에 가겠어? 저건 가짜야."

이 사람의 불평불만은 곧바로 홍수만에게 전해졌다. 그가 일을 마치고 숙소로 걸어가고 있는데 홍수만이 느닷없이 나타나더니 다짜고짜 욕설을 퍼붓는 것이었다.

"야, 너 등신 같은 새끼야! 잠깐 이리 와봐. 이 쓰레기 시궁창 같은 놈아."
"뭐라고? 내가 쓰레기라고? 에라이 썩어 고구마 거름도 못될 인간아!"
"오늘 몸이 근질근질한데 너 잘 걸렸다."

호적등본에 잉크도 마르지 않았을 것 같이 새파랗게 젊은 놈이 아버지뻘 되는 사람에게 반말에다가 쌍욕을 퍼붓는 것이었다. 그 사람도 절대 물러서지 않을 기세로 당당하게 맞서고 있었다.

"왜, 내가 불평 좀 했다고 속이 쓰려서 그러는 거냐. 난 벌써 죽기로 각오했다. 어디로 가자는 거야? 경비실?"

"그래 경비실로…"

"야, 이 새끼야! 이 넓은 데 두고 왜 답답한 창고로 가냐. 왜 말이 없어? 이 말똥 찌꺼기 같은 새끼야!"

"참 병신 같은 게 육갑 떨고 있네. 이 새끼가 정말 우리 교주님을 모독하고…"

"어이구. 병신도 정말 총천연색이라더니 가지가지구나. 야, 안 보는 데서 대통령은 욕 못하냐?"

"너 지금 뭐라고 씨부렸어?"

"뭐라고 씨부렸냐고? 꼭 듣고 싶어? 들으면 너 같은 간신은 충격을 받을 텐데. 그래도 듣고 싶다면 해주지 뭐."

"야, 똑똑히 들어! 한 자도 빼놓지 말고 그대로 전해 줘! 김영일 교주, 미친 개새끼… 됐지?"

거침없이 나오는 욕설에 경비과장 홍수만은 제 정신이 아니었다. 경비과장은 고개를 창고 쪽으로 돌리더니 "얘들아!"하고 소리를 질렀다.

그러자 어디서 갑자기 나타났는지 20대 초중반 장정 8명이 우르르 달려드는 것이었다. 그런데 호기는 좋았지만 그 사람은 육군 특무상사 출신으로 유도가 6단이었다. 달려들던 애들이 저 멀리 퍽퍽 나가떨어졌다.

"야, 경비과장! 네 눈으로 똑똑히 봤냐? 이 씨팔 여기가 아오지 탄광이냐? 불평 한 마디도 못하게 통제하고 말이야. 너 씨팔 새끼 근질근질한데 오늘 잘 걸렸다. 이리 와! 네놈은 우리가 말을 안 하면 불통이라고 그러고, 말을 하면 알맹이가 없다고 그러고. 어떤 놈 장단에 춤을 춰야 박수를 칠래. 이 씨팔 것들아!"

그의 말이 끝나자 경비과장은 걸음아 날 살려라 하면서 줄행랑을 쳤다.

그날 밤 늦게 그는 짐을 싸 가지고 황금성을 벗어나 날선동 길손여인숙에서 하룻밤을 묵었다. 다음날 그는 강원도 산판으로 일하러 가기 위해 시외버스에 올랐다. 산판일은 비록 힘은 들었지만 하고 싶은 말을 할 수 있는 자유가 있어서 좋았다.

김 교주는 이처럼 곳곳에 첩자들을 박아놓고 불평불만을 하는 자를 솎아내고 있었다. 북한의 김일성이 하는 인민통제 수법을 그대로 빌려다 쓰고 있었다. 이때부터 황금성에서 세 치 혀를 함부로 놀렸다가는 제 명에 못 죽는다는 이상한 소문들이 떠돌기 시작했다. 멀쩡하게 잘 지내던 사람들이 어느 날 밑도 끝도 없이 사라지고 있다는 것이었다.

김 교주는 황금성 기업에 운영자금이 필요하면 어김없이 '신상품'을 들고 나왔다. 신도들에게 돈을 더 많이 헌금하라고 닦달할 때에도 직설적으로 돈을 들먹이지 않는 고단수를 썼다.

그의 수법을 아는 신도들은 하나둘씩 황금성에서 빠져나갔다. 아무리 충성심이 강한 신도들이라도 입만 열면 돈 얘기를 하니까 넌더리가 난 것이다. 김 교주가 생수를 만병통치약인 것처럼 말하자 비아냥거리는 소리들이 들려왔다. 김 교주의 생수예찬론이 이렇게 들린다고 했다.

"어서들 생수를 사셔요. 생수가 왔어요. 생수를 많이 사세요. 생수를 많이 마시면 천국에 갑니다."

김 교주는 며칠 밤을 새워가며 생수에 성령을 불어넣는 연습을 하고 또 했다. 신비감을 불어 넣으려고 이런 방법 저런 방법들을 다 써보았다.

먼저 해녀들의 숨비소리를 따라 해보았다. 해녀들이 물질을 마치고 물 밖으로 올라와 가쁘게 내쉬는 숨소리를 숨비소리라고 한다. 숨을 비우는 소리다. 물 위로 나와서 내쉬는 그 소리는 휘파람 소리나 새소리 비슷하다.

그러나 해녀들처럼 숨비소리를 일정하게 따라 할 수가 없었다. 황금성 총무과는 제주도에 가서 해녀를 직접 모셔왔다. 김 교주는 신분을 속이고 하루를 꼬박 연습했지만 물질을 하고 나온 해녀들의 숨소리를 따라 할 수가 없었다.

"쉬이이익…"

아무리 연습을 해도 타이어에서 바람 빠지는 소리만 나왔다. 더구나 연습할 때마다 소리가 다르게 나왔다. 다음으로 다큐멘터리 동물의 왕국에서 본 방울뱀이나 코브라가 내는 소리를 따라 해보았다. 그런 대로 코브라의 소리는 따라 할 수 있었다.

그는 쉬쉬쉬익! 하면서 흉내를 냈다. 총무과장은 박수를 치면서 아멘, 아멘! 을 외치고 있었다. 이건 신인가수가 오디션을 통과하는 것 같았다.

"노 과장, 이거 어디 가서 코브라 소리에서 따온 거라고 말하지 마. 그러면 천기누설이라고. 천기누설하면 어떻게 되는지 알지?"

김 교주는 자기 목을 칼로 긋는 시늉을 했다. 이 모습을 본 노 과장의 등에서는 식은땀이 흘렀다. 그때 그의 눈동자는 방울토마토만 해졌고 오른손은 자기 목을 만지고 있었다. 자기 목이 제자리에 붙어 있음을 확인하고선 큰 숨을 내쉬었다.

황금성은 공장을 돌리는 데 돈이 밑 빠진 독에 물 붓듯이 들어가고 있었다. 물건은 제때에 안 나오고, 효율은 떨어지고, 기계는 툭하면 멈춰섰다. 은행 잔고는 하루가 다르게 쑥쑥 빠져나가고 있었다. 은행에서 빌리면 되지만 이자를 치르는 게 부담이었다.
 둘째가 아침 일찍 김 교즈의 거처로 들어왔다.
"아버지 잘 주무셨어요?"
"뭐, 아버지? 이놈아 내가 어떻게 네 아버지냐?"
"아버지가 아니면 누구세요?"
 김철구는 아버지의 뜻을 헤아리지 못하고 있었다. 아버지는 아들 앞에서 갑자기 목소리를 뚝 떨어뜨리더니 세계명작전집 한 권을 집어 들어 냅다 던졌다. 그 다음에 오른손 집게손가락으로 자기 가슴을 가리키는 것이었다.
"나 말이야, 네 하나님이야. 어디 한 번 해봐라. 어서 빨리!"
 아들은 자기 아버지를 하나님이라고 부르기가 어색해서 잠시 머뭇머뭇했다. 아버지 보고 하나님이라고 부르려니 입이 안 떨어졌다.
"어서 빨리 '하나님'이라고 불러 보라니까! 정 못하겠으면 내 앞에서 썩 꺼져라. 그러면 후계자는 네 형이 된다."
 그제야 얼굴이 노랗지 변한 아들이 겨우 입을 달싹거리는 것이었다. 이 판국에 아무리 말이 안 되는 소리지만 '하나님'이라고 못할 것도 없었다.
"하나님, 편히 주무셨어요?"
"그래. 나한테 온 용건이 뭐냐?"
"하나님, 다음 달 말까지 한신은행에서 발행한 당좌수표를 막아야 합니다."
"그래? 얼만데 그러냐?"
"한 28억에서 약간 빠집니다."
"아니, 그런 걸 갖고 고민하고 있냐. 벌써 돈이 되는 신제품을 준비해

두었다."

그때 아들은 침을 꿀꺽 삼키더니 김 교주 곁으로 바짝 붙었다.
"하나님, 그게 뭔가요? 저한테만 살짝요."
"이놈아. 하나님의 일은 함부로 발설하면 안 되는 법이다. 내가 예배 볼 때 말할 테니까 그때까지 기다려라. 이건 보안이다."
아버지가 이렇게 나오자 아들은 뿌루퉁해서 나가버렸다. 김 교주는 몇 번이고 연습을 반복했다. 생수를 축복하다가 실수라도 했다가는 신비감이 사라져서 기대치에 미치지 못할 수가 있다.

주일 예배에서 김 교주는 성경 구절을 인용하더니 다음 주부터는 모두들 생수통을 하나씩 준비하라고 했다. 며칠 후 황금성에는 갖가지 생수통을 실은 트럭들이 밀려들기 시작했다. 이 생수통은 시중보다 두 배는 비쌌지만 외부 생수통의 반입을 차단했다.

생수통의 크기에 따라 대중소로 구분해서 헌금을 차등해서 봉헌하라고 명령조로 말했다. 그러자 신도들은 김 교주가 내리는 생수에 감사를 드리면서 바닥에 엎드려 울었다.

"돈은 다 허상입니다. 하나님 나라에 들어가는 데 돈은 장애물입니다. 자, 여러분, 생수 축복 받는 데 들어가는 헌금을 아끼지 마세요. 나중에 하늘나라 가서 돈 없어서 천국에 못가는 일이 있으면 되겠어요?"
"아뇨."
"그렇죠?"
"예, 아멘."
전 신도들이 목청껏 있는 힘을 다해서 아멘, 아멘! 하고 소리를 질러댔다.

"내가 축복하는 생수는 여러분을 구원하는 생명의 물입니다. 많이 축복을 받아서 밥도 하고 찌개도 끓여서 먹어 봐요. 생수의 본질은 죄를 씻어내는 겁니다. 밥을 먹으면서 육신에 깃든 죄를 사함을 받는 게 얼마나 큰 축복입니까? 오염된 시냇물이 큰비가 오면 더러운 것들이 다 떠내려가서 깨끗해지는 것을 봤지요? 생수는 여러분의 영혼에 덕지덕지 붙어있는 죄를 씻어내 줍니다."

"네에…."

"바로 그겁니다. 여러분의 육신이 오염된 시냇물이라면 큰비는 생수라고 할 수 있습니다. 생수 축복 헌금을 봉헌하라니까 어떤 분은 주일헌금에서 떼어서 낼까 고민하고 있어요. 그러면 구원은 물 건너갑니다. 쓰고 남은 것을 바치는 게 아니라 쓰기 전에 바쳐야 하나님께서 즐겨 받으십니다."

신도들이 발악하듯이 질러대는 대답 소리에 귀가 멍멍해져 잠시 소리가 들리지 않는 것 같았다.

"아멘, 아멘!"

"내 말이 맞습니까?"

"네에…"

"맞습니다. 아멘."

말이 끝나자 김 교주는 얼마 전 죽은 딸 혜선의 시신이 있는 곳으로 갔다. 김 교주는 그가 가장 사랑하던 그녀의 시신을 끌어안고 훌쩍거렸다. 눈물이 떨어진 시신 부위가 불그스레허지자 다시 살아나라고 생수를 발랐다. 그러자 마치 살아있는 사람의 피부처럼 윤이 났다. 그는 생수를 바르면 그 영혼이 천국에 간다고 설교했다. 시신에 물을 바르고 문지르면 시신이 살아나는 것 같이 혈색이 붉게 피어난다. 이는 시신에 수분을 바르면 나타나는 일시적인 증상일 뿐이다. 그러나 그는 이를 과대 포장하여 사실인 것처럼 선전했다. 신도들은 그것을 매우 신비하게 여겼다. 생수를 먹으면 영생을 얻을 것 같았다.

"생수는 생명수와 같은 말입니다. 어때요? 생수를 바르면 죽은 사람도 살아나죠? 왜 그럴까요? 모른다고요? 그 속에는 하나님인 내 영이 들어 있기 때문입니다. 혜선이는 생수로 살아났어요. 뭐 죽은 사람을 살아있다고 하느냐고요? 생수를 통해 혜선이는 하늘나라에서 영생을 얻었습니다. 그래서 죽었어도 살아 있는 겁니다."

이 설교를 듣고 난 신도가 옆 사람한테 물었다. 그는 김 교주의 말과 행동이 따로 노는 것이 마음에 들지 않았다. 그건 김 교주 특유의 궤변이었다. 그걸 듣고 알 만한 사람은 다 알고 있었다.

"아니, 혜선이가 생수를 발랐더니 살았다는 것이여? 죽었다는 것이여? 뭔가 말이 딱 떨어지지 않고 능구렁이 담 넘어가듯 어물쩍하는 버릇이 있어."

그날 이후 김 교주는 생수로 기적을 일으키려는 시도를 여러 번 했지만 그때마다 불발로 끝나고 말았다. 그는 황금성을 생수가 흐르는 지상낙원으로 선전했다. 하지만 막상 보면 생수가 흐르는 곳이 아니라 구정물이 흐르는 시궁창 같았다. 여름에는 오염된 물을 마시고 콜레라에 걸리는 사람들까지 생겨났다.

김 교주는 생수, 그러니까 오염된 물을 생수로 바꾸는 기적을 보여주고 싶었다. 김 교주는 극비로 정수시설을 추진했다. 6개월의 공사 기간 중에는 집무실 근처 1킬로미터 안쪽으로는 누구도 접근할 수 없게 했다. 황금성 맨 꼭대기에 정수장을 설치했다. 밤에 물을 끌어올려 오염된 물을 정수 처리하여 각 가정으로 내려 보냈다. 그는 자기의 기도와 이적으로 오염된 물이 생수로 변하는 것을 자주 신도들에게 자랑했다. 이렇게 오염된 물이 축복을 한다고 해서 생수로 변한다고 신도들에게 떠벌렸다. 그때부터 정수장은 성지가 되어 매일 아침저녁으로 신도들이 모여들어 기도를 했다. 신도들은 오염된 물이 김 교주의 축복으로 깨끗한 물로 변한 것으로 알고 있었다. 그 물을 따라 놓고 기도를 드리는 가정이 계속해서 생겨나고 있었다.

생수를 공급하는 원리는 아주 간단했다. 오염된 물을 받는 탱크를 하나 만들었다. 그 물은 정수 장치로 연결하지 않고 땅속으로 빠져나가도록 했다. 다음은 정수처리 시설을 지하에 설치하여 거기서 자동으로 정수되어 각 가정과 공장으로 급수하는 것이었다. 그는 서너 달에 한 번씩 정수처리장에 가서 생수를 축성(祝聖)하는 퍼포먼스를 벌였다. 신도들은 지하에 정수처리 시설이 있다는 것을 까맣게 모르고 있었다. 이것은 김 교주가 기적을 일으킨다는 것을 늘 마음속에 담고 살아갈 수 있도록 해주는 신성한 의식이었다. 하지만 이것은 거대한 사기행각의 하나일 뿐이었다.

신도들은 수도꼭지에서 나오는 물을 보고 기도를 하는가 하면 심지어 상처에도 발랐다. 그러다가 병을 더 키워 대수술을 받는 경우도 허다하게 많았다.

"여러분 집에 나오는 물은 수돗물이 아닙니다. 그건 영생을 얻게 하는 생명수입니다. 그 물 속에 하나님의 구원의 약속이 깃들어 있습니다."

이 설교를 듣고 신앙이 깊어진 신도들은 까무러치기도 하고 며칠씩 잠도 자지 않고 기도만 했다. 하지만 기도를 드린다고 일을 하지 않으면 어김없이 일당을 월급에서 공제했다.

4

갱도가 무너지다

 황금성에는 불과 5년 사이에 수만 명의 신도들이 집중적으로 모여들면서 문제가 한두 가지가 아니었다. 공장을 돌리느라 인력이 필요했고, 그들을 재우고 먹이고 관리하는 일이 보통 문제가 아니었다. 그중 에너지, 즉 자원부족이 문제였다. 신도들은 나뭇가지를 모아서 밥을 하고 난방을 하다 보니 매일 아침이면 황금성은 마치 이슬이 내리는 것처럼 안개가 자욱했다. 공기가 나쁘다 보니 신도들은 감기에 걸려서 일을 못하는 날이 늘어나고 있었다. 김 교주에게 이것은 큰 손실이었다.

 김영일 교주는 황금성의 공장을 돌리고 근로자들의 숙식을 해결하기 위해서 에너지를 확보하려고 동분서주했다. 이때 우진영 반장은 김 교주가 탄광을 인수할지도 모른다는 정보를 우연히 듣게 되었다.
 그는 누런 갱지에 '에너지 확보대책 건의사항'이라는 보고서를 올렸다. 그는 황금성에 들어오기 전에 태백탄전에서 책임자로 일한 경험이 있었다. 이것을 읽어본 김 교주는 무릎을 치더니 바로 우 반장을 불렀다.

"우 반장, 건의사항을 잘 읽었네. 무연탄을 우리가 직접 생산해서 여기까지 실어오자는 얘기인가?"

"그렇습니다. 지금 인수할 수 있는 무연탄 탄전은 지천에 널려 있습니다. 그걸 인수하여 직접 생산하면 일반 시중에서 사다 쓰는 것보다 50퍼센트는 싸게 먹힙니다."

"그러면 우리 이익이 그만큼 늘어나게 되는 거로군."

"그렇습니다. 탄광에서는 해마다 봄이면 춘투(春鬪)라는 노조파업이 일어납니다. 그러면 연탄 공급이 중단되는데 우리가 직접 개발하면 안정적으로 공급을 받을 수 있습니다. 지금 시중에서 연탄 한 장이 900원에 팔리는데 300원이면 공급할 수 있습니다."

"으음…, 그러면 900원에 팔면 600원이 남는 셈이겠군? 우 반장, 당장 알아보게 그리고 자네가 책임을 지고 탄광을 개발하든지 기존의 것을 매입하든지 하게. 자세한 것은 나하고만 얘기해야 되네. 내가 발표할 때까지는 비밀을 지켜야 하네."

"알겠습니다. 교주님!"

김 교주는 우 반장을 보내고 기분이 들떠서 자리에 앉지 못하고 서성이고 있었다. 황금성은 고정인원 말고도 찾아오는 방문 신도들이 구름처럼 몰려오면서 주택난에 이어 연료난까지 겪게 되었다. 엄동설한에 땔감이 부족해서 신도들은 차가운 방에서 잠을 자야만 했다. 이들은 황금성의 공장을 움직이게 하는 주요한 일꾼들이었다. 황금성에서는 북한의 김일성이 '무역일꾼, 농사일꾼'이라고 하는 제도를 본떠서 근로자, 직원 등의 말을 안 쓰고 일꾼으로 부르고 있었다. 이것은 이윤을 극대화하기 위한 전략에 지나지 않았다. 그는 이것을 뒤에 숨기고 신도들의 삶의 질을 높인다고 떠들었다. 이렇게 되자 신도들은 김 교주를 우러러 받들면서 철야기도를 드렸다. 기도 제목은 '황금성 땔감 마련 100일 철야기도회'였다.

  기도회가 100일 째 되는 날 완장을 찬 사람이 앞으로 나가더니 기도를 주관했다. 이들 중에는 전쟁고아들이 많이 있었다. 이들은 전쟁으로 부모를 잃고 고아로 이리저리 떠돌면서 멸시를 당하다가 황금성에서 일자리를 준다고 하니까 무작정 들어와서 자리를 굳히게 된 사람들이었다. 이들은 전쟁 통에 헤어진 혈육들을 찾으려고 애를 썼지만 도무지 어디에 있는지 알 재간이 없었다. 이때 김 교주는 전국의 황금성 교회에 이들 사진을 붙여놓고 예배를 볼 때마다 이름을 알려 나갔다. 그 바람에 황금성 교회에는 전국에서 자식을 잃어버린 부모 형제들까지 모여들었다. 이들은 저절로 황금성 신도가 되었다. 김 교주는 전쟁고아 부모 찾아주기를 적극적으로 추진했다.

"저는 우 반장입니다. 오늘 100일째 철야기도를 드리는 날입니다. 두 가지를 얘기하려고 이 자리에 서게 되었습니다. 먼저 김 교주님께서 탄광을 인수하셔야 하는데 지금 자금이 바닥이 났습니다. 여러분들의 특별 헌금이 필요합니다. 다음은 탄광에서 일할 사람을 찾고 있습니다. 여기서 일하는 것보다 힘은 들겠지만 대우는 두 배 이상 해드리겠습니다. 여기 있는 신도들 가운데 탄광에 지원을 하면 특별히 우대할 것입니다."

  이때 전쟁고아로 항상 어머니가 보고 싶어서 울면서 지내던 김길동이 손을 번쩍 치켜들었다. 그는 이북 함흥에서 내려오다가 미군 폭격이 있을 때 그 북새통에 어머니 손을 놓쳐 천애 고아가 되었다. 그는 어머니를 찾다가 지쳐서 이제는 눈물마저 마른 터였다.

"반장님, 거기가 어딥니까?"

"아직은 장소를 밝히면 안 됩니다. 만약 그게 알려지면 그쪽에서 돈을 많이 달라고 합니다. 그래서 마지막 도장을 찍을 때까지는 비밀로 해야 합니다."

김길동은 우반장을 향해 자리에서 일어섰다. 그의 소원은 뭐든지 배불리 먹는 것이었다.

"반장님, 거기 가면 밥은 실컷 배불리 먹을 수 있나요?"

"그걸 말이라고 하나? 밥을 못 먹으면 힘든 일을 못하게 되는데."

"그렇다면 저는 그리로 가겠습니다."

"아멘, 우리 황금성 가족들의 등을 따뜻하게 해 줄 연료를 생산하는 곳에 제1호 지원자가 나왔습니다. 다른 분은 없습니까?"

이렇게 해서 100일 철야기도가 끝나는 날 탄광에서 일하겠다는 지원자가 300명을 넘어서게 되었다. 그들은 무엇보다 황금성 공장보다 월급을 두 배나 주고 밥을 배불리 먹을 수 있다는 데 매료되었다.

초여름, 하지를 열흘 정도 남겨 놓고서 김 교주는 우 반장을 불렀다. 그가 집무실로 갔더니 그 앞에 지프차 한 대가 시동을 걸어놓고 있었다. 그 차를 지나쳐 가려는데 운전사가 내리더니 그의 옷자락을 잡았다.

"우 반장님, 여깁니다. 어서 앞으로 타세요."

"아니, 왜 제가 타야 하나요?"

그는 너무 놀라서 되물었다. 뭔가 아주 특별한 일이 있을 것만 같은 예감이 들었다. 그가 앞문으로 발을 들여놓자 뒷자리에서 김 교주가 아주 흐뭇한 얼굴로 웃고 있었다. 이날따라 김 교주는 더 인자하게 보였다. 그의 얼굴을 보자 김 교주는 쉬이잇! 하면서 그에게 축도를 했다. 그는 본능적으로 "아멘, 아멘!" 하고 외쳤다.

"우 반장, 예고 없이 오라고 한 것은 자네가 잡은 탄광을 인수하고 오늘 잔금을 치르러 가는데 자네도 함께 가는 것이 좋을 것 같네."

"예, 감사합니다. 저처럼 미천한 사람의 아들이 영광스런 자리에 함께 하게 되어 분에 넘치는 은혜를 받게 되었습니다."

"오늘 계약을 하고 앞으로 여덟 달 동안 준비과정을 거쳐 11월 초에는 무연탄을 생산하도록 준비해 주게."

"차질 없이 추진하겠습니다. 교주님."

그날 우 반장이 간 곳은 청산이라는 산골마을이었다. 물이 맑고 하늘이 깨끗해서 붙여진 이름이었다. 이미 그곳은 해방 전 해부터 탄전이 개발되어 익히 알려진 곳이었다. 그가 지난번에 소개한 탄전과 직선거리로 100킬로미터 떨어진 곳에 있었다.

그날 탄전 주인과 계약을 체결하고 돌아왔다. 이제는 모든 일이 우 반장의 손아귀에 들어오게 되었다.

그는 수시로 김 교주 집무실로 불려가서 의견을 제시하고 또 지시를 받아서 연탄을 캐는 일을 진행해나갔다. 김 교주는 생산이 가능한 탄전을 인수하고부터 황금성의 에너지 자립을 자신하고 있었다. 이것은 공장을 돌려 생산을 독려하고 최대한의 수익을 올리려는 김영일 교주의 욕심이었다.

  임금을 황금성 공장보다 2배로 준다고 하자 신청자들이 줄을 이었다. 그러나 김 교주는 막장이 항상 사고의 위험이 도사리고 있으며 사고가 났다 하면 거의 다 사망하기 때문에 가능한 한 연고가 없는 고아들을 투입하기로 정했다.

  우선 일차로 120명이 무연탄 일꾼으로 선발되었다. 신체검사가 형식적으로 실시되고 간단한 짐을 꾸려 밤 10시에 출발하는 완행열차에 몸을 실었다. 이들에게는 야식으로 보리밥에 짭짤한 콩자반을 넣고 뭉쳐서 파래 김으로 둘둘 만 주먹밥이 두 개씩 주어졌다.

  청산탄광으로 떠나던 날 낮에 그들은 기념사진을 찍느라 바쁘게 움직이거나 자기가 살아서 올 수 있을지 몰라 눈물을 흘리기도 했다. 탄광은 사고가 났다 하면 목숨을 잃을 수밖에 없었다. 노동자들은 밤새 완행열차를 타고 가면서 어디로 가는지 알아내려고 밖을 내다봤지만 워낙 열차를 오랜만에 타보기 때문에 길이 생소한데다 한밤중이어서 도대체 어디로 가는지 알 수 없었다. 사위는 불빛하나 보이지 않는 암흑이었다. 바퀴가 선로 위를 긁으면서 지나가는 소리만이 기차가 움직인다는 것을 알게 해주었다. 가슴께에 오는 창엔 어리둥절한 표정을 짓는 얼굴들이 달라붙어있었다. 흐릿한 백열등이 깜빡였다. 그럴 때마다 그 얼굴들이 지워져 갔다.

  이들 고아들은 황금성에서 밥 먹여 주고 월급 준다고 해서 지원 했지만 막상 가려고 하니 불안했다. 이들 모임에서 항상 앞장을 서던 김길동이 오랜만에 좌중을 둘러보더니 답답한 마음에 입을 열었다.

"아니, 씨팔! 그 김 교주 있잖아. 우리를 탄광으로 데려다가 죽일 모양이니까 이렇게 깜깜한 밤중에 어디로 데리고 가는 거 아냐?"

다들 밤이라 비몽사몽(非夢似夢) 졸다가 김길동이 불평불만을 털어놓자 부스스 눈을 떴다. 고향이 같은 이북인 김재선이 느릿한 말로 말을 이었다.

"우리를 전쟁고아라고 멸시하더니 이제는 탄광에 넣어 죽일 모양이지? 뭐가 이렇게 비밀이 많은 거야!"

이때 동녘이 약간 밝아오면서 흐릿하게나마 밖을 분간할 수 있었다. 이들이 타고 가는 열차는 방향을 바꾸는지 몇 번인가 앞으로 왔다 뒤로 갔다 했다. 그때 누군가가 찬송가를 부르기 시작했다.

　내주를 가까이 하려 함은
　십자가 짐 같은 고생이나
　내 일생 소원은 늘 찬송하면서
　주님께 더 나아가길 원합니다.

　내 고생 하는 것 옛 야곱이
　돌베개 베고 잠 같습니다.
　꿈에도 소원이 늘 찬송하면서
　주님께 더 나아가길 원합니다. 아멘

찬송가를 따라 부르던 고아들은 이 세상과 담을 쌓고 막장인생으로 가는 것이 서러워서, 또 전쟁 통에 헤어진 부모 형제들이 그리워서 울었다.

때는 6월 중순으로 산속에 짐을 풀고 나니 산하는 온통 푸르고 맑았다. 아무데서나 목이 마르면 물을 마실 수가 있었다. 그때 먼저 와 있던 우진영 반장이 마중을 나와 주었다. 그 옆에는 경찰복장의 중년 남자가 바짝 붙어 있었다. 우 반장은 황금성에서 볼 때와는 달리 얼굴이 심하게 굳어져 있었다.

"자, 여러분은 이제부터 우리 황금성의 땔감을 조달하는 산업일꾼으로 활약하게 된다. 이곳은 첩첩산중으로 여러분들이 나갈 수 있는 곳이 없다. 만약 허락 없이 이곳에서 나가려고 하다가 발각되면 그때는 법에 따라 엄정하게 처리할 것이다. 절대로 딴 마음을 먹지 말고 묵묵히 일만 하면 된다. 대신 김 교주님께서 자주 들리시어 여러분들의 노고를 치하하실 것이다. 여기 계신 이 분은 이곳 청산탄광을 관장하는 파출소의 서선구 소장님이시다. 또 황금성 청산교회를 설립하는데 이바지 하신 분이기도 하다. 이 분은 사재를 털어 하나님의 성전을 건립하실 정도로 신앙이 독실하신 분이다. 앞으로 우리가 어려운 일을 당하면 도와주실 분이다."

서선구 소장이 파출소로 돌아가자 김영선이 옆 사람에게 대고 한 마디 했다.

"저 경찰이란 자식 말이지. 우리를 도와주기는커녕 잡아먹을 놈 같지 않아? 저놈을 경계해야겠다."

"형님은 뭘 보고 그렇게 판단하세요?"

"관상을 보면 아는데 귀밑 선이 미끄러지듯이 빠지고 턱이 날카로운 놈은 재수가 없다."

그렇게 막장을 정리하던 어느 날, 역시 반찬 없이 주먹밥으로 한 끼를 때우고 막사로 들어갔다. 말이 막사이지 돼지우리라고 하면 딱 맞을 것 같았다. 그날 우 반장은 일꾼들을 두 개의 조로 분리했다.

한 조는 이곳에 남아서 막장에 들어가 무연탄을 캐는 일을 하게 되었고 다른 한 조 40명은 산판에서 갱목을 만드는 일을 하게 되었다. 갱도가 안으로 들어가면 기둥을 세워야 하므로 갱목은 계속 공급되어야만 했다.

광부들은 늘 찬송가를 부르고 막장으로 들어갔다. 이들은 나무를 깎아서 교회를 세웠다. 가끔 주일 오후에 천상교회 양승조 전도사가 와서 광부들을 위해 예배를 드려주었다. 광부들은 자기 처지가 딱해서 눈물을 펑펑 흘리면서 서럽게 울었다.

그들은 막장에 갇혀 죽어간대도 누구 하나 자기들의 시신을 거둬 줄 사람이 없을 것 같아 더 서러웠다. 그들은 매일매일 유서를 쓰는 심정으로 막장으로 들어갔다.

그해 말에 100명의 광부들이 더 보충이 되어 200명이 넘게 되었다. 초보자들은 뒤에서 갱목을 세우면서 보조를 하다가 6개월이 지나면 막장으로 투입되었다. 이들이 캐내는 무연탄은 황금성으로 보내져 공장 연료로, 구공탄으로 가정에 보급되었다. 김 교주는 가만히 앉아서 돈방석에 앉게 되어 연신 미소를 띠고 있었다. 특히 간장, 빵, 된장 등의 식품을 만드는 공장에서 연료를 값싸게 쓰면서 이익이 세 배나 늘어나게 되었다. 그 사이 김영일 교주는 부근에 예배를 인도하러 왔다가 가끔 청산탄광에 들러 탄부들에게 기도를 해 주고 가기도 했다.

청산탄광은 물이 많아서 계속 펌프를 가동해야만 했다. 그렇지 않으면 갱구로 물이 들어차 생명이 위태로울 수 있었다.

이듬해 여름이었다. 기상대는 남태평양 마리나 제도에서 발달한 태풍 세나가 한반도로 다가오고 있다고 예보하고 있었다. 청산탄광 지역은 태풍권에 들면서 세찬 바람이 불기 시작했다. 초속 60미터에 이르는 광풍이 몰아치며 덩달아 폭우까지 쏟아지고 있었다.

아침밥을 먹자마자 우 반장은 약간 근심스런 표정으로 광부들에게 다가왔다.

"오늘 비가 많이 내리고 있다. 여러분, 우리들의 빽은 하나님이시다. 늘 우리와 함께 하시면서 환란에서 지켜주시고 계신다. 이런 날일수록 우리는 용기 있게 나아가야 한다. 지금부터 탄광으로 들어갈 준비를 하기 바란다."

이때 몸이 비쩍 말라 별명이 멸치로 불리는 이만돌이 손을 들더니 약간 볼멘 목소리로 말하는 것이었다. 그는 자기 나이도 정확하게 모르는 청년이었다.

"반장님, 여기 갱도는 평소에도 물이 많아서 고생이 무척 심한 곳입니다. 지금 밖에는 양동이로 물을 쏟아 붓는 것처럼 비가 오고 있습니다. 이런 때는 잠깐 기다려 보는 것도 좋을 것 같습니다."

그러자 광부들은 찬반양론으로 갈라져서 목소리를 높이면서 언쟁을 벌였다. 평소에 신앙심이 깊은 사람들과 그저 그런 사람들로 나누어졌다. 결국은 신앙심이 깊은 쪽이 우세하게 되었다. 이때 저 뒤쪽에서 '황금성!'하는 외침이 들려왔다. 그러자 앞쪽에서 '들어가자!'고 하는 구호가 따라 나왔다.

그들은 퍼붓는 비를 맞지 않으려고 도롱이로 몸만 겨우 가리고 탄광입구로 갔다. 그들은 탄차를 타고 지하 1,200미터 지점까지 들어가서 걸어서 갔다. 나머지는 오른쪽 갱도로 들어가서 막장에 도달했다. 계속해서 양수기가 돌아가고는 있었지만 물이 워낙 많아서 곧 갱도에 차오를 것만 같았다. 그들은 주먹밥을 옆구리에 차고 들어갔다.

막장에서 탄을 캐고 있는데 어디선가 크르릉 하는 소리가 들려왔다. 그러자 여기저기서 말들이 터져 나왔다.

"아니, 이게 뭔 소리여? 밖에서 들리는 천둥소리인가?"

"예끼, 이 사람아! 여기까지 천여 미터를 들어왔는데 천둥소리라니, 자네 돈 거 아녀?"

갱도 천장에서 물이 쏟아졌다. 물을 빼내는 양수기가 계속해서 돌아가고 있었으나 그 많은 양의 물을 감당해 내기엔 작은 양수기 하나로는 역부족이었다. 점점 더 쏟아지는 물의 양이 많아지면서 일부는 동요하기 시작했다.

"아니, 이 정도면 빨리 나가야 하는 거 아녀?"

"글쎄, 이렇게 되면 여기서 죽는 게 아닌가?"

모두들 걱정을 하면서도 누구 하나 밖으로 나갈 생각을 하지 못했다. 그때 크르릉 턱! 턱! 턱! 하는 굉음이 들리면서 돌이 쏟아지는 것이었다. 40여 명이 돌무더기에 그대로 깔려버렸다. 그들은 아아악! 하는 비명 한마디 지르더니 조용해졌다. 막장에서 연탄을 캐던 김길동은 전화기를 집어 들었다. 그는 미친 사람처럼 전화기를 돌렸다. 전화기에서 목소리가 들려왔다. 앞쪽 돌 틈에서는 부상자들의 신음소리가 들려오고 있었다.

그 소리를 들으니 그의 심장은 곧 멈출 것만 같았다.

"여기는 3호 갱구 막장이다. 본부 나와라!"

"여기는 본부다, 말을 하라!"

"막장 30미터 전방에서 천장이 무너져 40여 명이 돌에 깔렸다. 이들을 구출하라. 물은 계속 차오르고 있다!"

"알았다. 전화기가 물에 잠기지 않도록 잘 관리하기 바란다."

"알았다. 속히 구조 바란다."

이 말이 탄광 막장에 갇힌 광부들이 본부와 나눈 마지막 대화가 될 줄은 그 누구도 예상하지 못했다. 어둠 속에서 누군가가 애절하게 기도를 시작했다.

"주님, 저희를 버리지 마시옵소서. 저희는 전쟁 통에 가족을 잃어버리고 오직 주님 한 분만을 의지하여 여기까지 왔나이다. 주님, 저희가 밖으로 나갈 수 있는 길과 빛을 주소서. 주님, 저희들의 태어나심도 주관하시었으니 이 세상에서 저희들의 삶도 주관하시어 빛을 보게 해주소서."

이때 본부는 막장에 갇힌 광부들의 안위를 걱정하고 있었다. 사고 소식은 곧바로 파출소 서선구 소장에게 전달되었다. 서선구는 이 사실을 경찰청 상부로 보고하는 것이 아니라 김영일 교주에게 보고했다. 경찰 공무원의 상관이 바로 황금성 김영일 교주였던 셈이다. 김 교주는 청산탄광에 오면 항상 봉투를 전해주며 만약의 사태에 대비하여 보험을 들어놓았다.

"교주님, 큰일 났습니다. 광부 200명이 갱도에 갇혔습니다. 그들 중 일부는 즉사한 것 같습니다. 대책을 세워야 하겠습니다."

"일단, 기자들이 그쪽으로 오지 않도록 차단하라고. 그리고 상부에 보고하지 말고 덮고 있으라고."

"교주님, 옆의 갱도에서 일하는 광부들이 곧 나오게 되는데 그 사람들의 입이 무섭습니다. 그들이 나오면 바로 이 사건이 알려지게 될 텐데요."

"그쪽은 모두 몇 명이나 되나?"

"전체가 200명인데 아마 그쪽으로 들어간 광부는 40명쯤 되고 160명이 갇혀 있습니다. 아까 막장에 있는 광부하고 연락을 해본 결과 40여명은 현장에서 즉사한 것으로 추정됩니다."

"서 소장, 그러면 내가 시키는 대로 하게."

"어떻게요?"

"나머지 갱도도 돌로 각아버리게."

"예? 아니 어떻게 그렇게, 감히…"

"이 사람아, 왜 내가 시키는 대로 안 하나!"

"그쪽은 멀쩡합니다. 부상자나 사상자도 한 명 없습니다."

"이봐, 시간이 없네. 자네가 빨리 서둘러서 내가 하라는 대로 시행하게. 우 반장은 어디 있나?"

"지금 배수펌프를 브러 갔습니다. 물이 차면 160명이 다 죽게 됩니다."

"이봐, 서 소장! 빨리 배수펌프 전원(電源)을 내리게. 내가 시키는 대로 하라고, 이 바보 멍청아!"

비는 억수같이 퍼붓고 있었다. 목구덩이 드러나도록 입을 벌리고 있는 갱도는 꿀럭꿀럭 소리를 내면서 물을 끊임없이 빨아들였다. 탄광 안으로 들어가는 입구에는 물줄기가 점점 굵어져 냇가 크기만 해졌다. 그 비를 홀딱 맞으면서 서 소장은 삽살개처럼 달려가 우 반장의 옷자락을 잡고 강제로 끌어냈다.

"우 반장, 지금 김영일 교주님과 10분 넘게 통화했네. 광부들은 구출하지 말고 배수펌프 전원을 끄고 3갱구마저 폭파시키라고 하셨네."

"예? 설마요?"

"시간이 없어. 3갱구 광부들이 나올 시간이네. 서두르자고."

우 반장은 정신이 혼미해졌다. 오늘 아침에 억지로 들여보낸 게 후회가 됐다. 그런대로 1년을 함께 보내면서 정이 들었는데 살아있는 광부들까지 생매장을 시킨다는 것이 마음에 걸렸다.

"우 반장, 화약 한 다발만 갖다가 3갱구 천장에 설치합시다. 비가 더 오고 있으니까 빨리빨리 합시다."

우 반장은 두 눈을 질끈 감고 스위치를 넣었다. 콰콰쾅! 하는 요란한 소리와 함께 3갱구 천장에서는 약 30톤의 돌덩이가 떨어져 내렸다. 그 다음에 양쪽 갱구에서 물을 뿜어내는 양수기의 전원을 껐다. 마지막으로 갱도 천장에 한 줄로 연결되어 불을 밝히는 전원 스위치를 내렸다. 그의 가슴에선 말발굽소리가 들리고 있었다.

"아아…, 하나님, 저는 어찌 하오리까? 저 형제들의 목숨을 건지려는 노력을 해보지도 않고 저들을 생매장하였나이다. 저는 아벨을 죽인 살인자 카인이 되었나이다. 저의 죄를 용서하소서."

그날부터 우 반장은 갑자기 실어증에 걸려 정신병원으로 이송되었다. 병원에 입원시킨 후 김 교주는 비밀리에 그에게 약물을 투여하여 아무것도 기억하지 못하는 폐인으로 만들어 버렸다. 그는 과거를 송두리째 잃어버리고 오직 하루 세끼 먹기만 하다가 그 이듬해 세상을 떠났다.

　서 소장은 김 교주의 범죄를 은폐하는 데 적극적으로 가담했다. 그는 김 교주를 만나서 비밀을 지켜주는 조건으로 황금성 날선동 부근에 토지 3천 평을 받았다. 그것은 200여 명의 형제들을 생매장하고 받은 피의 대가였다. 그러나 탄광 사고 2년 후, 그는 뇌졸중에 걸렸고 부인이 집을 비운 사이 밥숟갈을 놓았다.

　김 교주는 이 사고 이후 2년 동안 청산탄광을 운영하는 것처럼 보이려고 옆에 있는 탄광에서 구연탄을 사서 황금성으로 실어 날랐다. 마치 탄광을 계속 운영하고 있는 것처럼 3년을 버티다가 더 이상 수익을 기대할 수 없다면서 청산탄광을 접었다. 이것으로 청산탄광 생매장 사건은 아무도 모르는 비밀로 묻히고 말았다.

　김 교주는 살아있는 동안 수백 명의 탄광 원혼들에게 괴롭힘을 당했다. 그는 이들의 원혼들이 나타나 괴롭힐 때마다 왕마귀가 달라붙었다고 둘러대면서 획획 숨비소리를 내지르며 위기를 모면했다.

5

최 장로, 김 교주에 매료되다

김영일 교주의 부흥회가 열리는 날이면 황금성 주변 도시는 죽음의 도시처럼 을씨년스러워졌다. 신도들이 부흥회에 가느라 상가를 철시했다. 일반인들도 무슨 일인가 싶어 호기심 어린 눈으로 부흥회에 기웃거렸다. 그러니 대낮에도 시내에서 사람 구경을 할 수 없을 정도였다.

그의 부흥회에서는 여러 가지 이적이 일어났다고 신도들은 입이 닳도록 선전했다. 이러니 일반인들도 부흥회에 관심을 둘 수밖에 없게 되었다. 광주에서 부흥회가 있던 날, 목발을 짚고 온 환자들이 버리고 간 지팡이만 수백 개가 나왔다는 것이다. 그런데 김 교주 집회 때는 전국을 순회하는 버스가 수십 대가 움직이고 있다는 소문이 있었다. 그 안에서 환자들이 돈 봉투를 돌리고 있었다는 이야기도 함께 돌았다.

김 교주는 전국을 순회하면서 사람들의 얼을 빼서 신도로 끌어들이고 있었다. 여기에는 반드시 돈이 따르게 되었다. 김 교주는 그 사람이 아무리 신앙심이 깊어도 돈 없으면 본체만체 했다. 애초부터 그는 하나님을 섬긴 것이 아니라 돈을 모신 것이었다.

　최민섭 장로는 원래 전국 13군데에 있는 옹기가마를 순차적으로 돌면서 관리하고 있었다. 9월 말 추석이 지나고 광주에 들렀다가 동업을 하는 장 씨가 아주 영명한 교주가 왔다고 해서 부흥회에 참석하게 되었다.
　"최 사장님, 김영일이라는 교주 말이요. 광주 부흥회에서 72명의 노인들이 김 교주의 안수를 받고 지팡이를 불태웠다는 거요. 기적이 일어났다고 하는데 같이 가보실래요?"
　"아니, 그게 뭔 소리지?"
　"그것이 말인디, 관절염으로 다리 아픈 노인들이 김 교주한테 안수를 받고 멀쩡하게 걸었당게요. 그 중에 앉은뱅이 노인도 셋이나 있었당게요."
　"그래서 지팡이를 불태운 거로군."
　"이제야 깨달으셨군요."

　최민섭 장로는 광주 부흥회에서 김 교주의 설교를 처음으로 듣게 되었다. 그는 김 교주의 설교를 딱 한 번 듣고는 김 교주에게 빠져서 황금성 건설에 전 재산을 바치기로 결심했다. 그는 우리나라 최후의 고려청자와 이조백자를 만들 수 있는 마지막 장인(匠人)으로 인정받고 있었다.
　"정말 이럴 수가 없다. 김 교주는 하나님이 보내주신 선지자인 게 틀림없어. 그렇지 않고서는 저렇게 설교를 잘 할 수가 없어."
　그날부터 최 장로는 가는 곳마다 황금성 김영일 교주를 칭송하느라 혀가 닳을 정도였다. 그대 돈이 궁했던 김 교주는 최 장로를 자기 처소로 불러서 식사를 함께 하면서 덕담을 나누었다.

"최 장로님, 정말 우리 황금성의 보배이십니다. 하나님께서 얼마나 기뻐하시겠습니까? 우리 육체와 재산은 허상입니다. 보이기는 하지만 하나님이 보시기에 합당한 일을 하지 않으면 그건 빈껍데기입니다. 하나님께서 최 장로님과 가정에 무한한 축복을 내려주시기를 늘 기도하겠습니다."

"김 교주님께서 늘 기도해주시니 제 사업이 날로 번창을 하고 있습니다. 이번에 제 아우 최민국이 제 작품을 하와이로 수출했는데 그곳에서 난리가 났다는 겁니다. 그래서 5톤 트럭으로 4대 분량을 실은 배가 어제 부산항에서 또 출항했습니다."

"아멘, 아멘!"

최민섭 장로는 김 교주가 하는 말을 듣고는 또 그 자리에서 껌뻑 넘어가 버렸다. 이렇게 맺어진 두 사람의 인연은 황금성이 자리를 잡을 때까지 계속 이어졌다.

최 장로가 생산하는 옹기는 현금을 싸들고 와서 서로 다투면서 가져갈 정도로 인기가 높았다. 그는 동해안의 양지마을에 터전을 잡았다. 또 그의 동생은 형이 생산한 옹기를 하와이로 수출하여 한국 옹기의 우수성을 해외에 알리고 있었다.

김 교주는 최 장로와 가까이 하면 큰돈이 들어올 것을 단박에 알아차리고 그에게 찰싹 달라붙었다.

"최 장로님, 우리는 하루 빨리 하나님의 복음을 전해서 죄인들을 구원해야 합니다. 그러라고 하나님께서 최 장로님 같은 일꾼을 보내주셨습니다."

김 교주의 말에는 상대방의 가슴을 뛰게 하는 마력이 들어 있었다. 최 장로는 자기를 인정해 주고 따뜻하게 대해 주는 김 교주야말로 하나님께서 보내주신 종이라고 생각하게 되었다.

"교주님, 저에게 하나님의 일꾼의 직분을 주시니 어찌 거절하겠습니까. 저는 교주님께서 하시는 거룩한 하나님의 사업이 완성될 때까지 함께 하겠습니다."

이렇게 말하자 김 교주는 최 장로의 손을 잡더니 기도를 했다.

"하나님 아버지, 당신께서 거처하실 천국을 건설하시라는 계시를 이 미천한 저에게 내리셨습니다. 그러시면서 당신은 저에게 든든한 후원자도 보내 주셨습니다. 주여, 당신의 역사하심으로써 이 지상에 황금성이 온전하게 이루어지게 하소서. 당신의 아들 최 장로의 사업이 날마다 융성하여 시작은 미약하지만 끝은 우주만큼 크게 해주소서." 김 교주의 눈에서는 눈물이 비 오듯 흘러내렸다.

최 장로는 전국에 있는 13개의 가마를 돌면서 수금을 하느라 눈코 뜰 새 없이 바빴다. 더욱이 최 장로가 특허를 갖고 있는 칸가마를 만드느라 잠조차 제대로 잘 수가 없었다. 당시 칸가마 제작비는 요즘으로 치면 1억 원이 넘는 거금이었다. 그걸 만들어 주면 바로 현금으로 받았다. 칸가마 특허료인 셈이었다.

시중에는 최 장로가 현금을 다 쓸어 담고 있다는 말이 돌았다. 이 사업에는 외상은 없었다. 현찰이 아니면 옹기를 만져볼 수 없었다. 은행이 많지 않아서 그는 현금을 가방에 담아서 갖고 다녔다. 돈이 수금되면 김 교주에게 올라가겠다고 미리 전화로 알렸다. 한 달에 한 번은 꼭 돈 가방을 갖고 황금성에서 김 교주를 만났다.

　최 장로는 김 교주를 만나게 되면 아들 최경진을 데리고 갔다. 그때 최경진은 초등학교 5학년이었다. 그는 가방에 있는 게 뭔지 몰라서 물었다.
"아버지, 이 가방에 들어있는 게 뭐죠?"
"너는 몰라도 된다. 김 교주님을 보면 인사나 잘 하면 된다."
"아버지, 이게 돈이죠?"
"애들은 그런 거 알 필요 없다."
아버지는 어린애라고 가방 안에 들어있는 것이 돈이라는 것을 말씀은 안 했지만 그것이 돈이라는 것을 어렴풋이나마 알고 있었다. 그는 아버지를 따라 가방을 들고 가면서 무거워서 여러 번 내려놓고 손을 바꿔 들었다.
"저기 보이는 저 집에 김 교주님이 사신다. 김 교주님은 하나님이 내려 보내신 분이시다. 깍듯이 인사를 드려야 한다."
"아버지, 그런데요, 하나님이 김 교주님을 내려 보내셨다는 것을 어떻게 알았나요?"
"그렇다고 알고 있으면 된다. 더는 꼬치꼬치 캐묻지 마라. 너는 아직 어리다."

　밖은 벌써 어둑어둑해지고 있었다. 최 장로가 도착할 시간인데 늦어지면 김 교주는 좌불안석이 되어 집안에서 서성거렸다. 별의별 상상이 다 떠올랐다. 최 장로가 마음이 변한 건 아닌가? 하는 생각에서부터, 돈 가방을 강도한테 빼앗긴 것은 아닌가 하는 방정맞은 생각까지 들었다. 똥 묻은 개처럼 안절부절 못하고 있을 때, 최 장로의 모습이 눈에 들어왔다. 김 교주는 단숨에 뛰어나가 돈 가방부터 챙겨들었다.

"어이구! 우리 최 장로가 안 오시기에 얼마나 걱정을 했는지 몰라요. 간이 오그라들었어요."

"오다가 차가 고장이 나는 바람에 차를 고치느라 늦어졌습니다."

"어이구, 고생했구먼! 헌데 큰돈을 갖고 있으니까 자꾸만 불길한 생각이 들어 혼났어요. 이 아이가 막낸가요?"

"예, 그렇습니다. 첫째랑 둘째는 좀 무뚝뚝한데 얘는 잔정이 많습니다. 공부는 전교에서 수석을 한 번도 놓치지 않았습니다. 교주님, 얘 형은 이번에 서울대 법대에 합격했습니다. 둘째는 서울대 공대 다니고 있습니다."

"축하해요. 하나님께서 최 장로님을 너무 사랑하시기 때문에 영광스런 선물을 내려주신 겁니다. 그러면 너 우리 철구 하그 같은 학년이구나."

"네…."

"이 녀석, 아버지 닮아서 참 또랑또랑하게 생겼구나. 우리 철구는 여자애들하고 노느라 정신이 없어 걱정이다."

그때 초등학교 어린이 눈으로 볼 때 김 교주는 하늘처럼 높은 분이었다. 또 친구가 된 철구의 아버지이기도 했다.

김 교주는 큰돈을 현금으로 받더니 가장 평수가 큰 주택을 주겠다는 것이었다. 그때 최 장로는 김 교주의 배려를 아주 겸손하게 물리쳤다.

"아닙니다. 하나님께서 왼손이 하는 일은 오른손이 모르게 하라고 그러셨습니다. 제가 바치는 예물이 하나님의 마음을 기쁘게 해드렸으면 그것으로 보상을 받은 것입니다."

최 장로는 김 교주가 큰 주택을 준다고 하는데도 정중히 사양하고 세 달 후 황금성의 임대주택으로 가족들을 데리고 입주했다. 임대주택은 그야말로 달동네 셋방 같았다.

이때부터 김 교주는 최경진의 아버지를 특별히 대우하기 시작했다. 최 장로가 만든 옹기그릇은 불티나게 팔려나갔다. 그는 돈을 버는 족족 김 영일 교주에게 직접 갖다 바쳤다. 그때마다 김 교주는 최 장로의 손을 잡고 기도를 하는 것이었다.

이렇게 10년 동안 수천억 원이 김 교주의 수중으로 들어갔다. 10년을 이렇게 하다 보니 자연히 최 장로 가족은 생활에 어려움을 겪게 되었다. 집안에서는 남편에 대한, 또 가장인 아버지에 대한 불만이 터져 나왔다.

엎친 데 덮친 격으로 옹기그릇의 인기가 갑자기 쇠퇴하기 시작했다. 그 주범은 바로 플라스틱 그릇이었다. 또 김치나 발효식품을 덜 먹으면서 옹기그릇은 직격탄을 맞게 되었다. 이렇게 옹기그릇이 쇠퇴하면서 최 장로의 사업은 사양으로 접어들었다.

이처럼 세상이 급변하자 문하생들도 하나 둘씩 짐을 싸고 떠났다. 자연스럽게 김 교주에게 갖다 바칠 돈이 조금씩 줄어들다가 아예 끊어져 버렸다. 이렇게 되자 김 교주는 최 장로를 노골적으로 무시하기 시작했다. 그는 김 교주가 무시해도 나의 십자가를 지고 가겠다는 일념으로 버티었다. 하지만 가족들의 목구멍에 거미줄을 치게 할 수는 없어 김 교주에게 도움을 요청하는 편지를 썼다. 그랬더니 그에게는 황금성에서 가장 말단인 관리원 자리가 주어졌다. 그는 이것도 하나님의 뜻으로 알고 묵묵히 견뎌냈다. 하지만 그 자리도 잠시였다.

젊은 사람들 틈에서 더 이상 버틸 수가 없었다. 다시 물건을 배달하는 운전사로 자리를 옮겼다. 그런데도 그는 불평 한 마디 하지 않았다. 그저 모든 것을 하나님께 감사할 따름이었다.

최 장로의 집안 생활이 어려워지자 부인이 팔을 걷고 나섰다. 평생 해보지도 않던 황금성 물건을 파는 보따리 장사였다. 영등포에 가서 황금성 간장을 머리에 이고 가가호호 방문해서 팔았다. 힘이 드는데도 돈이 아까워 점심을 건너뛰었다. 학비도 댈 수 없는 사정이었는데 다행히 3형제는 장학금을 받아 어머니를 거들었다. 어머니는 가끔 지치고 힘이 들면 푸념을 늘어놓기도 했다.

"여보, 내가 뭐라고 그랬어요. 김 교주 그 인간, 술수에 아주 능한 사람입니다. 당신 돈 떨어지니까 대놓고 무시하잖아요. 저 인간한테 더 바랄 게 뭐 있어요."

"그래도 우리같이 죄 많은 영혼들을 구원하려고 황금성도 만들었는데 믿고 더 기다려 봅시다."

"여보, 어서 찬물 마시고 정신 차리세요. 김 교주 요즘 들리는 소문을 들으니까 몸 안찰인가 뭔가 때문에 수사를 받고 있대요."

부인이 그렇게 구시렁거리는데도 최 장로는 김 교주에 대해 단 한 마디도 불평하지 않았다.

최 장로는 황금성 건설 초기에 선발대로 들어와 하수도관을 옹기로 구워냈다. 하루에 겨우 3시간 밖에 못 자면서 인부들을 독려하여 옹기관을 만들어 냈었다. 손톱이 닳아서 빠질 정도로 일을 했지만 결과적으로 돌아온 것은 차가운 배신이었다.

최 장로는 누구도 원망하지 않았다. 그는 모두 다 잊어버리고 재기하기로 결심했다. 그는 가족들을 데리고 동해안 마을로 향했다. 옹기그릇을 버린 지 20년 만에 돌아와 보니 세상은 크게 변해 있었다. 그곳에서 최 장로는 김영일이란 인간에게서 배신을 당하고도 불평불만 없이 다시 일어서기로 마음을 다잡았지만 그의 운명은 거기까지였다. 양지 바른 곳 점심을 먹고 잠깐 쉬다가 뇌출혈로 쓰러져 3시간 만에 세상을 떠났다.

최 장로가 갑자기 세상을 떴다는 비보가 김 교주에게도 전해졌다. 그러자 김 교주는 아주 매몰차게 말을 내뱉었다. 김 교주는 신도가 죽으면 기도 한 줄 해주는 법이 없었다. 신도들은 그저 황금성을 구성하는 하나의 부품에 불과한 존재들이었다.

"그거 안 됐구먼. 그 사람 명이 짧아서 죽는 걸 난들 어찌 하겠나. 그 사람 운명인데…."

인정머리라고는 손톱만큼도 없는 김 교주는 최 장로의 장례식에 코빼기도 비치지 않았다. 그러면서 입만 열면 영생이 어떠니 구원이 어떠니 하면서 떠들고 있었다. 최고의 하이라이트는, 나는 하나님이다, 성경은 99퍼센트가 거짓말이라고 하는 것이었다.

김 교주는 전혀 다른 사람으로 변질되어 가고 있었다. 본격적인 섹스 안찰이 처음으로 알려진 것도 이때쯤이었다. 그는 천하의 남창 색마로 탈바꿈했다. 김 교주가 변태라던 소문이 사실로 드러나고 있었다.

최 장로가 세상을 떠나던 날도 김 교주는 어김없이 여자 신도들에게 몸 안찰을 주고 있었다. 말이 좋아 안찰이지 남창으로 여자에게 몸을 파는 것이었다. 그리고 나면 김 교주는 몸 안찰료로 거액을 받아 챙겼다.

그의 돈에 대한 집착은 유별나다 못해 돈이 바로 그의 신이었다. 그 짓을 하면서 황금성 건설 초기부터 거금을 바치며 애써은 최 장로의 마지막 가는 길을 외면하였다.

최 장로는 지나칠 정도로 고지식한 사람이었다. 사람을 한 번 믿으면 죽을 때까지 믿었다. 그는 충성심이 높고 머리는 좋은데 약삭빠르지 못한 것이 흠이었다. 그는 진정한 도자기의 장인으로 한 평생을 살았고 신앙을 위해 산 분이었다.

후에 목사가 된 최경진은 선친 얘기가 나오면 이렇게 말했다.

"제가 아버지 성격을 그대로 빼다 박았습니다. 불같은 성격, 추진력. 비상한 머리로 악한 꾀를 내지 못하는 것까지 다 닮았습니다. 선친은 좋은 머리로 악인의 꾀를 내서는 안 된다고 하셨습니다. 관리원, 배달원으로 일하면서도 항상 모든 것을 감사하는 마음으로 받아들였습니다."

최 장로가 세상을 떠났을 때는 사회 분위기가 살벌했다. 당연히 김철구의 친구이자, 브레인이었던 최경진마저 아버지가 돈이 떨어지자 주도권 싸움에서 밀려나게 되었다.

주택조합장인 김득표가 최경진을 간첩으로 몰아세웠다. 그는 당시 스물두 살 청년에 불과했다. 그 어린 나이로는 간첩으로 활동하기에 너무 어렸지만 황금성에서는 그를 간첩으로 몰아갔다. 공안정국에서 간첩으로 일단 몰리면 어디에도 하소연할 수 없었다. 그저 정부가 하는 대로 재판을 받고 간첩이 되는 수밖에 달리 길이 없었다.

어느 날 학교에서 집으로 가고 있는데 해수경찰서 대공과 노 형사가 최경진을 불렀다. 노 형사는 그를 경비실로 데려가더니 곧바로 다그쳤다.

"야, 최경진! 너 이실직고해라. 너 간첩질 하고 있지? 오늘 안 불면 감방에 넣어 30년을 살리겠다."

"뭐라고요? 제가 간첩이라고요?"

"어? 솔직하게 말해. 얼버무려 봤자 아무 소용없어."

"저는 간첩이 뭔지도 모릅니다."

"야, 요것 봐라. 이놈 발랑 까졌네. 간첩이 뭔지도 모른다고 쌩까고 있어? 정말 개 같은 새끼네. 야, 너 반공교육 시간에 졸도 했었냐? 이 간첩 같은 새끼야!"

"나는 간첩을 본 적도 내가 간첩을 한 적도 없습니다. 나를 낳아준 대한민국에 충성을 바치기로 한 사람입니다."

"그래. 이제 와서 변명하는데 그것으로 안 통하지. 간첩은 잡히면 너처럼 충성 운운 하면서 다 빠져나가려 든다고."

"아저씨, 저 아이큐가 150입니다. 좋은 머리를 간첩질 하는 데 쓸 정도로 바보멍청이가 아닙니다. 제 앞길은 구만리 같습니다. 뭐가 아쉬워서 스물두 살에 간첩이 되겠습니까? 정말 아저씨, 해도 너무 하시네요. 간첩을 잡으려면 다른 데로 가보세요."

"너 지금 빠져 나가려고 말만 번드르르하게 하는데 어디 한 번 두고 보자."

그는 옆에 있던 친구들한테 발로 밟으라는 신호를 보내는 것이었다. 그 순간 20여 명이 우르르 달려들어 최경진을 워커발로 짓이기면서 간첩이라는 것을 고백하라고 다그쳤다. 그 자리에서 고통이 얼마나 심했던지 그만 정신을 잃고 말았다.

얼마나 시간이 흘렀을까, 의식을 되찾고 보니 황금성 입구에 있는 이상호 외과였다. 그는 사흘 낮밤을 식은땀을 뻘뻘 흘리고 헛소리까지 하면서 끙끙 앓았다. 그는 다 죽다가 깨어났다.

최 장로가 죽고 더 이상 그 집에 뜯어낼 돈이 남아있질 않자, 황금성에서 받은 구박과 멸시는 말로 표현할 수 없을 정도였다. 심지어 강대현 총무과장은 최 장로와 가깝게 지냈었다는 이유로 잘렸다. 이렇게 견딜 수 없는 구박이 계속되자 경진은 친구 김철구에게 전화를 걸어 좀 도와달라고 간청을 했다.

"철구야, 나 경진이야. 지금 병원에서 퇴원했는데 지난 주 간첩으로 몰려서 두드려 맞았어. 거의 죽다가 살아났다. 나 좀 살려줘."

"글쎄. 나는 그런 사소한 패싸움에 개입하면 안 된다고. 수천 명을 상대해야 되는데 너 하나 봐 주려다가 조직이 무너질 수 있거든. 미안해. 스스로 풀어가 봐."

초등학교부터 고등학교까지 8년 동안 같은 학교에 다닌 친구라는 놈이 간곡히 도움을 요청했는데도 돌아오는 것은 차가운 거절뿐이었다. 그날 이후 최경진은 황금성에 대한 미련을 다 내려놓았다. 그 애비에 그 자식이라더니, 영락없는 닮은꼴이었다. 나중에야 최경진을 간첩으로 몰아 손보라고 사주한 인물이 친구 김영일 회장이었다는 것을 알게 되었다.

그는 어떡하든 공부만은 마치자고 굳게 다짐하면서 이를 악물며 내색하지 않으려 애썼다. 겨울 방학이 다가오던 날, 아버지가 생전에 지내셨던 옹기마을로 내려갔다. 황금성에서 겪은 설움과 어려움을 피할 수 있다는 것으로 위안을 삼을 수밖에 없었다.

6

김 교주, 대홍수로 한 밑천 잡다

황금성이 확장 될 곳은 원래 강변 저지대여서 시청에서는 건축허가를 내줄 수 없다고 했다. 만약 홍수가 나서 침수가 되거나 인명 피해라도 발생하면 책임문제가 따른다는 것이었다. 그런데 기부금과 헌금까지 몽땅 털어서 토지대금을 지불했는데 공사 허가가 나오지 않자 김 교주의 가슴은 새까맣게 타들어 가고 있었다. 사람을 사서 민원을 넣고 심지어 신도들을 동원하여 시청 앞에서 시위까지 벌였지만 공무원들은 꿈쩍도 않는 것이었다. 김 교주가 직접 시청으로 직접 찾아가서 거칠게 따졌다.

"아니, 우리가 뭐 할 일이 없어서 여기다다 공장을 더 짓겠다는 게 아닙니다. 여기에 공장을 지으면 시민들에게 일자리가 생기고 세금을 더 내니까 누이 좋고 매부 좋은 일 아니겠습니까?"

담당 공무원은 김 교주가 강하게 민원을 제기하자 금방이라도 울음을 터트릴 것만 같은 난감한 표정을 지었다. 그는 지적도를 펼치더니 김 교주 코앞에다 대고 보여주었다.

"회장님, 제가 무턱대고 안 해 드리는 게 아닙니다. 이 지적도를 보십시오. 여기 하천법에 보면 배후 습지에는 건축물을 세울 수가 없게 되어 있습니다. 지금 이곳 도로 바깥쪽으로는 하천부지입니다. 이것은 제가 결재를 올려도 도청으로 올라가면 부결될 게 뻔합니다. 지금 황금성이 있는 땅도 겨우 허가받은 땅 아닙니까. 거기도 사실 안 되는 곳입니다."

"그러면 허가가 죽어도 안 난다는 겁니까?"

"하천법에 따라 제 입장에서는 어떻게 해드릴 수 있는 길이 없습니다. 정말 미안합니다. 혹시 모르니까 도청 하천관리국으로 가셔서 한번 사정해 보시죠."

"알았습니다."

세상이 말세가 가까웠다고 계속 떠들어대는 바람에 그 말에 위기감을 느낀 신도들이 떼를 지어 입주하여 주택 확장이 불가피한 실정이었다. 비좁은 부지에 신도들의 숫자는 3만여 명으로 늘어났다. 가끔 신도들끼리 어깨가 부딪혀 몸싸움이 벌어지고 있었다. 건축이 더 이상 허가되지 않자 시청에 대한 김 교주의 분노는 점점 커져갔다.

결국 시청과 관련이 있는 신도들을 동원해서 로비를 벌이기로 했다. 그는 공장 부지를 확장한다는 명분으로 건축허가를 받은 다음 거기에 주택을 지을 심산이었다. 그렇게 되면 가만히 앉아서 수천억 원을 만질 수 있게 된다. 만약 공무원이 실사를 나오면 정문에서 막으면 그뿐이었다. 그는 자기의 속셈을 숨기려고 아랫것들에게 화풀이를 하는 것처럼 위장했다.

"야, 이 새끼들아! 밥 먹고 뭣들 하고 그런 인허가 하나 못 받아 내냐? 나가서 다들 뒈져버려!"

"아니, 교주님 공무원들이 요지부동이라서…"

"뭐라고? 아니 사람이 하는 일인데 강력 본드라도 쳐 발랐냐?"

"교주님, 더 알아보고 있습니다. 그런데 공무원이 뭔가 좀 바라는 것 같아서 그만…"

"아니, 하라는 일은 안 하고 죽치고 앉아 밥이나 먹는 거야. 그렇게 일 안하고 밥이 입으로 들어가냐?"

김 교주가 침을 팍 튀기면서 역정을 내자 모두들 유구무언 죄인이 된 심정으로 고개를 떨어뜨리고 있었다. 잠시 납덩이처럼 무거운 침묵이 흐르고 있었다. 실무자들의 입장에서 할 수 있는 것은 아무 것도 없었다. 뇌물을 주어도 상부에서 가로 막으니 실무자들한테만 기대고 있을 수가 없었다.

"아니, 시청에서 무슨 근거로 건축허가를 안 내주는지 말해 보라고. 시청이라는 곳이 뭐하는 데야? 국민들 잘살게 하려는 데가 아니냐. 국민세금으로 월급 타먹으면서 공장 세워 일자리 만들겠다는데 왜 허가를 안 내주는 거야, 왜들 이렇게 못 따지는 거야? 병신들 같으니라고."

김 교주가 하도 떠들어대자 총무과장이 총대를 멘다는 심정에서 마치 의무방어전을 치르는 권투선수처럼 분연히 일어섰다. 하도 주눅이 들어서 그런지 그의 얼굴은 파르르 떨리고 입술은 왼쪽으로 실룩거렸다.

"그래 입이 있으면 말해 보라고. 어디 한 번 들어보자고."

"교주님, 입이 열 개라도 감히 드릴 말씀이 없습니다. 다만, 공무원은 현재 상태로는 건축허가가 나갈 수 없다는 원론적인 얘기만 반복하고 있습니다. 대지를 30미터 이상 성토해야 홍수에 안전하다는 것입니다. 문제는 비용이 감당할 수 없을 정도로 들어가야 하며 공기도 얼마나 걸릴지 모릅니다. 그런데 5년다다 한 번씩 대홍수가 나면 4번 국도까지 물에 잠긴다는 것입니다."

이 말을 듣더니 김 교주는 특유의 허풍을 준비하는 것처럼 보였다. 김 교주는 툭하면 미국 대통령과 방금 통화를 했느니, 심지어 적국인 마오쩌뚱과도 통화를 했다고 거짓말을 숨 쉬듯 하고 있었다.

"이보라고. 그게 뭐가 문제가 돼? 나는 물을 다스리고 바람의 방향도 바꿀 수 있는 권능을 받았어. 물이 밀려오면 내가 손 한 번 휘저으면 물이 밀려난다고. 그러니까 시청에 가서 그렇게 말하고 밀어붙이라고."

"예? 물길을 바꾸신다고요?

"왜 내 말을 못 믿겠다는 건가?"

"아닙니다. 교주님, 그게 아닙니다."

그의 눈동자는 놀란 토끼처럼 커졌다. 설마 그게 가능한 일일까 하는 모습이었다. 하지만 김 교주의 말을 못 믿겠다고 했다가는 어느 순간 누구의 칼에 맞아 죽을지 모르는 일이었다. 황금성에서 하루하루는 죽음과 삶의 곡예를 하는 것 같았다.

그는 황금성이 홍수로 물에 잠길 것으로 믿지 않았고, 신도들의 90퍼센트는 김 교주의 말이 진실이라고 믿었다.

"나는 하나님입니다. 내가 천지를 창조하고 만물을 지었어요. 비도 바람도 다 내가 지배하고 있어요. 하나님이 선택한 이 땅에 홍수도 화재도 없을 겁니다. 내가 훅! 하고 불면 왕마귀 세력들은 저기 우주 끝으로 날아가 버립니다. 내가 악마의 권세를 누르고 있어요…."

김 교주는 황금성에는 홍수 같은 재앙이 없을 것이라고 자신만만하게 말했다. 그런데 입이 방정이었을까. 그해 6월 하순에 장마가 시작되면서 사흘 동안 비가 양동이로 쏟아 붓는 것처럼 내렸다. 새벽 3시에 비상사이렌이 울렸다. 장대비가 주룩주룩 내리고 있었다. 밖은 너무 어두워서 동서남북조차 구분할 수가 없었다. 변전소가 물에 잠기면서 전기마저 나가버렸다. 황금성은 한치 앞도 볼 수 없는 암흑천지로 변했다. 주택도 2층 절반까지 물에 잠겨서 신도들은 잠옷 차림으로 뛰쳐나왔고 더러는 급물살에 휩쓸려 갔다. 엄마 손을 잡고 있다가 쓸려간 아이들이 부지기수였다. 아이들을 잃어버린 엄마들의 절규가 빗소리와 뒤섞여 맴돌고 있었다. 지옥이 따로 없는 아수라장이었다. 사정이 이런데도 모두들 속수무책이었고, 다들 넋을 놓고 있었다. 날이 서서히 밝아오면서 피해 규모가 드러났다. 사람들은 피해가 하도 엄청나서 어디서부터 손을 써야 할지 모르고 허둥대고 있었다.

지하 작업실에 물이 들이닥쳐 야근하던 서른 명의 여공들이 몰사했다. 날이 밝으면서 황금성은 아비규환으로 드러났다. 곳곳에서 울음소리가 들려오고 있었다. 또 악취가 진동하고 있었다. 공중화장실에서 떠내려 온 똥 덩어리들이 둥둥 떠 있었다. 마실 물도 당장 입에 넣을 것도 하나 없었다. 애들은 배고프다고 칭얼대었다. 수재민들은 학교 강당에 수용되었다. 4일 만에 겨우 물이 빠지면서 뻘이 드러났다. 진흙이 얼마나 쌓였던지 어른 허벅지까지 올라왔다. 악취가 황금성을 뒤덮고 있었다. 나흘 동안 잠자코 있던 김 교주가 입을 열었다. 그 내용이 거의 협박 수준이었다.

"우리 황금성에 음란마귀, 왕마귀가 득실거리고 있어서 하나님께서 벌을 내리신 것이다. 이번에 죄를 지은 자들은 속죄하지 않으면 누구나 가릴 것 없이 모두 지옥 불에 떨어질 것이다. 죄를 짓고도 용서를 빌지 않는 자들 때문에 우리가 물벼락을 맞았다."

이렇게 난장판이 되었을 때 공장에 있던 금고들을 간부들이 집어가는 사건이 벌어졌다. 일반 신도들은 김 교주의 성격을 잘 알고 있었기에 감히 금고를 챙겨갈 엄두를 내지 못했다. 비서실장은 수십 개의 금고가 통째로 사라졌다고 보고했다. 그러자 김 교주의 눈에서 불꽃이 튀면서 분노와 증오가 화산처럼 분출했다. 대뜸 걸쭉한 욕설이 서슴없이 튀어 나왔다.

"이런 병신 같은 놈들 같으니. 지옥의 똥물에 튀겨 죽일 이 또라이 들아. 어디 것이 주로 없어졌나?"

"어디라고 말할 수가 없습니다."

"뭐, 그럼 다 없어졌다고? 이것들 진짜 왕마귀잖아! 이런 쥐새끼들은 모조리 처단해 버려! 어디 가져갈 게 없어 신성한 황금성의 금고를 집어가고 있어! 이걸 어떻게 하면 되돌려 받을 수 있는지 방법을 찾아서 보고하라고."

일부 사라진 금고에는 온갖 협박을 하면서 아슬아슬하게 벌어들인 돈도 있는데 그걸 집어갔다고 생각하니 열불이 치솟았다. 그의 얼굴은 활활 타는 장작불처럼 이글이글거렸다.

그는 너무 분해서 도저히 밤잠을 이룰 수가 없었다. 사라진 금고가 달려와서 당장이라도 가슴에 안길 것만 같았다. 그는 반 미친 사람처럼 징징거렸다. 새벽 4시가 되어서야 겨우 눈을 붙일 수가 있었다. 아침에 눈을 뜨자마자 비서를 불렀다. 그는 뭔가 빼곡하게 적힌 종이 한 장을 건네주었다. 김 교주의 얼굴에는 증오의 빛이 아직도 꾸물거리고 있었다.

"이걸 5천 장을 찍어 갖고 오라고. 그러고서 나랑 얘기하세."

"이걸 5천 장이나요?"

"찍으라면 찍으면 되지 왜 그리 말이 많나?"

비서실장은 5천 장이라는 말에 어안이 벙벙해서 눈을 왕방울 만하게 크게 뜨고 물었다. 그러나 더 이상 따졌다가는 신상에 위기가 닥칠 것 같아서 입을 꾹 다물었다.

"아니, 하라면 그대로 해! 갖고 오면 설명을 자세히 해줄 테니."

"네, 바로 가서 해오겠습니다."

그는 인쇄물을 들고 김 교주 집무실로 올라갔다. 교주의 집무실에서 아래를 내려다보니 황금성은 곤죽으로 맥질한 것처럼 개펄로 변해 있었다.

"교주님, 여기 갖고 왔습니다. 5천 장입니다."

"그러면 제일 위에 있는 것을 풀어 보라고."

그는 거기서 한 장을 빼더니 꼼꼼히 살펴보는 것이었다. 그러더니 황금성 모든 신도들에게 한 장씩 돌려서 적어내라고 지시했다.

"이걸 내일부터 조장을 불러서 한 사람도 빼놓지 말고 돌리고 또 다 걷으라고. 알았지?"
"네, 차질 없이 완수하겠습니다."

이것은 금고를 훔쳐간 범인 스스로 자수하라는 고백서였다. 김 교주는 고백서를 찍어서 전 신도들에게 돌렸다. 금고를 훔쳐간 사람이 고백하고 제자리에 돌려놓으면 책임을 묻지 않겠다는 것이었다. 또 다른 죄도 고백을 하면 용서한다는 것이었다. 그날 김 교주가 고안한 고백서의 위력은 대단했다. 대홍수 속에 사라진 40개의 금고는 두 개를 제외하고 모두 돌아왔다. 나머지 두 개는 물난리 통에 멀리 떠내려간 것 같았다. 신도들은 배를 타고 가서 강을 샅샅이 뒤졌지만 끝내 금고 두 개는 찾지 못했다. 김 교주는 이것까지 포함해서 신도들에게서 들어낼 참이었다.

이때 전 신도는 안찰을 받으라는 긴급명령이 떨어졌다. 황금성에서 김 교주의 말 한 마디는 지상명령이었다. 자기가 죄를 지었다고 스스로 생각하고 있는 신도들은 안찰을 받으라는 것만으로도 두려움에 부들부들 떨었다. 김 교주는 키가 185센티미터에 몸무게는 100킬로그램이 넘는 거구였다. 손은 조금 과장하면 프라이팬만 했다. 신도들은 교회 마당에 줄을 서서 안찰을 받으려고 기다렸다. 폭우 끝이라 땅바닥은 축축해 한기가 올라왔다. 김 교주는 몇 놈을 주목했다. 우렁찬 목소리로 일갈했다.
"오늘 안찰을 받는 사람 가운데 도둑마귀가 있는 사람은 괴로워 울부짖게 될 것이다. 음란마귀에 걸린 사람도 똑같이 눈물을 흘릴 것이다. 하나님의 돈을 훔쳐갔던 놈들은 지옥 불에 던져질 것이다. 한 사람씩 내 앞에 와서 누워라."

그는 윗도리를 벗더니 팔을 걷어붙이는 것이었다. 그는 50대 남자부터 안찰을 시작했다. 그 남자는 눈을 감고 기도를 하는 모습이었다. 김 교주는 육중한 체중을 양손에 실어 엄지손가락을 펴더니 배를 쿡쿡 누르는 것이었다. 그러자 그 남자는 아파 죽겠다고 비명을 질러대는 것이었다. 그는 생 똥을 쌀 정도로 고통을 크게 느꼈다.

"아야야! 하나님 잘못했습니다. 제발 저를 용서해 주세요!"

"이 도둑마귀야, 어서 썩 꺼져라. 나를 넘어뜨리려고 발악을 하는구나. 이놈의 왕마귀야!"

이번에는 그 남자의 두 눈을 마구 쑤셔대는 것이었다. 그러자 배 안찰보다 고통이 더 심했는지 몸부림을 치면서 맨땅에서 떼굴떼굴 굴렀다. 그때 황금성에는 아폴로 눈병이 한창 유행하고 있었다. 김 교주는 눈병에 걸린 신도들은 눈으로 음란한 것을 보고 생각했기 때문이라고 말했다. 눈병에 걸린 사람을 안찰한 손으로 이사람 저 사람에게 눈 안찰을 주니까 황금성 수천 명의 신도들이 아폴로 눈병에 걸리게 되었다. 그는 음란한 것을 봐서 눈이 아픈 것이라고 자기에게 유리하게 갖다 붙였다.

"으으윽! 저는 죽을죄를 지었습니다. 이 눈으로 지나가는 여자가 예쁘기에 한 번 안아봤으면 좋겠다고 생각했습니다."

김 교주는 마치 아마존의 원주민 주술사처럼 중얼거렸다. 그러더니 옆에 있는 사람에게는 배를 살살 만졌다. 아주 사랑스런 듯이, 아무 일도 없다는 것처럼 안찰을 했다. 다음 남자는 역시 비명을 질렀지만 처음 남자보다는 약했다. 다른 신도들은 김 교주가 도둑까지 알아맞히는 신통력을 갖고 있는 것으로 생각했다.

오전 9시에 시작된 안찰이 밤 9시가 넘어서 끝났다. 안찰은 여러 날에 걸쳐 진행되었다. 신도들은 자기 차례가 오기를 기다리면서 점심저녁 두 끼를 건너뛰었다. 배가 고팠지만 안찰을 피하거나 가볍게 보는 행동을 했다가는 언제 쫓겨날지 모르니까 배를 움켜잡고 허기를 견뎠다. 그러나 교주 자신은 점심을 푸짐하게 먹고 나왔다. "자기 배부르면 종 배고픈 줄 모른다"는 말이 딱 들어맞았다. 김 교주에게는 자비심이란 것은 애당초 눈곱만큼도 없었다. 김 교주는 고백서를 통해 잃어버린 돈도 찾는 등 어느 정도 목적을 달성하자 이번에는 헌금으로 한탕 더 챙기려 들었다.

"이제 금고를 훔쳐갔던 사람들은 죄의 사함을 받으려면 훔쳐간 금액의 세 배를 더 바쳐야 합니다. 안 그러면 영원히 지옥 불에 떨어집니다."

이러자 사람들은 돈을 빌려서 세 배를 물어냈다. 이렇게 김 교주는 홍수를 이용해서 큰돈을 만드는 데 성공했다. 전화위복이 된 셈이다. 후에 그는 금고를 슬쩍 했던 간부들을 하나씩 해고하기 시작했다. 일 년이 지나자 황금성에는 홍수 때 금고를 빼돌렸던 공장 간부들이 한 명도 남아 있지 않았다.

그해 겨울, 황금성 공장에서 불이 일어났다. 어느 밤중에 닥친 대 화재였다. 6층짜리 기계공장이 뼈대만 남고 전소했다. 불은 3층 방직공장에서 시작되었다. 신도들이 호스로 물을 뿌렸지만 언 발에 오줌 누기였다. 화재 현장은 아수라장이었다. 처음에는 청년들이 주축이 되어 수도관에 호스를 연결하여 불길이 번지지 않도록 뿌렸다. 그러나 화재가 발생한 지 30분쯤 지나서 소방서 불자동차가 도착했다. 강바람이 불어오면서 공장은 파죽지세로 타기 시작했다. 불길이 가장 센 중앙에 집중적으로 물을 뿌렸지만 허사였다. 이 화재로 6층짜리 기계공장이 홀라당 무너져 내렸다.

황금성은 한 해에 대홍수와 대화재를 연거푸 겪었다. 불쌍한 여공들 수십 명이 불길을 피하지 못하고 흔적도 없이 사라졌지만 김 교주는 눈 하나 깜빡하지 않았다.

이렇게 되자 신도들은 김 교주에 대한 불평불만을 다시 늘어놓기 시작했다. 그러자 김 교주는 특유의 거짓말로 신도들을 안심시키려 들었다. 오히려 왕마귀가 자기를 시험하려고 이런 재난을 준다고 둘러댔다.

"여러분, 왕마귀가 나를 시험하려고 홍수나 화재를 일으키고 있습니다. 세상 종말이 오고 귀신이 날뛰더라도 우리는 기도하고 헌금하여 황금성을 굳게 지켜야 합니다. 이 정도의 마귀들의 장난은 감수해야 합니다. 지금 지옥에 있던 귀신들이 전부 올라와서 나를 공격하고 있습니다. 이제 우리는 마지막 날의 피난처인 새로운 황금성을 건설해야 합니다. 이제부터 여러분은 헌금을 더 많이 바쳐야 합니다. 그래야만 여러분은 황금으로 된 왕국에 들어갈 수 있는 자격을 얻게 됩니다."

이 말을 듣고 위안을 삼는 신도들도 있었지만 일부는 김 교주의 거듭되는 거짓말을 눈치 채고 짐을 싸 떠나버렸다. 이렇게 황금성은 홍수와 화재로 잠시 휘청거렸지만 김 교주는 조금도 흔들리지 않았다. 수십만 명의 신도들로부터 받은 헌금이 얼마든지 있었고 욕망으로 가득찬 그의 의지와 거대한 야망은 불길처럼 훨훨 타오르고 있었다.

7

상표 바꿔치기로 떼돈을 벌다

"여기 황금성 간장 30상자 주세요."
"저는 황금성 담요 200장 주세요."
"저도 황금성 메리야스 10박스 주세요."
"여보세요. 카스텔라 50상자 더 주세요."

황금성에는 주일이면 신도들이 구름떼처럼 몰려와서 예배당 마당에 난장이 열렸다. 이날은 신도들이 이것저것 황금성에서 만들어 낸 물건을 만질 수 있는 유일한 날이었다. 사실 신도들은 죽도록 일만 했지 정작 자기들이 만든 물건을 평소에 살 수가 없었다. 쥐꼬리만 한 월급을 준다는 핑계로 황금성은 단 돈 한 푼의 할인 혜택도 주지 않았다. 아무리 등외품이라도 제값을 다 받았다. 일부 신도들은 너무 야박한 김 교주에 대한 원망을 감추지 못하고 있었다. 공개적으로 말은 못해도 삼삼오오 모여서 불만을 토로하고 있었다. 중년의 여신도가 물건을 파는 사람에게 물었다.

"요즘 물건은 잘 나가나요?"

"아뇨. 신도들이 만져만 보고 돌아갑니다. 안 팔립니다."

"왜 그렇게 물건이 안 나가는 거죠?"

"물건 값이 외부의 것보다 너무 비싸다는 소문이 돌아요!"

"설마 그럴 리가 있겠어요? 낭설이겠죠. 현장에서 바로 파니까 단 돈 일원이라도 싼 거 아니겠어요."

"무슨 말씀을요? 양재부 직원이 서울 시내에 갔다가 가격을 보고 뒤로 넘어질 뻔했대요. B급인데도 여기가 종로보다 더 비쌌다는 겁니다."

예배당으로 올라가는 길에는 황금성에서 나오는 과자, 빵, 간장, 된장, 캐러멜 등 갖가지 물건들을 두루 팔았지만 정작 신도들은 자기들이 만든 물건을 살 수 있는 돈이 없었다. 나중에 일요일에 장이 선다는 소문이 널리 퍼지면서 일반 사람들이 몰려와서 물건을 사갔다. 일요일 고객들은 실수요자들이었다.

이렇게 되자 김 교주는 B등급품의 가격을 30퍼센트나 낮추어 팔았다. 그러자 황금성 물건을 팔아서 생계를 유지하는 신도들의 불만이 커지게 되었다. 이런 가운데도 황금성 물건은 없어서 못 팔정도로 인기가 하늘을 찌르고 있었다.

황금성 입구는 담요, 간장, 된장, 메리야스를 받아 가려는 사람들로 인산인해(人山人海) 장사진(長蛇陣)을 이루고 있었다. 입구에는 불과 1년 사이에 여인숙이 우후죽순처럼 들어섰지만 항상 빈방이 없었다. 지방에서 오는 사람들은 웃돈을 주고도 방을 잡을 수가 없어 난리였다. 이렇게 사람들이 빼곡하게 몰리자 황금성에서는 번호표를 나누어 주었다. 그래도 새치기는 근절되지 않았다. 전 지역에서 사람들이 모이다 보니 가끔 지역 색을 들먹이다가 싸움이 벌어지기도 했다. 양 옆 공터에는 국밥집이 들어서고 대포 집에서는 수구레를 삶은 돼지껍데기 안주를 팔고 있었다. 수구레는 가죽을 만드는 데 쓰는 소나 돼지껍질로서 등외품이었다. 이것을 사나흘 삶으면 물감이 빠져나가고 야들야들해지면 그 위에 고춧가루를 풀고 소금을 넣어 달달 볶은 것으로, 술안주로는 인기가 상한가를 치고 있었다.

 황금성 물건을 받아본 사람들은 별세계에 온 것 같은 착각에 빠져들었다. 그동안 미군이 주는 구호물품이나 받아서 입었는데 황금성표 메리야스는 몸에 착 달라붙었다. 기분이 좋았다. 입에 넣으면 깔깔해서 맛이 없었던 카스텔라가 야들야들하면서 입속에서 스르륵 녹는 것이었다. 사람들은 이것을 가리켜 둘이 먹다가 '김일성이 한 사람 잡아가도 모를 정도로 맛이 있다'고 말했다.
 황금성은 즐거운 비명을 질렀지만 물건을 만드는 여공들은 죽을 맛이었다. 모두 저임금으로 장시간 고역을 감당해야 했다. 오로지 기계가 움직이는 대로 따라가야 했다. 황금성은 내놓는 상품마다 대히트를 치고 있었다. 재고라는 말이 필요 없었다. 생산이 되면 창고로 가게 되는데 그 자리에서 바로 차에 실렸다. 그만큼 창고비와 인건비가 절감되어 더 많은 노동력이 필요하게 되었다. 전국에서 10대 여공들이 줄을 섰다. 월급은 주는 대로 받았고 하루 몇 시간 일하는지도 중요하지 않았다. 하나님 나라에 들어가려면 시간도 돈도 따지면 안 되었다. 그 당시 일반 상품은 품질이 그다지 좋지 않았기 때문에 황금성 물건이 각광을 받게 되었다. 외지인들은 하나님을 섬기는 종교단체가 생산하는 것이니까 믿을 수 있을 것으로 보고 더더욱 사려고 몰려들었다.

　황금성은 하루 2교대로 공장을 돌렸지만 밀려드는 주문을 감당할 수가 없었다. 어떤 사람은 현금을 싸들고 와서 황금성 근처 여인숙에서 자면서 기다리다가 물건을 받아가기도 했다. 김 교주는 직접 공장을 순회하면서 생산을 독려했다. 그는 여공들이 먼지구덩이 속에서 장시간 쉴 틈 없이 일하고 있었지만 그들의 업무 환경 개선에 대한 생각은 안중에도 없었다.
　그렇게 해야 마지막 날에 구원을 받는다고 둘러댔다. 그러면서 자기 집은 초호화판으로 지었다. 공장은 차마 눈뜨고 볼 수 없을 정도로 불결했다. 현장을 보고 나면 물건을 사고 싶은 마음이 하나도 없다는 말이 딱 맞았다. 빵과 사탕, 담요, 간장이 최고의 인기상품이었는데, 그것들은 쓰레기장 같은 환경에서 만들어졌다.

　담요 주문이 전국에서 폭주하자 담요를 생산하는 공장장은 김 교주를 찾아가 면담했다. 빵 만드는 공장장도 이때다 싶어서 따라 나섰다.
　"교주님, 담요 주문이 밀려서 도저히 감당할 수가 없습니다. 공장을 증설하는 길밖에는 다른 방법이 없습니다."
　"교주님, 빵을 만드는 데는 파리 떼가 너무 많아서 위생에 좋지 않습니다."
　김 교주는 이들의 건의를 잠자코 듣고만 있다가 이렇게 말하는 것이었다.

"이봐, 박 공장장! 증설은 맨손으로 하는 게 아니잖은가? 자금이 무한정 들어가야 하고 생산에 들어가기까지는 시간이 얼마나 걸릴지 모른단 말이야."

"그건 저도 알고 있습니다."

"지금 증설이 절실한 공장은 어디어디인가?"

"간장하고 담요, 메리야스, 빵공장입니다."

"그래? 지금 당장 증설은 안 되니까 좀 더 지켜보세. 일단 공장을 풀가동시켜 보자고."

"그건 인력이 안 따라줍니다. 또 기계가 무리하면 고장으로 서버립니다. 이것은 일본에서도 20년을 돌린 고물 기계라서 서버리면 대책이 없습니다. 그렇게 하려면 지금에 비해 3배의 인력이 더 있어야 합니다."

박 공장장이 계속 안 된다고 우기자 김 교주는 답답했는지 더는 참지 못하고 냅다 소리를 질렀다. 흥분한 목소리로 총무부장을 툴러 올렸다.

"김 부장! 빵 공장장은 내일 당장 내보내게. 조금 전 우리 물건이 인기가 있어서 주문에 댈 수 없으니까 공장을 증설해 달라고 조르다 나갔네. 공장 증설이 말처럼 그렇게 쉬우면 대한민국에서 공장 안 할 놈 어디 있겠나!"

"그랬습니까? 그러나 박 공장장 내보내는 건 재고해 주시죠. 당장 그만한 인물을 찾기가 쉽지 않습니다. 그 사람 식품공학을 전공하고 경험이 다양합니다. 내보내면 당장 제품개발에 차질이 옵니다. 우리가 두고두고 써먹을 수 있는 인재입니다."

"그럼 김 부장이 알아서 처리하게. 나는 모르겠네."

"교주님, 제가 다독거려 보겠습니다. 걱정 놓으시죠. 그 사람들은 우리 공장의 보배들입니다."

그제야 김 교주의 흥분이 좀 누그러졌다. 총무부장은 그 고집을 꺾느라 진땀깨나 흘렸다. 그는 하루하루가 살얼음판에 올라선 기분으로 보내고 있었다. 어디가 깨져서 물속으로 빠질지 모르는 위기의 상황이었다.

시청 위생과에서는 근로환경을 점검하겠다고 계속 통보해 왔다. 차일피일 미루다보니 시간이 지나자 이번에는 날짜를 지정해서 사람이 내려 왔다.

황금성은 워낙 복마전(伏魔殿)이어서 캐면 캘수록 비리가 드러나기 때문에 그 때마다 긴장감이 감돈다. 오죽하면 황금성을 조사하러 올 때는 경찰관을 대동하고 왔다.

조사하러 나오는 시청직원은 황금성이 변했을 것으로 생각하고 있었다. 그러나 3년 전 폭력 사건을 일으켰을 때에 비해 조금도 변한 게 없었다. 조사 회피 수법이 좀 더 치밀해졌을 뿐이었다. 황금성은 국내 최대 재벌 에스기업이 정부 측 조사관들이 오자 입구에서 막고 서류를 빼돌리는 것을 보고 그대로 따라했다. 연달아 세무, 위생 조사관들이 황금성으로 들이닥쳤지만 입구가 막혀 조사도 하지 못하고 되돌아갔다. 에스기업을 모방하여 자기들의 비리를 막는 데 성공한 것이다. 김 교주는 바로 '남이 성공한 길은 나의 성공'이라는 것을 소신으로 삼았다.

황금성 물건이 없어서 못 팔 지경이 될수록 황금성의 여공들은 과로로 하나둘 낙엽처럼 스러져 갔다. 먹는 것도 부실한데다가 공장 환경이 열악하다 보니 주로 폐결핵에 많이 걸렸다. 전염병인 폐결핵 때문에 발병자들은 늘어만 갔다. 황금성은 그에 굴하지 않고 이들을 마지막 숨이 붙어 있을 때까지 부려먹었다. 그러다가 각혈을 하고 숨을 헐떡거리면 400킬로미터 떨어진 공동묘지로 싣고 가서 살아있는 여공들을 생매장했다.

여공 한 명이 죽으면 세 명이 보충되었다. 열다섯 살 전후의 여공들의 모집은 지역별로 있는 황금성 교회의 전도사들 몫이었다. 이들은 감언이설로 어린 여중생들을 유인하여 황금성 공장으로 보냈다. 일 년쯤 지나서 그만두고 나가겠다면 협박과 회유가 뒤따랐다. 심지어 밤에 납치를 해서 윤간을 당한 여공도 있었다.

이런 황금성의 사정을 모르는 바깥사람들은 황금성에서 만들어내는 물건들에 대해 매우 긍정적이었다. 서울을 중심으로 부자들은 황금성 물건 하나 안 쓰면 체면이 안 서게 되었다. 전국의 황금성 교회 신도들은 물건을 파는 보부상이었다. 여자들은 물건을 머리에 이고, 남자들은 등짐으로 지고 물건을 팔러 다녔다. 그때는 요즘처럼 동네 구석구석에 마트가 없었기 때문에 여자들이 물건을 머리에 이고 오지마을까지 들어가서 팔았다.

그들은 때로는 물건 값을 쌀이나 콩으로 받기도 했다. 그들이 그것을 교회로 갖고 나오면 신도들이 사주었다. 이처럼 시골에서는 물물교환이 성행하기도 했다.

전국 방방곡곡에 황금성 물건을 공급하는 데는 한계가 있었다. 여공들이 잠도 자지 않고 24시간 물건을 만들었지만 도저히 수요를 맞출 수가 없었다. 들어올 때 신앙심으로 눈이 빛나던 고운 소녀들은 온데간데 없었다. 한올한올 새초롬하게 위로 뻗어있던 속눈썹에는 돌아가는 기계에서 튀어나온 먼지덩어리들이 올라앉았다. 기계기름에 반달모양 손톱은 때로 그을렸다. 퀴퀴한 냄새가 손을 움직일 때마다 퍼졌다. 흘린 땀으로 떡이 진 얼굴에서 하얀빛을 찾아볼 수 없었다. 멀리서 보면 소녀들은 하나의 먼지덩어리였다. 황금성이 만들어 낸 거대한 먼지공장은 쉴 새 없이 돌았다. 기름으로 전 공장은 움직임이 조금씩 더뎌지고 있었다.

보다 못한 김 교주는 몇몇 공장장들을 비밀리에 지하벙커로 소집했다. 김 교주의 인사말이 시작되었다.
"여러분은 황금성 하나님 나라를 완성하는 참일꾼들이다. 우리가 시도하면서 만드는 물건들을 전 국민이 이용하고 있다. 그런데 지금 수요량을 댈 수가 없는 지경이다. 그렇다고 공장을 증설하는 것은 고정투자비가 늘기 때문에 쉽지 않은 일이다. 오늘 좋은 대안을 찾으려고 여기에 모였다. 오늘 이 자리의 일은 외부로 새나가지 않도록 주의하기 바란다."
황금성 담요가 얼마나 인기가 좋았던지 고스톱 판에서 해방 이후 수십 년을 지켜온 전통의 국방부 담요를 밀어냈다. 전국의 주부들의 넋을 단번에 사로잡은 담요를 생산하는 황금합섬 공장장이 먼저 반기를 들었다.
"지금 담요를 생산하는 직조기 상태가 아주 안 좋습니다. 기계가 워낙 낡다 보니까 불량이 점점 더 늘어나고 있습니다. 이 상태로 언제까지 버틸 수 있을지 모르겠습니다. 어떤 대안이 마련되어야 합니다. 그렇지 않으면 우리 상품의 명성이 하루아침에 무너질 수 있습니다."
간장 공장장이 말을 이어 받았다. 그는 타고난 다혈질이었다. 김 교주가 있건 없건 거칠게 말을 했다.

"아니, 간장이 숙성도 되기 전에 병에 담으니까 그 안에서 부글부글 끓는 것처럼 혼탁합니다. 적어도 3주 동안의 발효 과정을 거쳐야 하는데 15일 만에 물건을 빼내고 있습니다. 그러면 맛이 덜 들거나 심하면 변질될 수 있습니다. 아무리 주부들이 우리 간장에 미쳐 있어도 그렇게 하면 망하는 지름길로 가는 것입니다."

"대한민국 국민들은 황금성 간장에 푹 빠져 있습니다. 하루가 25시간이라고 해도 댈 수가 없습니다. 이것도 밖에서 조달하면 큰돈을 벌 수 있습니다."

그때 전국에는 산분해(酸分解) 간장을 만드는 중소기업들이 수백 개가 난립하고 있었다. 황금성은 은밀히 간장공장과 접촉하여 2천 리터씩 받아다가 황금성 간장병에 담아서 4배 이상의 마진을 붙여 팔았다. 그런데 산분해 간장을 만드는 과정에서 들어가는 염산의 부산물로 환각물질이 소량 들어 있었다. 이것을 정제하면 감기약에 들어가는 염산에페드린이라는 물질이 나오게 된다. 이것이 바로 필로폰의 주성분이었다.

간장을 만들면서 부산물로 생기는 필로폰을 은밀하게 정제하여 조폭들에게 비싼 값에 팔아서 김영일 교주에게 상납했다. 김 교주는 수만 명이 모이는 부흥회를 마치면 꼭 필로폰 주사를 맞아야 잠이 들 정도로 필로폰 중독 증세를 보이고 있었다. 당시 수사기관은 이런 사실을 알고도 서로 먹이사슬로 연결되어 있었기 때문에 묵인하고 넘어갔다. 간장에서 벌어들이는 이익보다 오히려 필로폰을 팔아서 버는 돈이 더 짭짤했다.

이번에는 메리야스를 만드는 직물부에서 단호히 말했다. 황금성표 메리야스는 사람들의 넋을 빼앗고도 남을 정도로 인기가 높았다.

"메리야스는 속전속결로 물건을 만들 수는 없습니다. 시간이 지나야 나오는 것입니다. 너무 서두르다 보니 불량률이 3퍼센트에서 5퍼센트로 뛰었습니다. 물론 불량도 폐기하지 않고 황금성 안에서 자체 소비하고 있습니다. 그런데 불량품을 선별하는 여공들의 집중력이 떨어지는 게 문제입니다. 2교대로 돌리다 보니 잠이 부족해서 졸면서 일하고 있는 실정입니다."

이렇게 밀려드는 주문을 다 소화할 수 없게 되자 황금성은 상표갈이를 생각하게 되었다.

황금성에서 구매를 담당하는 직원들이 동대문시장에서 상표를 안 붙인 제품을 사오면 양재부에서 황금성 상표를 붙여 바꿔치기를 했다. 황금성 원단이 원래 A급이라면 동대문시장에서 사오는 것은 C급을 썼다. 그러면 구매하는 직원들이 도매상과 짜고 자기네가 마진을 어느 정도 붙여서 황금성에 납품했다. 거기다가 장사꾼들이 또 마진을 붙였다. 결국에는 동대문시장에서 가져온 가격보다 5배 이상 더 받았다. 황금성 초기에는 하나님을 믿는 신앙인들이 만들었다는 것 하나로 인기가 상한가를 쳤지만 점차 이런 식으로 품질이 떨어지기 시작했다.

담요, 메리야스, 양말, 장갑, 한복 등 의류는 외부에서 조달한 짝퉁 제품을 황금성 제품으로 팔아서 엄청난 이익을 남겼다. 이것은 하나님을 믿는다는 신용을 이용하여 소비자를 속이는 것이다. 이렇게 하여 구매 담당 직원들은 떼돈을 벌게 되었다. 이런 소비자 기만행위의 주도자는 당연히 김영일 교주였다.

공장장들의 애로와 고통을 다 듣고 난 김 교주가 약간은 근심스런 표정으로 입을 열었다.

 "여러분의 얘기는 잘 들었다. 우리는 지금 행복한 고민에 빠져 있다. 어떤 기업들은 물건이 안 팔려 도산하고 있는데 우리는 물건을 달라고 아우성치는데도 물건이 없어서 못주고 있다. 일반 기업들은 이럴 때 어떻게 대처하는지 알아보았다."

 김 교주는 잠깐 말을 멈추고 비서에게 상자를 가져오라는 신호를 보냈다. 상자에서 간장과 담요 등을 꺼내어 탁자 위에 올려놓았다.

 "자, 여기 봅시다. 이 상품은 재벌기업과 친인척 관계에 있는 에스그룹에서 만든 것이다."

 그러면서 담요를 펴서 상표가 나오자 그쪽을 손으로 잡고 공장장들 사이로 빙 돌았다.

 "여기 보면 생산자는 세일합섬으로 되어 있고 판매자는 에스기업으로 적혀 있다. 이것이 요즘 한창 유행하는 주문자 상표라는 것이다."

 그러니까 김 교주는 우리도 주문자 상표 표시제를 도입하자는 것이었다. 공장장들은 이것이 위험천만한 방식이라고 생각했다. 김 교주의 방식을 따를 수 없었다. 담요 생산 공장장이 또 나섰다.

 "그렇게 하면 황금성에서 담요를 만들지 않았다는 것을 만천하에 알리는 결과를 가져오게 됩니다. 그보다는 오히려 우리가 시장에 나가서 비슷한 제품을 대량으로 구입해서 상표를 바꿔 다는 것이 훨씬 좋고 안전 합니다."

 "그러면 품질의 차이를 소비자들이 알아채게 될 텐데 그건 어떻게 하면 됩니까?"

"그건 아주 간단합니다. 우리가 만든 제품은 서울, 부산 등 대도시에서 판매하고 시중에서 구입해 상표를 바꿔 단 제품은 농촌을 중심으로 파는 겁니다. 물론 일정한 수준에 있는 담요만 구입하면 됩니다. 담요는 동대문상가에 가면 지천으로 깔려 있습니다. 개중에는 우리 것인지 아닌지 구별이 안 가는 좋은 것들도 더러 있습니다."

이때 김 교주의 굳었던 얼굴이 풀리면서 웃음꽃이 슬그머니 피어나는 것이었다. 그의 머리는 포마드 기름으로 눌러 한 가닥도 삐져나오지 못하게 뉘어놓았다. 불빛 아래에서 고개를 움직일 때마다 머리칼은 기름으로 번뜩였다. 좁은 이마엔 주름이 칼로 가른 듯 갈라졌다. 처진 입 꼬리가 더 옆으로 찢어지면서 시뻘건 잇몸이 드러났다. 위에 하얀 이빨은 자로 잰 듯 돋아있었다. 다닥다닥 달라붙은 폼이 사택이 줄지어 들어서 있는 것 같았다. 그 이빨위에 냄새나는 혀가 휙 훑어갔다.

그날 이후 황금성에는 상품조달부가 만들어졌다. 황금성은 간장, 제과, 빵, 담요, 의류 등의 제품을 실은 트럭이 새벽 2시부터 6시까지 아주 은밀하게 도착하여 공장에 물건을 풀었다. 이 사실은 극비로 다루어졌지만 입에서 입으로 전해지면서 2년이 지나서 전 신도들이 알게 되었다. 마진은 자체 제작보다 두 배가 더 커졌다. 김 교주는 신이 났다. 이렇게 돈이 쉽게 벌리는데 왜 여태까지 멍청한 짓을 했는가 생각하니 후회가 되었다.

어느 날 지역신문에서 이 소문을 듣고 취재를 온다는 것이었다. 황금성은 벌집을 쑤신 것처럼 술렁거렸다. 순간, 김 교주로부터 불호령이 떨어졌다.

"그걸 어떤 새끼가 신문에 발설했는지 꼭 찾아내라. 안 그러면 국물도 없다고 충분히 알려라."

그 기자는 총무부장이 상대했다. 그는 사람을 다루는 데는 이골이 나 있었다. 그 기자는 총무부장이 파놓은 함정으로 스스로 걸어 들어갔다. 그에게는 술과 여자와 돈이 넉넉하게 주어졌다. 이렇게 해서 그 기사는 빛을 못 봤지만 대신 그 기자의 생활은 윤택해졌다. 총무부장은 쪽지에 적어 김 교주에게 올렸다.

〈담요공장 박 공장장이 언론에 이 사실을 흘렸다고 고백함. 즉각 퇴출시키겠음.〉

이 쪽지를 받아든 김 교주의 손이 얼마나 떨렸던지 세 번이나 종이를 땅바닥에 떨어뜨렸다. 그의 입가에는 게거품이 하얗게 일고 있었다. 입에서는 하나님에게 어울리지 않는 거친 욕설이 줄줄이 흘러나왔다.

"그 새끼, 얼굴에 반역의 기질이 씌어 있었어. 그놈은 죽여서 토막을 쳐도 시원찮아. 에이 더러운 새끼 같으니라고. 당장 쫓아내!"

황금성이 외부 상품을 몰래 들여다가 상표갈이를 한다는 사실을 기자에게 알린 사람은 담요공장 공장장으로 지목되었다. 그날 이후 황금성에서는 그를 봤다는 사람이 아무도 없었다. 황금성에서 쫓겨난 그는 가족들을 데리고 청계천 피복상가로 가서 입에 풀칠을 한다는 소문이 돌았다.

담요공장장의 지적대로 소비자 불만이 하나 둘 늘어났다. 주로 동대문시장에서 도매로 떼어다가 상표를 바꿔 단 제품에서 문제가 생겼다. 보따리 장사 아줌마들은 여기저기서 황금성 물건의 품질이 나쁘다고 하니까 죽을 맛이었다. 갈수록 물건이 예전처럼 덜 나가는 것이었다. 그동안 황금성 물건이라면 상표만 보고도 허겁지겁 집어가던 사람들이 본체만체 하는 것이었다.

"아니, 아줌마. 요즘 황금성 물건이 왜 그래요? 담요 산 지 세 달밖에 안 됐는데 보푸라기가 계속 일어나 못 쓰겠어요. 이거 다른 것으로 바꿔 주세요."

담요를 받아서 꼼꼼하게 살펴보니 진짜 엉망이었다. 보푸라기는 말할 것도 없고 색상도 이상하게 바랜 것 같았다. 소비자들의 불만이 커지자 이번에는 중앙일간지들이 취재에 나섰다. 메이저급 신문들이라서 군청 소재지 주간지하고는 그 파장이 달랐다. 주요 일간지들이 일제히 황금성의 물건의 질이 현저히 떨어졌다는 기사를 사회면 톱으로 올렸다.

"황금성, 값싼 동대문 상품에 황금성 상표 붙여 폭리 적발, 황금성실업 김철구 회장 긴급 체포."

이 기사가 나가자 그동안 황금성 물건이라면 눈 감고도 집어갔던 소비자들의 항의가 빗발쳤다. 한 중앙 일간지는 소비자의 반응을 함께 실어 대조를 보였다.

(이명자. 주부 34세, 서울 종로구)

"솔직히 말해서 황금성 마저 이렇게 소비자를 속이다니 너무 실망스럽다. 황금성은 소비자에게 백배 사죄하고 담당자는 법에 따라 처리하기 바란다."

(김숙희. 주부 58세 전남 청풍)

"이건 소비자를 우롱하는 것이다. 불량품은 전량 회수하고 보상을 해줘야 한다. 이제 황금성 물건은 안 쓰겠다."
(김성호, 한국대 소비자학과 교수)
"이건 황금성이 더 많은 이익을 얻으려다가 발생한 것이다. 이번 사건으로 치명적인 손실을 입었다. 신뢰회복이 쉽지 않을 것이다."
 황금성의 상표갈이 사건을 보는 시각은 대체로 실망했다는 것과 이제는 물건을 더는 안 쓰겠다는 의견들이 지배적이었다.

 이 사건 이후 황금성에서 생산한 물건의 인기가 급전직하(急轉直下)로 추락했다. 당연히 보따리 장사로 생계를 유지하던 주부들의 불만이 높아지면서 황금성 교회의 신도 수도 줄어들기 시작했다. 말 한 마디 하지 않고 침묵을 지키고 있던 김 교주는 화가 나서 잠을 못 이루었다.
 그는 공장장들을 전부 불러 모았다. 작심한 듯이 하얀 셔츠 차림으로 나왔다.
 "야, 이 얼뜨기 병신 새끼들아! 어째서 하는 일마다 꼭 사고를 치는 거냐? 다들 이 자리에서 사표 쓰라고. 너희들 같은 머저리들은 더 이상 필요 없다."
 "교주님, 그건 아닙니다. 한 번만 용서해 주십시오."
 말이 미처 끝나기도 전에 김 교주는 윗도리를 집어 들더니 휑하니 사라졌다. 너희 같은 인간들은 더 이상 꼴도 보기 싫다는 그런 모습이었다.
 다음날, 사고와는 무관한 공장장들까지 모두 잘렸다. 일부 공장장은 그대로 남기도 했지만 대부분이 황금성과 작별을 고하게 되었다.

김 교주는 말끝마다 예수님의 이름으로 형제애적인 사랑을 들먹이면서도 비위가 뒤틀리면 헌신짝 차 버리듯 직원을 가차 없이 해고했다. 그런 연유로 황금성이 새로운 사업을 시작하려고 준비할 때 능력 있는 인재를 구할 수가 없었다. 황금성은 인재들의 무덤으로 불리면서 기피대상 기업 1호가 되었다.

8

필사의 탈출로 폐병을 고치다

18살이 된 한순희는 가난한 가정에서 태어났다. 초등학교만 겨우 졸업하고 계모 밑에서 살림을 거들면서 지냈다. 그러다 우연히 황금성교회 박우정 전도사를 알게 되었다. 그녀는 예배를 볼 때면 하나님께 이렇게 기도를 드렸다.

"하나님, 우리가 못하는 것을 다 하실 수 있으신 하나님. 우리 집은 정말 가난합니다. 부디 간청하오니 저의 집을 일으켜 세워 주세요. 하나님, 간절히 부탁드립니다. 아멘…"

이렇게 애가 타도록 기도를 드렸더니 순희에게 정말 기적과도 같은 일이 생겼다. 새로 온 박 전도사가 황금성에 가면 월급도 주고 공부도 시켜주니까 그리 가보는 게 어떻겠냐고 권하는 것이었다. 이 말을 듣고 순희는 너무 기뻐서 며칠간 잠을 설쳤다.

며칠 후 그녀는 간단한 짐 보따리를 싸들고 기차에 올랐다. 그동안 꿈에 그리던 직장이 생긴다니까 하늘로 날아갈 것만 같았다. 가자마자 봉제공장에 배치되었다. 거기에서 처음에는 실밥을 다듬는 일을 했다. 여섯 달이 지나서 재봉틀 돌리는 기술을 익히면서 간단한 작업에 투입되었다. 드디어 만 1년이 넘어 재봉틀을 1대 차지하고 일할 수 있게 되었다.

처음에는 기술을 익히면 학교에 보내준다고 하더니 아무리 기다려도 학교에 가라는 말을 하지 않았다. 그래서 작업반장에게 왜 학교에 보내주지 않느냐고 물었다. 그녀는 동그란 눈을 들어 똑바로 반장을 쳐다보았다. 빛을 잃지 않은 눈은 크고 맑았다. 반장의 눈이 순희의 아래위를 훑었다. 공장에서 때가 가득 묻긴 했지만 제법 얼굴과 몸매는 볼만 했다. 반장은 성욕이 솟구치는 것을 느꼈다. 그는 여공들을 상대로 성욕을 풀었다. 매일 성폭행 하지 않은 반반한 새 여공을 건드리는 재미로 하루를 보냈다. 그 이유를 알려주겠다며 순희를 공장에서 끌어냈다. 눈빛이 텅 빈 채 몸만 움직이며 일하고 있던 여공들이 고개를 들어 나가는 그들의 뒤꽁무니를 쫓았다. 그들의 눈은 금방이라도 울 것만 같았다.

그들 사이에서는 한기숙이란 여공의 소문이 나돌고 있었다. 한기숙이란 여공은 작업반장에게 끌려가서 황금성 뒷산의 보리밭에서 겁탈을 당했다. 얼마 후 생리가 멈추고 배가 서서히 불러왔다. 결국 그녀는 애를 출산하고 어딘가로 떠나갔다. 핏덩어리 애는 벨기에로 입양되었다는 소문만 있었지 실제로 어떻게 되었는지 아는 사람은 없었다. 그 후 기숙은 기지촌으로 흘러들어가 양공주가 되어 흑인병사를 따라 텍사스로 갔다고 했다. 그 남자가 구타를 하는 바람에 잠옷 바람으로 뛰쳐나와 뉴욕 플러싱에서 한 목사가 운영하는 '레인보우 센터'로 들어가서 정신과 치료를 받았다는 것이다.

 작업반장은 능글능글하게 굴면서 일하고 있는 어린 여공들의 몸을 더듬고 성추행했다. 입이 얼마나 거칠었던지 '화장실 대걸레'라고 불렀다.
 "이 씨팔년들아! 일 똑바로 못해, 이년들아! 이 정도밖에 일을 못하겠어? 너희들 하나쯤 죽여서 내다 버려도 슬퍼해 줄 사람은 없어. 여기는 아무도 들어올 수 없는 수용소야!"
 어떤 때는 지나가다가 처녀들의 앞가슴에 손을 넣고 젖가슴을 주물럭거리기도 예사로 했다. 재봉틀을 돌리고 있으면 몸부림을 칠 수가 없으니까 처녀들의 젖가슴을 자기 마누라 것 인양 더듬었다. 만약 몸을 뒤틀게 되면 그 제품은 불량품이 되었다. 그러면 알량하게 주는 월급에서 못 쓰게 된 제품 값을 공제했다.

 순희는 황금성에 온 지 2년 만에 계모가 돌아가셨다는 소식을 두 달이나 늦게 도착한 동생의 편지로 알게 되었다. 아무리 자기를 구박한 계모였지만 아버지와 부부의 인연으로 사신 분의 마지막 가는 길을 못 본 게 한스러울 뿐이었다.
 공장은 항상 먼지가 자욱했지만 전기를 아낀다고 환풍기를 돌리지 않아 여공들은 먼지 구덩이에서 일했다. 어떤 때는 하루에 20시간이나 재봉틀 앞에서 보낸 적도 있었다. 그런데도 불량이라도 나는 날에는 반장이 여름날 개 패듯 때렸다.
 황금성에 온 지 3년째 되던 해에 갑자기 숨이 가빠지고 기침이 나면서 몸이 마르기 시작했다. 식사래야 매일 시래깃국에다 김치하고 만들다가 불량이 난 황금성 간장이 전부였다. 매일 새벽 4시가 기상시간이었다. 캄캄한 새벽에 소금만 뿌리고 고춧가루는 살짝 시늉만 낸 김치에다 시큼한 곰팡이 냄새가 코를 확 찌르는 멸치젓으로 식사를 했다. 배추 잎은 살아서 밭으로 되돌아 갈 것처럼 숨도 죽지 않은 김치였다. 여공들은 한창 클 10대 후반의 나이여서 그런지 늘 배가 고팠다. 어떤 여공은 참다못해 화단에서 개미를 잡아먹거나 쥐를 잡아서 구워먹기도 했다. 어떤 때는 고기 냄새만 나는 우거짓국이 특식이라고 나왔다. 힘이 없어 일을 하지 못하면 공장장의 손찌검이 기다리고 있었다.

어느 날 기침을 하는데 가래에 피가 섞여 나왔다. 이 사실을 반장에게 말했더니 약 한 병을 주면서 아침저녁으로 한 알씩 먹으라고 했다. 그것이 황금성에서 해줄 수 있는 것의 전부였다. 몸은 점점 더 수척해져 갔다. 순희는 목욕을 하다가 자신의 가슴을 보니 일흔 넘은 할머니 젖가슴처럼 쪼그라져 있었다. 그 모습을 보던 그녀는 너무 서러워서 펑펑 울었다. 겨우 스무 살 짜리 처녀의 가슴이 말라붙었다는 것을 누가 상상이나 할 수 있겠는가.

그날 순희는 짐승만도 못한 대접을 받고 일하는 그곳을 탈출하기로 마음을 먹었다. 비가 오는 날 밤 교대시간에 감행하기로 결심하고 간단하게 짐을 꾸려 숨겨 놓았다. 그렇지 않으면 그녀도 얼마 전 사라진 은혜처럼 될 것만 같았다. 은혜는 폐결핵 3기였다. 작업반장은 병들어 신음하는 은혜를 병원에 보낸다면서 어디론가 데려갔다. 그때 들리는 말로는 살아서 몸부림치는 은혜를 황금성 공동묘지에 생매장했다는 것이다. 악독한 인면수심의 인간들로 바글거리는 지옥이 바로 황금성이었다.

"나는 살 거야. 이대로 죽을 수는 없어. 내가 살아야 이 비참한 지옥의 실상을 세상에 알릴 수 있어. 언니 오빠 꼭 다시 만나자."

한순희는 이제 탈출을 행동으로 옮기는 일만 기다리고 있었다. 6월 중순, 비바람이 거세게 몰아치는 밤에 교대시간을 틈타 순희는 보따리 하나만 달랑 들고 도로변 철조망을 넘었다. 그 바람에 치마는 세 가닥으로 찢어지고 다리와 팔은 철조망에 긁혀 피가 흘렀다.

밤 9시, 그녀는 대략 10킬로미터를 걷다 뛰다 하면서 일단 황금성의 감시망에서 벗어나는 데 성공했다. 이곳의 파출소에 도움을 청했다가는 다시 붙잡혀 황금성 안으로 끌려가게 되어 있었다. 그 대가로 황금성은 때때로 파출소에 돈도 바치고 야식으로 라면을 차떼기로 배달해 준다는 소문이 돌았다.

얼마나 허겁지겁 걸었을까, 숨을 돌리고 있는데 멀리서 트럭이 한 대 오는 것이었다. 순희는 흰 수건을 깃발 삼아 미친 사람처럼 흔들었다. 트럭은 길가에 검춰 섰다. 그녀는 달려가 갈 수 있는 데까지만 태워달라고 통사정을 했다. 그 차에는 남편이 운전하고 옆에는 부인이 타고 있었다. 그래서 트럭 뒤에 몸을 실을 수가 있었다. 덜컹거리는 짐칸에서 보따리를 풀어 옷을 갈아입고 헌 옷은 길가에 던져버렸다. 막상 기차역에 도착하고 보니 수중에는 동전 몇 개만이 달랑 있었다. 역장한테 가서 사정할까 아니면 여기서 구걸을 할까 망설이고 있는데 인자하게 보이는 노부부가 다정하게 얘기를 나누고 있었.

"선생님, 저는 황금성에서 병에 걸려 치료를 받지 못해 죽을 것 같아서 어젯밤에 탈출했습니다. 저는 충청도 홍성까지 가야 하는데 수중에 동전 몇 개뿐입니다. 저를 도와주시면 집에 가서 꼭 갚아드리겠습니다. 신

성역까지 기차표 한 장만 끊어주세요."

"아가씨, 무슨 일이 있어요? 어디서 왔어요?"

"선생님, 어젯밤에 황금성에서 탈출했어요."

그녀는 그러면서 무릎을 꿇고 두 손을 모아 빌었다. 대합실에 있던 사람들이 몰골이 거지같은 여자가 하는 짓이 이상하니까 뭔가 해서 모여들었다. 그때 부인이 앞으로 나섰다.

"아니, 남은 힘들어 도움을 청하는데 뭐 볼 게 있다고 이렇게 모여듭니까? 어서 저리 가세요! 이건 구경거리가 아닙니다."

그러자 모여들었던 사람들은 슬금슬금 뒷걸음질로 물러나는 것이었다. 그 부인은 순희의 손을 잡아 일으켜 세웠다.

"아가씨, 어서 일어나요. 우리가 기차표를 끊어줄 테니 고향으로 가세요."

그러자 부인이 하는 것을 잠자코 바라만 보고 있던 남편이 부인한테 자기 생각을 말하는 것이었다.

"여보, 이 아가씨, 점심도 좀 사주고 목욕을 시키고 집에 가서 옷도 갈아 입혀서 보내도록 해요."

"어서 갑시다."

이렇게 정이 뚝뚝 떨어지는 말을 듣고 있자니 눈물이 폭포처럼 쏟아져 나오는 것이었다. 여윈 사람의 몸에서 이렇게 눈물이 많이 나오는 게 신비스러웠다. 순희는 동네 목욕탕에서 몸을 씻은 다음 새 옷으로 갈아입고 다시 기차역으로 갔다.

"선생님, 사모님, 죽는 날까지 이 은혜 잊지 않겠습니다. 거지몰골의 저를 이렇게 챙겨 주시니 눈물만 납니다."

"그래요. 이제는 당최 그런데 가지 말고 잘 살아요."

순희는 오매불망(寤寐不忘) 그리던 집에 도착했다. 순희의 여윈 몰골을 본 오빠는 화가 나서 씩씩거렸다.

"아니, 그놈들이 인간이냐? 사람이 이렇게 병이 들었는데도 그냥 두었다는 거야? 일단 몸조리부터 하고서 오빠랑 가서 따지자."

"오빠, 언니. 미안해. 이렇게 초라한 모습으로 돌아와서. 살림에 하나도 보탬이 안 되고… 그 사이 어머니가 돌아가셨는데도 오지도 못해 불효하고, 오빠 언니 나 좀 살려줘요."

"순희야, 어쩌다가 이렇게 되었니? 김영일 그 새끼 내 손으로 죽이고 말겠다. 그런 놈이 뭐, 교주야? 내 가만 안 둔다."

그녀는 얼마나 울었는지 눈물도 말라버린 것 같았다. 그때 올케가 시누이를 달랬다.

"고모, 내일 나랑 병원에 가요. 여기서 멀지 않은 곳에 평생을 폐결핵만 전문으로 치료하는 의사 선생님이 계세요. 오늘은 아무 걱정 말고 쉬어요."

바로 다음날 폐결핵을 잘 본다는 오가병원에 가서 엑스레이를 찍었더니 3기가 거의 다 되었다는 진단이 떨어졌다. 위기에 이르기 직전이라는 것이었다.

2년 넘도록 눈만 뜨면 '이년 저년'아니면 '시팔년'소리만 듣다가 '고모'라는 말을 들으니 천국에 온 것 같았다. 2년 전 황등성으로 떠날 때 아장아장 걸었던 태훈이는 벌써 학교에 다니고 있었다. 처음에는 누군가 해서 가까이 오지 않더니 고모라니까 가슴에 폭 안기는 것이었다. 어서 나아서 태훈이 같은 애를 갖고 싶었다.

그날 이후 순희는 오빠와 올케의 지극한 간호로 건강을 되찾을 수 있었다. 오빠는 황금성을 악덕기업주로 검찰에 고발하고 청와대에 탄원서를 보내 보았지만 오히려 개인이 건강관리를 제대로 못해서 폐결핵에 걸렸다는 식의 회신이 왔다.

또 신문사부터 방송사까지 제보를 했지만 전화 한 통 없었다. 하도 갑갑해서 오빠가 전화를 하면 다른 것을 취재하고 있어서 아직 그 내용을 못 보았다고 둘러댔다.

나중에 들은 얘기로는, 황금성은 신문사는 물론 방송사까지 정기적으로 돈을 주면서 내부 정보를 얻어서 그때그때 기사로 못나가게 막는다는 것이었다. 전국 언론사에는 황금성 장학생들이 수백 명이나 진을 치고 있어서 보도를 막는다는 정보도 들어왔다. 대홍수처럼 어쩔 수 없는 사건이 터져야 겨우 형식적인 보도를 한다는 것이었다. 어쩌다가 언론마저 이렇게 더러운 병균처럼 변질이 되었는지 소름이 끼쳤다. 우연히 진료실에 앉아 기다리다가 진열대에 있는 수도신문을 보고 기절할 뻔했다.

"대통령의 아들과 김 정권 실세들, 황금성 토지 재개발과 관련해 거액의 금품을 받은 정황으로 내사 중… 날선동주민협회 회장과 총무 행방불명."

이 기사를 보고 그녀는 기가 막혔다.

"에이, 대통령부터 친인척 새끼들까지 모두들 썩었으니 누구를 나무란단 말인가? 이런 자들이 사람의 탈을 쓰고 살아있다니…."

오빠는 황금성에 2년 동안의 밀린 임금을 청구했지만 재워주고 먹여줘서 한 푼도 줄 게 없다는 회신이 왔다. 오빠가 노동사무소를 찾아가서 상담했지만 담당 공무원은 황금성에서 파견 나온 사람처럼 그쪽 편만

들었다. 그들의 노력에도 불구하고 황금성은 머리카락 하나 다치지 않고 넘어갔으며 작업반장은 여전히 여공들을 성추행했다.

황금성에서 탈출한 지 3년 후 순희는 결혼하여 가정을 꾸렸다. 어느 날 그녀는 계모의 무덤 앞에 떡과 밤, 과자에다 술을 올리고 촛불을 켠 다음 버선발로 큰절을 올렸다. 그리고 무릎을 꿇고서 고백했다. 그녀는 계모 무덤 앞에서 눈물을 쏟아내면서 서럽게 울었다. 살아 계실 때는 서운한 게 많았지만 가시는 길을 못 본 게 가슴에 응어리져 있었다.

"어머니, 비록 저를 낳아주시지는 않았지만 6살 코흘리개를 18살 때까지 씻어주고 옷을 빨아서 남 앞에 부끄럽지 않게 내보냈습니다. 어머니가 편찮으시다는 소식도 듣지 못하고 황금성에 갇혀 있었습니다. 어머니, 어머니 정말 죄송합니다. 마지막 가시는 길도 챙겨드리지 못했습니다. 어머니, 저의 불효를 용서하시고 저 세상에서 편히 쉬시기 바랍니다. 어머니, 제가 잘못했어요. 흐흐흑…"

그녀는 마지막에 어머니를 애처롭게 부르면서 미친 듯이 목을 놓아 울었다. 적막한 산골에 사방이 떠나갈 것 같은 여인의 울음소리만이 울려 퍼지고 있었다.

9

교주와 삼천 궁녀

  10월 중순으로 접어들면서 나뭇잎들이 조금씩 색색으로 물들어가고 있었다. 도로에는 며칠 사이에 제법 나뭇잎들이 수북하게 쌓여 청소부들의 손길이 바빠지고 있었다. 대기오염이 심해지고 산성비가 내리면서 노란 은행나무마저 칙칙한 빛깔로 물들어가고 있었다. 일부에서는 황화(黃化) 현상으로 한여름부터 단풍처럼 메말라 바닥에 힘없이 떨어지고 있었다. 방송에서는 가을 단풍관광을 보도하면서, 올해 단풍은 색깔이 아름답지 않아 관광지 상인들이 울상이라는 소식을 전하고 있었다.

  가을비가 추적추적 내리는 날 오후였다.
  "아버지 이거 큰일 났습니다."
  김철구 회장이 예고도 없이 김 교주 앞에 뛰어 들어와 가쁜 숨을 몰아쉬면서 말했다.
  "아버지, 이거 정말 심각한 사건이 일어났습니다."

"이 녀석아. 도대체 뭐가 큰일 났다는 거냐? 숨 좀 돌리고 천천히 말해 봐라."

"아버지, 한신은행에서 어음 52억 원을 다음 주까지 못 막으면 부도처리하겠다는 통보가 왔어요."

"그게 뭔 큰일이냐. 그렇게 간이 좁쌀 만해가지고 무슨 사업을 하겠냐. 우리나라에서 불세출의 정구영 회장이나 이경철 회장도 부도가 나서 교도소를 제집 드나들듯이 하며 재벌이 된 거다. 세상에 공짜 점심은 없다고 하지 않냐? 재벌이 되고 싶으면 교도소에 가는 것을 두려워하면 안 된다. 정 회장이나 김 회장은 전과 9범이었다."

여기서 김 교주가 사용한 불세출(不世出)이란 세상에 좀처럼 나타나지 않을 만큼 뛰어나다는 것으로 자기를 재벌 정 회장과 김 회장에 비교한 것이었다. 그는 스스로를 그렇게 생각하고 있었다.

"아버지 어디 뾰족한 수라도 있나요?"

"걱정 그만 하고 기다려라. 지금 몸 안찰 받겠다고 기다리는 여신도가 2천 명이 넘는다. 그런데 내 정력이 점점 떨어지는 게 문제다. 한참 젊었을 때는 하루에 서른 명은 상대했다. 저것들이 나하고 부부의 인연을 맺어야 구원을 받는다고 하니까 구름처럼 밀려오는 것이다. 그런데 얼굴이 반반한 여자들만 엄선해서 올려라. 얼굴이 못생긴 여편네는 몸 안찰을 받아도 구원이 없다."

"아버지, 몸 안찰로 부도를 막을 수가 있겠습니까?"

"도대체 너는 몇 번이나 말해야 알아듣겠냐. 쓸데없는 걱정 말고 네 일이나 잘 해라."

"아버지, 아버지만 믿고 있겠습니다."

김철구는 아버지의 자신감이 넘치는 얘기를 듣고 조금은 안심이 되어 다시 사무실로 돌아왔다.

김 교주는 얼굴도 예쁘고 돈도 있는 유부녀와 일반 신도로 나누어 몸 안찰을 받게 했다. 그런데 이상한 것은 남자들한테는 몸 안찰을 받으라는 말이 한 마디도 없었다. 요즘 김 교주가 하는 일은 유부녀들의 사진을 펴놓고 몸 안찰 등급을 정하는 것이었다. 우선 신앙심도 깊고 집안도 살 만한 여자들이 일차 대상이었다. 천안의 한성희, 함안의 이명순, 춘천의 안정혜가 특별 대상자로 뽑혔다. 그런데 이 여자들의 공통점은 얼굴이 상당한 미인이고 돈이 많은데 바람피우는 남편 때문에 부부 사이가 나쁘다는 공통점이 있었다.

이들 세 여자는 한 날 한 시에 김 교주의 숙소가 있는 대기실로 불려왔다. 서로들 처음 보는 얼굴이었지만 특별히 몸 안찰을 받는 특혜를 얻었다는 데서 자부심이 충만했다. 아무 연락이 없어 하룻밤을 대기실 숙소에서 함께 자게 되었다. 새벽 3시쯤 되었을까 그때서야 주방 일을 하는 아주머니가 흔들어 깨우는 것이었다. 교주님께서 올라오라고 한다는 것이었다. 이건 김 교주의 물건이 섹스를 할 수 있게 발기가 되었다는 신호였다. 천안에서 온 한성희가 먼저 올라갔다. 김 교주가 문을 열어주었다. 평소에는 감히 얼굴을 들어 쳐다볼 수 없는 그런 존재였다. 그녀가 들어가자 문 잠기는 소리가 철커덕 하고 났다. 그 소리가 기분 나쁘게 들렸다. 김 교주는 하얀 두루마기를 걸치고 인자하게 웃고 있었다.

"성희, 많이 기다렸지? 몸 안찰을 받아야 하니까 어서 옷을 다 벗으라고."

"속옷도요?"

"그럼 하나도 남김없이 다 벗어라. 그래야 하나님이 기뻐하시고 천국으로 너를 인도하실 것이다."

이렇게 말하면서 두루마기를 벗어 던지자 김 교주는 실오라기 하나 안 걸치고 있었다. 늙은이 고추라 그런지 왜소했지만 빨딱 서서 건들거리고 있었다. 한성희는 너무 민망스러워서 두 눈을 가렸다. 이건 부부간에도 어지간해서는 할 수 없는 자세였다.

"아니 교주님, 망측해요. 저는 오늘 몸 안찰 받을 준비가 덜 되었어요. 다음에 받을 테니 한 번만 봐주세요. 기도도 많이 부족합니다."

"성희야, 몸 안찰을 받으면 기도가 필요 없게 된다. 오늘 온 김에 몸 안찰을 받고 가거라. 이게 구원에 이르는 지름길이다. 어서 받아라…"

이때 그녀는 위기를 벗어나려고 출입문 손잡이를 돌렸지만 꿈쩍도 하지 않았다. 김 교주가 능글능글 웃으면서 다가오더니 그녀의 가슴을 더듬으면서 육중한 팔로 성희를 끌어다가 침대 위에 눕히는 것이었다. 그 다음에 그녀의 옷과 브래지어를 벗겼다. 그녀는 스치감에 얼굴을 가리고 엉엉 소리 내어 울었다.

"성희야, 네 음부와 내 물건이 합일이 되어야 구원에 이르게 된다. 몸 안찰을 거치지 않고는 아무도 하늘나라에 갈 수 없다."

그러더니 혀를 그녀의 가슴에 갖다 대고 핥는 것이었다. 성희는 정말 정신이 돌아버릴 것만 같았다.

"지금부터 네 남편은 나다. 이제 네 남편하고 헤어져라. 진짜 남편은 나다. 너를 천국으로 이끌 남편은 하나님인 나다."

김 교주는 자기 남성을 성희의 음부에 갖다 대고 자기 물건을 삽입하려고 했다. 그때 성희가 몸을 비틀면서 벌떡 일어나 젖 먹던 힘까지 다하여 김 교주의 왼쪽 뺨을 때렸다. 뺨을 맞은 그는 씩씩 거리면서 성희를 향해서 다가갔다. 그때 그의 모습은 마치 아프리카 사바나에서 섹스만 하면서 무위도식하는 수컷 사자 같았다.

그 순간 온순했던 김 교주는 악마로 급변했다.

"네 이년, 성희야! 이러면 안 된다. 성희의 음부에 내가 섹스를 해야 성희가 구원을 받게 되는 거야. 어서 빨리 엎드려 엉덩이를 들어라."

이 말에 성희는 악마 같은 김 교주에게 걸쭉한 욕을 속사포처럼 퍼부었다. 그녀는 이성을 완전히 잃어버렸다.

"야, 김영일! 너 예수 믿는다고 하는 교주가 맞냐? 이 쥐새끼 같은 놈아! 이러려고 날 불렀냐? 이 시팔놈아! 너는 종교라는 악마의 탈을 쓴 저 승사자야. 네 놈한테 구원 안 받겠다. 이 더러운 종자 놈아. 내가 너를 믿고 지금까지 속아서 기도한 날이 원통하다. 이 더러운 시궁창 같은 새끼야. 너 얼마나 많은 여자들을 울렸어? 또 가정을 파괴했어? 죽거든 지옥불에나 떨어져라!"

그러면서 멈칫하던 성희는 김 교주에게 돌진하더니 그의 쪼글쪼글한 고추를 꽉 깨물었다. 김 교주는 죽겠다고 괴성을 질렀다.

"아아아…! 성희야 안 할 게 놔줘라. 아야아야…! 그만 놔라. 이거 잘리면 안 된다."

그는 고통이 너무 심했던지 털썩 주저앉아서 고추를 잡고 펄쩍펄쩍 뛰면서 비벼대는 것이었다. 그나마 물건이 끊어지지 않은 게 다행이었다. 김 교주의 고추는 통통한 당근처럼 부어올랐다.

"너 같은 놈은 감방에 보내서 거기서 죽게 만들 것이다. 네가 인간이냐, 짐승이냐? 너희 딸 셋도 겁탈해서 정신병원에 처넣었다는 소문이 있던데 오늘 보니 사실이구나. 이놈아, 짐승도 제 새끼는 범하지 않는 법이다. 너는 짐승만도 못한 인간찌꺼기다."

성희는 김 교주의 반질반질한 얼굴에 가래침을 퉤하고 뱉었다. 그러자 눈을 부릅뜬 김 교주가 임자를 잘못 만났다는 듯이 얼굴을 숙였다. 그러면서 어디론가 벨을 눌렀다.

"너 이년! 내가 예쁘게 봐주어 천국으로 보내주려고 했는데 그걸 다 취소한다. 넌 오늘 죽었다!"

"이놈아! 나는 두 번 다시 황금성은 쳐다보지 않겠다. 돌아가는 대로 너를 법의 심판대에 세우겠다. 이왕 말이 나온 김에 다 하고 가겠다. 네놈이 네 장모도 몸 안찰이라고 해서 겁탈을 했고 처형도 그 짓을 해서 남편이 자살했다는데 오늘 네 행태를 보니 그게 사실이었구나."

무지막지하게 크고 거친 김 교주의 손아귀에서 겨우 빠져 나온 성희는 옷가지로 겨우 앞가슴만 가린 채 문이 부서져라 쾅 닫고는 우당탕탕 계단을 내려갔다. 어디선가 남자들의 목소리가 두런두런 들려왔다. 그 순간 그녀는 나체 상태인 채 그 자리에 얼어붙었다. 그녀는 두 손으로 젖가슴과 아래를 동시에 가렸다. 말초신경을 빙초산으로 절이는 것 같은 고통이 메어져 나왔다.

"아아아…! 엄마 나 좀 살려줘요"

그녀는 넋을 잃고 실성한 사람처럼 엉엉 울었다. 그녀는 그러다가 정신없이 아무것이나 찾아서 부들부들 떨리는 몸에 꿰어 넣었다. 결혼 이듬해 세상을 뜨신 친정아버지 목소리가 어디선가 들리는 것 같았다. 대학에 다닐 때도 하나뿐인 딸의 일박이일(一泊二日) 연수도 허락하지 않았다.

친구 윤희와 경자는 고등학교 일학년 때 오빠 친구에게 순결을 잃었다. 그리고서 두 친구는 대학에서 문학 서클에서 복학한 강희중 선배에게 또 성관계를 허락했다. 한 남자에게 몸을 바치면서 윤희와 경자는 철천지원수가 되었다. 그러나 성희는 엄격한 친정아버지를 둔 덕에 숫처녀로서 남편을 만났다.

"아버지, 아버지…, 어디 계세요? 제 손 좀 잡아주세요."

그러면서 계단에서 쓰러졌다. 그녀는 완전히 정신을 잃었다. 그녀는 무의식 상태에서 보라색 자운영이 담요처럼 펼쳐진 들판 같은 곳을 뛰어갔다. 보고 싶은 친정아버지가 거기서 웃고 있는 것 같았다. 그녀는 조금 있다가 정신을 되찾았다. 정신이 돌아온 그녀는 옷들을 주섬주섬 챙겨 입고 일층으로 내려갔다.

일층으로 내려오니 건장한 남자 셋이서 그녀를 삼각형으로 에워싸는 것이었다. 그녀는 남자들이 말릴 틈도 없이 잽싸게 주방에 있는 부엌칼을 집어 들었다. 그리고 또박또박 말을 했다.

"너희들! 나한테 손끝만 스쳐도 나는 이 칼로 자결하겠다. 여기서 나 하나 죽는 것쯤은 벌레 한 마리 죽는 것 같겠지만, 내 남편이 몸 안찰 받으러 온 것을 알고 있으니 시체는 찾아 낼 것이다."

이렇게 거침없이 말을 하자 세 명의 남자들은 주춤하고 물러섰다. 그녀는 들고 왔던 보따리를 들고 나갔다. 구름이 잔뜩 끼었던 동녘 하늘은 벌써 뿌옇게 밝아오고 있었다.

이처럼 황금성은 현대판 소돔과 고모라토 소문이 났다. 황금성은 20년 넘게 치외법권 지역으르 존재하고 있었다. 법치국가에서는 도저히 있을 수 없는 무법의 공간이었다.

최 목사는 목회가 없는 월요일 아침은 늦잠을 자는 버릇이 있었다. 주일날엔 예배를 드리고 평일에는 성도들 면담을 하다보면 밥이 입으로 들어가는지 코로 들어가는지 분간을 못할 지경이었다. 주일날 일정을 마치고 나면 녹초가 되었다.

최 목사는 전화 소리어 눈을 떴다. 벌써 8시 10분이 넘어가고 있었다. 눈을 비비면서 화면을 보니 처음 보는 번호였다. 나중에 전화를 걸어줄까 망설이다가 혹시 몰라 통화버튼을 눌렀다.

"여보세요. 누구세요?"

"처음 뵙겠습니다. 목사님, 아마 저를 모르실 겁니다. 오늘 잠깐 만나고 싶어서 결례를 무릅쓰고 일찍 전화했습니다."

"아니 전화를 하셨으면 누군지는 알아야 만나든 무슨 일인지 얘기를 듣든지 할 거 아닙니까?"

"예, 저는 황금성에 15년이나 갇혀 있다가 최근에 제적이 되어 알몸으로 쫓겨난 이달상이라고 합니다."

이 말에 최 목사는 정신이 바짝 들었다. 뭔가 최근에 일어난 정보를 건질 수 있을 것 같은 예감이 들었다. 황금성에서 15년이나 있었으면 귀동냥으로 얻은 것만 해드 꽤나 될 것이다.

"이달상 씨, 실례지간 올해 나이는 어떻게 됩니까?"

"예, 올해 44살입니다."

"아, 그렇군요. 언제 황금성에서 빠져 나왔나요?"

"한 일 년에서 두 달 정도 못 됩니다. 얼마 안 되었죠."

"그러면 남들 눈도 있으니까 인천역으로 오면 오션파크라는 호텔이 보입니다. 커피숍에서 기다릴 테니 그리로 오세요."

"예, 그럼 시간에 맞춰서 그리로 가겠습니다. 이따 뵙겠습니다."

그의 말투로 봐서 막돼먹은 사람 같지는 않았다. 최 목사는 서둘러 외출 준비를 했다. 혹시 누가 따라 오거나 하는 둥 안전을 위해 먼저 가서 상황을 살피기로 했다.

일층 카페에 도착해서 프런트 데스크 쪽으로 오가는 사람들을 유심히 살펴보고 있었다. 지금까지 그렇게 불러내어 테러를 한 사람도 있었기 때문이었다. 이윽고 아까 준 번호로 전화를 걸었다. 그가 바로 입구에서 들어오고 있었다.

"아침에 전화를 하신 분 맞습니까?"

"최 목사님이십니까?"

"이달상 씨, 어떻게 저를 알았습니까?"

"황금성 안에서 목사님은 많이 알려져 있습니다. 김철구 회장하고 동문이라고 하던데 맞습니까?"

"맞습니다. 유치원부터 고등학교까지 같이 다녔습니다."

"그렇군요, 김철구는 회장이 되었습니다. 김 교주가 죽으면 하나님이 될 속셈인 것 같습니다. 오늘 아주 서글픈 비보를 알려드리려 왔습니다."

"그러면 사람들이 적은 옆의 카페로 자리를 옮기시죠. 여기는 사람이 너무 많아 대화가 위험합니다. 또 김 회장 쪽에서 특수요원을 보내 이달상 씨를 추적하고 있을지도 모르니까요."

"목사님, 저는 죽을 고비를 많이 넘겨 본 사람입니다. 걱정하지 마십시오."

두 사람은 좌우 사방을 둘러보면서 호텔 건너편에 있는 팔라모라는 카페로 들어갔다. 그는 눈이 부리부리하면서도 친근감이 가는 인상이었다. 황금성에서의 고생을 말해주는 듯 젊은 나이에 어울리지 않게 깊은 주름살이 보였다. 머리는 군데군데 빈 곳이 보였다.

"서글픈 비보…, 그게 뭐죠? 아까 하던 얘기를 계속하시죠."

"잘 들어보세요. 얼마 전 김 교주가 유부녀에게 몸 안찰을 시도했는데 그분이 거칠게 저항했다고 합니다. 도망치는데 경비요원들이 와서 그녀를 잡으려고 하니까 칼을 들고 저항을 했습니다. 경비요원 한 명이 뒤에서 그녀를 잡자 그만 넘어져 그 칼에 찔려 즉사했습니다. 경비실은 그 시체를 김 교주에게 보고도 안 하고 매장했다는 겁니다."

"어디에 매장했습니까? 장소를 알고 있습니까?"

"정확하게는 모릅니다. 그때 현장에 갔던 사람이 하는 말을 들었습니다. 그런데 시신을 매장하려고 땅을 파니까 그 자리에서 여중생 교복에다 브래지어들이 숱하게 나왔답니다. 전부터 그곳에 여중생들을 매장했기 때문에 그런 것들이 나온 것 같습니다."

"그렇군요. 혹시 단서나 증거가 될 만한 게 있나요?"

"그날 현장에서 시신을 묻었던 친구한테서 필름 한 통을 받았습니다. 여기에 다 들어있습니다. 드리고 가겠습니다."

이달상 씨는 황금성 안에서 은밀하게 일어난 범죄에 대한 확실한 정보를 건네주고 총총걸음으로 사라졌다.

오래 전부터 황금성에서는 10대 여중생들이 수십 명이 실종되었다는 소문이 떠돌았다. 성폭행을 당한 주부가 사라진다는 소문이 사실인 것 같았다. 지금도 사라진 여자들의 행방은 묘연했다. 최 목사는 잠깐 고개를 숙이고 희생된 영혼들을 위해 기도를 드렸다.

'주님, 어찌하여 이 땅에 김 교주 같은 사탄을 보내주셨나이까. 이제는 이 땅에 이런 악마가 더 이상 권세를 부리지 않도록 주님께서 친히 다스려 주소서. 아멘.'

"아아. 황금성은 이제 갈 데까지 갔구나. 몸 안찰 대가로 받은 돈으로 부도를 막다니… 악마가 직접 나타나 기업을 경영하고 돈을 챙기는 형국이구나…."

10

섹스 안찰은 천국행 티켓이다

김 교주가 고안한 섹스 안찰 붐이 뜨겁게 일어나고 있었다. 유부녀 신도들 사이에서는 섹스 안찰을 받았느냐 안 받았느냐에 따라 신앙의 깊이가 다르게 평가되었다. 김영일 교주는 하루에 많을 때는 스무 명의 여자와 육체관계를 가졌다. 천하장사라도 정력을 그렇게 소진하고 견딜 수 없었을 것이다.

하루는 둘째 아들인 김 회장이 아버지를 면담하러 갔다가 얼굴이 누렇게 떠있는 모습을 보고 걱정이 되어 입을 열었다.

"아버지, 이제는 건강을 신경 쓰시면서 섹스 안찰을 하셔야겠어요. 요즘 너무 힘들어 보이시네요."

"맞다. 내가 한창 때는 하루에 서른 명의 여자를 상대했는데 이제는 스무 명만 해도 헉헉거리니 정말 걱정이 태산 같구나."

"아버지 보약을 지어 드릴까요? 이러시다간 큰일 나겠어요."

"보약이라고? 그게 뭔데 그러냐?"

"러시아 영구 동토(凍土)에서 황제 짜르가 먹고 100살까지 살았다는 공룡 뼈가 나오고 있습니다. 수백만 년을 영하의 땅속에 있다가 요즘 기온이 오르는 바람에 땅이 녹으며 발견되고 있는 영약이에요."

"그래? 그거 듣던 중 참 희소식이구나. 어디 한 번 그거나 당장 먹어보자꾸나!"

"네, 바로 조제해서 올리겠습니다."

그러나 철구는 아버지가 섹스 안찰이라고 하는 듣도 보도 못한 해괴망측한 속임수로 얼굴이 반반한 신도들과 매일 섹스를 하는 것에 시샘이 났다. 그럴 때는 오래 사는 아버지가 얼른 죽었으면 하는 방정맞은 생각도 들었다.

'이야, 저 좋은 걸 난 언제 해보나. 아버지가 빨리 돌아가셔야 내가 이어받아서 할 수 있지….'

어떤 때는 골골 하면서도 여신도들에게 안찰을 주는 아버지가 죽도록 미운 적도 여러 번 있었다. 아버지는 나이가 들면서 점점 안찰을 줄 때 변태 행각을 했다.

"아니 시팔, 저 영감은 얼른 죽지 않고 왜 저렇게 오래 살고 있는 거야."

요즘 들어서 그는 자주 아버지가 빨리 죽으라고 저주를 퍼부었다. 황금성은 종교의 탈을 쓴 늑대들의 소굴이었다. 애 어른 할 것 없이 막장 드라마처럼 막나가고 있었다.

김 교주에게 신혼 때 섹스 안찰을 받은 주부가 있었다. 그녀는 안찰을 당하고부터 부부관계를 거부하기 시작했다. 이를 이상하게 여긴 남편이 아내를 다그쳤다.

"당신, 그렇게 부부관계를 적극적으로 하다가 왜 갑자기 섹스를 거부하는 거야?"

"……."

"어서 말해 봐! 무슨 사연이 있기에 신혼에 갑자기 이러는지?"

"이제부터 당신하고는 관계를 안 하겠어요. 정 하고 싶으면 돈 주고 여자를 사세요."

"뭐라고? 이게 자다가 봉창 두드리는 소리를 하고 있네."

"이제부터 당신은 내 남편이 아녀요."

남편은 아내를 다그쳤지만 입을 굳게 다물고 말 한 마디 하지 않는 것이었다.

얼마 후 남편은 하늘이 무너지는 청천벽력 같은 소문을 듣게 되었다. 자기 부인이 김 교주의 섹스 안찰을 받았다는 것이다. 일부 덜 떨어진 여자들은 김 교주에게 섹스 안찰을 받았다는 자랑을 제 스스로 떠벌리고 다녔다. 몸에 돈까지 바치는 안찰을 무슨 하늘나라에 가는 의식쯤으로 여겼다.

그는 바로 통장을 찾아서 잔액을 살펴보았다. 그동안 알뜰살뜰 저축해서 모은 돈이 다 빠져나가고 없었다. 그는 아내를 끌어다가 앉혀 놓고 하나하나 꼼꼼히 따져 물었다.

"이 철딱서니 없는 여자야! 김 교주 물건 맛이 그렇게 달고 좋더냐? 몸을 섞어야 천당에 간다고 하니까 팬티를 훌러덩 벗어 주었더냐? 이 암캐 같은 년아!"

이때 아내가 도끼눈을 뜨더니 입을 실룩거리면서 야멸치게 대꾸했다. 그녀는 어차피 엎질러진 물인데 따질 것은 다 따지기로 결심했다.

"그래 내가 알아서 팬티를 벗었다 왜? 천국에 가는데 이 육체가 뭐 그리 중요하냐고, 이 바보야!"

"이게 정말 죽으려고 눈깔이 뒤집혔나? 그래, 이젠 너 같은 창녀 하고는 더 이상 안 살겠다. 우리 헤어지자. 어쩐지 잠자리를 피할 때 부터 알아봤다."

"그래. 나는 나가겠다."

아내는 더 이상 말이 없었다. 그는 한 번은 용서할 수 있었지만 두 번은 용서할 수가 없었다. 다음 날 아내는 두 돌도 안 된 핏덩이를 버려둔 채 섹스 안찰을 더 받아 천국에 가겠다면서 집을 나갔다.

하지만 김 교주는 돈도 떨어지고 이혼한 여자를 두 번 다시 부르지 않았다. 눈이 빠지도록 섹스 안찰을 받으라는 기별이 오기를 기다렸지만 끝내 소식이 없었다.

그녀는 진달래가 만개한 4월 어느 날, 김 교주에게 유서를 남기고 막 새순이 나오기 시작한 버드나무에 목을 매고 이 세상을 하직했다. 주위에서 너무 안타까워 그녀의 죽음을 김 교주에게 알렸다. 김 교주는 비웃 듯 말했다.

"아니, 세상 살기 싫어 제 목숨 자기가 끊는데 내가 뭐라고 하겠어? 그렇다고 이제 살려낼 수도 없고…."

돌아온 김 교주의 대답을 듣고는 많은 사람들이 분노했다. 비보를 인편으로 전해들은 남편은 아직 기지도 못하는 어린 자식을 끌어안고 눈물이 마를 정도로 울고 또 울었다. 나중에 경찰이 이 사건의 수사를 착수했지만 김 교주 측에서 단순 자살로 진술하는 바람에 흐지부지 되고 말았다. 남편은 유전무죄(有錢無罪) 무전유죄(無錢有罪)를 탓하면서 또 다시 울부짖었다.

아들 김철구는 어서 빨리 후계자가 되어서 아버지의 여자들까지 다 차지하고 싶은 마음뿐이었다. 그는 아버지의 여인들을 은밀하게 불러서 옷을 벗겼다.

하루는 섹스 안찰을 받고 돌아가는 이선옥을 붙잡았다. 그녀는 40대 중반의 나이에도 몸매 하나는 당할 여자가 없었다. 그녀는 어느 지방 고위공직자의 부인이었다. 김철구는 그녀에게 더 높은 자리를 맡기기로 했으니까 한 번 왔다 가라고 전했다. 그는 여자를 은밀하게 꾸며 놓은 밀실로 데리고 들어갔다. 그러자, 그녀는 이게 아니다 싶었던지 무릎을 꿇고 눈물까지 찔끔거리며 빌고 또 비는 것이었다.

"회장님, 제발 저를 범하지 마세요. 저는 조금 전 교주님의 섹스 안찰을 받아서 교주님의 여자가 되었어요. 지금 제 몸에는 김 교주님의 그것이 들어 있어요."

"선옥이, 말이 너무 많다. 섹스 안찰은 많이 받을수록 천국이 가까워지는 법이다. 그래야 천국 문이 쉽게 열리는 법이다."

"……."

"자, 어서 벗어라. 그리고 저 침대에 가서 누워 있어라."

이렇게 말도 안 되는 소리를 해대면서 반항하는 선옥의 옷을 무지막지하게 벗기더니 끝내 자기 욕정을 채우려고 대들었다.

김철구는 불과 한 시간 전에 아버지가 범한 여인의 젖무덤에 얼굴을 묻더니 애무를 하면서 헉헉거렸다.
 선옥은 아예 통나무처럼 미동도 하지 않고 눈물만 흘리고 있었다. 그녀는 김 회장이 무슨 짓을 하든지 자포자기 심정으로 어서 끝나기만을 기다리고 있었다. 어쩌다가 이렇게 자기가 부자간의 성노리개가 되었나 생각하니 이루 말할 수 없이 후회가 되었다. 20년 전에 전도사의 권유에 못 이겨 김 교주가 이끄는 교회를 나가기 시작한 게 불행의 화근이 된 셈이었다.
 바닥에 흐트러진 옷을 챙기는데 하늘이 노래졌다. 어떻게 한 시간 사이에 부자와 몸을 섞을 수 있단 말인가. 생각하면 할수록 기가 막혔다.
 "아아. 이 일을 어찌해야 좋단 말인가."
 하늘이 무너지는 것 같았다. 교편을 잡고 있는 부모 밑에서 자란 그녀는 남녀 관계에서만은 보수적이었다. 그런데 어쩌다가 저런 짐승만도 못한 부자를 만나서 몸을 더럽히게 되었는지 눈앞이 캄캄할 뿐이었다.
 나이 일흔다섯의 나이로 매일 수십 명의 여신도들과 관계를 하다 보니 김 교주의 기력은 하루가 다르게 내리막을 걷고 있었다. 그럴수록 김철구는 아버지가 빨리 죽기를 기원하면서 맘에 들 만한 여자들을 정성껏 골라다 바쳤다. 섹스 안찰비는 줄을 서는 여자들이 많아지면서 점점 더 올라 고공행진을 하고 있었다. 이렇게 쌓인 돈은 황금성 기업 운영자금으로 들어가서 사세는 크게 불어나고 있었다.
 김 교주는 섹스 안찰 신청자가 줄어들면 협박 반, 회유 반으로 입에 게거품을 물면서 섹스 안찰을 받으라고 강요했다. 왜 천국에 가는 표를 예약하지 않느냐고 들입다 나무라는 것이었다.
 "왜 섹스 안찰을 안 받고 머뭇거리고 있습니까? 하나님 나라에 안 갈 겁니까? 내 섹스 안찰을 받지 않고는 천국에 들어갈 사람은 이 세상에서 단 한 명도 없습니다. 왜 하나님의 선물인 섹스 안찰 받기를 꺼리는 겁니까? 나는 하나님입니다. 나와 섹스 안찰을 받은 사람은 천국에 오면 다 기억할 것입니다 나와 섹스 안찰 기록이 없으면 나는 여러분을 모른다고 할 것입니다. 나가면서 신청서를 적어내기 바랍니다."

 그는 성경에 나오는 예수의 말을 자기가 하는 것처럼 패러디했다. '내 말이 말 같지 않습니까?' 하는 대목에서 그는 강대상을 힘껏 휘갈겼다. 쿵! 하는 소리가 예배당을 울렸다. 신도들은 눈을 감고 기도를 하다가 모두가 깜짝 놀라 눈을 동그랗게 뜨고 김 교주의 표정을 살폈다. 이때 김 교주는 에코를 넣어 신도들에게 어떤 말로 표현할 수 없는 신비감을 자아내었다. 그렇게 자기가 하나님으로 건재하다는 것을 보여주려는 하나의 조작된 퍼포먼스였다.

11

특수사 맨바닥을 개처럼 기다

　장남 철성은 아버지의 거짓행각이 마음에 들지 않았다. 아무리 말씀을 드리고 화를 내도 한 마디도 먹히지 않자 밖으로 나돌면서 마약에 손을 대고, 연예인과 어울려 퇴폐적인 향락에 몰입했다. 하루가 멀다 하고 파티를 열었다. 파티에는 술과 마약이 가득 차 넘치고, 몸매 좋은 여자 연예인들이 동원되었다. 그녀들은 돈 잘 쓰는 그에게 적극적으로 달려들었다. 아버지 김 교주는 큰 아들의 행태가 보기 싫었다. 처음에는 자신의 아들 중 제일 좋아하는 큰 아들에게 자신의 자리를 물려주고 싶었으나 그건 헛된 꿈에 불과했다. 철성이 그 자리를 물려받는다면 자신이 애써 건립해 놓은 모든 것들이 무너지는 데는 순식간일 것이었다.

　김영일 교주는 정권이 바뀔 때마다 정치자금을 두둑하게 건네서 기득권을 굳건하게 지켜내도록 노력했다. 이것은 '우리 황금성을 건드리지 마십시오' 하는 암묵적인 청탁이었다. 이렇게 가다 보니 황금성에서는 북한의 수용소 이상의 인권 유린과 살인, 구타, 마약 등의 범죄가 계속 일어나도 공권력은 모르쇠로 일관했다.

하루는 비서실의 미스 양이 급히 뛰어 올라왔다. 그녀는 숨을 몰아쉬면서 메모지를 전달하고 내려갔다.

〈김 교주님, 아래 번호로 바로 전화를 주십시오.〉

이 메모를 받고 보니 기분이 영 개운치 않았다. 불현 듯 철성이 무슨 일을 저질렀다는 느낌이 들었다. 철성 때문에 그동안 당한 수모가 이루 말할 수가 없었다. 철성은 마음에 드는 연예인만 있으면 수단방법 안 가리고 차지하고야 말겠다는 오기를 부렸다. 아버지한테 인정을 받지 못하니까 밖으로 겉돌면서 방탕한 생활에 빠져든 것이었다.

그때 철성은 당대 최고의 스타라는 이미하와도 염문설이 흘러나오고 있었다.

특수사의 모 실력자가 급하게 이미하를 찾았다. 기획사 사장은 특수사의 전화를 받고 처음에는 대수롭지 않게 여기고 넘어가려고 했다. 그런데 전화를 받자마자 단말에 걸쭉한 욕지거리부터 퍼붓는 것이었다.

"이 새끼야! 너 이미하 데리고 있는 사장 맞아? 지금 높으신 분께서 이미하를 찾으시는데 도대체 어디 가고 없다는 거야 똑바로 말해!"

"예, 맞습니다. 그쪽으로 가서 자세하게 말씀 드리겠습니다."

이미하의 기획사 사장은 전화를 내동댕이치고 그 길로 특수사로 급히 달려갔다. 수억 원의 선금을 이미하에게 주고 2년만에야 장사가 될 만하니까 이런 일을 당하게 된 것이다.

"야, 김광우! 너 이미하 매니저 맞아? 어서 주민등록증 까봐. 저기 방으로 가서 기다리고 있어. 에이, 쥐새끼 같은 놈!"

"주민등록증 여기 있습니다."

그는 손을 떨면서 주민등록증을 보여주었다. 특수사는 막강한 권력을 갖고 있었다. 20여분을 기다리니 우락부락하게 생긴 수사관 하나가 들어왔다.

"야! 일어서! 네 이름이 뭐야?"

"김광우입니다."

그 사람은 앞에서 했던 것과 똑같은 질문을 반복해서 던졌다. 미치고 팔짝 뛸 지경이었다. 점심도 못 먹고 끌려왔는데 벌써 5시가 넘어가고 있었다. 오전부터 뱃속에 들어간 것이 아무것도 없었기 때문에 자꾸 헛방귀만 뀌어대고 있었다.

"너 지금부터 솔직하게 까놓지 않으면 대한민국에서 이 직업 더는 못한다. 이미하, 그년 지금 누구하고 어디에 있냐?"

"예?"

"너 한국말도 못 알아듣냐? 영어로 말하면 되겠어?"

이걸 사실대로 얘기한다는 게 상당한 부담이었다. 만약 그것을 여기서 밝히면 언제 칼날이 되어 자기 목을 칠지 모르는 일이었다. 그때 기세등등하게 생긴 사나이가 들어왔다.

"어이. 그 새끼 잘 불고 있나?"

"이 새끼가, 묵비권을 행사하고 있어요. 한 번 죽어봐야 불 것 같은데…"

뒤에 들어온 사람이 매니저 곁으로 다가오더니 오른쪽 엄지손가락으로 그의 턱을 들어 올렸다. 그리고는 빤히 그를 쳐다보았다.

"야, 그년 어디서 누구하고 떡 치고 있냐? 바로 말해!"

"아닙니다. 그렇지 않습니다."

"어쭈, 이 새끼 정말 늘고 있네. 야, 인마! 그렇지 않고 그년이 어떻게 차에다 명품으로 치장하고 다니냐?"

"너 정말 오늘 얘기 안 할 거야? 너 솔직히 얘기해서 작년에 수십억 원 탈세했잖아. 저기 자료 다 있어. 소득액을 누락시킨 증빙서류가 있단 말이다. 알겠냐? 이래도 그년이 누구랑 있는지 안 불 거야?"

그는 탈세 얘기가 나오자 얼어붙었다. 그가 몸담고 있는 기획사의 탈세 대목에 이르자 더 이상 버틸 재간이 없었다. 작년에 세금을 덜 내려고 비용을 세 배나 부풀려서 신고한 것은 사실이었다.

"너 작년에 호주 공연 갔다 오면서 방송카메라 부품을 빼내고 거기에 100달러짜리 지폐를 꽉꽉 채워 왔잖아! 그 돈 국세청에 신고했어?"

"예, 잠깐만요. 말씀드리겠습니다. 지금 하와이 와이키키 해변의 리젠트 호텔에서 황금성 김영일 교주의 장남 철성이와 함께 머물고 있습니다. 김철성의 아버지가 황금성의 교주 김영일입니다."

"너, 파리, 방콕, 오사카 공연에서 받은 개런티 200만 달러를 어떻게 처리했는지까지 다 알고 있어. 그 중 50만 달러가 방송 PD들에게 전달된 물증도. 너를 당장 잡아넣고 싶었지만 한류바람이 정치에 대한 관심을 돌려주는 효과가 있어 모른 척하고 있는 거야."

"예…, 감사합니다! 고맙습니다! 다시는 그런 일 안 하고 정도경영을 하겠습니다."

그러자 두 사람은 서로 얼굴을 쳐다보면서 한동안 멍하니 서있는 것이었다. 먼저 온 표독스럽게 생긴 남자가 먼저 말을 했다.

"야 인마! 진즉 그렇게 얘기하면 우리가 왜 너를 여기로 오라고 하겠니. 빨리 그년한테 전화해서 들어오라고 그래!"

그는 국제전화로 로드매니저에게 내일 당장 입국하라고 지시를 내렸다.

그는 거기서 여섯 시간 만에 풀려나서 자유의 몸이 되었다.

다음날 특수사는 김 교주에게 전화를 걸어 모레 3시까지 출두하라고 통보했다. 사흘 후 김 교주는 아들의 여자 문제로 특수사에 출두했다. 백만 신도를 거느리고 있는 황금성의 수장으로서는 더한 굴욕이 아닐 수 없었다. 입구에 들어서려는데 그 앞에 서 있던 새파랗게 젊은 수사관이 나와서 반말로 소리를 질렀다.

"야, 시팔 놈아! 네가 황금성 교주야? 다시 가서 문 앞에서 여기까지 기어오라고. 원 위치 실시!"

그는 황금성 수장다운 모습을 다 버리고 입구에서부터 울퉁불퉁한 맨바닥을 기어갔다. 150킬로그램이 넘는 거구의 김 교주가 기어가는 모습은 마치 로키산맥에 사는 들소처럼 보였다.

기어가는 이런 굴욕적인 모습에서 5만 명의 신도를 앞에 두고 자기가 하나님이라면서 강골 있게 설교하던 모습은 찾을 길이 없었다.

"야, 네가 교주 맞아? 너 들리는 말로는 한 여자를 네가 먹고 나면 네 아들이 따먹는다는데 그게 사실이야? 그 여자들 가운데 미치면 정신병원에 보낸다는 게 맞는 말인가? 네 딸마저 아들하고 같이 올라탄다며? 어디 입이 있으면 말해 보라고."

"그게 아니고…"

"그게 아니라고? 한두 사람이 그렇게 말하면 못 믿겠지만… 야 이 자식아! 네가 김철성이 아버지야? 자식 똑똑히 가르쳐. 아들 하나 못 가르치는 새끼가 무슨 신도들을 천국으로 인도한다고. 염병 씨발!"

정말로 그 자리에서 듣기 거북한 욕설들이 마구 튀어나왔다. 젊은 수사관은 김 교주 앞으로 다가오더니 무릎을 밟아 찍어 내렸다. 그는 너무 아파서 몸부림치면서 두 손을 죽어라 하고 비벼댔다.

"참, 내가 듣기로는 네가 하나님이라고 떠들고 있다면서? 하나님은 아픈 것을 느끼지 못하는 거 아냐? 너는 하나님이 아니야! 하나님은 아픈 것을 모른다고. 넌 가짜 하나님이야!"

그때 드르륵 문 열리는 소리가 나더니 누군가가 떠밀려 굴러 나왔다. 바닥에 몸을 비틀고 누워있는 꼴이 낯익었다. 비쩍 마른 몸과 길쭉한 얼굴, 어울리지 않게 커다란 눈이 해골 형상이었다. 다래위로 데님 옷을 둘러 입어 멋을 냈는데도 전혀 어울리지 않았다. 그 해골이 고개를 쳐들고 앞에 있는 사람을 보았다. 그는 심장이 멈출 것처럼 소스라치게 놀랐다.

"아버지, 왜 여기 계세요? 헉헉헉…"

"이놈아. 다 아들 하나 잘 둬서 끌려왔다. 너 때문에… 여기서 개 취급당하고 있다. 이놈의 자식아!"

나이가 좀 들어 보이는 수사관이 철성의 목덜미를 들어 올리면서 목소리를 높였다. 걸걸한 독소리가 귓속을 긁어댔다. 소름이 끼치는 기분 나쁜 목소리였다.

"야, 이 개놈의 자식아! 이제 오입 좀 작작하고 살아라. 한 여자하구 결혼해라, 우리를 피곤하게 만들지 말고. 이 개놈의 새끼야. 오늘 이후 이미하를 만나면 개죽음 하는 줄 알아라. 너 마약도 하지? 두 번 다시 그년을 만났다가는 마약복용 혐의로 빵에 집어넣겠다. 너는 상습범이어서 최

소한 10년은 빵에서 썩어야 한다. 알았나?"

"예, 알겠습니다."

"애비는 왜 대답을 안 하는 거야, 시팔! 이 여자 저 여자 따먹느라 힘이 달려서 그러냐?"

그 수사관은 김 교주의 무릎 꿇은 무릎을 워커 발로 세 번 찍어 내렸다. 그러자 김 교주는 바닥에 아무렇게나 널브러졌다. 갑자기 화장실 냄새가 특수사 조사실 내에 가득 찼다.

"이 새끼 교주란 새끼가 똥을 바대기로 쌌구만. 야! 김철성 이 새끼야 애비 데려가서 화장실에 가서 똥이나 닦아 이 개새끼들. 부자새끼들이 똥까지 싸대네. 이런 똥 냄새나는 새끼가 무슨 하나님이야?"

"이제 당신은 하나님이라고 사기 그만치고 또 여자 신도 그만 따먹고 아들 교육 잘 시키라고, 이 영감탱이야!"

이렇게 심한 모욕을 당하면서도 김 교주는 무릎을 꿇고 부동자세로 있다가 아들 철성에게 부축되어 화장실로 끌려갔다.

늙은 수사관이 다시 돌아온 철성을 바라보면서 소리쳤다.

"너 하와이에 있다 왔지? 두 달 안에 다시 그리 가서 특별지시가 있을 때까지 들어오지 마라, 알았지?"

"예, 그렇게 하겠습니다."

이제 군기가 바짝 오른 것처럼 절도 있게 대답했다. 그는 철성의 무릎에 두 발을 올려놓고 꾹꾹 누르면서 짓이겼다. 그러자 철성은 죽는다고 몸부림을 치면서 괴성을 질렀다.

"아아아아…, 제발 살려주세요. 다시는 안 그러겠습니다. 제발 그만 하세요."

이때 김 교주는 두 눈을 질끈 감았다. 그렇게 많은 이들을 개취급 한 김 교주였지만 마음속에 부성애는 남아 있었나보다. 차라리 자신이 당하면 당했지 아들이 당하는 것을 눈 뜨고는 차마 볼 수가 없었다. 그날 부자는 한 자리에서 인간의 존엄성을 파괴하는 치욕과 육체적인 고통을 겪고 나서야 겨우 풀려났다. 잠깐의 부성애를 느끼는 것도 잠깐, 그는 자신이 있던 자리로 돌아갔다.

부자간에 개망신을 당한 지 한 달여가 지났을 때 아버지한테서 전화가 걸려왔다.
"철성아, 그때 일은 다 잊어라. 큰일을 하다 보면 그런 일은 흔한 일이다. 이런 일을 겪지 않고서 재벌이 된 사람들은 아무도 없다는 것을 명심해라. 내가 너한테 심부름을 시킬 게 있으니까 내일 크리미츠 호텔에서 안 실장을 만나라. 그러면 안 실장이 돈 박스를 줄 것이다. 그걸 특수사 김 팀장한테 갖다 드려라. 더럽고 치사해도 우리는 '을(乙)'이다. 걔네들이 맘만 먹으면 황금성쯤은 하루아침에 공중분해 시킬 수 있는 힘을 갖고 있다는 것을 알아야 한다. 내일 안 실장이 알려주는 장소로 가서 정중하게 전달해야 한다."
이를 계기로 김 교주는 특수사 책임자를 정기적으로 만나게 되었다. 이렇게 해서 철성을 외국으로 내보낼 필요가 없게 되었다. 돈이란 놈이 마력을 발휘했기 때문이다.

특수사 수사관 몇몇과 가까워진 김 교주는 걸릴 염려를 하지 않고 신도들에게 몸 안찰을 받아 구원을 얻으라고 선동할 수 있게 되었다. 그렇게 해서 갈취한 금품은 황금성 기업의 부도를 막거나 원자재를 구입하는 데 투입되었다.

특수사에는 사흘에 한 번씩 김 교주가 유부녀들을 성폭행하여 돈을 뜯어내고 있다는 첩보가 계속 올라왔지만 일회성 보고로 끝났다.

김 교주는 특수사에서 겪은 굴욕적인 사건을 계기로 더 단단한 껍질 속에서 보호를 받게 되었다. 그것은 윗사람의 총애를 받는 연예인과 동침한 아들 덕분에 얻은 전화위복이었다.

12

김영일 교주, 박기수를 부르다

  보통 이단이나 사이비 종교의 교주들은 정신 병리학적으로 편집증(偏執症)을 보이고 있으며, 자기애(自己愛)적인 인격 장애와 과대망상, 피해망상 증세를 복합적으로 앓고 있다. 김영일 교주도 역시 예외일 수 없다. 자기가 하나님이라고 거짓선포하고 사람들을 현혹시키는 것은 자기애적인 정신질환이었다.

  김 교주의 마지막 10년은 섹스 안찰이라는 해괴한 패륜행위로 점철되었다. 원래 그는 당뇨병에다 폐결핵, 심장병 질환이 있었기 때문에 누구보다 몸을 잘 관리해야 하는데도 난교(亂交)에 몰입하다 수명이 단축되었다. 여기에는 차남 김철구의 계략도 한 몫 하게 되었다.

  김 교주는 나이가 들면서 움직이는 것을 아주 싫어하게 되었다. 롤스로이스에 몸을 싣고 기껏해야 시내 나들이 정도 하는 게 전부였다. 허옇고 뚱뚱하던 얼굴은 흉하게 쪼그라들었다. 얼굴 이곳저곳이 주름살로 구덩이가 패였다. 구덩이가 깊어질수록 얼굴엔 죽음의 그림자가 짙어졌다. 그는 단 한 발짝도 움직이지 않으려고 했다. 하루 종일 숨 쉬고 몸 안찰하는 것 말고는 일체 움직이는 게 없다 보니 김 교주의 체중은 150킬로그램에 육박하고 있었다. 당연히 비만에서 오는 합병증으로 고혈압, 심장병, 당뇨병, 신장병, 고지혈증 등 소위 문명병이란 병은 다 앓고 있는 종합병동이었다.

김철구는 전국에서 신앙심이 깊고 얼굴이 준수한 여신도들을 골라서 아버지한테 상납했다. 섹스나 하다가 빨리 죽으라는 의도였다.
"에이 시팔! 남들은 여자하고 관계하다가 복상사도 가끔 일어나던데 저 영감쟁이는 복상사도 나지 않는단 말이야!"
그는 아버지가 빨리 죽지 않고 목숨이 붙어 있는 게 가장 큰 불만이었다. 그는 예쁜 여자들을 골라서 바치는 채홍사(採紅使)가 되어 날마다 몸매 좋고 수준급 이상의 여자 신도를 찾는 게 일과였다. 조선시대 연산군은 여자를 탐닉하다가 서른 살에 세상을 떠났다. 연산군의 섹스 만행은 오늘날 뒤돌아보면 포르노의 선각자가 되고도 남을 지경이다. 가끔 아버지한테 올라가 여자에 대한 불만족 상태를 점검하는 일도 게을리 하지 않았다. 그런 노력 때문에 아버지의 건강은 몰라보게 나빠졌다.
"아버지, 요즘 몸 안찰 하시는 데 불편하신 것은 없습니까? 말씀만 해주시면 바로 시정하겠습니다."
"아직은 특별히 불편한 것은 없다만 기력이 받쳐주지 않아서 점점 활력이 떨어지고 있다. 그때 말한 공룡 뼈다귀는 어떻게 되고 있냐?"
"아버지, 뱀탕을 드셔보시겠어요?"
"야, 이 새끼야! 맨날 '이거 드셔보겠어요, 저거 드셔 보겠어요'만 하지 말고 여기 갖다 놓고 얘기해 봐라. 내가 먹는지 안 먹는지 보면 알 거 아니냐?"
"아버지, 설교하실 때마다 뱀을 사탄이라고 말씀을 하시니까 과연 이걸 아버지께 드려야 할지 말아야 할지 고민했어요."
"허허…, 이놈 봐라? 내가 언제 뱀을 먹으라고 했냐 아니면 먹지 말라고 했냐. 그건 내 소관이 아니다. 단지 간교한 뱀의 유혹에 넘어가지 말라고 말했을 뿐이다. 뱀의 우혹에 넘어가는 것과 뱀을 먹는 것과는 차원이 다른 문제다. 악마일수록 먹어치우는 것도 하나의 복수가 되는 법이다."
"아버지, 당장 내일부터 백사로 만든 뱀탕을 대령하겠습니다. 옥체만 강하시면서 사업을 더 융성하게 해주시기 바랍니다. 아버지가 고안하신 안찰로 현금이 계속 들어오면서 자금이 찰찰 넘치고 있습니다. 고맙습니다. 아버지!"

김 교주는 새벽 4시부터 8명의 여자에게 안찰을 해주고 나니 눈이 핑핑 돌았다. 어디가 북쪽이고 어디가 나가는 문인지를 분간할 수가 없게 되었다. 그는 침대에 누워서 잠깐 만에 코를 골면서 골아 떨어졌다. 아들 김철구는 조용히 문을 닫고 사무실로 돌아갔다. 그는 돌아가는 즉시 김 과장을 불렀다.
"김 과장, 내 방으로 빨리 오게."
김 과장은 전화를 놓자마자 헐레벌떡 김 회장 집무실로 달려갔다. 그는 가쁜 숨을 내쉬면서 말했다.
"예, 김 과장입니다. 무슨 일이십니까?"
김철구는 뭐가 그리 심각한 게 있는지 고개도 쳐들지 않고 물었다.

"그때 주문한 공룡 뼈는 어떻게 되었나?"

"육골 즙은 벌써 준비해 놓았는데 아무 말씀이 없으셔서 냉장고에 보관하고 있습니다. 지금 당장이라도 영양제를 넣을 수 있습니다."

그러더니 김 과장은 김철구 왼쪽으로 바짝 붙는 것이었다. 뭔가 심상치 않은 일이 있을 것만 같았다. 황금성에서 영양제란 마약이나 필로폰을 가리키는 은어였다.

"회장님, 당분간 영양제는 좀 멀리 하시는 게 좋겠습니다. 들리는 말로는 많은 사람들이 황금성 안에서 영양제가 아무런 제약 없이 사용되고 있다는 소문을 여기저기 퍼뜨리고 있다는 겁니다. 최근에는 경찰 마약단속반이 황금성을 급습할지도 모른다는 첩보가 들어왔습니다.

"그런 건 걱정 말고 아버지한테 올릴 영양제를 내일 아침 8시까지 이리 갖고 와라."

"예, 알겠습니다. 차질 없이 수행하겠습니다."

처음 황금성을 만들 때 김 교주는 김일성의 좋은 점 세 가지를 도입해서 성공을 거두었다.

첫째가 천리마(千里馬) 운동이었다. 새벽별 보고 나가서 저녁별을 보고 돌아오는 것이었다. 당연히 생산성이 높아지게 되었다. 그 바람에 초창기에 황금성은 매스컴에 바람몰이를 한 덕택에 큰 돈 안 들이고 홍보가 되었다. 아마 그것을 다 돈을 주고 광고했다면 지금의 10퍼센트도 성취하지 못했을 것이다.

둘째는, 오가작통법(五家作統法)이었다. 여공들에게 아무 이유 없이 타부서를 가거나 다른 사람들과 만나는 것을 철저히 금했다. 그 결과 여공들의 가용 인력이 두 배나 늘어나게 되었다.

셋째는, 일하면서 쉬고 쉬면서 일하자는 것이었다. 이것은 김일성이 도입한 가장 혁신적인 것으로 그 스스로 높이 평가했을 정도로 생산성을 높이는 데 기여했다.

해방 이후 국토가 분단되었을 때 김일성은 전기를 빼놓고는 당장 가동할 수 있는 시설이 거의 없었다. 김일성이 해방 이후 열악한 산업 환경에서 그나마 버틸 수 있었던 것은 웬만하면 내부에서 스스로 해결해 나가는 자력갱생(自力更生)의 정신 때문이었다. 김 교주는 김일성의 이런 패기가 마음에 쏙 들었다.

그런데 김철구가 회장직에 오른 뒤 경영에 본격적으로 개입해 몇 차례 헛발질을 하고부터 철강, 섬유, 특수강 등 몇 개 업종은 휘청거렸다. 그는 황금성 안에서 여자나 밝히면서 살다 보니 세상을 보는 안목도 창의력도 있을 리가 없었다. 그는 온실 속의 호초였을 뿐이다.

그는 자기가 투자를 하자고 해놓고 실패하면 실무자에게 덮어씌워서 처벌한 일도 여러 번 있었다. 그 대상자들은 황금성 밖으로 퇴출되었는지 아니면 다른 데서 일하고 있는지 10년 가까이 눈에 띄지 않고 있어 생사조차 알 수가 없었다.

김 교주는 쉬지 않고 섹스 안찰을 거듭하다 보니 전혀 몸에 물이 나오지 않았다. 순례는 너무 아파서 눈물을 흘리면서 살려달라고 괴성을 질렀다. 순례의 나체 위에서 땀을 뻘뻘 흘리며 섹스 안찰을 주고 있던 김 교주는 '조금만 참아라. 참아라.'하는 말만 되풀이했다. 그녀는 이상한 고양이 소리를 내면서 몸을 좌우로 흔들면서 김 교주를 털어내려고 몸부림을 쳤다. 마치 조각배가 균형이 안 맞아 물 위에서 기우뚱거리는 그런 불안한 모습이었다.

"교주님, 이제 물이 더 이상 안 나오나 봐요. 아아아아… 너무 아파요. 그만 빼세요. 살려주세요. 아래가 찢어질 것 같아요."

순례가 너무 고통스러워하는 바람에 김 교주의 물건은 얼음물에 담근 개불처럼 쪼그라들었다. 물건을 빼면서 쳐다보니 개불이 아니라 번데기처럼 주름이 잡히면서 쪼글쪼글해져 있었는데 거기에는 온통 피가 빨갛게 범벅이 되어 있었다. 그제야 순례는 통증이 조금 가셨는지 옷을 들고 샤워실로 들어갔다. 김 교주는 샤워실로 따라 들어가서 뒤에서 순례의 젖무덤을 살포시 감아쥐었다. 그러자 순례가 고통에 신음소리를 내뱉으면서 몸을 배배 꼬는 것이었다.

"순례, 너는 이제 내꺼야. 네 남편은 오늘부터 나야. 빨리 이혼하고 모든 재산을 정리해서 갖고 이리 오너라. 이제 말세가 가까워오고 있다. 말세에 남편이 뭐가 필요하냐. 나는 3천 살이 넘은 하나님이다. 알았지?"

김 교주는 아들이 지어준 공룡 뼈 국물을 먹고부터 물건이 약간은 강해진 것 같아서 자신감이 생겼다. 그런 다음 순례의 음부를 살짝 쓰다듬으면서 음모를 몰아 쥐었다. 숲이 얼마나 실한지 손에 꽉 차는 느낌이었다. 그는 순례 앞에서 무릎을 꿇고 순례의 검은 숲에다 입을 갖다 대고 혀로 핥아주었다. 그때 성감대가 짜릿해지면서 몸에 갑자기 한기가 드는 것 같았다. 그러자 그녀는 아랫도리를 앞뒤로 흔들다가 옆으로 배배 꼬면서 코맹맹이 소리로 말하는 것이었다.

"교주님, 저 이제는 어떻게 해요? 남편하고 애들을 볼 면목이 없어요?"
"어이구, 걱정도 팔자라더니 오늘 일을 이마에 써 붙이고 다닐 작정이냐? 조용히 있어라. 다 내가 알아서 해 줄거다."

김 교주는 순례와 섹스 후 두 시간쯤 눈을 붙이고 나니 몸이 개운해졌다. 그때 새희망교 장로 박기수 총회장한테서 전화가 걸려왔다. 지난달에 두 사람은 은밀하게 만나기로 약속을 해놓고 있었다. 박기수는 황금성 초창기부터 김 교주를 추종하면서 전도 비법을 전수받았던 인물이다. 김 교주는 성실하게 일하는 박기수에게 황금성 주물공장 공장장으로 발령 내 주었다. 그는 배운 것은 없지만 눈치 하나는 빨랐다.

박 장로는 김 교주에 비해 스무 살이나 아래였다. 그는 요즘 안산에서 교회를 세우고 전도를 하고 있는데 김 교주의 추종자라는 낙인이 찍혀서 배척을 당하고 있었다. 두 사람은 5년 만에 만나서 먼저 예약해둔 허브 빌리지로 들어갔다. 둘 다 허름한 등산복에 모자를 쓰고 지팡이를 짚고 있어 누구 하나 눈여겨보는 사람이 없었다. 두 사람은 안부도 물을 것도 없이 서로 부둥켜안고 볼을 비볐다. 누가 보면 이산가족끼리 만난 것 같은 오해를 주고도 남을 것 같았다.

"교주님, 제 절을 받으셔야죠."

"여보게, 박 장로! 웬 절을 다하고 이러나. 원래 늙은이한테는 절을 하지 않는 법이라네. 절을 하면 일찍 죽으라는 것과 같다네."

"교주님, 제 절은 만수무강을 기원하는 겁니다. 오래오래 사셔야 황금성이 더 융성하게 됩니다."

이 말과 함께 박기수는 넙죽 엎드려 김 교주에게 깊은 절을 올렸다. 김 교주의 얼굴에는 눈물이 흘러내리고 있었다. 그런데 박 장로의 입에서 나온 안부가 가관이었다.

"교주님, 이렇게 뵙게 되면 반갑고 가슴이 뭉클한데 뭣 때문에 뵐 수가 없는지 모르겠습니다. 그동안 몸 안찰로 많은 자매들을 천국으로 인도하시느라 몸이 쇠하셨다는 말은 들었습니다만."

"그럼, 그럼. 그런데 그 소문이 어떻게 박 장로한테까지 전달되었을까?"

"소문을 듣자니 교주님한테 안찰을 받으려는 여신도들이 늘 줄을 서 있는데다가 먼저 받은 여인들이 입방아를 찧고 다니는 것 같습니다."

"박 장로! 나도 이제는 하나님의 부르심을 받을 날이 머지않은 것 같네. 우선 체력도 다한 것 같고 귀도 안 들리고 눈도 침침해졌다고. 그런데 문제는 내 아들 김 회장한테 믿고 다 맡길 수가 없어. 내가 특별히 배려할 테니까 내 후계자가 되어줄 수 있겠나?"

"어이구, 지당하신 말씀이죠. 그렇잖아도 저는 교주님의 가르침을 열심히 따르면서 예비하고 있었습니다. 이제 곧 교주를 하려는 작업 중입니다. 저도 곧 그 안찰을 할 계획인데 교주님께서 허락하시면 바로 하고 그렇지 않으면 허락하실 때까지 참고 기다리겠습니다."

여기서 박 장로가 참고 기다리겠다는 말은 김 교주가 죽을 때까지 박 기수는 몸 안찰을 하지 않겠다는 뜻이었다.

"내가 매일 설교하는 골자는 바로 '김영일이 하나님이다'는 것이네. 박 교주도 내 것을 갖다가 그대로 응용하여 내 후계자가 되어주길 바라네. 저 아들놈 녀석들은 내가 믿고 갈 수가 없네. 형제끼리 파벌 싸움이 일어나면 내가 개발한 황금성은 한 시대를 풍미하다가 사라지고 말 걸세."

"예, 알겠습니다. 저는 세상에 어떤 풍파가 닥치더라도 교주님께서 세우신 것들을 온전히 계승해서 발전시키겠습니다."

"그럼 이 통장을 갖고 한신은행 초량동지점 성 지점장을 찾아가면 현금을 내어줄 걸세. 이것을 종자돈으로 해서 내가 가더라도 황금성의 교리를 널리 발전시켜 주게. 그러면 나는 천국에서 미소를 지으면서 흐뭇하게 바라보고 있겠네."

"예, 교주님, 여부가 있겠습니까? 온몸을 불살라 교주님의 곰 안찰을 계승 발전시켜 나가겠습니다."

그날 박기수 장로는 세 시간에 걸쳐서 김 교주의 우언을 받으면서 우의를 다졌다. 그러고 나서 박 장로가 김 교주의 교리 가운데 가장 먼저 받아들여 행동에 옮긴 것은 바로 몸 안찰이었다. 그도 여인들에게 '나의 몸 안찰을 받지 않으면 아두도 천국에 갈 수 없다'고 설파하고 있었다. 악은 악인을 통해서 계승된다는 말이 딱 들어맞았다.

김 교주는 아들을 믿지 못해 그날 박기수 장로에게 몸 안찰을 전수하면서 수백억 원의 전도 자금까지 건네주었다.

13

아버지, 아버지, 하나님 맞나요

하나님은 초월적인 존재다. 신은 전지전능하시고 무소부재하신 분으로 정의되어 있다. 하나님은 그 형상도 알 수 없다. 그러나 성경에 하나님이 하나님의 형상으로 인간을 창조하셨다고 했으니 우리 인간의 모습이야말로 하나님을 닮았을 것이다.

그런데 1995년으로 접어들면서 동방의 나라 한국에 하나님이 강림하는 코미디 같은 일이 벌어졌다. 나이가 들어가면서 김영일 교주에게는 기행이 하나 둘 나타나고 있었다. 어느 날 갑자기 그는 '예수는 마귀의 새끼다'하고 외쳤다. 사람들은 그 소리를 듣고 김영일이 이제는 완전히 미쳤다면서 외면하기 시작했다. 그를 믿고 따르던 올바른 신도들은 결국 미련을 버린 채 짐을 싸면서 한 마디씩 했다.

"사이비 말로가 꼭 저렇다니까. 저 새끼가 변태를 거듭하더니 결국에는 미치광이 쇼를 하고 있구먼."

"아니, 저것이 또 돈 뜯어내려고 뭔가 꼼수를 쓰고 있는지도 몰라. 어서 여길 떠납시다."

"말세가 가까웠다고 한 지가 벌써 수십 년이 지났는데 말세가 오길 하나, 맨날 생수를 마시면 영생불사 한다더니 사람은 여전히 죽고 있지 않나? 어서 나가서 찬물 먹고 정신 차리세."

자칭 하나님이라고 선프한 김영일 교주가 망령을 부리기 시작하자 집안마저 점점 콩가루 집안이 되고 있었다. 그의 아들 형제는 나이가 들어 한 번도 우애 있게 지내본 적이 없었다. 그저 아버지가 주는 돈으로 각자 입맛에 맞는 쾌락을 즐기면서 살아가고 있었다. 결국에는 서로가 청부살인업자를 고용하여 죽이려는 음모를 꾸몄다.

그 중 철성이 제일 영리했다. 그의 지식에서 보면 아버지가 스스로를 하나님이라고 하면서 3천 살이 넘었다는 등 헛소리를 하는 것이 못마땅했다. 도무지 그 말을 믿을 수가 없었다. 하나님이 도대체 무슨 할 일이 없어서 기업을 경영하고 몸 안찰 비를 수백만 원씩 받아서 부도를 막는단 말인가. 이건 어린아이가 봐도 못 믿을 초대형 거짓말이었다. 광신도들을 빼놓고는 아무도 그게 사실이라고 믿으려 하지 않았다. 그는 아버지의 그런 삶이 마음에 안 들었다. 여느 목사님들처럼 점잖게 목회 활동을 하시기를 바랐는데 몸 안찰을 기회로 유부녀를 범해서 가정을 파탄내고 위자료마저 가로채 그 돈으로 황금성의 부도를 막고 있었다. 그건 악마나 할 짓이었다.

"아버지가 어떻게 해서 하나님이 된단 말인가? 이걸 믿어주는 사람이 몇이나 있을까?"

이건 자기의 이성으로는 도무지 이해할 수 없는 의문이었다. 아무리 아버지이기는 하지만 멀쩡한 사람이 자기를 하나님이라고 말하는 것은 믿지 못할 거짓말이었다. 이런 거짓말에 속아서 몸 바치고 돈을 바치는 신도들이 바보멍청이처럼 보였다.

하루는 아버지에게서 전화가 걸려왔다. 아버지는 잊을 만하면 가끔 전화를 해주었다.
"철성이냐? 네 애비다. 잘 지내고 있느냐?"
"예, 아버지. 접니다. 그럭저럭 잘 지내고 있어요. 아버지는 건강하시지요?"
"그래 건강하다. 너 모레 잠깐 애비한테 들렀다 갈 수 있겠니?"
"그럼요, 가겠습니다. 아버지, 후문으로 사람을 보내주세요. 정문으로는 들어가기 싫습니다."
"그래 알았다. 엄 기사를 보낼 테니 차를 타고 들어와라."
"예, 아버지! 모레 뵙겠습니다."

철구는 형이 황금성으로 들어와서 얼굴 비치는 것을 싫어했다. 피를 나눈 형이기는 했지만 황금성을 혼자 차지하여 아버지처럼 하나님으로 군림하고 싶었다. 그래야 여자도 독점할 수 있고 모든 부귀영화도 혼자 누릴 수가 있다.
철성은 아버지를 만나러 후문으로 들어가야 하는 자신의 신세를 생각하니 서글퍼졌다. 그는 기사를 깨워 아침 일찍 황금성을 향해 출발했다. 황금성으로 가면서 생각하니 화가 은근히 치밀어 올랐다. 동생이 무서워 아버지를 이렇게 몰래 만나야만 한다고 생각하니 눈시울이 뜨거워졌다. 앞으로 얼마나 더 살지 모르는 아버지였으므로 자주 뵙고 싶었다.
그때 최 목사한테서 전화가 걸려왔다.
"형님, 지금 어디세요?"
"지금 아버지가 불러서 가는 중인데 무슨 일이 있나?"
"그러면 아버지 만나고 나서 저하고 좀 만나요."
"그래 알았다. 올라가면서 전화 줄게."
"형님, 아버지 보면 고분고분 하세요. 반말로 대들지 마세요. 자꾸 그러시면 형님한테 떨어질 국물이 하나도 없어요. 다 형님을 생각해서 말씀 드리는 겁니다. 저 말고 누가 형님한테 이런 쓴 소리를 하겠어요."
"그래 알았어. 최 목사, 잘하고 올게."
"형님, 꼭요? 제 말 기억하세요."

철성이 탄 승용차는 황금성 정문을 돌아 후문으로 향했다. 그곳에는 아버지가 보낸 사람이 기다리고 있었다. 문을 열어준 그는 아버지 집무실로 안내했다. 그동안 최 목사 말대로 아버지한테 고분고분하게 대하겠다고 수도 없이 다짐하였지만 그때뿐이었다.
"어이구, 우리 장남 왔구나. 어서 와라."
"예, 아버지 잘 지내셨습니까?"
인사를 하고 아버지를 올려다보니 모습이 하도 이상해서 말이 떨어지지 않았다. 머리에는 비둘기가 달린 이상한 모자를 쓰고 하얀색 두루마기 같은 것을 입었는데 개그맨처럼 우스꽝스러워서 웃음이 나오려는 것을 억지로 참았다. 마치 하나님의 코스프레로 밖에 보이지 않았다. 한 발짝 떨어져서 바라보니 정말 말도 안 되는 모습이었다. 그런 몰골을 쳐다보자니 괜스레 부아가 치밀어 올랐다.

"아버지 도대체 이게 뭡니까? 그 옷이 너무 웃기네요. 누가 이렇게 하라고 코치했어요? 철구가요? 그 모자에 달린 비둘기는 또 뭡니까?"

그는 한꺼번에 연달아 질문을 던졌다. 아버지는 안색 하나 안변하고 대답을 하는 것이었다.

"너는 이걸 봐도 뭔지 모른다. 나는 3천 살 먹은 하나님이야. 하나님만이 이렇게 할 수 있어."

이때 순간적으로 이성을 잃은 철성은 아버지 양쪽 어깨를 잡고 흔들어 댔다. 그의 눈에서는 섬뜩한 빛이 뿜어져 나왔다. 그건 아버지에 대한 증오의 빛이었다. 코스프레 치고는 너무나 얼토당토않은 것이었다. 일본 사카다 시의 나까스마 시장이 유행시킨 코스프레는 정신병자나 하는 복장이었다.

그 순간 철성의 고질병이 꿈틀거리며 되살아났다. 아버지의 요상한 코스프레를 보자 조금 전 최 목사의 말도 잊고 이성을 잃고 말았다. '형님, 아버지 보면 고분고분 하세요. 반말로 대들지 마세요.' 하는 최 목사의 충고는 저만치 달아나고 있었다.

"야, 이 새끼야! 너 어서 정신 차려! 야, 네가 무슨 하나님이냐고. 가정도 잘 다스리지 못하면서. 이 미친놈아! 왜 이러는 거야? 신도들 그만 울리고 제발 마음 돌리라구."

그는 아버지한테 반말로 대들면서 아버지를 거울 쪽으로 질질 끌고 갔다. 그는 아버지의 가슴을 부여잡고 얼굴을 거울에 들이밀면서 따졌다. 어디서 났는지 누렇게 바랜 젊은 날의 아버지 사진을 들이 대고 속사포처럼 쏟아내기 시작했다. 아들이 그렇게 막 나가는데도 김 교주는 얼굴

한 번 찌푸리지 않고 참고 있었다.

"이 사진이 너 젊었을 때 얼굴이다. 지금 네 얼굴을 쳐다보라고. 얼굴에 깔린 주름을 봐라. 네가 하나님이면 안 늙어야지 왜 이렇게 쪼글쪼글 늙었냐? 하나님은 무슨 얼어 죽을 하나님이야!"

아버지한테 반말로 이 새끼, 저 새끼까지 하면서 대들었다. 이때 김 교주는 조금도 당황하지 않고 아주 태연하게 대답을 하는 것이었다.

"인마, 네가 몰라서 기래. 나는 하나님이야. 5천 살 먹었어. 이걸 설명하려면 길어서 못해. 알았디?"

"하나님이면 그만이지 나이는 왜 따지냐? 하나님이 웬 부도 걱정이나 하냐? 몸 안찰, 이제 그만하라고!"

"몸 안찰은 천국으로 가는 티켓이야. 그걸 안 받으면 이 지상에서 벌을 받게 된다고. 알았냐? 이놈아."

"아버지, 아버지, 왜 이러세요? 아직 정신이 멀쩡하신데 왜 남을 속이고 신도들의 등골을 빼먹으세요? 용서를 비세요. 남 걱정할 게 아니라 천국에 들어가시려면 아버지부터 먼저 회개하세요."

철성은 갑자기 아버지에게 존댓말을 쓰면서 눈물을 쏟아냈다. 아버지는 그 말을 듣는 둥 마는 둥 그저 철성이 하는 행동을 보고만 있을 뿐이었다. 아버지의 그런 태도를 보면서 쇠귀에 경을 읽는 편이 낫겠다는 생각이 들었다. 아들한테 봉변을 당하고도 10분만 있으면 다 잊었는지 김 교주는 아무렇지도 않지 웃으면서 대하는 것이었다.

"철성아, 너도 이제는 잘 살아야 한다. 내가 이르는데 나 죽으면 큰 싸움이 날 것 같다. 부탁인데 너도 이제는 맘 잡고 경영을 배워야 한다. 안 그러면 네 동생 철구한테 무시당한다. 이 애비 말 잘 듣고 정신 바짝 차려야 한다. 그 여자하고는 잘 사냐?"

"아버지 말씀은 이해합니다. 그것보다 살아있을 때 재산을 형제한테 갈라 주시죠. 저한테는 그게 더 급합니다. 나중에 큰 싸움은 아버지가 어떻게 하시냐에 따라 날 수도 있고 안 날 수도 있습니다."

"알았다. 나는 하나님이라 영원무궁토록 살 것이다. 그런 걱정은 조금도 하지 말고 실력을 길러라."

"아버지, 왜 이러세요? 남들이 비웃어요. 이러시면 안 돼요. 어떻게 인간이 하나님이 될 수 있어요? 말도 안 되는 소리는 그만하시고 재산을 분배해 주세요. 만약 이대로 돌아가시면 재산은 허공으로 사라지게 됩니다. 지금 정치권은 아버지 재산을 발라먹으려고 눈을 벌겋게 뜨고 기회만 노리고 있습니다. 철구 저 새끼 옆에는 도둑놈들로 우글거리고 있습니다."

철성은 아버지가 건네주는 가방을 받았다. 그 안에는 생활비로 쓰라고 주는 돈이 들어 있었다. 그는 황금성 후문을 빠져 나오면서 최 목사에게 전화를 걸었다.

"최 목사, 난데 우리 만날까? 어디로 갈까? 교회로 갈까?"

"여의도 V3호텔로 오세요. 거기서 네 시간 잡으면 5시쯤 도착하겠네요."

"그래 알았어. 가면서 상황이 생기면 전화할 게. 이따 보자고."

최 목사는 약간 넉넉하게 미리 거기에 도착해서 기다리고 있었다. 예정보다 30분쯤 늦게 철성이 나타났다. 지난봄에 볼 때보다 얼굴이 훨씬 더 수척해 보였다. 얼굴의 병색도 하루가 다르게 짙어지고 있는 것 같았다. 또 동생과 후계자 자리를 놓고 싸움을 하느라 그런지 피로에 찌든 것처럼 보였다.

"형님, 며칠 전 들은 첩보인데 철구를 조심해야겠습니다. 형님을 제거하려고 조폭들을 대폭 영입했다고 합니다. 자칫하다가는 봉변을 당하거나 생명을 잃을 수도 있습니다."

"동생, 사람이 한 번 죽지 두 번 죽겠냐. 내가 미워서 죽이기로 했다면 어떻게 하겠어. 그건 운명이지. 안 그래?"

"형님, 그게 아닙니다. 형님은 죽기 전에 명예를 회복하고 싶다는 말을 수도 없이 했습니다. 집 주소를 우리 집으로 옮겨났으니까 안심하세요. 조폭들이 우리 집 주소를 찾아보았자 허탕치고 돌아갈 겁니다."

"동생, 정말 고맙네. 내가 이렇게 사니까 그동안 가까이 하던 사람들이 모두 사라져갔네. 참, 외롭구만."

"형님, 살아 있을 때 명예를 회복해야지 죽은 다음에 회복하면 무슨 의미가 있습니까?"

"최 목사, 이 황금성을 예수교로 되돌려서 우리의 명예를 회복해야 되네. 도대체 이게 뭔가. 몸 안찰비를 받아서 기업 브도를 막지 않나, 유부녀들을 성폭행해서 가정을 파괴하지 않나. 이건 사람이 할 짓이 아니네. 아버지이지만 그건 비판받아야 되네."

"정말, 어쩌자고 끔찍한 일들을 저질렀는지 모르겠어요. 어떻게 뒷감당이 되겠어요?"

"최 목사 말이 맞아. 그나저나 오늘 나한테 할 말이 있다고 했는데 날 죽인다는 첩보였나?"

"아닙니다. 최근 들어온 첩보를 보면 김철구 회장이 아버지 김 교주부터 제거하려는 음모를 꾸미고 있다는 겁니다."

"아니, 설마? 그런 음모까지?"

"이런 음모는 김철구 혼자 꾸미는 게 아닙니다. 옆에서 실권을 잡아 재산을 가로채려고 부추기는 세력이 있습니다."

"그놈의 자식. 후계자가 되었으면 그걸로 만족해야지 아버지를 죽이려고 하다니…."

장남 철성의 눈은 동생 철구에 대한 증오심으로 이글거리고 있었다. 잠깐 눈을 들어 천장을 바라보다가 다시 입을 열었다.

"동생, 그러면 어떻게 대비해야 좋을까?"

"형님, 아버지 주변의 세 여자를 조심해야 합니다. 철구가 그 여자들을 매수하여 아버지를 죽일 겁니다."

"그렇군. 고맙네. 철구, 이 천하에 죽일 놈 같으니라고…."

그의 눈에는 눈물이 그렁그렁 고여 있었다. 장남으로서 아버지를 안전하게 지켜드리지 못하는 죄책감의 눈물이었다.

장남이 두 시간 가량 머물다가 떠나자 김 교주는 자기 얼굴을 거울에 비추고 요리조리 뜯어보았다. "야 이놈아, 네가 하나님이면 늙지 말아야지 요렇게 쪼글쪼글 늙었냐"는 장남의 말을 되새기니까 신도들에게 젊어졌다는 말을 듣고 싶은 욕망이 솟았다.

김 교주는 수첩을 꺼내서 한국에서 성형수술이라면 최고로 인정받고 있는 제일병원 한남표 박사의 전화번호를 찾아냈다. 비서에게 전화를 걸어 연결시키라고 지시했다.

"한 박사님, 오랜만입니다. 황금성의 김 교주입니다. 상의할 게 있어서 전화를 올렸습니다."

그쪽에서 김 교주의 전화를 받고 놀랐는지 큰 소리로 말하는 것이 방 안에 다 들렸다.

"아이고, 김 교주님. 그동안 안부를 전하지 못했습니다. 늘 하나님의 은총을 충만하게 받으시니까 기쁘시겠습니다. 한남표 박사입니다."

김 교주는 세상이 두 쪽이 나더라도 한 박사한테는 명절 선물은 물론이고 외국에 나간다는 소식만 들으면 금일봉을 꼭 보내주었다. 한 번에 몇 천만 원을 보낸 적도 있었다. 그런 덕에 그는 황금성 일이라면 만사 제쳐놓고 달려오곤 했다.

"오늘 상의할 게 있습니다. 장남이 오늘 그러는데 아버지가 하나님이면 늙지 말아야지 왜 주름이 쪼글쪼글 그렇게 많으냐고 해서 상의를 드리는 겁니다."

"교주님, 그건 아주 간단합니다. 하루면 수술이 되고 사흘만 있으면 퇴원할 수 있습니다. 물론 외출을 자제하고 집에서 좀 쉬시다가 올라오시면 됩니다. 주름 없애는 것은 일도 아닙니다."

"그러면 주름을 없애고 싶으니까 날을 잡아 주십시오. 그 날에 맞춰서 올라가겠습니다. 한 박사님, 보안에 특별히 신경 써주시고요."

"알았습니다. 수술이 가능한 날은 다음달 15일이니, 이른 아침 오전 10시로 잡겠습니다."

"감사합니다. 그러면 한 시간 전에 올라가서 찾아뵙겠습니다."

철성의 말에 충격을 받은 김 교주는 한 박사한테 주름 제거 수술을 네 번에 걸쳐서 받았다. 그 후부터 김 교주의 원래 얼굴 모습은 사라지고 둥그스름한 중년의 느끼한 모습으로 변했다. 신도들은 김 교주의 얼굴이 변한 것을 보고 하나님의 얼굴에 새로운 은총이 내렸다면서 아멘을 연발했다. 그러자 섹스 안찰을 받으려는 여신도들의 대기자가 서너 배로 더 늘어났다. 도리어 장남의 힐난이 불황을 모르는 사업 아이템을 제공한 셈이었다. 김 교주의 섹스 안찰 비즈니스는 주름 제거 수술 하나로 더 큰 호황을 누리게 되었다. 장남 철성에게 전화를 걸어서 성형수술을 받았다고 자랑하고 싶었다.

"얘야, 철성아! 네가 하나님이면 늙지 말아야지 왜 얼굴에 주름이 있냐고 해서 수술을 받았다. 고맙다, 아들아!"

이때 철성의 입에서는 차마 자식으로서는 해서는 안 될 말이 서슴없이 튀어나왔다.

"야, 주름이 없다고 해서 하나님이 되는 건 아냐. 하나님은 죽으면 안 되는데 왜 당뇨병에 걸려 골골하고 혈압이 250이 넘어 가냐? 하나님이 혈압하고 무슨 상관이 있어?"

"야 이놈아! 신도들은 지금 하나님께 은총이 내렸다고 난리법석이야. 몸 안찰을 받으려는 여자들이 줄을 섰다. 이놈아, 나는 하나님이야."

"아버지! 정말 그렇게 웃길 거야? 이제 너는 내 아버지가 아니야. 가장 추잡한 사기꾼이야!"

"야 인마, 네가 무식해서 그래. 나는 하나님이야. 기도하면 알게 된다고."

철성은 열 살 때부터 건달 중에서도 상건달로 살아왔다. 아버지한테 패륜 행위도 서슴지 않고 저질렀다. 철성은 아버지가 예수님을 부정하는 것을 창피하게 생각했다. 특히 아버지 스스로를 하나님이라고 말 하는 것을 더 부끄럽게 여기고 있었다. 이대로 아버지가 세상을 떠나면 동생인 철구가 아버지의 그런 행동을 그대로 이어받을 것만 같다고 생각하니 미칠 지경이었다.

14

몸 안찰로 가정이 풍비박산되다

김 교주의 성욕은 젊었을 때보다 나이가 들면서 더 강해지고 있었다. 그의 몸 안찰은 피해 여성들의 고소에도 아랑곳하지 않고 계속되고 있다. 그것은 김 교주가 예순 넘어 늦게 발동이 걸린 개인적인 성욕을 해소하는 통로였다.

그는 쾌락을 더 강하게 느끼려고 섹스 파트너를 매일 바꾸고 있었다. 일흔 초반에 접어들어서 예쁜 여자만 보면 도저히 견딜 수가 없었다. 김 교주는 섹스 안찰료를 수백만 원씩 받았다. 안찰료는 천국으로 가는 티켓을 사는 비용이었다.

남자가 여자와 관계를 맺고 돈을 받았으니까 그를 남창(男娼)이라고 부르는 것이 잘못된 것이 아니었다. 세간에서는 김 교주를 남자 갈보라고 부르고 있었다. 그는 주일 예배시간만 되면 몸 안찰로 거의 절반을 보냈다. 김 교주의 설교를 듣던 한 남자가 김 교주를 찾아가 몸 안찰을 받겠다고 했다는 우스운 일화가 전해오고 있다.

"나한테 섹스 안찰을 받지 않으면 천국에 못가요. 하나님 나라의 문이 그냥 열리는 게 아닙니다. 여러분, 몸 안찰을 받고 꼭 천국에 가세요."

그는 엄밀히 놓고 보면 종교를 빙자하여 여성들과 돈을 받고 관계를 하는 직업적인 남창이었다. 그는 수 없이 많은 여인들을 자기 침실로 끌어들였다. 어떤 얼빠진 여자는 김 교주한테 섹스 안찰을 받았다고 동네방네 불고 다니다가 남편 귀에 들어가 갈라서게 되었다. 또 어떤 여자는 돈까지 갖다 바친 게 발각돼 남편의 칼에 찔려 죽었다. 그는 부인을 살해하고 뒤따라서 자살했다. 이런 끔찍한 비보가 김 교주에게도 전해졌다. 자기 때문에 한 가정이 비극으로 끝났는데 겨우 한다는 소리가 가관이었다.

"그 여자는 섹스 안찰을 받았으니까 틀림없이 천국에 갔을 거야. 잘 됐지 뭐. 누굴 탓하겠어?"

그 말이 밖으로 돌았는데도 섹스 안찰을 받으려고 돈 가방을 들고 줄을 서서 자기 순번이 오기를 기다리는 여자들은 줄어들지 않았다.

한번은 자기 부인이 김 교주한테 몸을 바치고 돈까지 준 것을 뒤늦게 안 남편이 황금성에 항의하러 들어갔다가 검거된 적도 있었다. 또 어떤 남자는 부인이 가정을 버리고 떠나자 황금성 정문에서 김 교주를 만나게 해달라면서 자해소동을 벌이다가 경비들에게 인사불성이 되도록 얻어맞기도 했다. 얼마 후 그는 황금성에서 십리쯤 떨어진 농로에서 변사체로 발견되었다.

경찰은 이 사건이 황금성과 깊은 연관이 있다는 것을 알면서도 단순 변사자로 처리해 버렸다. 유족들이 억울한 사정을 탄원서에 적어 청와대에 올렸다. 그제야 경찰은 황금성 관계자를 업무상 과실치사로 입건하여 벌금형에 처했다.

　교주의 섹스 안찰은 황금성 구원의 교리였다. 그래서 중도에서 멈출 수가 없었다. 교리가 이랬다저랬다 하면 종교적 신뢰를 잃게 된다. 김 교주로서는 매일 상대를 바꿔 가면서 성욕을 해소하는 것이 더 큰 기쁨이었다. 가끔 피해 여성들의 제보를 받은 기자들이 황금성으로 취재를 나왔다가 봉투를 받고서는 없던 일로 되어 버린 것이 수백 건도 넘었다. 이러다보니 용돈벌이 삼아 취재 오는 기자들도 더러 있었다. 황금성은 이런 것 저런 것 가리지 않고 찾아오는 기자들에게 돈 봉투를 돌렸다.
　하루는 한양일보 김동수 기자가 김 교주의 비행을 취재하러 내려왔다. 김 교주가 한 여신도를 성폭행 하려고 하자 몸만 빠져 나와 자결했다는 첩보를 듣고 찾아온 것이다. 총무부장은 다른 기자들보다 네 배나 더 많은 돈을 넣은 봉투를 건넸다. 김 기자는 한사코 봉투를 거부했다. 그는 깜짝 놀랐다. 몇 번 더 시도해 봤지만 요지부동이었다. 섹스 안찰로 수십 명이 취재를 왔지만 봉투를 거절한 기자는 6년 만에 처음이었다.
　혹시 돈이 적어서 그러나 해서 똑같은 금액으로 봉투를 두 개를 더 준비했다. 그래도 막무가내로 거절하는 것이었다.
　"기자님, 이건 인사차 드리는 겁니다. 넣어두시죠. 그리고 우리 황금성을 좀 좋게 봐주세요."
　"아니 왜 그러시는 거죠? 안 받겠다는데요."
　"기자님, 지금까지 수백 명이 왔다 갔지만 다 받았습니다."
　"그러시면 그런 기자들한테나 주세요. 저는 아닙니다. 이렇게 취재에

성의를 안 보이시면 남부경찰서로 가겠습니다."

이 이야기가 경찰서장에게 전달되었다. 경찰서장은 정보과장을 불렀다.

"신 과장, 한양일보 김동수 기자의 신상 좀 확보해 봐요."

신 과장은 지시가 떨어진 후 40분 만에 김 기자의 신상정보를 가지고 급히 달려왔다. 그는 헉헉 거리고 있었다.

"서장님, 김동수 기자는 특이사항은 없습니다. 주로 사건 취재를 담당 했었습니다."

서장은 안경을 이마 위에 걸치고 자료를 보면서 한심스럽다는 듯이 말했다.

"이 친구 대학은 좋은데 나왔는데 왜 이렇게 세상 물정 모르나? 타협할 줄을 모르면 인생이 피곤해질 텐데 말이지…"

"그러게 말이죠. 거기서 다른 기자에 비해서 네 배를 넣었지만 안 받는다는 겁니다."

"우리 서로 오겠다는 연락이 왔나?"

"아직은 없습니다."

"그 사건기록 좀 빼다 놓으라고."

"예? 무슨 기록요?"

"그거 있잖아. 황금성 정문에서 마누라가 성폭행을 당했다고 소란을 피우다가 변사체로 발견되어 벌금형으로 처리된 사건 말이야."

김 기자는 아직도 연락을 안 했는데 서장은 이미 취재 내용을 빠삭하게 꿰차고 있었다. 이것은 황금성과 내통하고 있다는 증거였다.

김 기자가 경찰서로 떠나자 총무부장은 기차 화통을 삶아먹기라도 한 듯이 큰소리를 질러댔다.
"그 멍청이 새끼! 지가 뭐 그렇게 고결하다고 안 받고 지랄이야. 다른 기자새끼들은 주기만 하면 넙죽넙죽 잘만 받아 처먹던데. 아마 저 기자새끼는 잘난 체하다가 왕따 당하고 말걸, 시팔! 기사 나가기만 해봐라. 한양일보 윤전기를 깡그리 폭파해서 신문을 못 찍게 만들어 버릴 테니. 에이, 그 놈의 신문사 지붕에 폭탄이나 떨어져라."

총무부장은 자기들의 잘못을 반성하기는커녕 김 기자를 헐뜯었지만 그럴수록 똥지게 지고 시궁창으로 뛰어드는 꼴이었다. 그는 한참동안 욕설을 퍼부어 대더니 전화를 걸었다. 평소에 주변 사람들은 그가 욕을 하도 많이 하니까 '주둥아리에 똥 걸레 물고 다니는 작자'라고 비아냥거렸다.
"여보세요. 정보과장 좀 빨리 바꿔 주세요."
"잠깐 자리 비우셨네요. 서장실에 계시다는 데요. 어디시죠?"
"여기 황금성 총무부입니다."
"바로 전화 드리겠습니다."
"으이, 시팔! 왜 일이 이렇게 안풀리는거야?"

김 기자는 서장실로 곧바로 들어갔다. 젊은 서장은 입구까지 걸어 나와 기자를 아주 깍듯하게 맞아주었다.
"아이고, 김 기자님의 활약상은 잘 알고 있습니다. 멀리서 오시느라 애쓰셨습니다. 앉으시죠. 우선 차나 한 잔 하시죠. 이 차는 우리 고향마을에서나 음미할 수 있습니다."

"네, 향기가 참 그윽하군요. 마치 깊은 산속에서 한가로이 거니는 신선이 된 것 같습니다."

"취재하느라 바쁠 텐데 언제 차에 그렇게 깊이 심취하셨죠? 우리 고장은 산세가 수려해서 범죄도 없고 사람들이 정말로 순박합니다. 그런데 황금성이 들어오면서 매스컴에 가끔 오르내리고 있습니다."

"그 정도야 사람 사는 구석이면 어디나 있는 일이죠."

"아이고, 그렇게 봐주시니 치안 일선에서 자나 깨나 마음을 졸이고 있는 저희들에게는 천군만마와 같습니다."

경찰서장의 너스레는 하도 자주 들어서 귀에 담을 가치도 없었다. 그 다음에 무슨 말이 따라 나올지 대략 짐작할 수 있을 정도였다. 김 기자는 그의 말허리를 끊고 본론으로 들어갔다.

"정말 좋은 말씀입니다. 그런데 김 교주한테 성폭행을 당한 한성희의 남편이 황금성 경비들에게 폭행을 당해서 죽었는데 사인(死因)이 행려병자(行旅病者)로 나온 것은 문제가 있다고 보이는데요."

"글쎄요. 제가 부임하기 전에 있었던 일이어서 지금 시원하게 답변을 드릴 수가 없습니다."

"그럼 오늘은 사건기록만 보고 올라가겠습니다."

"기자님, 그건 정보공개 청구를 하셔야 합니다. 거기에는 개인 신상에 관한 정보가 있어서 절차를 밟아야 나갑니다."

"그러면 그걸 보여줄 수 없다는 거죠? 그러면 잘 알았습니다."

그날 그는 별 소득 없이 하루를 허망하게 보내고 우등고속버스에 몸을 실었다. 버스가 출발하자 곧바로 곯아 떨어졌다.

다음 날 출근하니 그의 책상 위에는 두툼한 편지봉투가 놓여 있었다. 봉투 겉에는 "황금성에서"라고 적혀 있었다. 잠시 숨을 고르고 봉투를 열었다. 그 안에는 "검찰총장에게 호소합니다"라는 탄원서와 고소장이 나왔다. 고소장은 여자가 볼펜으로 꾹꾹 눌러 쓴 것이었다. 김 교주의 성노리개가 되었던 박필례는 행정실에서 문서수발을 하고 있었다.

김 기자는 김 교주의 섹스 안찰 기사를 작성하여 데스크에 올렸다. 그것으로 끝이었다. 예전부터 한양일보 내부에 황금성 교회에 다니는 신자들이 몇 명 있다는 얘기는 들었다. 누가 황금성 신자인지는 모르지만 그가 쓴 기사는 곧바로 본부에 보고되었다. 그로부터 두 달 후, 한양일보에는 황금성의 축제를 알리는 전면광고가 네 번에 걸쳐 실렸다. 기사를 광고와 거래 한 것이다. 김 기자는 언론계에 환멸을 느끼고 신문사를 떠나기로 결심 했다.

네 번째 황금성 전면광고가 실린 날 오후에 그는 미련 없이 사표를 던졌다.

여름으로 접어들면서 섹스 안찰 희망자가 눈에 띄게 줄어들었다. 날이 더워지면 인간은 섹스가 귀찮아지게 마련이다. 김 교주는 둘째 아들 철구를 불렀다.

"너 잠깐 내 방으로 올라와라."

"아버지, 무슨 일이시죠?"

"그래, 거기 앉아라."

그는 오랜만에 아버지와 마주 보고 앉았다. 무슨 불호령이 떨어질지 몰라서 은근히 긴장하던 차였다.

"얘, 너 요즘 하는 일이 뭔지 한번 얘기해 봐라."

"제가 하는 일요? 뭐 별게 없습니다."

"야, 이놈아! 내가 죽으면 황금성을 이끌어 나갈 놈이 할 일이 없다고? 너를 후계자로 삼을까 했는데 요즘 하는 꼴이 영 안 되겠다."

"아버지, 무슨 말씀을 그렇게 하세요? 하나님이신데 죽으면 안 되죠. 그러면 거짓말이라는 게 드러나게 되지요."

그 순간 김 교주는 그의 왼쪽 귀싸대기를 한 대 올려붙이는 것이었다. 불이 번쩍 튀는 것 같았다.

"어이쿠, 으윽! 아버지 제가 뭘 잘못한 게 있나요?"

"너 정신이 빠져 나갔구나. 기억이 없단 말이지?"

"야, 이 녀석아! 행정실 박필례가 검찰에 고소장을 제출했는데 그걸 몰랐다는 게 말이 되냐?"

그는 불시에 한 대 얻어맞은 데가 아직도 얼얼한지 한 손으로 슬슬 문지르며 눈물을 뚝뚝 떨어트렸다.

"아버지, 그건 변호사를 투입시켜 극비리에 방비를 해오고 있습니다."

박필례는 여자상고를 졸업하던 그 해 18세에 황금성에 들어갔다. 처음에는 회계부에서 3년을 근무하다가 행정실로 옮겨 13년째 근무하고 있었다. 남편 도지환은 사내에서 만나서 결혼하게 되었다. 그런데 6월 중순, 날벼락 같은 지시가 떨어졌다. 행정실, 교환실, 간호실, 회계부에 근무하는 여자는 한 명도 빼놓지 말고 섹스 안찰을 받으라는 것이었다.

박필례는 늙은이 곁에 가는 것이 죽기만큼이나 싫었다. 하지만 이곳을 떠나는 것 말고는 섹스 안찰을 피할 길이 없었다. 그렇다고 남편한테 고백할 수도 없었다. 섹스 안찰을 받을 날짜가 통보되었다. 삼복더위가 한

창인 7월의 마지막 날이었다. 오늘은 퇴근하지 말고 대기하라는 지시가 떨어졌다. 박필례는 하늘이 노랗게 보이면서 어지러웠다. 그녀는 화장실 벽을 잡고서 하염없이 울었다.

악마 같은 영감과 관계를 갖는다는 게 목숨을 버리기보다 더 싫었다. 그날 남편한테는 일이 많아서 퇴근이 좀 늦겠다고 둘러댔다.

"여보, 그런데 당신 목소리가 왜 그렇게 쳐져 있어? 뭔 일 있어? 평소하고는 많이 다른 것 같은데…"

남편이 이 말을 하자 그녀의 가슴은 송곳으로 콕콕 찌르는 것처럼 따끔거렸다.

밤 9시 넘어서 이층으로 올라오라는 명령이 떨어졌다. 그녀는 뒤꿈치를 살짝 들고 올라갔다. 수전증 걸린 사람처럼 떨리는 손으로 문을 열자 김 교주가 홀딱 벗고 서 있었다. 그의 눈동자는 토끼 눈깔처럼 빨갛게 물들어 있었다. 이건 마약에 취하면 나타나는 전형적인 환각 증상이었다. 그녀는 뒷걸음질로 물러났다.

"어머나! 교주님 이게 무슨 짓이에요?"

"필례야, 나하고 몸을 섞어야 천국에 간다. 어서 옷을 다 벗어라."

"아니 교주님, 십계명에 보면 간음하지 말라, 남의 부인을 탐하지 말라고 되어 있는 건 뭐죠?"

"야, 이년아! 내가 백 번도 더 말했다. 성경은 99.9퍼센트가 가짜야! 예수는 없었어. 있지도 않은 예수를 섬기는 건 허공에 대고 소원을 비는 것과 다를 게 없어."

김 교주의 아랫도리에는 거무스름한 남근이 박필례를 향해 꺼떡거리고 있었다. 그때 김 교주는 그녀를 잡아당기면서 입에다 알약 두 개를 넣었다. 그것은 간장공장에서 염산으로 산분해(酸分解)를 하고 나오는 부산물을 정제하여 만든 필로폰이었다. 그리고서 커다란 손으로 그녀의 입을 꽉 틀어막는 것이었다. 그녀는 그 후로 정신을 잃어버렸다.

시간이 얼마나 흘렀을까. 그녀가 정신을 차리고 보니 아랫도리가 축축했다. 그녀는 상반신을 겨우 옷으로 가리고 너무 분하고 억울해서 소리죽여 울었다. 하나님의 구원을 받겠다고 황금성에 들어온 게 언제였던가. 돈 좀 모으면 이곳을 떠나리라 별렀지만 그 때마다 요런조런 핑계로 돈을 갖다 바치라고 했다. 맘 같아서는 지금 당장이라도 여기서 뛰쳐나가고 싶었다. 하지만 수중에 단칸셋방 하나 얻을 돈조차 없었다. 추석이 코앞에 다가오자 그녀는 더 이상 양심에 가책이 되어 견딜 수가 없었다. 생각다 못한 그녀는 김 교주한테 당한 것을 남편에게 털어놓았다.

"수현이 아빠, 정조를 지키지 못해 죽을죄를 지었어요. 더러운 저에게서 멀리 떨어지세요. 어디 간들 제 입 하나 풀칠을 못하겠어요. 그 대신 애들한테는 엄마가 돈 벌러 갔다고 말해 주세요."

그녀는 무릎을 꿇은 채 두 팔은 바닥을 짚고 눈물을 펑펑 흘리면서 울었다. 남편도 박필례의 두 손을 꼭 잡고서 함께 울었다.

"여보, 당신 잘못은 없어. 김영일, 저 악마새끼가 잘못이지. 언제든 내가 저 백색가면을 홀랑 벗겨주겠어. 그동안 얼마나 괴롭고 겁이 났겠소? 그래도 난 당신을 사랑하오. 우리 지옥 같은 여기에서 빨리 벗어납시다."

"으흑흑…"

"당신이 바람을 피운 게 아니니까 다 용서할게. 김영일 저 새끼의 거짓과 악행을 세상에 알립시다."

두 달 후 이들 부부는 애들이 가을 소풍을 가던 날에 외식을 한다는 핑계를 대고 황금성에서 빠져나갔다. 그들은 양말 한 켤레도 못 갖고 빈 털터리로 나왔다. 막상 나와서 보니 무거운 짐을 벗어버린 듯 후련했다.

그 무렵 김 교주의 섹스 안찰과 관련된 사건들이 연달아 터지기 시작했다. 섹스 안찰을 받았다는 것이 드러나면 그 가정은 어김없이 깨지고 말았다. 가정을 파괴하는 것이 충성심이 강한 신도를 확보하고 돈을 더 뜯어낼 수 있는 방법이기도 했다. 김 교주는 예배 때마다 가정이 필요 없다고 가르쳤다.

"우리가 말끝마다 가정, 가정, 하는데 왜 가정이 필요한 겁니까? 그런 건 하나님께서 오시면 아무 쓸모가 없습니다. 날이 밝으면 등잔불이 필요 없는 것과 같습니다."

김 교주의 몸 안찰로 결혼 4년 차의 한 가정이 두참히 무너진 비극이 일어났다. 변대용 전도사는 4년제 신학대학을 졸업한 인텔리였다. 키도 크고 외모도 훤칠했다. 거기다가 변 전도사 부인은 황금성에서 돋보이는 미인이었다. 변 전도사는 아들 변바울과 변안나 남매를 두고 있었다. 이때 김 교주의 섹스 안찰이 시작되었다.

그는 황금성을 시찰하면서 변 전도사의 부인 김혜진을 눈여겨보게 되었다. 김 교주는 김혜진만 떠올리면 가만히 있던 물건이 벌떡벌떡 일어서는 것이었다. 그때 그녀는 딸을 낳고 아직 몸이 회복되지 않은 상태였다. 김 교주는 변 전도사 부인을 불러내 알사탕 마약을 산후 회복제라고 먹이고 성폭행을 했다. 김 교주는 아기를 낳고 회복이 덜 된 여자들만 골라서 섹스를 하는 변태였다.

김 교주는 변 전도사 부인 김혜진을 계속 농락하려고 변 전도사를 미국에 출장 보내기도 했다. 그 사이에 부인에게 섹스 안찰을 받으라는 지시가 떨어졌다. 남편을 출장 보내놓고 그 틈을 타서 대낮에 섹스 안찰을 받게 한 것이었다.

"하아, 고년 참 보면 볼수록 예쁘단 말이야. 참 맛있게 생겼고, 흐흥…"

처음에 그녀는 김 교주에게 이러지 마시라고 점잖게 말렸다. 또 출산석 달밖에 안 되었다면서 몸을 피했지만 결국 김 교주에게 겁탈당하고 말았다. 그녀는 김 교주 침대에서 엎드려 눈물을 쏟았다. 그날 사건이 난 뒤, 그녀는 정신착란을 일으켰다.

부인은 김 교주한테서 섹스 안찰을 받고부터 성경의 신비사상에 빠져들었다. 예수님이 물 위를 걸었으니까 나도 걸어야 한다는 등 이상증세를 보였다. 어떤 때는 잠을 자다가 벌떡 일어나서 중얼거리는 몽유병 증상도 있었다.

김 교주가 변 전도사 부인에게 섹스 안찰을 더 자주 받으라고 강요하자 변 전도사는 황금성을 떠나버렸다. 김 교주는 변 전도사의 부인을 잊지 못했다. 심지어 김 교주는 변 전도사에게 사람을 보내 부인을 데리고 오라는 협박까지 서슴지 않았다. 그래도 말을 듣지 않자 황금성 직원을 시켜 부인을 납치하라고 지시했다.

어느 날, 최 목사는 신학원에서 변 전도사를 만났다. 만나자마자 주위를 둘러보며 이상한 질문을 하는 것이었다.

"최 목사는 혹시 누가 따라다니지 않아? 요즘 이상한 사람들이 나를 미행하고 있어. 어떤 때는 섬뜩해서 죽겠어."

며칠 후, 최 목사가 삼각산에서 기도를 하고 있는데 후배 목사의 전화를 받았다.

"목사님, 변 전도사가 이사한 지 얼마 안 됐는데 일가족이 다 죽었답니다."

"아니, 그게 무슨 말입니까? 다 죽다니요?"

"정말 이상합니다. 어제도 황금성에서 보낸 남자들이 그 집 주변에서 어슬렁거렸다는 겁니다."

"아이코, 저런! 불쌍한 사람들 같으니, 고성만 그렇게 하더니만…"

경찰은 타살 가능성을 드고 수사를 했지만 가스중독으로 결론을 내렸다. 이런 끔찍한 사고가 나자 김 교주 쪽은 일언반구 반응을 보이지 않았다. 변 전도사 일가족의 죽음을 놓고 이런저런 의혹들이 꼬리를 물었다. 누군가에 의해 살해되었다는 설도 있었다. 또 멀쩡한 주부가 아들을 낳고 정신착란증을 보인 것도 이상하다는 것이었다. 사람들은 이구동성으로 변 전도사 일가족이 비명에 간 것은 타살이라고 수군거렸다.

"변 전도사는 절대 자살할 분이 아닙니다. 수사는 끝났지만 이 죽음에는 뭔가 음모가 있습니다."

그때 예순 초반의 여자가 주변을 둘러보더니 나지막이 한마디 던지는 것이었다.

"변 전도사 부인이 김 교주한테 섹스 안찰을 받고서 이렇게 죽었다는 거야."

그 일이 있고나서 최 목사는 변 전도사 부인의 행방을 찾아보았다. 하지만 그 여자 역시 흔적조차 찾을 수 없었다.

김 교주가 변 전도사 일가족을 제거하라고 지시를 내렸다는 소문이 파다했다. 청부살인 팀을 투입했다는 것이었다. 여러 번의 답사로 그들은 연탄가스 중독으로 위장하여 일가족을 살해하기로 했다. 가스 배출구를 막아서 집으로 배기가스를 역류시켰다. 경찰이 시신을 부검한 결과 사인은 일산화탄소 중독으로 밝혀졌지만 어떻게 해서 가스가 역류하게 되었는지는 끝내 규명하지 못했다.

변 전도사 일가족이 세상을 뜬 지 여섯 달쯤 되었을 저녁 무렵이었다. 최 목사는 황금성 신도 중 한 사람의 전화를 받았다. 그 사람은 황금성의 속사정을 아주 잘 알고 있는 사람이었다. 변 전도사 일가족의 죽음이 너무 안 되어서 전화를 했다는 것이었다.

"변 전도사 일가족을 살해한 범인은 바로 김 교주입니다. 그는 변 전도사의 부인과의 달콤했던 육체적 관계를 잊지 못했습니다. 그래서 부인을 데려가려고 감시하고 추적했습니다. 그런데도 여자가 말을 듣지 않자 제거하기로 한 겁니다. 연탄가스 중독사로 위장된 고의 살인입니다."

전화기를 들고 있던 최 목사는 가깝게 지냈던 변 전도사와 가족들을 떠올리며 깊은 슬픔을 느꼈다.

김 교주의 섹스 안찰은 알음알음으로 차츰 세상에 알려지기 시작했다.

"황금성은 프리섹스를 한다. 쓰리섬도 벌어진다. 딸하고도 성관계를 한다. 소녀들을 집단으로 모아놓고 집단 성행위를 한다."

이런 추문들이 수십 년에 걸쳐 수그러들지 않고 있었다. 또 정권의 실세들이 그 못된 쾌락을 맛보기 위해 비밀리에 황금성으로 찾아든다는 소문도 파다했다. 결국 변 전도사 일가족의 목숨을 앗아간 주범은 섹스 안찰에 미친 김 교주의 짓이었다.

15

사법 마피아가 황금성을 옹위하다

섹스 안찰 문제로 황금성 민심은 흉흉하게 돌아가고 있었다. 김 교주가 40대 여신도에게 섹스 안찰을 주려다가 봉변을 당했다는 소문도 돌고 있었다. 심지어 김 교주는 자기 장모와 처제, 처형까지 섹스 안찰을 주었다는 것이다.

섹스 안찰을 강제로 받은 행정원의 박필례와 주부 이명순은 교주를 성폭행 혐의로 동서지검에 고소했다. 이들은 하나같이 김 교주를 처벌해달라고 여기저기 진정서를 냈다. 그동안 큰 일 없이 밥만 축내던 황금성법무팀장은 신발에 발동기를 단 것처럼 바빠졌다.

이명순은 김 교주의 섹스 안찰을 받은 게 발각되어 이혼당하고 말았다. 설상가상으로 전 남편은 고향마을 언덕배기 소나무에 목을 맨 채로 발견되었다. 박필례는 남편의 용서를 받고 나서 아이들과 외식을 한다는 핑계로 겨우 황금성에서 빠져나왔다.

이들을 비롯하여 14명의 여성들은 함께 서류를 만들어 김 교주를 성폭행 혐의로 검찰에 고발했다. 성폭행을 당하게 되자 저항을 하다가 사망한 한성희의 유족들은 거액의 손해배상 청구를 했다.

"교주 김영일은 돈 많은 유부녀들로 하여금 '몸 안찰'을 받도록 하고 안찰을 한다는 구실로 유부녀를 강제 추행 또는 강간을 한 후 자기가 지금부터 남편이며 타인에게 누설하면 죽인다고 협박하여 강제 추행과 강간을 당한 사람이 말을 못하도록 교묘한 종교적인 방법으로 막는 것을 일삼는 추악하고 악덕한 종교인입니다."

법무 팀은 고소장 사본을 복사해 살펴본 후 김 교주에게 보고했다. 김 교주는 법무팀장에게 일류 변호사들을 선임하라고 지시했다. 그런 와중에도 김 교주의 섹스안찰은 계속되었다. 신도들 중 열에 아홉은 섹스 안찰을 구원의 징표로 여기고 가슴에 간직했다. 자원해서 서너 번씩 김 교주의 품에 안긴 여자도 있었다. 김 교주는 아들을 불러 이렇게 지시했다.

"그 여자들은 아직은 믿음이 부족해서 그렇다. 구원의 날에 나와 성관계를 맺지 않고서는 불의 심판을 피할 수 없을 것이다. 지금부터 너는 억만금을 들여서라도 수사를 하지 못하도록 막아라. 알았느냐."

"예, 그렇게 하겠습니다. 앞으로 섹스 안찰은 어떻게 하죠?"

"일단 소문이 나지 않도록 은밀히 하자. 힘 있을 때 해야 된다."

김 교주는 섹스에 중독되어 있어 충동을 제어할 수가 없었다.

그 사실을 보면서도 참아오던 부인이 고소당했다는 소리에 불만을 늘어놓았다. 처음에는 그것이 하나의 구원의 의식인 줄 알고 그냥 넘겼지만 이제는 그것이 김 교주의 성욕을 채우려는 것이라는 것을 알았다. 부인 차영자가 작심한 듯이 바가지를 긁어댔다.

"아니, 하루에도 수십 번씩 남의 여자를 겁탈하고는 그것이 천국에 가는 티켓이라고 거짓말을 하는 당신은 제일먼저 지옥 불구덩이에 떨어질 거요. 에그, 쓰레기 같은 인간!"

그 순간 김 교주의 눈에서는 섬뜩한 불이 번쩍 튀었다. 김 교주는 몽둥이로 부인을 실성한 사람처럼 두들겨 패기 시작했다.

"뭐, 내가 쓰레기 같은 인간이라고? 쓰레기 하고 같이 사는 너는 누구냐!"

차영자는 이런 저질을 과연 누가 하나님이라고 믿겠는가 싶었다. 그리고는 벌떡 일어나서 당당하게 남편 앞에 마주 섰다. 머리카락을 산발한 그녀의 모습은 공포 영화에나 등장하는 귀신같았다.

"김영일, 이제 거짓말 그만하고 피해자들 앞에 엎드려 사과해. 그리고 황금성 땅이라도 팔아서 보상해 주고 죽어, 이 인간아! 할 짓이 없어서 하나님 팔아서 욕정을 채우느냐?"

"네가 알면 뭘 안다고 주둥이를 나불대냐. 나는 하나님이야. 하나님은 뭐든지 다 할 수 있어!"

그러나 부인은 김 교주 앞으로 바짝 다가섰다.

"하나님 좋아하네. 네가 하나님이라고? 이 정신병자야! 너 이젠 제발 정신 차려. 안 그러면 정신병원에 집어넣겠다."

부인은 이제는 김영일의 불륜행각을 더 이상 참고 살 수가 없었다. 남편의 불륜행각을 모른 체하려 해도 여기저기에서 들려오는 소문에 구역질이 나 더는 견딜 수가 없었다.

밤늦도록 아버지가 부부싸움을 대판 벌이고 있다는 소리를 듣고 철구는 일층에서 대기하였다. 여차하면 뛰어 올라가서 말릴 참이었다.

"그래, 나를 죽여라! 나를 죽이고 간부들 부인을 원 없이 따먹어라. 이 저주받을 인간아! 나부터 죽여라! 김영일 너 개만도 못한 놈이 기도한다고 두 손을 모으냐?"

이상하게도 아버지 목소리가 들리지 않았다.

그는 헐레벌떡 이층으로 뛰어 올라갔다. 문에 귀를 바짝 대고 엿들었다.

방에서는 새어머니 목소리만 들릴 뿐 아버지의 숨소리도 들을 수가 없었다. 문의 손잡이를 살짝 돌렸더니 문이 열렸다. 반 뼘 정도 열고 안을 들여다보았다. 바닥에는 종이가 하얗게 널려 있었다. 특히 아버지 주위에 종이가 더 많았다. 그 위에 아버지가 무릎을 꿇고 있었다.

새어머니는 남편을 내려다보면서 욕을 바락바락 퍼부어대고 있었다.

"아니, 기집 년들 씹이 그렇게 좋으면 오입이나 실컷 하면서 살지 뭐 하러 나하고 결혼했어? 빈 깡통이 쓰레기통에 들어가는 게 그렇게 짜릿했냐? 이 나쁜 개새끼야!"

김 교주는 묵묵부답으로 고개를 숙이고 있었다.

"이 색마 남창아! 고소장을 읽을 테니 귀가 있으면 들어보라고."

새어머니는 박필례가 쓴 고소장을 집어 들더니 처음부터 읽기 시작하였다.

"어느 날 김 교주가 나더러 섹스 안찰을 받을 준비를 하라는 연락이 왔습니다. 설마 그 추악한 범죄가 나에게까지 미칠 줄은 꿈에도 몰랐습니다. 나는 밤중에 도망을 가고 싶었습니다. 밤 10시가 넘어 김 교주가 올라오라는 지시가 떨어졌습니다. 김 교주는 나를 보자마자 브래지어를 벗겼습니다. 내가 움찔하자 젖꼭지에 혀를 갖다 대고 빨았습니다. 그러면서 왼손은 제 사타구니로 향했습니다. 제 사타구니는 나를 키워주신 어머니와 남편 말고는 누구도 침범한 적이 없는 성역이었습니다."

그녀는 황금성에서는 형복이 오고 영원히 살게 될 것으로 믿고 따랐던 것이다. 이렇게 참혹한 능욕을 당하고 보니 당장이라도 죽고 싶었다고 덧붙였다.

새어머니는 편지를 읽다 말고 쌍욕을 해댔지만 김 교주는 미동도 하지 않고 있었다.

"야, 김영일 이놈! 너 들었어? 이건 인간도 해서는 안 되는 짓인데 자칭 하나님이라는 작자가 할 짓이냐? 이게 뭔지 알기나 해? 고소장에 붙은 자술서야. 이 개만도 못한 악마 마귀야!"

박필례는 자신이 당한 것을 공개한다는 것이 부끄러웠지만 김 교주의 패륜행위를 깨알같이 적어서 검찰에 제출했다. 그녀는 검찰 조사를 받으면서 눈물을 펑펑 쏟았다. 그런데도 검찰은 한 번도 김 교주를 소환하거나 서면조사조차 하지 않았다.

피해자와 그들 보호자들은 검찰총장에게 수차례 호소문을 보냈지만 역시 함흥차사(咸興差使)였다. 또 청와대에 탄원서를 들고 가도 돌아가 기다리면 연락을 주겠다고 해놓고 소식이 없었다. 그럭저럭 정권이 교체되면서 사건은 흐지부지 되어버렸다.

일심 재판은 변호사만 참석한 채 진행되는 듯 하더니 김 교주에게 무혐의가 떨어졌다. 심리했지만 원고들이 주장하는 범죄 사실을 찾을 수 없다는 것이었다.

법무장관을 막 퇴임한 김길동 변호사를 선임하여 방어한 덕분이었다.

김 변호사는 100억대의 수임료를 받았는데 그 돈 가운데 대부분은 피해 여성들에게서 받은 섹스 안찰료였다.

또 다른 피해자 박수경은 담당검사에게 피 끓는 호소문을 써서 내용증명으로 보냈다. 담당검사 이학영은 김 교주의 섹스 안찰을 빙자한 성폭행은 종교적이고 은밀히 이루어진 일이므로 법률적 처리가 불가하며 일반 정서에서는 이해하기 곤란하다면서 증거불충분으로 기각했다.

"김 교주를 순수한 하나님의 종으로 신봉해 왔고 지난 10년간 그의 말은 진리요 법인 줄로 알고 살아왔습니다. 제가 김 교주를 고소한 뒤부터 황금성 신도들은 제게 온갖 욕설과 협박을 일삼고 있습니다. 그러면서 한다는 말이, '하나님이 사랑의 죄를 씻어주려고 몸을 요구하면 100번을 드려도 아까울 게 뭐 있는가? 손으로 배를 문지르면 배 속에 있는 죄가 여성의 성기 속으로 피하기 때문에 하나님과 섹스를 하지 않으면 죄를 씻을 수 없다'는 것이었습니다."

김길동 변호사는 황금성의 초(超)호화 아지트가 있는 호도로 향하고 있었다. 이미 검사들이 먼저 도착해서 술판을 벌이고 있었다. 그는 이번 사건을 수임하면서 다른 사건에 비해 어깨가 무거웠다. 그는 단독주택에 차를 세워놓고 비밀통로를 거쳐 아지트로 들어갔다.

동서지검 현 검사는 벌써 몇 잔을 마셨는지 이미 얼굴이 살구꽃처럼 붉게 물들어 있었다. 현 검사는 김 변호사가 법무장관으로 있을 때 승진 혜택을 입은 처지였다.

김 변호사가 들어가자 현 검사는 술기운 때문인지 약간 비틀거리면서 일어섰다.

"김 변호사님, 오랜만입니다. 잘 지내셨나요?"

"아이고, 이게 얼마만입니까? 이런 인연으로 만나게 되다니 오래 살고 볼 일입니다."

"어디 멀리 못 갔습니다. 허허허…"

김 변호사는 윗도리를 벗더니 편하게 앉았다. 그러자 바로 폭탄주가 돌았다. 서로가 부담 없게 말을 할 수 있게 되었다. 김 변호사가 폭탄주 원 샷을 제안했다. 구호는 '우리는 하나다!'로 정했다.

김 변호사가 선창으로 '우리는!'하고 외치자 현 검사와 김철구 회장이 '하나다!'를 이어서 외쳤다.

어느 정도 술이 들어가서 배짱이 두둑해진 김 변호사가 입을 열었다.

"현 검사, 이번 사건은 대승적인 입장에서 봐주셨으면 좋겠습니다. 피해자들이 주장하는 이번 사건이 공개될 경우 그 파장이 만만치 않을 것으로 보입니다. 뭔가 특단의 조치가 필요하다고 생각합니다."

그때까지 침묵을 지키며 보고만 있던 김철구 회장이 '종교의식의 순수성'이라는 그럴듯한 변명을 늘어놓기 시작했다. 세 사람들은 김 교주가 섹스 안찰을 하면서 마약까지 복용하고 있다는 것을 다 알고 있었다.

"지금이 어느 땐데 그런 일이 있겠습니까? 피해자들의 일방적인 주장을 듣고 수사를 해서는 안 됩니다. 그건 다 소설입니다. 일고의 가치도 없습니다."

그러자 현 검사가 입을 열었다. 술을 많이 마셔서 혀는 꼬부라졌지만 머리는 제대로 돌아가는 것 같았다.

"고민이 무척 깊습니다. 피해자들의 주장을 완전히 깔아뭉갤 수는 없습니다. 일단 수사는 해야 합니다. 여기서 김 교주를 소환하는 게 문제입니다. 그러면 이 문제의 파장이 걷잡을 수 없게 됩니다."
 이때 김 변호사가 한 가지 대안을 추천했다.
 "김 교주를 소환해서 조사를 하되 다른 혐의로 위장하여 소환하는 걸로 하면 어떨까요? 이를 테면 배임이나 탈세로 말이죠."
 이 제안을 듣고서 현 검사의 칡뿌리처럼 굳어 있던 얼굴이 근육이완 주사라도 맞은 것처럼 풀렸다.
 "알겠습니다. 이건 제가 이렇다 저렇다 말할 수 있는 처지가 안 됩니다. 비선으로 보고를 올려야 합니다. 좋은 결과가 나올 것으로 확신합니다. 이 사건이 확산되면 정계로 불똥이 튈 수 있습니다."
 그 시간에 단독주택 앞에 세워둔 현 검사의 트렁크에는 인쇄물처럼 위장한 돈 뭉치가 꽉 차게 실렸다. 이 사실은 곧바로 파티장에 있는 김 변호사에게 알려졌다. 김 변호사는 악수하면서 그 내용을 적은 종이를 건넨다.
 "트렁크를 고치십시오."
 쪽지를 펴 본 현 검사는 빙긋이 미소를 지었다.
 서진호 대통령은 김 교주의 성폭행 사실을 보고받고서 당혹감을 금치 못하고 있었다. 김 교주가 섹스 안찰로 말썽을 일으키고 있다는 것을 수시로 보고받아서 알고는 있었다. 그러나 그는 지난 대선에서 차떼기로 큰돈을 보내준 인물이기 때문에 어떻게 해야 할지 결정을 내릴 수가 없었다. 어디 그뿐인가. 황금성의 전국 신도들의 표까지 몰아주지 않았던가.
 38만이라는 아슬아슬한 표차로 판가름이 난 선거에서 수레바퀴 자국 안에 목말라 죽어가는 물고기가 비를 만난 형국이었다.

한 달 후 지방지 동부신문 한 귀퉁이에는 황금성 김 교주와 관련된 기사 한 줄이 떴다.

"검찰, 황금성 김영일 교주, 수천억 원 역외탈세 혐의로 소환 조사 조율 중"

여기서 조율이라는 단어가 참 미묘한 분위기를 자아내고 있었다. 조사를 하면 하는 것이지, 조사를 조율한다는 것은 보나마나 뻔한 것이었다.

이 기사가 나가자 황금성 김종해 사장은 거금을 차에 싣고 해안가 도로를 달려 100평이 넘는 빌라 지하주차장으로 들어갔다.

중앙지들은 일개 신문 같지도 않은 지방지에 그런 기사가 뜨자 메이저 신문의 자존심 문제라면서 끝까지 외면해 버렸다.

그 후 김 교주의 섹스 안찰 사건은 모두 증거불충분으로 무혐의 처리되었다. 김 교주한테 성폭행을 당한 피해자들은 피를 토하면서 절규했지만 황금성의 금품 공세에 묻혀 보도조차 되지 않았다.

황금성이 언론사에 뿌린 그 검은 돈에는 김영일 교주의 체액에서 나오는 역겨운 냄새가 신문 잉크처럼 배어 있었다.

16

아버지의 여인들을 범하다

중학교 2학년 때부터 여성을 경험한 김철구 회장은 타고난 듯 일취월장 하였다. 아버지나 형처럼 대놓고 하지는 않았지만 그의 섹스 행각은 마약과 함께 멈출 줄을 모르고 이어졌다. 그는 아버지에게 여자를 공급하면서 괜찮은 여자만 골라 따로 챙겼다.

김 교주의 마지막 10년은 피가름이라고 알려진 성폭행의 난장판이었다. 숫처녀들을 모아 놓고 성상납을 하는 중생원은 타락의 도시 폼페이를 능가하고 있었다. 태어나서 한 번도 아버지 김 교주 곁을 떠나지 않고 황금성을 지켰던 둘째 김철구 회장은 황금성 재산을 독차지하려는 음모를 차곡차곡 준비하고 있었다.

그 첫 번째 작업은 아버지를 자연사(自然死)로 위장하여 제거하는 일이었다. 김 교주는 예순 살부터 추악한 변태 성욕자가 되었다. 하루도 유부녀들과 성관계를 하지 않으면 지옥의 사자 케로베로스처럼 울분을 토해내는 것이었다. 철구는 그런 아버지에게 여자들을 갖다 바쳤다. 그렇게 아버지의 정력을 빨리 고갈시켜 죽게 만들려는 동작의 하나였다. 아버지가 빨리 죽어야 소리 소문 없이 재산을 독차지할 수 있기 때문이다. 설불리 대처했다가는 형에게 후계자는 물론 재산마저 빼앗길 수 있다는 초조감이 앞섰다. 철구는 아버지를 보살피고 있는 세 여자를 자기편으로 포섭했다.

간호사 신동렬은 김 교주에게 매일 마약을 투여해 주었다. 그는 마약 없이는 할 수 있는 게 아무것도 없었다. 재정담당 박선자는 금고 열쇠를 관리하면서 출납을 맡았다. 이계숙은 하루 종일 김 교주 곁에서 수발을 드는 수행 비서였다. 김 회장은 이들 세 여자를 통해서 아버지의 동태를 꿰고 있었다. 마약과 섹스로 정신이 희미해지긴 했으나 만만히 보고 미움을 사기라도 하는 날이면 후계자의 꿈은 날아가게 되기 때문이다.

그는 나른한 봄날 오후 신동렬을 자기 집무실로 불렀다. 조금 후 모습을 드러낸 26살 신동렬은 외모에 물이 한창 올라 있었다. 철구는 아버지가 피가름이라는 종교의식으로 관계를 맺고 있다는 것을 알면서도 신동렬을 정복하기로 작정했다. 집무실 오른쪽에 침대와 욕실이 마련된 비밀공간이 따로 마련되어 있었다. 그녀는 생글생글 웃으면서 집무실 안으로 들어왔다.

"회장님, 안녕하세요? 저를 부르셨어요?"

"응… 그래. 거기 의자에 앉아서 잠깐만 기다려라. 지금 광주에서 자금을 지원하겠다는 연락을 받고 있다."

서류에 결재를 하면서 동렬을 힐끗힐끗 쳐다보니 갑자기 성욕이 요동을 치는 것이었다.

그는 하던 일을 멈추고 그녀의 앞가슴을 뚫어져라 쳐다보았다.

"동렬아, 아버지 모시느라고 힘들지 않아?"

"아뇨. 회장님 아버님은 하나님이시고 하나님을 거치지 않고서는 구원을 받을 수 없다고 믿고 있어요. 그러니까 하루하루가 기쁨으로 충만합니다."

"그래, 동렬이는 믿음으로 충만하구나."

그녀의 마치 북한 여자들처럼 복종하는 태도와 말씨를 들으면서 철구는 배시시 웃었다.

"동렬아, 이리 가까이 와 봐. 할 얘기가 있어."

동렬은 아무 생각 없이 철구에게 다가갔다. 철구는 동렬이의 손을 잡더니 뭔가 말할 게 있다는 표정으로 올려다보았다. 이때 동렬은 철구의 시선이 뭘 의미하는지 금방 알아차렸다. 하지만 회장의 아버지하고 3시간 전에 관계를 가졌는데 그 아들하고 또 관계를 갖는다는 것은 도저히 용납할 수 없었다.

"동렬아! 아버지가 가시면 내가 하나님이 되는 거야. 그때부터 나를 통하지 않고서는 천국에 갈 수 없어."

"회장님, 우리 하나님은 절대 돌아가시지 않을 겁니다. 3천 년을 사실 겁니다. 그러고서 천국으로 올라가시게 됩니다."

동렬은 김 교주의 설교에 빨려 들어가 세뇌가 거의 다 되어 있었다. 철구는 분출하는 욕정을 도저히 주체할 수가 없었다. 동렬의 스커트를 걷어 올렸다. 그러자 동렬이가 털썩 주저앉는 것이었다. 그렇다고 여기서 그만둘 김 회장이 아니었다. 그는 자리에서 일어났다. 100킬로그램이 넘는 거구의 몸으로 동렬을 덥석 들어올렸다. 그녀의 몸은 아주 가볍게 철구의 가슴에 안겼다. 동렬이는 놀라고 당황해서 버둥거리면서 외쳤다.

"회장님, 조금 전 아버님과 관계를 가졌습니다. 이러시면 안 됩니다."

"이년아! 앙탈은 그만 부려라. 그런다고 내가 그만 둘 것 같으냐? 아버지는 아버지고 나는 나다. 어디 그거 한 번 한다고 해서 뭐가 문제가 되냐. 조용히 해라. 아무리 소리를 질러봤자 너를 구해줄 사람은 여기에는 없다."

"회장님, 인륜이란 게 있습니다."

"피가름이란 부자든 부녀든 하면 할수록 구원이 확실하게 이루어지는 것이다."

철구는 동렬을 옆에 있는 침실로 안고 들어가서 침대에 뉘었다.

"10분을 줄 테니 아래를 씻고 기다려라. 안 그러면 여기서 살아서 나갈 수 없을 것이다."

"흑흑흑… 회장님, 저는 창녀가 아닙니다. 몸 파는 저질의 여자가 아닙니다. 비록 김 교주님을 모시다가 이렇게 되었지만 아드님이신 회장님에게 몸을 드릴 수는 없습니다."

그녀는 몸을 씻을 생각을 안 하고 울고만 있었다. 이렇게 비참한 일을 당하고 보니 등골에서 식은땀이 흘렀다.

그 동안 황금성으로 함께 들어왔던 언니들과 친구들이 쥐도 새도 모르게 사라진 게 한 두 명이 아니었다. 그녀는 눈물을 흘리면서 옷을 벗고 샤워실로 들어갔다. 그때 샤워꼭지를 올려다보았다. 저기다 목을 매면 몇 분 안이면 생이 끝날 것만 같았다. 샤워기를 들었지만 눈물이 물방울처럼 뚝뚝 떨어졌다. 시골에 계신 아버지께는 7년 째 연락을 못 드려서 생존해 계신지 돌아가셨는지도 알 수가 없었다. 김 교주는 가족을 버려야 구원을 받을 수 있다면서 일체 연락을 못하게 막았다. 아무리 구원도 좋지만 나를 낳아준 아버지 얼굴을 한번이라도 보고 죽어야겠다는 마음에서 하는 수 없이 물을 틀었다.

그때 문이 열리고 김 회장이 들어왔다.

"이제 10분을 주었으니 이제 준비가 다 되었겠지?"

고개를 돌려보니 김 회장이 알몸으로 서있었다. 그의 남성은 빳빳해져서 건들거리고 있었다. 아들의 거시기는 아버지 김 교주의 그것을 그대로 빼다 박은 것 같았다. 김 회장은 동렬의 몸을 잡고 침대로 번쩍 들어서 눕혔다. 동렬의 몸에 묻은 물방울을 그는 혀로 핥아 주었다.

마치 서부영화에 나오는 들소처럼 그는 히잇 하는 소리를 내면서 위에서 내리눌러대기 시작했다. 동렬은 김 회장이 무슨 짓을 하든지 사창가의 여자들처럼 이를 앙다문 채 천장만 쳐다보고 있었다. 그때 김 회장이 동렬의 입에다가 알약을 하나 넣어주었다. 김 교주가 넣어주는 약하고는 약간 다른 것이었다. 그것이 입 안에서 약간 시큼한 맛을 느낄 때쯤 되자 도저히 참을 수가 없었다.

이렇게 부자에게 몸을 허락하고 보니 모든 희망이 다 사라진 것처럼 암담했다. 욕정을 다 채운 김 회장이 거친 숨을 몰아쉬면서 입을 열었다.

"동렬아, 이렇게 해야 하나님 나라에 들어갈 수 있는 거야. 이런 몸 안찰은 자주 받고 사람을 가리지 않아야 구원에 이르게 된다. 오늘부터 늙은 아버지 안찰보다 내 안찰의 효험이 훨씬 크니까 자주 받아야 한다."

그녀의 눈동자는 벌겋게 충혈 되어 있었다. 철구는 미리 준비한 봉투 하나를 동렬에게 건네었다. 그건 일종의 화대였다. 동렬은 그걸 쳐다보지도 않고 밖으로 나가버렸다.

치밀하게 여자들을 챙기던 김 회장은 점차 대담해졌고 동렬을 취하고부터 더욱 여자들을 밝혔다. 마음에 들면 유부녀든 처녀든 가리지 않고 취하는 버릇은 아버지를 빼다 박았다.

김 교주도 소식을 들어 알고 있었다. 철구가 요 근래 대놓고 여자를 불러댄다는 말을 듣고 큰 아들처럼 사고를 칠까 싶어 걱정스러웠다. 그의 걱정처럼 김 회장이 한 여인을 두고 아버지와 아들이 서로 좋아하는 기괴한 현상이 벌어졌다. 그렇다고 대놓고 아버지 것이니 넘보지 말라고 할 수도 없었다. 김 교주는 아들이 그 여자를 건드린 줄 알고 부아가 치밀었지만 어쩔 수가 없었다. 자기의 섹스 안찰을 거룩한 전례(前例)이지 섹스가 아니라고 말해왔기 때문이었다.

17

정관을 바꿔 재산을 가로채다

 김 교주는 남의 시선은 아랑곳없이 자기가 3천 살 먹은 하나님이라고 선포했다. 이를 두고 주변에서는 '늙어서 치매에 걸렸다'는 소문에서부터 '영웅 심리' 현상의 하나라는 등 말이 많았다.
 세상 사람들은 겉으로 드러난 비행만을 보고 있었다. 마치 달을 가리키는 손가락만 쳐다보는 격이었다. 부자가 한 여자를 두고 좋아하는 것이나 종교적 의식 같은 것만 보는 것이다. 실제로 그들의 문제는 사후재산 상속을 누가 하느냐 였다.
 김 교주의 건강은 하루가 다르게 나빠지고 있었다. 김 교주는 종교적인 사술(邪術)로 신도들의 돈을 거두어들여 거대한 부를 일궈냈다. 그는 경영난이 닥치면 종말이 가까왔다고 선동했다. 지구가 머지않아 끝나는데 부부가, 자식이, 재산이 왜 필요하냐며 소리쳤다. 그런 방법으로 그러모은 재산은 명동 땅 3천 평, 대치동 2만여 평, 강남역 부근 5만 평 등 금싸라기 땅, 건물 등 수백조가 넘었다. 그러면서 김 교주는 설교 시간에 입만 열면 말세가 다가왔으니 전 재산을 하나님께 다 바치라고 열변을 토했다.

그는 당장 눈앞에 이익을 보는 것이 아니라 수십 년을 내다보고 투자를 해왔다. 전문가의 뺨을 후려칠 정도로 수완이 뛰어나고 정부의 개발정보를 알아내 돈이 될 만한 데를 미리 사두었다. 그래서 김 교주 뒤를 따라다니면서 땅을 사면 일확천금을 벌 수 있다는 말들이 돌았다.

황금성 기업에서 나온 이익금은 거의 다 부동산을 사들이는 데 쓰였다. 황금성은 전국 900개 지역에 교회를 두고 있었다. 그것이 어느 순간부터 말썽을 부렸다. 김 고주가 기존 교단에서 이탈하면서 소유권이 공중에 떠버린 것이다. 사실대로 말하면, 교회의 주인은 이탈 전 신도들의 재산이었다. 이 재산의 소유주를 황금성으로 변경하려고 10년 넘게 전문집단을 통해 노력했지만 문화부로부터 그때마다 반려됐다. 김 교주는 아들을 급히 불렀다. 김철구는 급한 일이라도 생겼는지 겁을 내며 바로 뛰어 들어왔다.

"아버지 무슨 일이십니까?"

"거기 앉아라. 이제 내가 살면 얼마나 살겠느냐. 이제 재산 정리를 해야겠는데 900개 교회가 문제다. 소유권자 명칭을 바꾸지 않으면 나중에 일이 복잡하게 꼬인다. 관계 부서는 안 바꿔 줄 것 같으니 네가 나서서 방법을 찾아야겠다."

"아버지, 저도 할 수 있는 방법은 다 동원하고 있어요."

"그런데 무엇이 안 되느냐?"

그는 문화부가 지적하는 내용들을 차마 아버지한테 다 꺼내놓을 수가 없었다.

"아버지, 우리 황금성이 정통교단에서 벗어났기 때문에 부동산 소유권자를 황금성으로 변경하는 것은 불가능하다고 합니다."

김 교주는 신문을 둘둘 말더니 아들의 머리를 몇 차례나 내리치는 것이었다. 아프다기보다 이런 수모는 일찍이 당해 본 적이 없었다.

"아니 아버지, 제가 뭘 잘못했다고 갑자기 때리십니까?"

"이놈아, 내가 그렇게 가르쳤더냐, 엉? 불가능한 것을 가능하게 해야 후계자가 될 수 있지, 안 된다고 팔짱만 끼고 있으면 누가 해준다더냐? 안 되면 돈을 뿌리든지 술과 여자를 붙이든지 약을 멕이든 어떻든 되도록 해야지 팔짱만 끼고 있으면 감이 네 입으로 뚝 떨어지냐?"

"……"

기습적으로 아버지한테 몇 대 연거푸 얻어맞고 보니 정신이 알알하면서 기분이 엉망으로 구겨졌다. 아버지가 죽으면 후계 서열 영순위인데 이렇게 얻어맞다니, 정말 황당했다.

"아버지, 저 이제 고등학생이 아닙니다. 이제부턴 이렇게 때리지 마세요."

"알았다. 맞지 않도록 일을 제대로 처리해라. 그럼 내려갔다가 부르면 다시 올라 와라."

"아버지, 이제부터 정신을 바짝 차리고 처리하겠습니다."

김철구는 대답을 그렇게 하면서도 투덜거리며 집무실로 돌아왔다. 전략실장을 불러 다시 작전을 짜야 할 판이었다. 며칠 후 그는 문화부를 직접 방문하기로 했다. 먼저 약속해둔 종교국장을 만나서 소유권을 행사할 수 있게 명칭을 바꾸는 문제를 문의했다. 미리 청을 넣었으므로 미소로 대해주었다.

"잘 좀 풀어봐 주십시오."

그는 흘끗 가방을 향해 눈짓을 하며 정중하게 간청하는 말을 잊지 않았다. 가방에는 돈이 두둑하게 넣어져 있었다.

"국장님, 우리 황금성은 더 이상 이단이 아닙니다."

"그래요? 그러면 십자가 대신에 있는 그 칭칭 감겨져있는 뱀 모양은 뭐죠?"

"그것은 나무입니다. 성경에 보면 나무는 예수님을 가리킵니다. 그 나무는 하나님의 계시를 알리는 상징물입니다."

"아니, 그러면 예수가 십자가에 못 박히지 않았다는 겁니까? 십자가를 부정하면 기독교가 아니죠. 안 그래요?"

"……"

"어디 할 말이 있으면 맘대로 해보세요."

김철구는 종교국장이 조목조목 지적하는 말에 뭐라고 마땅히 대꾸할 말이 없었는지 머리만 긁적거리고 있었다. 독실한 기독교 신자인 종교국장은 계속 말을 이어갔다.

"또 김 교주가 3천 살 먹은 하나님이라고 하는 거나 예수는 가짜고 자기가 진짜라고 하는 교리는 도대체 뭡니까? 참 제 입에 올리기 거북스런 얘긴데 김 교주가 하는 안찰이 문제가 되고 있다죠? 이런 여러 가지 문제 때문에 종교단체법에 저촉되어 변경이 불가능합니다."

"국장님, 재단 명칭을 못 바꾸니까 재산권을 행사할 수 있는 길이 꽉 막혔습니다."

"재산권 행사는 우리 부 소관이 아니라 제가 더 이상 드릴 얘기가 없습니다."

"여기 수고비가 있습니다."

"이봐요, 당신! 나는 그렇게 신도들을 쥐어짜서 만든 돈은 받지 않습니다. 어서 집어넣으세요."

"국장님, 아닙니다. 다른 부서는 잘 받고 업무를 처리해 주십니다."

"예? 그게 무슨 말입니까? 그러면 그런 부서에 돈을 갖다 주고 청탁하세요. 저는 추문에 휩싸인 돈은 받기 싫습니다. 저는 단 돈 일 원도 안 받습니다."

그는 바늘로 찔러도 피 한 방울 안 나올 정도로 냉정한 원칙주의자였다. 문화부는 그것을 변칙으로 처리했다가 재산권 분쟁을 야기하기 싫었던 것이다. 문화부 장관도 김 교주의 추문을 이미 파악하고 있었다. 문화부 역시 김 교주의 섹스 안찰로 가정이 파탄 난 피해자 가족들이 보낸 탄원서만도 수백 통을 접수했다. 그렇게 사람을 시켜 면담을 했지만 또 헛걸음을 했다. 이렇게 질질 끌다가는 법인 명칭이 이대로 굳어지면 재산 문제가 복잡하게 꼬여 절반 이상이 사라질 수도 있게 된다. 갑자기 두려운 생각에 몸서리가 쳐졌다. 그때 황금성 고문변호사인 권 변호사한테서 전화가 왔다.

"회장님, 여긴 권 변호삽니다. 지금 어디 계십니까?"

"이곳이 어디지? 가만있자, 이 기사, 여기가 어디야?"

"회장님, 조금 전 경부선 안성휴게소를 지났습니다."

"아, 지금 경부고속도로 안성휴게소를 막 지났다고 합니다."

"저는 지금 광주에 있습니다. 회장님, 오늘 꼭 광주에 들렀다 가시면 안 될까요?"

"뭐, 안 될 거야 없지만 오늘 헛걸음질을 하는 바람에 기운도 좀 빠지고…"

"회장님, 오늘 여기 오시면 재단 문제가 술술 풀리게 될 것 같습니다. 꼭 오십시오. 잘 될 겁니다."

"오호, 그래요? 그러면 그쪽으로 갈게요. 지금부터 2시간 정도면 도착할 겁니다."

"네, 광주 요금소에서 대기하고 있겠습니다. 거기서 봅시다."

김 회장은 권 변호사의 귀띔을 듣고 기분이 한결 좋아졌다. 광주 요금소에서 대기하고 있던 벤츠가 김 회장의 롤스로이스를 인도했다. 그 차는 만성 화원을 거쳐 산속의 빌라 촌으로 들어갔다. 빌라 앞에 이르자 권 변호사가 나와서 김 회장을 기다리고 있었다. 그 옆에는 국산차 중에서 제일 비싼 E차 한 대가 서 있었다. 번호판에 1이 네 개가 나란히 있는 것으로 봐서 정부쪽 사람의 차 같았다.

김 회장이 내리자 권 변호사가 다가와 귀엣말로 말했다.

"오늘 조말석 특보를 모셨습니다. 현 정권의 황태자로 불리시는 분입니다."

"아니? 어떻게 그렇게 높으신 분을 다 모셨어요?"

"회장님, 일을 마무리하려면 이런 분의 지원이라야 하죠. 그 대신 저쪽은 반대로 실탄이 많이 필요합니다. 양쪽이 서로 궁합이 맞아야 일이 성사되는 법 아니겠습니까?"

그 말에 김 회장은 잠시 멈칫했다. 가려운 곳을 긁을 줄 아는 권 변호사가 대견스러우면서도 섬득했다.

"오늘 결론이 날 수 있도록 대통령의 오른팔에게 사전 정지 작업을 다 해두었습니다. 이제 서진호 정권도 8개월밖에 남지 않았습니다. 조건만 맞으면 퇴임 전에 전격적으로 변경해 주기로 확답을 받아두었습니다.

그는 아주 가냘픈 듯 한 모기 목소리로 보고했다. 그는 권 변호사의 안내로 밀실로 들어갔다. 거기에는 당시 하늘을 나는 새도 떨어뜨린다는 실세 중의 실세인 조말석 특보가 떡 하니 앉아 있었다. 김 회장은 권 변호사가 알려준 대로 정중하게 예의를 표시했다. 그는 현 정권의 황태자답게 위엄어린 미소를 지었다.

"이렇게 높으신 분을 뵙게 되어 큰 영광입니다. 전혀 기대하지 않았는데 여기까지 와주시니 일이 잘 풀릴 것 같다는 희망이 느껴집니다."

그는 떡 줄 놈은 생각도 않고 있는데 김칫국부터 마시는 꼴이었다. 그러면서 황태자를 올려다보면서 무슨 말을 할까 하고 기다렸다.

"저도 이렇게 종교계에서 존경을 받고 있는 김 회장님을 만나니 기쁘고 앞으로도 유대관계를 돈독하게 맺어 갔으면 합니다."

"그러시면 저에게는 더 없는 응원군이 되는 셈이죠."

"오늘 긴 얘기 할 것 없이 민원문제를 해결하는 쪽으로 얘기를 하시죠."

"예, 사실은요, 저희가 전국에 900여 개의 교회를 갖고 있습니다. 그걸 우리 재단 명칭으로 이전을 해야 합니다."

"현재 상황은 어떻습니까?"

"오늘도 문화부에 들어가서 종교국장에게 재단명칭을 변경하게 정관변경을 허가해 달라고 간청하고 왔습니다. 그런데 요지부동입니다."

"그렇군요. 종교국장은 제 고등학교 7년 후배입니다. 국장 선에서는 원칙대로 할 수밖에 없습니다. 그건 이해하셔야 합니다."

"그러시면 조건을 말씀해 주시면 맞춰 드리겠습니다."

"내일이라도 조건을 이행하면 바로 조치하겠습니다."

"그럼 어떻게…."

"현재 900개 종교시설의 가격을 어림잡아 계산해도 5조원이 넘습니다. 해동시의 경우 워낙 위치가 알토란이어서 땅값만 2천억이 넘습니다. 1천억이 넘는 땅만 스무 군데가 넘습니다. 김 교주님은 구원사업을 하시는 중에 땅 장사도 기가 막히게 잘 하셨습니다."

"재단명칭을 변경해 주시는 조건으로 어떻게 해드리면…."

"전부 매각한다는 전제 하에 20퍼센트를 주십시오. 변호사비는 별도로 계산하시는 겁니다."

"좋습니다. 그렇게 하겠습니다. 장관님께서 법조계에 오래 몸담고 계셨으니까 우리 변호사에게 지시를 하시면 그대로 수행하겠습니다."

"오늘 약속의 의미로 100억을 준비해 갖고 왔습니다."

"참, 김 회장님! 이건 영수증도 차입증도 없는 신뢰의 거래라는 것은 알고 계시죠?"

"그럼요. 알다마다요."

광주에 있는 프리모 호텔 특실에서 조말석 특보와 권 변호사가 조그만 탁자를 가운데 놓고 뭔가를 숙의하고 있었다. 권 변호사가 먼저 말을 꺼냈다.

"장관님, 문제는 이 돈을 어디로 넣느냐는 것입니다. 밤새 생각을 해보았지만 워낙 덩치가 커서 답이 안 나옵니다."

"그 점은 저도 마찬가지입니다. 원칙은 하나입니다. 잘게 쪼개서 분산하여 차명으로 처리해야 합니다."

"그러면 혹시 차명계좌를 발행하는 데 협조할 지인들은 있습니까?"

"그것도 몇 사람을 빼고는 믿음이 안 간다는 것입니다. 현재로는 5명 정도가 있습니다. 가까운 친인척은 안 되기 때문에 힘이 듭니다."

"장관님, 이제 정권도 얼마 남지 않았기 때문에 뒷일도 고려해야 합니다."

"허허허… 권 변호사도 보통내기가 아니십니다. 그건 통치자금으로 그쪽에 전달될 것입니다. 그건 입막음용이지요. 문제는 어떤 경우라도 황금성에서 나온 자금이라는 것이 드러나면 다 죽습니다."

그때 권 변호사가 까만 가방에서 수첩을 꺼내더니 조 장관 앞에다 펼쳐놓았다. 그의 얼굴은 브론즈 동상처럼 굳어져 있었다. 이건 범죄를 저지르는 범의가 있기 때문이다.

"여기 보십시오, 황금성은 미국과 일본, 호주에 교회가 있습니다. 또 거기에 지사가 있어서 돈이 수시로 오가고 있습니다."

"그러면 제가 아는 후배가 미국에서 재벌기업을 상대로 돈세탁을 해주는 특수목적 법인을 운영하고 있습니다. 이쪽으로 3천억은 보낼 수 있을까요?"

"그건 어렵지는 않습니다. 다만, 여러 차례 나눠서 정상적인 거래로 위장해서 보내야 하니까 시간이 걸립니다. 그런데 한 가지 골치 아픈 일이 있는데 그것도 함께 처리해야겠는데요. 얼마 전 우정 경찰서 관할에서 김영선이란 여자가 변사체로 발견된 사건이 있습니다. 경찰서가 수사를 하던 중, 황금성의 간부로 지냈던 서태형이란 인간을 불러 우리 황금성 측에서 살해 한 것 같다는 거짓진술을 얻어 내었다는 정보입니다. 그 일도 처리 해 주시면 지급으로 곧장 3천억을 보내드리겠습니다."

"알겠습니다. 그 변사체 사건은 보너스로 막아 드리죠. 재단 명칭은 최

종적으로 금액이 정리되는 순간 바꿔드리겠습니다. 앞으로 7개월 안에 마무리가 되어야 하고, 스진호 정권이 끝나기 5일 전에 전격적으로 처리하겠습니다."

황태자의 확답이 떨어졌다.

"하하하… 모든 것은 장관님만 믿고 기다리겠습니다."

"허허허, 남들이 나를 보고 나는 새도 떨어뜨리는 황태자라고 말하잖소. 아무 걱정하지 마세요. 만약 그게 안 되면 공개하면 되지요. 그러면 제가 갈 데가 어딥니까?"

이때 권 변호사의 핸드폰이 드르륵! 하면서 울렸다. 그는 얼른 전화기를 왼쪽 귀에 갖다 붙였다.

"여보세요. 권 변호삽니다. 누구세요?"

황금성의 김 회장이 걸어온 전화였다. 그는 일이 어떻게 진행되고 있는지 궁금해서 견딜 수가 없어 참다못해 전화를 한 차였다.

"김 회장입니다. 일이 어떻게 되고 있나 해서요."

"회장님, 지금 조 장관님을 만나서 차 한 잔 하면서 추후 일정을 세세하게 논의하고 있습니다."

조 장관이 자기한테 전화를 넘겨달라고 눈짓을 하자 권 변호사는 김 회장에게 이 사실을 알렸다.

"회장님, 지금 조 장관님께서 잠깐 통화를 하고 싶다고 하시는데요. 바꿔 드릴까요?"

"아, 그러면 좀 바꿔 주세요."

권 변호사는 전화기를 즈 장관에게 건네주었다. 조 장관은 마치 기다렸다는 듯이 잽싸게 전화기를 잡아챘다.

"여보세요. 조 장관입니다. 오늘 권 변호사를 만나서 구체적인 일정과 실무를 협의하고 있습니다. 앞으로 7개월 안에 모든 것을 종결지을 테니까 그만큼의 시간을 주시기 바랍니다."

"감사합니다. 황금성의 발전을 위해 장관님께서 헌신적으로 이렇게 나서 주시니 희망이 보입니다. 모든 비용은 결정되는 대로 처리할 수 있도록 대기시켜 놓겠습니다."

"예, 감사합니다. 조금도 차질 없이 진행되도록 하겠습니다."

김철구 회장은 수조원의 돈이 왔다 갔다 하는 재단 명칭 변경이 원만히 해결 될 조짐을 느낀 듯 몸이 후끈 달아 있었다.

조 장관이 다시 입을 열었다.

"권 변호사, 우선 200억은 제가 존경하는 교수님의 계좌로 넣어주시기 바랍니다. 국선대 연극영화과 이영애 교수 계좌입니다."

"그럼 나머지는 어떻게…"

"여기 있습니다. 모두 6명인데 옆에 메모해 놓은 대로 분산해서 입금해 주시면 됩니다."

권 변호사는 명단을 하나하나 꼼꼼하게 읽어나갔다.

"신재현 한신은행 차장, 이명주 제일기업 상무, 김재현 서일실업 대표, 한재훈 코래진 이사, 박영일 엠애드 회장… 예 차질 없이 넣겠습니다."

"그리고 이번 일이 다 완료되면 그 다음 날 박영일 회장을 찾아가서 이 메모지를 전달하시면 사례를 할 것입니다."

"장관님, 감사합니다."

서진호 정권은 퇴임 열흘을 남겨놓고 재단명칭을 황금성으로 바꾸도록 전격적으로 처리해 주었다. 다만 실무부서의 반발이 심해서 조건부로 변경을 허가했다. 그리고 변사체를 김영선이라고 증언한 서태형은 외국으로 추방되었다. 다시는 그를 보았다는 사람은 한 명도 없다.

〈만일의 경우 신앙의 대상인 예수를 김영일 교주로 변경하거나 교회 표시인 십자가를 철거하고 다른 것으로 바꾸고 성경을 부인하면 정관 변경을 취소한다. 종교국장〉

이렇게 해서 황금성은 전국 900여 개의 교회의 소유권을 모두 넘겨받게 되었다. 김 회장은 하루아침에 수십조 원의 재산을 얻게 되었다. 그런 다음에 황금성 김 회장은 영리 법인을 고의로 부도냈다. 일부 신도들을 시켜서 민원을 넣게 해서 교회를 팔아서 부도를 막는 것처럼 서류를 조작했다.

처음에는 10개의 교회를 매각하면 부도를 막을 것처럼 꾸몄다가 돈이 더 필요하다면서 서류를 위조해서 100개의 교회를 팔아치웠다. 이 돈은 퇴임하는 서진호 대통령과 후임 대통령의 통치자금 명목으로 쪼개져서 극비리에 어디론가 옮겨졌다.

이걸 뒤늦게 알게 된 일부 신도들이 김 회장을 형사고소 했지만 실세 중의 실세의 벽에 부딪혀 무혐의 처분으로 흐지부지되었다. 이것은 돈이 연출한 마술이었다.

조말석 장관은 황금성 재단명칭을 변경하도록 압력을 넣어주고 그 대가로 200억 원을 받아 내연녀인 이영애 교수라는 사람의 차명계좌에 입금했다.

얼마 후 김철구 회장은 아버지가 10년이나 그렇게 정관을 바꾸려고 노력했는데도 못한 것을 자기가 한 번에 해냈다고 수천 명 신도들 앞에서 자랑했다. 하지만 감독관청을 속여서 받아낸 정관 변경이 온전할 수는 없었다. 만약에 그것이 사실로 드러나면 황금성은 단칼에 무너질 수 있었다. 다시 말해, 정관 변경이 불법이라는 것이 밝혀지면 40조 원의 황금성 재산은 하루아침에 날아갈 수 있는 것이다. 그는 정관 변경 하나만으로 40조 원에 이르는 황금성 종교재산을 편취했다.

결국 김철구 회장은 서진호 정권 말기의 어수선한 틈을 타서 조건부 정관 변경 허가를 받아냈다. 그렇게 해서 황금성을 추종하지 않는 수십만 명의 신도들을 쫓아내고 40조 원의 재산을 차지했다. 이것은 신도들의 피땀 어린 전 재산이 들어있는 교회재산이었다.

18

종교국, 뭐하는 곳이야

한국기독교대표자협회에는 어느 날부턴가 황금성의 탄원서가 수없이 날아들었다. 거의 여성들의 이름이었는데 수십 년 동안 집단 시설에 수용되다시피 한 교인들의 탄원서였다. 주로 '한기협 황기찬 회장 친전(親展)'으로 되어 있었다. 친전은 편지를 받는 사람이 직접 펴보라고 편지 겉봉에 적는 말이었다. 황금성은 김영일 교주 개인을 신격화하여 섬기는 교파이기 때문에 정식 교단에서는 이단으로 낙인이 찍혀 있었다.

한기협 황 회장은 배일수 총무를 불러들였다. 그는 각 교단으로 발송할 문서를 작성하다 말고 회장 방으로 들어섰다. 황 회장은 눈짓으로 앉으라는 신호를 보냈다. 그는 너무 긴장되어 뭔가 일이 벌어진 게 틀림없다고 생각하면서 자리에 앉았다. 그때 앞을 바라보니 20인용 원탁에 편지들이 수북이 쌓여 있었다. 그 옆에는 미처 열지 못한 봉투들이 어지럽게 놓여 있었다. 그더 황 회장이 침통한 모습으로 봉투를 보며 입을 열었다. 그의 목소리는 왠지 떨리고 있었다.

"배 총무, 오늘 바빠요?"

"네, 회장님. 무척 바쁩니다. 오늘 전국 교회로 내려 보낼 '이단 척결을 위한 공개토론회 참가 공문'을 작성하는 중입니다."

"벌써 그렇게 되었나? 배 총무, 잠깐 그걸 옆으로 밀어놓고 나를 좀 도와줘야 할 일이 생겼어. 이 탄원서 하나를 먼저 읽어보고 얘기하자고."

그는 황 회장이 건네주는 편지 한 통을 받아서 찬찬히 읽어 내려갔다. 밑으로 내려갈수록 그의 얼굴은 일그러지고 있었다. 그는 중간쯤 읽다가 갑자기 편지를 접는 것이었다.

"아… 정말 이건 인간이 할 짓이 못됩니다. 회장님."

"배 총무, 편지를 접지 말고 끝까지 읽어보고 얘기하자고. 어서 마저 읽어보라고."

그의 널찍한 이마에는 땀방울이 살짝 맺히는 게 보였다. 그는 손수건을 꺼내 흐르는 땀을 닦아냈다. 그는 탄원서를 읽다가 그만 두 눈을 질끈 감기도 했다. 그때 황 회장이 부들부들 떨리는 손으로 '배 총무, 이젠 뭔지 알겠지?' 하더니 탄원서를 다시 받아갔다.

"회장님, 이게 진짭니까? 설마 지어낸 것은 아니겠지요. 미치지 않고서는 글을 다 읽어 내려갈 수가 없습니다."

탄원서를 낸 김선자는 김영일 교주한테서 섹스안찰을 받고 사흘 만에 그 아들 김철구 회장에게서 또 섹스안찰을 받았다. 그 후 생리가 그치고 배가 불러왔다. 낙태를 할까 망설이다 하나님이라는 김영일 교주의 아이를 낳는 것이 나을 것 같아 출산을 했다. 그런데 아이가 크면서 도무지 아버지의 애인지 아들의 애인지 구분할 수가 없었다. 그녀는 김철구 회장을 만나 사실을 말하려고 여러 차례 시도했지만 결국에는 황금성에서 쫓겨나고 말았다.

"그래. 이걸 어떻게 해야 김영일 교주와 그 아들 김철구에게 연거푸 성폭행을 당한 여인들의 원한을 풀어줄 수 있을지 방법을 한 번 고민해 보라고."

"회장님, 이 탄원서를 한 부 복사해서 문화부 종교국장에게 전해주고 거기서 해결방안을 찾아보는 게 어떨까요?"

"배 총무, 그것이 한 방법이긴 하지만 자칫하면 고양이한테 생선가게 맡기는 꼴이 되고 말 걸세. 빈 말이라도 그런 말은 아예 입 밖에 꺼내지 말게."

아이디어라고 냈다가 일언지하에 거절을 당한 배 총무는 머쓱해서 잠깐 침묵을 지키다가 밑문을 열었다.

"회장님, 지금 이 문제를 믿고 맡길 수 있는 데가 거기밖에는 없습니다. 이 분들이 그동안 끊임없이 검찰에 진정도 넣고 고소도 하고 언론에 보냈지만 다 허사였습니다. 검찰은 김 교주의 섹스안찰을 성폭행으로 고소를 하면 엉뚱한 탈세 혐의 변칙 처리해 벌금형이나 무혐의로 처분했다고 들었습니다."

"허허, 정이 그렇다면 할 수 없군. 배 총무 의견대로 종교 국장한테 이 탄원서를 보내서 처리해달라고 해보겠네."

배 총무는 이단종교 토론회 준비로 바쁜 가운데도 불구하고 수백 통의 탄원서를 성폭행 유형별로 구분하여 봉투에 담아서 황 회장 승용차 트렁크에 실었다.

다음날 한기협 황기찬 회장은 부자에게 번갈아 성폭행을 당했다는 내용의 탄원서를 들고 출발했다. 미리 이재훈 종교국장에게 전화를 걸고 시간을 약속했다. 그 자리는 소위 끗발이 센 자리였지만 1천만 기독교 신도들의 대표가 만나자고 하니 긴장이 되지 않을 수 없었다.

그는 황 회장이 방문하는 이유를 어렴풋이 유추해서 알고 있었다.

황 회장은 종교국장 방으로 들어갔다. 보자기에 둘로 나누어 싼 탄원서를 배 총무가 낑낑거리며 들고 따라왔다. 한기협의 회장이 방문하는데도 종교국장은 거만하기 짝이 없었다. 자리에 앉은 채 황 회장의 인사를 받았다. 공무원인 종교국장은 여전히 '갑'이었다. 배 총무는 탄원서 박스를 내려놓더니 바쁜 업무를 핑계로 바로 사무실로 돌아갔다.

"이 국장님, 그동안 잘 지내셨습니까?"

"예, 덕분에 이렇게 바삐 살고 있습니다."

그의 건성으로 하는 말을 듣자니 황 회장은 속이 불편해졌다. 종교국장이라는 자리는 말 그대로 종교 때문에 있는 것인데 한가롭게 앉아 거드름을 피우는 꼴을 보니 은근히 부아가 치밀었다.

"그 보자기는 뭡니까?"

뇌물이라도 싸들고 온 줄 아는지 먼저 보자기 이야기를 꺼냈다.

"이건 김영일 교주와 그 아들 김철구에게 섹스안찰을 받았다는 여인들이 보낸 탄원서입니다."

"예? 그렇게 많습니까?"

"이걸 모두 읽어본 다음에 종교국에서 황금성을 조사하시면 됩니다. 만약 범법 사실이 있으면 검찰로 넘겨서 수사를 하도록 하십시오."

그제야 제 정신이 돌아왔는지 종교국장은 눈이 휘둥그레지며 손을 내밀며 사과의 뜻을 표했다.

"황 회장님, 거기다 놓고 가시면 절차에 따라 처리하겠습니다."

"그렇게 믿어도 되겠습니까?"

종교국장은 탄원서 박스에서 눈을 떼지 못하고 있었다. 무척 놀랐는지 당황한 시선을 감추지 못했다. 사실 김 교주 부자는 선거자금과 표로 현 정권 창출에 크게 기여를 한 사람 중의 하나였다. 섹스안찰을 받았다는 여인들의 탄원서로 그를 고발하는 일이 여간 부담 되지 않았다.

"회장님, 솔직히 말씀드리겠습니다. 이걸 갖고 황금성 회장을 사법처리하는 것은 제 업무영역으로는 벅찹니다. 참 괴롭습니다."

그는 할 수 있는 것은 다 하겠다면서 2주 후에 연락하겠다며 황 회장을 돌려보냈다. 황 회장이 돌아가자 그는 김철구 회장에게 전화를 걸었다. 어떻게 그리 많은 탄원서가 한기협으로 들어가도록 방치한 것인지 김철구 회장이 원망스러웠다.

그는 전화기에 대고 목청 높여 쇳소리를 질러냈다.

"아니, 김 회장님! 이게 말이 됩니까? 여인들이 하루에 성폭행을 아버지와 아들한테 번갈아 당했다는 탄원서를 한기협으로 보내도록 방치하고 있습니까?"

종교국장의 추상같은 말에 수십조 원대의 자본가도 쩔쩔매고 있는 것이 그대로 느껴졌다. 해명을 하려는 듯 말을 끊으려 해도 종교국장은 거침이 없었다.

"됐습니다! 더 이상 변명은 듣고 싶지 않아요. 들어와서 대안을 제시하세요."

김 회장은 다음 날 만사 제쳐놓고 자가용 비행기를 타고 서울로 올라왔다. 약속시간 3시에 맞춰 종교국장 방으로 들어갔다. 종교국장을 보자마자 그는 머리를 숙이고 손이 발이 되도록 빌었다. 때로는 무릎을 꿇는 척하며 진정으로 뉘우치는 시늉을 계속 해댔다.

그날 저녁 두 사람은 강남의 예림이라는 요정으로 자리를 옮겼다. 주택가 깊숙이 박혀 있는 예림은 난다 긴다 하는 첩보기관도 모르는 곳이었다. 김철구 회장은 오전 내내 현금을 마련해 50억을 챙겨갖고 올라왔다. 이런 때일수록 믿을 건 돈밖에 없었다. 돈은 5만 원 권으로 모두 감자 박스에 들어 있었다.

김철구 회장은 미리 준비한 18살 미모의 아가씨를 종교국장 옆에 앉혔다. 그들은 술이 거나하게 들어가자 환각파티를 벌였다. 이것은 황금성이 제공하는 최고의 접대였다.

김 회장은 술이 취해 혀 꼬부라진 말로 '국장님, 오늘만이 날이 아닙니다. 더 좋은 날이 있으니까 잘 부탁합니다.'하는 여운을 남기고 자리를 떴다. 박스는 운전수에 의해 이미 차에 실린 후였다.

2주 후, 그 날이 왔다. 종교국장은 전화로 황 회장과 호텔에서 만나기로 약속했다. 사무실이 아닌 호텔 커피숍을 미팅 장소로 잡는 것을 보니 해줄 게 하나도 없다는 뜻이었다. 황 회장은 일부러 수석 부회장과 원로 회장까지 대동하고 약속장소로 갔다. 그는 종교국장이 어떻게 나올지 예측하고 있었다. 종교국장에게 3명이 간다고 귀띔을 해놓았다.

황 회장은 은근히 부아가 나 견딜 수가 없었다. 아무리 한기협이 갖다 바치는 것은 없지만 황금성 같은 이단은 하늘처럼 여기고 정식단체인 한

기협을 발바닥의 때만큼도 여기지 않는 것이었다.

아니나 다를까, 종교국장은 한기협 발전기금이라면서 김철구 회장에게서 받은 50억 가운데 세 사람에게 각각 1억 원이 든 봉투 하나씩을 나눠 주었다. 종교국장은 그런 인물이었다. 이단이든 폭력배이든 아무 돈이나 뜯어내 위에도 상납하고 말썽이 생길 만한 곳은 적당한 금액으로 회유하는 것이었다. 원로들은 국장의 뜻을 못이기는 체하고 받아들였다. 그로서도 어쩔 수 없는 일이었다.

이것으로 대를 이어 성폭행을 당한 여인들의 피를 토하는 절규는 영구미제사건이 되고 말았다.

19

김 교주는 사후 아방궁을 만들었다

김 교주는 점점 노망이 심해지면서 마약과 필로폰에 의존해 살고 있었다. 그의 욕심은 오로지 자기가 사후에도 영원한 성지로 남아있게 하는 것이었다. 이태리 산 고급 대리석과 황금으로 치장하여 후손들이 자신을 영원히 기릴 수 있게 하는 것이 꿈이었다. 그는 후계자로 점찍은 둘째 철구를 불렀다. 요 근래 당뇨가 심해지면서 시력마저 어두워지고 있었다.

"아들아, 나는 아무래도 오래 못 살 것 같다. 이제 내가 떠날 때를 대비해서 몇 가지만 얘기할 테니 잘 들어 두어라!"

아들은 아버지의 유언 같은 말을 들으면서 은근히 신바람이 났다. 그는 기쁜 표정을 애써 감추면서 대답했다.

"아버지, 무슨 말씀을 그렇게 하세요. 아버지 연세면 다들 병을 달고 삽니다. 약을 드셔서 차츰차츰 좋아지고 있습니다. 더 사셔야 합니다. 지금까지 사업을 일구시느라 노심초사 고생만 하셨습니다."

김 회장은 아버지를 달래려고 좋은 말을 했는데 김교주의 얼굴이 갑자기 일그러지더니 언성을 버럭 높이는 것이었다.

"야, 이놈아! 맘에도 없는 그딴 소리 그만 작작 해라! 내가 네 맘을 모를 것 같으냐?"

"아버지, 아무리 그래도 자식으로서 아버지가 일찍 돌아가시기를 바라겠습니까? 그건 아닙니다. 하지만 운명은 어쩔 수 없죠."

"너도 내 나이 되어봐라. 좋은 말에도 괜히 노여움을 타게 되는 법이다. 잘 들어, 오늘은 세 가지만 얘기하겠다."

그러자 김철구는 무릎걸음으로 아버지한테 바짝 꿇어앉았다. 좀 더 자세히 듣고 싶어서도 그렇지만 유언을 녹음해 두고 싶었기 때문이었다.

"하나는 내가 사후에 거주할 집을 지어야겠다. 내가 사람을 불러서 알아보았다. 이건 비밀리에 해야 하는 것이기 때문에 너만 알고 있어야 한다."

"예, 아버지. 그 말씀을 들으니 정말 기쁩니다. 세계 역사에 깊은 발자취를 남긴 사람들은 사후의 세계를 다스릴 궁전을 남겼습니다. 스페인 프랑코 총통은 기념관을 지하에 설치했습니다."

"다음은 후계자 문제다. 네 형 철성은 총수 자리에 어울리지 않는다. 걔는 문제가 너무 많아서 내가 여러 번 만나서 타일렀는데도 바로 잡을 생각을 하지 않더라. 그러나 형이 어찌됐든 너와는 피를 나눈 형제 사이다. 내가 죽더라도 걔가 최소한의 품위를 지키면서 살 수 있도록 해줘라. 알았느냐?"

"…예, 그렇게… 하겠습니다."

"어찌 내 말에 선뜻 대답을 안 하는 게 수상하다. 내 말을 믿어도 되겠냐?"

"그렇습니다. 말씀대로 하겠습니다."

"마지막으로 내 제자 중에는 박기수 장로가 가장 똑똑하다. 그 사람은 교단 외곽에서 한 역할을 하게 될 것이다. 그러나 박 교주는 가까이 두되 항상 경계심을 늦추지 마라. 그 사람은 악인의 꾀를 잘 내는 사람이다. 어떤 일이 있어도 황금성 경영에는 발을 내딛지 못하도록 경계를 잘 해라."

"그렇잖아도 그 분에 대해서는 수시로 활동상황을 보고 받으면서 체크하고 있습니다."

내일 모레 죽을 것도 아니었지만 그런 말을 하는 것은 김 교주 사후에 거처할 집을 빨리 짓고 싶었기 때문이다.

"아버지, 6년 전에 아버지가 지목하신 곳에 거처하실 집을 짓도록 하겠습니다. 그곳은 양기가 강해서 마귀들의 영이 얼씬도 못할 곳입니다."

그날부터 7개월이 지난 후 공사가 시작되었다. 주산은 금계포란혈로서 배산임수에 좌청룡 우백호가 든든히 지켜주는 명당 터였다. 남들 눈에 띄지 않게 공사용 가림막이 쳐졌다. 가림 막에는 '신도교육관 건축, 안전제일'이라는 상투적인 구호와 바다 풍경이 그려졌다. 이것은 일부러 종교적인 티를 덜 내려는 꼼수였다.

김 교주의 영생원 건축공사는 아주 극비리에 진행되었다. 인부들도 수시로 교체하여 세세한 것을 기억하지 못하도록 했으며, 출입구는 서쪽으로 내서 정문으로 들락거리는 사람들의 시선을 차단했다.

해림건설 송광춘 사장만 정문으로 다니도록 해두었다. 송 사장이 모든 것을 책임지고 시공하는 것으로 하였으며, 공사 현장에는 디지털카메라나 메모리카드를 갖고 다닐 수 없도록 했다. 송 사장과 김철구 회장은 김 교주의 집무실로 함께 들어갔다.

"무슨 일로 나를 보려고 하는 거지?"

"예, 아버지. 오늘 설계도와 건축 자재, 건축비를 설명 드리기로 한 날입니다."

"그런가? 잠깐만 기다려라."

잠시 후 문이 철커덕 하는 소리를 내면서 자동으로 열렸다. 두 사람이 조심스럽게 안으로 들어갔다.

송 사장은 긴장감으로 몸이 단단히 굳어있었다. 한 시대를 풍미했던 인물을 면전에서 직접 만나 본다는 것이 실감나지 않아서였다.

"아버지, 송 사장입니다. 이번 공사를 맡았습니다. 모든 것은 계약서에 쓴 대로 할 겁니다. 믿으셔도 됩니다. 송 사장 선친의 고향은 함북 청진이라고 합니다."

"어, 그러면 나하고 동향이구먼."

"그럼 송 사장이 건축 내용을 설명 올리겠습니다."

송 사장의 목소리는 약간 떨리면서 더듬거렸다. 지금까지 말로만 듣던 3천 살 먹은 하나님을 보게 될 줄은 감히 생각조차 못했었다.

"먼저 설명을 드리겠습니다. 여기가 중앙 광장입니다. 약간 계란형으로 만들어지는 가운데 중앙 광장이 들어서게 됩니다. 이곳의 벽체와 천장은 황금으로 장식됩니다. 순도 99.9퍼센트의 황금을 입히게 됩니다. 여기에 들어가는 목재는 레바논의 최고급 백향목으로 장식됩니다. 입구 바닥은 이태리 카라라에서 나는 대리석으로 깔게 됩니다.

정면에서 오른쪽으로 예배실이 들어섭니다. 여기는 150명 정도가 교주님을 추억하면서 예배를 드릴 수 있는 공간입니다. 앞에 있는 제대(祭臺)

는 전부 금으로 도배를 하게 됩니다. 중앙에는 김 교주님의 영혼이 안치 됩니다.

왼쪽에는 방문객들이 김 교주님의 일대기를 볼 수 있는 동영상실입니다. 여기에는 지난 50년 황금성의 역사가 고스란히 녹아 있습니다. 입구 양쪽에는 지하로 내려가는 계단이 있습니다. 이 계단은 프랑스산으로 엘리제궁에 설치된 것과 동일한 것입니다. 여기도 최고급 대리석으로 감싸게 됩니다.

그 옆에는 욕실이 있습니다. 욕실의 대리석은 헝가리에서 나는 것으로 베스트 오브 베스트입니다. 다시 지하로 한 층 더 내려가면 수영장이 있습니다. 이 안에는 독일산 샹들리에 240개가 설치됩니다. 지하 5층부터 지상까지 에스컬레이터가 설치되고 동시에 엘리베이터가 산 정상까지 올라가게 됩니다."

이 설명을 듣고 있던 김 교주는 흐뭇한 표정을 지으면서 송 사장에게 말을 걸었다.

"정말 고생했어요. 어디 하나 흠잡을 데가 없어요. 그런데 금을 좀 더 바르면 안 되겠어요?"

"금은 얼마든지 입힐 수 있습니다. 금은 샹들리에 불빛과 조화를 잘 이룹니다. 조명은 스위스 출신의 세르즈 무어의 작품으로 하겠습니다. 세르즈 무어는 100년에 한 명 나올까말까 하는 조명의 대가입니다. 양탄자는 아라비안나이트에 나오는 페르시아 여인들이 손으로 한 땀 한 땀 짠 것으로 깔겠습니다.

이 건물에는 69경의 설계사가 참여하며 음향은 마크레빈슨 앰프 AP

3000에다가 스피커는 탄노이 웨스트민스터 로열이 설치되어 100년이 흘러도 음질이 변하지 않을 겁니다.

입구 양면에는 김 교주님께서 태어나서 황금성을 일궈내고 구원의 손길을 뻗치시기까지의 일대기가 부조로 설치될 것입니다. 그러면 바티칸 베드로 성당보다 더 멋지게 완성될 겁니다"

김 교주는 자신은 영원히 산다고 신도들에게 설교를 하면서도 자신의 죽음에 대비한 호화찬란한 신전을 지었다. 그가 이용하는 화장실의 변기는 100퍼센트 순금으로 만들어졌다. 가구는 독일 산 튜라가 설치되었다. 튜라는 100년을 말린 나무를 사용해서 세월이 가도 벌어지거나 틀어지지 않았다. 만약 100년 안에 단 1밀리미터만 틈이 벌어져도 전액 환불을 해준다고 광고를 할 정도로 정교한 가구로 이름이 나 있었다.

장장 세 시간에 걸친 브리핑이 끝나자 김 교주는 송 사장에게 두툼한 봉투를 내밀었다.

"이건 공사를 하는 5년 동안 궂은일에 쓰시라고 한꺼번에 드리는 것입니다. 갖고 있다가 요긴하게 쓰기 바랍니다."

그러자 김철구 회장이 종이 두 장을 내밀었다. 그건 비밀보장에 관한 서약서였다.

〈본인은 공사 중에 알게 된 비밀을 보장하며 만약에 비밀을 유출했을 경우 목숨과 바꿀 것을 서약합니다.〉

이것은 영생원의 비밀을 외부에 흘리면 죽여도 좋다는 '살해 동의서'나 마찬가지였다. 송 사장은 그 서약서를 읽어보고는 마른 침을 꿀꺽 삼켰다. 자칫 조금의 잘못을 저질러도 자신의 존재는 이 세상 어디에서도 찾아볼 수 없을 것 같았다.

"마지막으로 건축비를 보고하겠습니다. 일단 국제 고급 건축자재시장은 내일 어떻게 변할지 모릅니다. 특히 금 시세는 하루에도 서너 번씩 춤을 춥니다. 대리석도 마찬가집니다. 이런 자재들은 한꺼번에 들여오는 것이 소문도 안 나고 좋습니다. 이것저것 따로따로 들여오다가는 언론에 포착될 확률이 높아지게 됩니다. 이렇게 하여 공사기간 6년에 총공사비는 2천 5백억 원이 들겠습니다."

20

아버지는 왜 이리 오래 살지

"이제 아버지만 돌아가시면 여기 황금성 재산은 모두 내 것이 된다. 그러면 세상 부러울 게 없다. 나는 황금성의 후계자이자 이 세상을 구원할 구세주가 되는 거야."

이렇게 즐거운 상상을 하면서 철구는 창가에 서서 앞산을 바라보고 있었다. 그때 경비대장 장만복의 다급한 목소리가 들려왔다. 그는 창밖의 소리에 귀를 세웠다. 어떤 일이 있어도 놀라거나 겁을 먹는 친구가 아닌데 무슨 일일까? 그가 문을 열었다.

"회장님, 큰일 났습니다. 회장님과 담판을 짓겠다면서 회장님의 형이 나타났습니다. 지금 입구에 드러누운 채 안 들여 보내주면 죽겠다고 난리법석입니다. 당장 교주님을 만나게 해달라는 것입니다."

"아니 뭐야? 칠성이 그 새끼가 또 나타났단 말이냐?"

"네, 그렇습니다. 아버지를 만나게 해주지 않으면 당장 그 자리에서 죽겠다고 지랄발광하고 있습니다."

철성은 철구의 형이지만 눈엣가시였다. 철구는 30년 전의 추억으로 돌아갔다.

고등학교 2학년 초, 토요일 오후였다. 그날 김 회장은 황금성 고교에서 가장 예쁜 혜숙이를 꼬셔서 자기 아지트로 데리고 오는 데 성공했다. 그는 혜숙이한테 종종 미제 사탕과 스팸, 소시지를 선물로 주곤 했다. 그때만 해도 이런 것들은 꿈에서나 맛볼 수 있는 귀한 것이었다. 혜숙의 집안은 어렵다고 소문이 나 있었다. 김 회장은 봉곳하게 솟아오른 혜숙의 젖가슴을 한 번 만져보고 싶어 미칠 지경이었다. 지금까지 안진경, 이경혜, 구아영, 박선숙까지 대여섯 명을 불러다 여기서 몸을 섞었다. 그 중에 이경혜가 임신을 하는 바람에 철구의 어머니가 나서서 낙태수술을 하고 거금을 물어준 일이 있었다. 그 사건으로 경혜는 학교를 그만두고 청계천 피목상가로 빠졌다는 소문을 들었다.

철구는 혜숙의 목을 뒤에서 살며시 껴안았다. 그녀는 수줍은 듯 가만히 있었다. 용기를 얻은 철구는 혜숙의 블라우스 안으로 오른손을 넣고 젖가슴을 살짝 움켜쥐었다. 이때 혜숙이 철구를 치켜보면서 입을 열었다.

"얘, 오늘 이러려고 나를 여기로 오라고 한 거야? 너 정말 해도 너무 한다. 너 바람둥이라고 소문 다 났어. 작년에 경혜 임신시켰지? 지금 걔 어디서 뭐하고 있는지 알기나 해?"

"아니 모르겠는데…"

그는 아무 말도 못하고 혜숙이의 얼굴만 바라보았다. 얼굴은 벌겋게 달아올랐지만 무덤덤한 척 미소를 띠었다.

"걔 지금 청계천 피목상가에서 재봉틀을 돌린대. 다 네 책임이야. 나를 경혜처럼 만들려고 이러는 건 아니겠지?"

"아냐, 혜숙아. 사랑해!"
"너 지금 이 말을 경혜한테도 똑같이 했을 거 아냐?"
혜숙이가 속사포처럼 옳은 말을 쏘아대자 그는 입이 열 개라도 할 말이 없게 되었다. 혜숙을 정복하고 싶은 마음은 요동을 치고 있는데 결코 만만치 않았다.
하지만 끈질긴 구애로 철구는 혜숙의 몸을 범하게 되었다. 혜숙은 그날 밤 어머니가 갈아준 요에 묻은 빨간 피를 보았다. 어머니한테 들키면 어쩌나 싶어 한참을 망설인 끝에 뒷동산으로 요를 들고 올라가 불에 태워버렸다.

그녀는 김철구를 사랑하게 되었다. 철구와 결혼도 생각했다. 아버지가 돈 많고 존경받는 교수라서 감히 꿈도 못 꿀 일이었다. 철구는 그 후에도 혜숙과 몸을 섞었다.
"혜숙아. 너는 내꺼야. 사랑해."
"흥, 진짜 나를 사랑한다고? 그러면 너희 아버지 어머니하고 만나는 게 어때? 우리 결혼하게 해달라고 말 할 수 있어? 난 내일이라도 너하고 결혼할 수 있어. 단, 두 번 다시 바람을 안 피운다는 조건에 동의만 한다면 말이야. 그걸 안 해주면 결혼은 안 되거든…"
"알았어. 네가 원하는 대로 해줄게. 우리 꼭 결혼하자."
둘은 침대에서 알몸으로 뒤엉켜 관계를 맺었다.
"철구야, 오늘 너 때문에 어쩔 수 없이 한 번 더 허락 한거야. 빨리 끝내. 그리고 오늘 이후 나를 만날 생각은 접어라."
"아니 갑자기 왜 그래?"

"너 오늘 섹스 하는 거 보니까 포르노 배우처럼 한다. 섹스도 자주 하면 기교가 좋아진다며? 너 하는 거 보니까 닳고 닳은 것 같다. 너 같은 애 하고 결혼했다가는 평생 마음 고생하겠다."

그때 방문이 덜컹, 흔들리면서 형 철성의 목소리가 들리는 것이었다.

"야, 철구 이 새끼, 여기서 뭐하는 거야? 또 집에 여자 끌어들였냐?"

철구는 혜숙이를 장롱 속에 숨겨주고 속옷 바람으로 문을 열어주었다. 누가 봐도 여자가 방안에 있다는 것을 금방 눈치 챌 수 있는 차림이었다.

"야, 너, 여자 어디다 숨겼어? 당장 나오라고 해. 여기서 기다릴 테니까. 10분을 주겠다, 알았지? 아니면 너 오늘 죽었다."

이렇게 되자 철구는 형 앞에 무릎을 꿇더니 두 손을 머리 위로 올리고 싹싹 비비면서 살려달라고 애원했다.

"형, 제발 한 번만 용서해줘. 오늘 온 여자애하고는 결혼할 거야. 약속했어. 정말이야. 믿어줘."

이 말에 머리가 확 돌아버린 철성은 철구를 초주검이 되도록 팼다. 철성은 동생한테는 물론 주변 사람들에게 자주 폭력을 휘둘렀다. 때로는 신고를 받고 출동한 경찰에게까지 폭력을 쓰다가 유치장에 갇힌 적도 몇 번 있었다. 그때마다 어머니는 돈 봉투를 들고 경찰서로 찾아가서 큰아들을 빼내오는 게 일이었다.

그날 이후 철구는 혜숙이를 두 번 다시 만날 수 없었다. 소문에 혜숙이는 같은 반 친구 박형준과 연애하다가 결혼해서 강남에서 뱀장어집 주인이 되었다는 것이다.

철구는 형 철성이 입구 면회실에서 난동을 부리는 장면을 폐쇄회로

TV로 보고 있었다.

"그놈 죽기 전까지 늘씬하게 두드려 패서 병원에 갖다 처박아라. 여기 두 번 다시 얼씬 못하게 말이야."

결국 저녁 7시경, 철성은 구급차에 실려서 병원으로 보내졌다. 이빨은 두 개가 나갔고 갈비뼈는 오른쪽이 1개, 왼쪽은 3개가 금이 갔다. 중환자실에 입원한 철성의 소식은 한동안 아무도 모를 만큼 묻혀버렸다.

그로부터 석 달 후, 철성은 눈이 가려진 채 차에 실려 용인의 정신병원으로 이송되었다. 이 사건으로 철구는 자기가 후계자라는 것을 서둘러 선포하기로 결심했다.

그는 한 눈 팔다가 일을 그르치는 게 아닐까 두려웠다. 그는 가끔 아버지의 치매증상이 호전되면 멀쩡한 사람처럼 다시 이것저것 간섭하는 아버지마저 이참에 처리해야겠다고 마음먹었다.

요즘 아버지의 혈당 수치는 300에 육박하고 있었다. 주치의인 황성구 박사는 아버지에게 사탕, 과자, 콜라를 절대로 드리지 말라고 당부했다. 이 말을 듣고 철구는 반대로 콜라와 사이다를 하루에 네 병씩 아버지에게 드렸다. 김 교주는 아무 생각 없이 달착지근한 콜라와 사이다를 잘도 받아먹었다. 당뇨병이 점점 더 심해지면서 시력도 겨우 앞에 있는 사람이나 알아볼 정도로 떨어졌다.

그는 주치의의 발길을 아예 막아버리기도 했다. 그러면서도 달마다 진료비 명목으로 수백만 원씩을 꼬박꼬박 보내주었다. 이건 만약에 대비하여 입을 막으려는 일종의 미끼였다.

동렬도 이젠 손아귀 안에 든 쥐였다. 지난 봄 몸을 빼앗긴 뒤부터 그녀는 고분고분해졌다. 김 회장이 전하는 돈도 스스럼없이 받아갔다. 철구는 특별히 그녀를 배려하여 지부장을 풀어서 동남아 여행도 보내주었다.

동렬은 모든 것을 포기한 듯 김 교주의 병세를 세세하게 김 회장에게 보고했다.

"동렬아. 아버지에게 사이다 콜라는 맘껏 드시게 하고 있지?"

"네, 그렇게 하고 있습니다. 하루에 세 병씩 드립니다."

"계속 그렇게 하라고. 그러면 말이야…"

이쯤에서 김 회장은 양심상 더는 말을 못하고 얼버무렸다. 동렬은 시선을 바닥에 묻고 겨우 묻는 말에 대답만 했다.

이날 철구는 동렬을 불러서 범죄를 지시했다. 그는 얼른 죽지도 않고 겨우 숨만 쉬고 있는 아버지가 참을 수가 없었다. 그는 후계자라는 자리에 눈이 멀어 아버지를 독살시킬 음모를 꾸미고 있었다.

"동렬아, 너는 이제 내꺼야. 아버지가 돌아가시면 나하고 살 거니까 죄의식을 가질 필요 없어. 하늘나라에는 인간 세상처럼 부부가 있는 게 아니고 너, 나 따지지 않고 섹스를 즐기는 거야. 그게 바로 천국이지. 안 그러면 얼마나 심심하고 무미건조하겠어?"

철구는 아버지 김 교주가 주장하는 피가름 이론을 그대로 갖다가 읊어댔다.

철구는 엄숙한 얼굴로 동렬을 창가로 데리고 갔다. 하늘에는 뭉게구름 몇 점이 떠 있고 그 사이로 파란하늘이 보였다. 오랜만에 보는 맑은 하늘이었다.

"동렬아, 지금 아버지는 살아도 살아 있는 목숨이 아니야. 왜 유럽에서는 식물인간을 약물주사로 안락사(安樂死) 시키는 나라도 있잖아?"

"네…"

"어느 나라지?"

"벨기에로 알고 있습니다."

"그럼, 우리도 벨기에처럼 해볼까?"

"회장님, 그건 아닙니다. 그렇게 하면 살인(殺人) 범죄입니다…."

그녀는 겨우 들릴까말가 한 목소리로 대답했다. 아들이 자기 아버지를 살해할 음모를 꾸미고 있는 얘기를 들으니 심장이 벌렁거리고 머리가 혼란스럽게 마비가 되어 아무 생각도 할 수 없었다.

"동렬아, 내가 시키는 대로 하면 미국으로 보내주고 거기서 평생 먹고 살 수 있도록 해줄 테니까 부탁해. 오늘은 아니고…"

"네에?"

"동렬아, 이거 받아. 통장에 넣어뒀다가 요긴하게 쓰라고."

"회장님, 이건 받고 싶지 않아요."

그녀는 김 회장이 주는 돈 봉투를 억지로 받아들고 김 교주 숙소가 있는 건물의 일층으로 돌아왔다.

옛날 강변 모래밭에 천막 치고 부흥회를 할 때는 그리도 위풍당당했던 그 모습은 어디가고 당뇨에 심장병에 고혈압으로 찌든 노인이 거기 있었다. 철구의 얼굴과 비교하니 그의 모습은 너무나 추해보였다.

김 회장은 아버지의 고혈압에 대해 연구하기 시작했다. 의사와 간호사는 들를 때마다 "아버지께 소금기가 많은 음식이나 가공식품은 드리지 마세요"라는 말을 꼭 하고 돌아갔다.

"잘못해서 혈압이 조금만 더 올라가면 바로 돌아가실 수 있습니다."

"아, 이걸 드리면 일찍 죽는다는 말인가?"

김 회장은 이 말을 듣고 무슨 대단한 것을 알게 된 것처럼 기뻐서 속으로 야호를 외쳤다. 그는 사촌동생과 조카를 불러서 당당하게 지시했다.

"너, 이제 말이야. 내 말을 똑똑히 들어라. 아버지는 오래 사실수록 고통이 더 심하시다. 일찍 돌아가시는 것이 하나님 나라에 편히 가시는 것이다. 왜 안락사라고 있지? 안락사 주사를 놓으면 불법이지만 다른 방법은 얼마든지 있지 않겠니?"

그러면서 그는 사촌의 손에 뭔가를 쥐어 주었다. 촉감으로 수표라는 것을 알아차린 사촌의 입가에 미소가 살짝 스치고 지나갔다.

"너 내일부터 아버지한테 소금이 듬뿍 쳐진 음식과 햄이나 소시지 같은 것을 드려라. 고혈압에는 염분을 금지하지만 아버지에게 염분을 드리는 것은 천국으로 안내하는 아주 친절한 효도가 된다."

그녀는 사촌 오빠가 말하자 속으로 기어들어가는 목소리로 대답했다.

"예에…."

"내일부터 아버지한테 염분이 있는 음식이나 가공식품을 실컷 드시도록 해라. 알았냐?"

그녀는 고개를 몇 번 끄덕끄덕하더니 물러났다. 김 회장은 속으로 이렇게 간단한 방법이 있는데도 몰랐다는 게 바보처럼 생각되었다. 당분에다가 염분을 함께 드리면 당뇨병은 더 심해지고 혈압은 더 오르게 된다.

김 교주는 의식이 가물가물한 가운데 그는 주변 사람들마저 만나는 것을 극도로 꺼리기 시작했다.

오후 나른한 몸을 의자에 깊숙이 묻고서 졸고 있는데 간호사의 목소리가 들려왔다.

"어 그래. 신 간호사, 무슨 일이 있나?"

"교주님께서 어디 가셨는지 보이지를 않아요. 회장님…"

"뭐라고? 언제부터 안 보였는가?"

"아침 식사를 하시고 쉬시는 걸로 알고 있었는데 조금 전에 약을 드시라고 올라갔는데 그만 안보여서…"

이 말을 듣자 김철구는 졸음이 확 달아났다. 용수철 위에 있던 것처럼 펄쩍 튀어서 아버지 집무실로 단숨에 올라갔다. 아버지가 지난 10년 동안 외출한 적이 없어서 어디로 갔는지 짐작조차 할 수 없었다. 단 몇 시간 자리를 비웠다고 경찰에 신고할 수도 없었다.

"신 간호사, 이리 좀 와 봐요!"

"교주님을 마지막으로 본 게 몇 시쯤이었지?"

"아침 8시쯤이었습니다. 과일 혼합 주스 한 잔을 드시라고 갖다 놓고 내려왔습니다."

"그러면 자리에 안 계신 것을 안 것은 몇 시쯤이었지?"

"그때가 2시가 미처 안 되었으니까 아마 6시간 후에 알게 된 것 같습니다. 그리고 바로 회장님께 인터폰으로 보고했습니다."

김 회장은 일단 비상경비대를 소집했다. 장 대장이 앞으로 불쑥 나섰다. 이곳은 사건이 터져야 경비대의 존재가치가 빛을 발하는 법이다. 장 대장은 은근히 이런 사건이 터져 주기를 고대하고 있었다. 경비대는 참으로 오랜만에 사건다운 사건을 만나 수색에 들어가면서 활기를 띠게 되었다.

"자, 비상대기조 여러분은 지금부터 교주님을 찾아 나선다. 비상상황

실은 회장실이 된다. 나는 여기에서 대기하고 있겠다. 명심하기 바란다. A조는 18번 국도, B조는 35번 국도, C조는 3번 국도, D조는 우리 황금성 일대를 수색한다. 교주님을 찾는 조에게는 회장님께서 일인당 100만 원씩 하사하신다고 했다. 오늘 좋은 일하고 지갑을 두둑하게 만들기 바란다."

"예, 하늘이 두 쪽 나는 한이 있더라도 김 교주님을 안전하게 모시고 오겠습니다."

이때 아들 김철구는 아버지가 이번 기회에 밖에서 돌아가셨으면 하는 생각도 해보았다.

반장은 비상대기조 각자에게 봉투 하나씩을 건네주면서 목소리에 군기를 잔뜩 실어 말하는 것이었다.

"그 안에는 교통비, 숙박비, 밥값이 들어 있다. 영수증은 필요 없다. 지금부터 바로 행동을 개시하기 바란다. 특히 교주님을 발견하면 일단 갖고 있는 모포로 감싸서 차에 바로 모셔라. 만약 언론이 접근하면 아무것도 아니라고 우기고 빨리 상황실로 연락하면 다음 동작을 지시하겠다. 알았나?"

"예, 지시대로 하겠습니다."

16명의 훈련된 대원들이 일제히 '예!' 하고 대답하자 회장실은 떠나갈 것처럼 소란스러웠다. 이들이야 말로 황금성을 지키는 정예 수호대였다.

김 교주는 눈치가 빠른 사람이었다. 자신을 병원에 가둬놓고 해하려는 철구의 의도를 알아채고 탈출해 멀리 도망치려 했다. 그러나 결국은 수호대에게 잡혀 병원으로 다시 이송되었다. 하지만 그는 본능적이었을 뿐 그 일을 기억조차 못했다. 한동안 멍하니 있다가 제정신이 돌아오면 자신의 의식이 왔다 갔다 한다는 것을 알아챘다. 그 뒤론 차츰 간호사가 주는 약도 거부했다. 누구도 믿을 수 없었다. 자신의 몸이 이렇게 쇠약해진 것은 누군가의 계략에 의한 것이 아닐까 생각했다. 그것이 철구일 것 같다는 느낌을 지울 수 없었다.

　철구의 행동은 수상했다. 언젠가 정신을 잃었다가 돌아와 눈을 떴을 때였다. 왼쪽 손목에는 굵은 바늘이 꽂혀있었고 양팔과 다리는 묶여있었다. 철구는 문을 슬며시 열고 들어왔다. 철구는 자신의 눈치를 살피며 들어왔다. 무언가를 알아보려는 듯 자신의 얼굴 앞에 손을 흔들어 보이기도 하고 말을 시켜보기도 했다. 그는 무기력증에 눌려 아무런 반응도 보이고 싶지 않았다. 그러자 철구는 간호사를 데리고 들어왔다. 그는 그것을 멍하게 쳐다보았다. 간호사는 철구의 지시에 따라 링겔에 무언가를 넣었다. 몸에 남았던 힘마저 빠져나가는 것을 느꼈다. 눈은 감기고 몸이 밑으로 가라앉았다. 몸 구석구석에 누군가 자신을 밟고 있는 느낌이 들었다. 눈을 떠보려고 했지만 뜰 수 없었다. 귓가에는 이명처럼 흉흉한 소리가 연이어 들려왔다. 누군가의 울음소리 같기도 했고 동물의 신음소리 같기도 했다. 재봉틀소리가 귀를 요란하게 흔들어대더니 그 사이로 그의 몸에 깔려 밑에서 교성을 지르던 여자들의 소리도 들려왔다. 그것들은 거대한 먼지덩어리가 되어 한꺼번에 자신의 입에 빨려 들어오는 느낌이 들었다. 입에 무엇인가가 가득 채워져 숨이 가빠왔지만 아무 소리도 지를 수 없었다. 멀리서 누군가가 자신의 모습을 내려다보고 있었다. 그 얼굴은 자신을 빼닮은 철구의 얼굴이었다. 자신과 똑같이 생긴 입이 갈라지며 요상한 소리를 냈다. 철구는 찢어진 눈을 치켜뜨며 섬뜩하게 웃고 있었다. 눈이 붉게 변했다. 그는 꿈인지 실제인지 모를 고통을 겪으며 점점 정신을 잃었다.

철구는 아버지가 죽어가는 걸 바라보는 것이 지루해졌다. 얼른 아버지의 뒤를 물려받아 해보고 싶은 일들이 많았다. 아버지의 죽음이 얼마 남지 않았다는 것은 사실이었지만, 아버지는 쉽게 죽지 않았다. 아무리 안 좋다는 것을 해봐도 끈질긴 목숨은 쉽사리 끊어지지 않았다. 죽어간 많은 신도들의 수명까지 다 빨아들였는지 아버지는 용케도 죽지 않고 숨을 쉬고 있었다.

어느 날 정신이 약간 돌아온 김 교주는 힘겹게 종이에 뭔가를 적어보려고 발버둥 쳤지만 단 한 글자도 적을 힘이 없었다. 그는 조카를 불렀다. 그녀는 김 교주를 작은아버지라고 불렀다.

"작은아버지, 무슨 일이세요?"

"여-기-종-이-에…"

그녀는 김 교주, 아니 작은아버지를 10년 넘게 수발을 들었기 때문에 무슨 뜻인지 금방 알아차렸다.

"예, 말씀하시는 대로 제가 받아 적을게요. 말씀하세요."

이 모습을 보면서 마지막 인생길에 초라하게 변해버린 작은아버지의 당당했던 과거를 생각하니 눈시울이 붉어졌다. 그녀는 김 교주가 부르는 대로 편지지에 받아 적었다.

〈박 장로, 나는 이제 얼마 안 있으면 먼 길을 떠날 것 같소. 내가 죽으면 둘째 김철구 회장이 나를 죽인 것으로 알고 뒤처리를 잘 해주기 바라오. 철구는 내 후계자가 되려고 나를 죽이고도 남을 놈이오.〉

김 교주는 이 편지를 박 장로에게 보냈다.

며칠 후 김철구 회장은 그녀를 불렀다. 밖으로 내보낸 편지 이야기를 숨긴 게 화근이었다. 그는 그녀를 밀실로 데려다가 옷을 모두 벗기고 무자비하게 때렸다. 그 사실을 자기에게 보고하지 않았다고 심부름을 한 죄였다. 그는 사촌마저 믿을 수 없어 제거해야 되겠다고 마음먹었다.

21

형제가 유산을 놓고 싸우다

김철구 회장은 거사(擧事)가 있기 일주일 전에 일본 가고시마에 있는 후레아이라는 작은 마을로 가서 머물렀다. 이건 만약의 경우에 대비하여 알리바이를 만들어 두려는 전략이었다.

아버지를 살해하기로 한 날, 김철구 회장은 자기 오른팔 격인 주명철을 송도 비치에 머물고 있는 장남 김철성에게 보냈다. 그러면서 그는 연필 깎는 칼과 종이 세 장, 볼펜 한 자루를 내려놓았다. 주명철은 김철성이 누구라는 것을 알면서도 반말로 거칠게 지시했다.

"오늘밤 자정에 당신의 부친 김영일 교주는 살해된다. 이 사실을 경찰에 신고하지 마라. 당신은 우리가 끝까지 뒤를 봐주겠다. 만약에 신고를 하면 아무도 당신의 생명을 보장하지 못한다. 그러면 지금부터 내가 부르는 대로 토씨 하나 다르지 않게 그대로 받아 적어라."

〈나 김철성은 오늘밤(9월7일) 아버지가 살해된다는 소식을 들었다. 그러나 이것을 외부에 알리지 않을 것이며 어떤 법적인 소송을 하지도 않을 것을 서약한다. 이에 대해 황금성은 김철성에게 일정한 품위를 유지할 수 있도록 경제적인 지원을 할 것을 약속하며, 만약 이를 발설할 경우에 일어나는 일에 대해 황금성은 어떤 책임도 없다는 것을 인지했다. 이 자리에서 나는 20억 원을 받았음을 확인하며 서명한다. 김철성 인〉

김철성이 눈물을 흘리면서 주명철이 부르는 대로 다 받아쓰자 이번에는 연필 깎는 칼을 집더니 건네주었다.

"칼로 손가락을 긋고 피를 묻혀서 김철성이라고 쓰기 바란다."

"여기에 이름을 쓰면 됩니까?"

"그렇다."

그는 칼로 왼쪽 엄지손가락을 그었다. 그 다음에 떨어지는 빨간 핏방울을 받아 '김철성'이라고 썼다. 이렇게 최후를 맞을 아버지를 생각하니 동생을 때려죽이고 싶을 정도로 미웠다. 철성의 가슴 속은 펄펄 끓어올랐다.

"아버지, 저를 후계자로 삼으셨으면 이런 비참한 최후를 맞지는 않으셨을 텐데요."

여자들을 농락하고 수 없는 가정을 파괴한 김 교주는 자기 운명이 둘째 아들의 손끝에 달려 있다는 것도 모른 채 몽롱한 의식으로 누워있을 것이다.

이제 간호사 동렬에게 오케이 사인을 보내는 일만 남았다. 하늘이 이런 패륜의 음모를 알았는지 10월 들어 늦은 태풍에 천둥번개가 연일 쳐댔다. 그 때마다 철구는 깜짝깜짝 놀랐다. 철구는 몇날 며칠 동안 잠도 못 이루고 고민에 고민을 거듭했다. 그는 숨을 크게 들이쉬면서 정신을 가다듬었다. 저녁 9시가 넘어 동렬에게 전화를 걸었다.

"실행하라."

단 네 글자였다. 더 긴 말이 필요 없었다.

동렬은 김 교주가 누워 있는 방으로 들어갔다. 어쩐 일인지 김 교주가 눈을 뜨고 있었다. 그는 동렬에게 손을 뻗었다. 동렬은 교주의 양팔과 다리를 침대에 묶었다. 손목에 꽂혀있는 주삿바늘에 베카론과 나로핀, 리도카인을 섞은 약물을 투입했다. 김 교주는 몸에 약기운이 퍼져가는 것을 느꼈다. 그는 자신이 죽어 가고 있음을 직감했다. 그동안 흐릿했던 정신은 온데간데없고 모든 자극이 너무나 선명하게 한꺼번에 그에게 들어왔다. 김 교주는 동렬의 눈을 보았다. 죽어가며 동렬을 머릿속에 각인시키려는 듯 눈 한 번 깜빡이지 않았다. 그녀는 자신이 하는 행동을 알아챌까봐 김 교주의 눈을 마주볼 수 없었다. 옆에 있는 담요로 그의 얼굴을 덮었다. 김 교주가 몸부림을 쳤으나 미동도 않았다.

소리를 질러보려 했지만 이미 약기운이 퍼져가서 소리조차 나올 힘이 없었다. 온 몸에 핏줄이 튀어나올 것 같은 느낌이 들었다. 몸이 뜨거워졌고 가만히 있고 싶었으나 자신의 몸은 원치 않는 독극물에 대항하듯 격렬히 떨었다. 마치 독극물을 몸에서 튕겨버리려고 떠는 것 같았다. 하지만 독극물이 튀어나올 곳은 어디에도 없었다. 담요에서 병원의 알싸한 약냄새가 퍼졌다. 주변은 아무 것도 보이지 않았다. 그의 눈에 두려운 어둠이 엄습했다. 또다시 귓가에는 온갖 잡소리가 들려왔다. 고통에 찬 신음소리 여자들의 교성과 한스런 탄식소리. 그는 고개를 세차게 흔들어댔다. 그 곳에서 벗어나고 싶어서 더욱 몸부림을 쳤다. 하지만 무기력한 그의 육체는 아무것도 할 수 있는 게 없었다.

하나님이니까 영원히 산다고 입버릇처럼 말했던 김영일도 결국 인간의 한계를 넘어설 수는 없었다. 그의 노욕 또한 카다피, 야누코비치, 차우셰스쿠, 후세인, 김일성 등과 같은 독재자들처럼 비극적 종말을 맞이했다. 그는 죽음 앞에서 먼지가 되어 사라지고 말았다.

생전에 그렇게도 꿈꿔왔던 영생원조차 그의 것이 아니었다. 김영일 교주가 세상을 뜨기 2년 전 완공되었지만 정작 그는 치매 증세가 심해지면서 화려한 그곳을 보지 못했다. 이 영생원 건설에 들어간 수천억 원의 돈은 김 교주의 섹스 안찰비와 임금 착취, 생수 판매금 등 신도들의 지갑에서 털어낸 것이었다.

김 회장은 영생원에 아버지를 안치하지 않고 자기가 죽으면 들어가기로 마음먹었다. 김 교주는 자기가 후계자로 지명한 둘째 아들에 의해 철저히 버림받았다. 온갖 거짓말과 선동으로 거대한 부를 이룬 종교 사기꾼 김영일 교주는 죽어서 영생원에도 들지 못하고 떠도는 혼처럼 무주고혼이 되었다.

김 교주가 살해된 사흘 후 아침 9시가 넘어서 김 교주의 사망 소식이 라디오 뉴스와 지방판 단신으로 짤막하게 전해졌다. 자기 스스로를 하나님이라고 주장하면서 온갖 추악한 짓을 했던 그의 심장의 박동은 멎었다. 살아있는 하나님이라고 부르라고 강요하던 김 교주가 죽자 그를 신으로 믿고 따르던 신도들은 걷잡을 수 없는 혼란의 소용돌이로 빠져 들었다. 군데군데 모여서 자기들끼리 수군덕거렸다.

"아니 우리 하나님이 돌아가셨다고? 하나님이 죽으면 안 되는 거 아냐?"

"앞으로 황금성은 어떻게 되는 거야? 지금 회장님이 후계자가 되는 거 아닌가?"

황금성에서는 살벌한 루머들이 봇물처럼 터져 나왔다. 황금성은 비밀을 유지하기 위해 바늘 하나 들어갈 수 있을 정도의 빈틈도 허용하지 않고 있었다.

김영일 교주의 죽음에는 많은 의혹이 제기되고 있었다. 얼마 전까지 멀쩡했던 그가 갑자기 죽었다니까 그 안에 뭔가 음모라도 있는 게 아니냐 하는 말들이 돌았다.

김철구 회장은 아버지의 사인을 노환에 의한 자연사라고 알렸다. 먼저 아버지 주치의를 불러서 사망진단서를 발급받기로 했다. 연락을 받고 온 주치의는 김 교주의 시신을 보더니 의심을 품었다. 시신 군데군데에 파란색 반점이 있었다. 그는 이런 증상은 약물 주사에 의한 것이라고 확신했다. 김 회장은 주치의의 집으로 현찰 10억 원을 그날 당일로 보내주었다. 돈 가방 안에는 워드로 인쇄된 종이 한 장이 들어 있었다.

〈선생님, 감사합니다. 수고하셨습니다. 잘 부탁드립니다.〉

김 교주가 세상을 떠난 뒤, 그 후유증은 곳곳에서 터져 나오고 있었다. 그의 거짓말은 죽고 나서도 뒷감당이 안 되는 것들뿐이었다.

"아니, 하나님이 부인도 두고 똥도 싸냐?"

"하나님이 부인이 죽자 재혼해서 늦둥이를 두냐. 이거 정말 웃기는 일

아냐? 하나님이면 기업을 부도나게 놔두면 안 되지."

"씨팔, 황금성이라고, 기독교에서 나온 이단 교주 김영일이 20만 명을 모으면 천국 간다고 떠들고, 신도들은 교주는 절대 안 죽는다고 믿는다고 하더라. 근데 그 인간은 당뇨병에다 고혈압, 심장병으로 휠체어 타고 다니고 병원 들락날락 하다 죽었다는데 어떻게 된 거냐?"

"그 인간 천당에나 갔겠어? 간음, 사기, 살인 등 나쁜 짓만 골라서 했는데 절대 못 가지. 진짜 하나님은 그걸 알고 계실 테니까…"

김 교주가 죽자 김철구 회장은 조폭들을 풀어서 형을 살해하라고 지시했다. 하지만 말이 쉽지 살해 지령이지 대도시에서 그 지령을 실행한다는 게 보통 문제가 아니었다. 형을 제거해야만 황금성을 자기가 독차지할 수 있고 또 이런저런 소송으로 언론에 오르내리지 않도록 할 수 있다는 속셈이었다.

철성은 살해 위협으로부터 벗어나기 위해 무진 애를 썼다. 원래부터 영리했던 터라 아버지하고는 논쟁까지 벌이며 살아온 사람이었다. 그는 나름대로 심복들을 두고 정보를 얻고 있었다. 그 중 황금성의 소식에 밝은 최 목사도 있었다. 그는 비밀 아지트를 두 군데나 두고 수시로 거처를 옮기며 몸을 피했다. 그리고 최 목사의 도움을 받아 동생 김철구 회장과 황금성에 대하여 재산 분할 신청 소송을 제기했다. 이 소식을 보고받은 김 회장은 길길이 뛰면서 난리를 치는 것이었다. 그는 죽이려 해도 죽지 않고 살아남아 자기를 괴롭히는 철성 때문에 반미치광이가 되어 가고 있었다.

"뭐, 아버지 유산을 나눠 달라고? 지나가는 똥개한테는 줄 수 있어도 철성이 등신 같은 네놈 손아귀에는 어림 반 푼어치도 없다…."

김 교주의 장례식에 후계자를 자처하던 김철구 회장의 모습이 보이지 않았다. 신도들은 김 교주가 왜 죽었는지도 모르고 전국에서 모여들었다. 이날 이상식 사장은 수백억 원의 현금을 은밀하게 수사기관에 전달했다. 이것은 김 교주의 사인에 대해 입을 다물어 달라는 성의 표시였다.
사이비지만 교세가 20만이나 되는 종교의 교주라는 무게에 비해 장례식은 너무나 초라했다. 심지어 기성품 관을 사다보니 관이 맞지 않아 억지로 시신을 구겨 넣다시피 했다. 관 뚜껑은 퉁퉁한 시신 때문에 제대로 닫히지 않았다. 관이 자꾸 벌어지자 조임 쇠로 관을 조였다고 했다.
장례식이 진행 되어가고 있을 무렵, 김철구 회장은 일본 가고시마를 거쳐 노아영과 미국에서 머물면서 사랑을 나누고 있었다. 차마 아버지를 독살한 범인으로써 장례식장에 얼굴을 내밀 수 없었던 것이다. 만에 하나 일이 잘못되면 현장에서 체포될 수도 있기 때문에 알리바이를 조작하여 미국에 머물고 있었다.

22

여공들이 하나둘 어디론가 사라진다

 바람이 거칠게 불어왔다. 나뭇가지가 부러질 것처럼 세찬 바람이 불고 있었다. 늦은 태풍의 끝 무렵이었다. 바람에 오염물질들이 날아간 듯 대기가 청명해져 숨쉬기가 편해졌다. 하지만 황금성에서는 죽음의 음기가 살아 꿈틀거리고 있었다. 회장직을 물려받은 김철구는 자기가 가장 신임하는 경비대장 장만복을 불렀다.
 밖에 있는 비서가 문을 3분의 1쯤 열고 말했다.
 "회장님, 장만복 대장이 와서 기다리고 있습니다. 어떻게 할까요?"
 "거기서 잠깐 기다리라고 그래! 비서실장부터 잠깐 들어오게."
 비서실장은 회장 옆으로 바짝 다가섰다. 뭔가 심각한 일이 있을 것만 같았다. 그가 방으로 들어갈 수 있는 때는 특별한 일 빼고는 없었기 때문이다. 그는 잔뜩 긴장해 뻣뻣한 허리로 앉아 김 회장의 말을 기다리고 있었다.
 "안 실장, 3년 전에 프랑스로 보냈던 세 여자들은 관리가 잘 되고 있겠지? 이 여자들이 한 자리에 있게 해서는 안 된다는 건 알고 있나?"
"예, 서로 만나거나 연락을 하지 못하도록 단단히 차단하고 있습니다. 서로들 어디에 있는지 모르고 있습니다. 그건 염려하지 않으셔도 됩니다. 잘하고 있습니다."
"그래도 모르는 일이네. 이 자들이 만약 입을 나불거리면 여기는 볼 장 다 보는 거네. 그럼 나가서 장만복 대장을 들여보내게."

 장만복은 발뒤꿈치를 들고 회장 집무실로 들어갔다. 그에게 김철구 회장은 하나님과 동급이었다. 그가 약간 떨리는 목소리로 더듬거리면서 입을 열었다.
 "회장님, 저 왔습니다. 부르셨습니까?"
 그의 말에 김 회장은 뒤도 안 돌아보고 말하는 것이었다. 그런 태도로 보아 뭔가 막중한 임무가 하달될 것 같은 느낌이 들었다.
 "장 대장, 잠깐만 기다려라."
 김 회장은 누런 봉투를 어깨너머로 건네주었다. 그는 너무 황송해서 무릎을 꿇고 그것을 두 손으로 받아들었다.
 "아이고. 회장님 감사합니다. 저를 이렇게 생각해 주시니 뼈가 가루가 되도록 충성을 다하겠습니다. 감사합니다."
 "장만복, 이건 또 다른 임무가 기다리고 있어서 주는 거야. 이번에도 실수 없이 일을 잘 마무리 하라고. 알았나?"
 "예…. 명심하겠습니다. 어떤 일인지요?"
 "3년 전에 아버지가 죽을 때 곁에 있던 세 여자 신동렬, 김영선, 김소현 얘들 다 알고 있지? 지금 이 여자들은 프랑스에 각각 떨어져 있다. 안 비서가 잘 알고 있는데, 이들을 다음 달부터 일주일 간격으로 여기로 불러들일 테니 감쪽같이 처단할 수 있겠나?"

그 순간 김 회장의 눈에서는 살의가 번뜩이는 것을 느낄 수 있었다. 그는 얼굴을 돌려서 애써 그 모습을 피했다.

"그럼요. 누구 말씀이라고 거역하겠습니까. 언제든 명령만 내리시면 정확하게 처리하겠습니다. 그런데 김소현은 회장님 사촌동생이잖습니까?"

이 질문에 김철구 회장은 의자를 휘익 돌리더니 장만복의 정강이를 냅다 걷어차는 것이었다. 얼마나 세게 걷어차였던지 장만복은 털썩 주저앉아 두 손을 비비면서 신음했다. 이때 회장의 벌겋게 핏발이 선 두 눈에서는 살인마의 그것과 똑같은 기분 나쁜 섬광이 번쩍 했다.

장만복은 주저앉아서 잘못했다고 손바닥에서 불이 날 것처럼 빌었다.

"야, 이 새끼야! 사촌동생하고 나하고 무슨 상관있냐! 그게 무서우면 이렇게 큰 사업을 하면 안 되지. 앞으로 이런 말을 하면 바로 퇴출이다. 알았어?"

그는 생애 가장 큰 목소리로 "예!"하고 대답했다. 하지만 아무리 갈 데가 없어 황금성에서 밥을 빌어먹고는 있지만 청부살인업자 노릇 하기는 정말로 싫었다.

그러나 황금성에서 경비대장이라는 자리는 그 일을 빼놓으면 존재할 이유가 없었다. 또 그 자리를 놓고 싶지도 않았다.

"먼저, 간호사 신동렬이 들어온다. 새벽에 별장으로 조용히 올라가서 처리해라. 그 다음에 시신을 이불에 말아 제강공장 용광로에 집어 던져라. 알겠나? 거기는 1500도가 넘으니까 3분이면 흔적도 없이 사라지게 된다."

"예. 그대로 실행하겠습니다. 다음은요?"

"김소현은 나하고 피를 나눈 사촌동생이다. 여기서 동생이라고 봐줬다가는 황금성은 하루아침에 거덜 날 수 있다. 역사에 보면 사소한 정에 이끌려 뒤처리를 제대로 안 해서 낭패를 본 게 한두 건이 아니다. 미안하지만 소현이 시신은 시멘트로 버무려서 바다에 수장시켜라. 영선은 산에 매장해 버려라."

"회장님, 영선도 용광로에 집어던지면 안 될까요?"

"내 말을 들어라. 한 군데서 다 하면 일은 쉽겠지만 누군가의 눈에 띄기 쉽다. 여러 군데로 분산시켜야 완전범죄가 된다. 한 군데서 세 명을 처리하다보면 누군가의 눈에 걸릴 수 있다는 것을 명심해라. 내 지시대로 해라. 배는 미리 준비해 두었다가 차질 없이 하고, 만약 실패할 경우 모든 것을 혼자 했다고 할 수 있겠나?"

"예, 그건 목숨을 걸고 지키겠습니다. 염려하지 마십시오."

김 회장은 이 잔혹한 범죄를 사주하느라 목이 타는지 물을 연달아 두 잔이나 들이켰다. 바람이 잦아들었는지 바깥은 고즈넉했다. 김 회장이 장만복을 향해 돌아섰다. 그의 얼굴은 살기가 강하게 느껴졌다. 장만복은 저도 모르게 두서너 걸음 물러섰다. 그의 두 눈가는 저승사자처럼 검게 변해 있었다. 영락없이 영화에 등장하는 저승사자의 모습 바로 그것이었다. '혹여 나도 저 손에 죽임을 당하는 건 아닐까'하는 생각이 퍼뜩 스치고 지나갔다.

장만복은 열 살 때 자기를 버리고 달아났던 어머니 소재를 최근에야 알아냈다. 지난 40여 년 동안 자기를 버리고 떠난 어머니를 얼마나 원망했던가. 문득 어머니가 보고 싶어졌다.

벌써 등줄기는 축축해지고 있었다. 이제라도 어머니를 한 번만이라도 뵙고 싶은 마음이 간절했다. 어머니의 모든 것을 용서할 수 있을 것만 같았다. 단 3분이라도 어머니를 만나 젖가슴을 한 번 만지면서 엉엉 울고 싶었다. 그는 세 여자를 다 처리하고 나면 곧바로 이 황금성에서 탈출하기로 작심했다.

"모든 책임은 자네가 지는 거고 비밀은 무덤까지 갖고 가는 거다. 그러면 내가 평생 먹고 살 수 있는 돈을 주겠다. 알았나?"

"예. 그렇게 하겠습니다. 회장님…"

세 여자들은 한 달의 시차를 두고 귀국했다. 장만복은 별장에 설치된 비밀의 방에 간호사 신동렬을 가두었다. 회장의 지시가 떨어지자 장만복은 그녀가 곤히 잠든 새벽에 비상키로 문을 열고 들어갔다. 잠결에 놀라서 일어나는 그녀의 코에 마취제를 묻힌 거즈를 가져다 댔다. 3분쯤 지나자 그녀는 축 늘어졌다. 그런 다음 그는 일어서서 신동렬의 목을 힘껏 눌렀다. 몇 번 퍼덕퍼덕 몸부림치더니 축 늘어졌다. 명줄이 끊어진 것이다. 그는 준비해 간 천으로 시신을 둘둘 말아서 밖으로 끌고 나왔다. 새벽 3시가 넘어가고 있었다. 제강공장 근로자들은 잠깐 쉬면서 간식을 먹고 있을 시간이었다. 다음 교대 팀을 위해 코크스를 넣을 시간이 얼마 남지 않았다.

그는 손수레에 시신을 싣고 가서 주변을 살피다가 코크스가 자동으로 들어가서 불길이 확 피어나는 시간에 시신을 집어던졌다. 1,500도 용광로 속으로 떨어진 시신은 순식간에 불길이 확 일어났다. 그러나 코크스의 열기가 약간 높아졌을 뿐 그것으로 끝이었다.

신동렬은 대학병원 간호사로 있을 때 황금성 전도사의 꾐에 빠져 이곳에 왔다. 부자를 함께 받아들일 수밖에 없었던 운명의 여인은 김철구 회장의 지시에 의해 김 교주를 살해했고 그 대가로 한줌 불꽃이 되어 사라졌다.

그날 장만복이 잠을 깨보니 오후 2시가 넘었다. 김 회장에게 직접 보고하려고 비서실로 전화를 걸었다. 잠시 후 회장이 전화를 받았다.

"회장님, 간호사는 완벽하게 처리했습니다. 다음 달에 또 한 건을 처리하겠습니다."

이날부터 장만복은 황금성에서 탈출할 기회만 엿보고 있었다. 한 달 후 그는 김철구 회장의 사촌동생 김소현을 간호사와 똑같은 수법으로 살해하여 시신을 시멘트로 굳혀서 바다에 수장시켜 버렸다.

이제 마지막 한 여자만 남게 되었다. 이 여자는 함께 일했던 동료들이 비참하게 죽어 간 줄도 모르고 귀국했다. 그에게는 사람 목숨 하나 빼앗는 것쯤은 이제 식은 죽 먹기만큼이나 간단한 일이었다.

회계담당 직원이었던 김영선도 살해하였다. 그녀의 시체는 황금성 뒷산에 5미터쯤 파고 매장해 버렸다. 장 대장은 사흘에 걸쳐 혼자서 돌과 모래로 단단히 메웠다. 완전범죄가 되었다는 생각으로 위안을 삼았다. 하지만 살해한 기억을 지우고 싶어서 몸부림을 치면 칠수록 뇌리에 더욱 생생하게 살아났다. 그에게 죽어가면서 그의 얼굴을 놓치지 않기라도 하려는 듯 자신을 보면서 부릅뜬 눈은 평생 다시 볼 수 없던 표정이었다.

다음날, 장 대장은 김 회장의 호출을 받고 비서실로 갔다.

"수고했다. 처음에 약속한 대로 어떤 일이 있어도 이것을 발설하면 안 된다. 만약 이 약속을 어기면 어디 있든지 죽음이다. 또 설령 알려져서 수사를 받는 경우에도 네가 혼자 했다고 해야 한다. 누구의 지시를 받았다고 해서는 안 된다. 가족들은 다 내가 책임질 테니 걱정 마라. 그 안에서 견디고 있으면 적당한 시기에 자유의 몸이 되도록 해주겠다. 그에 맞는 보상도 챙겨주마. 이것은 만약의 사태에 대비하여 생각해 보는 시나리오다. 알았지?"

"네. 잘 알겠습니다. 회장님 말씀대로 이행하겠습니다, 조금도 염려하지 마십시오. 이 목에 칼이 들어가도 약속은 지키겠습니다."

하지만 세상에 완전한 비밀이란 없는 법이다. 아무도 모르게 세 여자를 감쪽같이 해치웠는데도 이들이 누군가에 의해 살해되었다는 루머는 황금성 안에 퍼져나갔다. 루머를 퍼뜨리고 다니는 여공들도 하나둘 사라지고 있었다. 그럴수록 세 여자의 죽음과 여공들의 실종은 뭔가 깊은 관계가 있다고 쑥덕거렸다.

경비대장 장만복은 아주 영특했다. 어려서부터 잔머리가 팽팽 돌아갔다. 그는 만약의 사태에 대비하여 그 여자들의 마지막 가는 모습을 사진으로 찍어 두었다. 그 필름을 현상만 해서 깊숙한 곳에 보관해 두었다. 시간이 흐를수록 세 여자의 소문은 잦아들지 않고 계속 부풀어 오르고 있었다.

한편 장만복은 여기에 계속 있다가는 목숨을 부지할 수 없다는 불안감에 짓눌리고 있었다. 비록 회장의 사주를 받아 세 여자를 처치했지만, 그는 죄책감에 잠을 잘 수가 없었다. 눈만 감으면 세 여자가 번갈아 나타나서 자기를 물어뜯는 것이었다. 그렇다고 자수할 수 있는 배짱도 없었다. 그는 언젠가 황금성에서 탈출해서 억울한 죽음을 털어 놓으리라고 스스로에게 맹세했다. 그렇게 해서라도 죽은 이들에 대한 죄책감을 조금이나마 덜고 싶었다.

23

황금성에 기쁨조 들어서다

 황금성은 어리고 가난한 소녀들에게 학교도 보내주고 월급도 준다는 유혹된 말을 했다. 황금성은 노동력이 부족해서 공장 가동을 절반 정도밖에 하지 못하고 있었다. 그러나 황금성은 어린 소녀들에게 산업체 부설학교에 보내주겠다는 감언이설로 모집에 열을 올렸다. 산업화 시대에는 먹히는 수법이었다. 그들이 어린 소녀를 모집하는 진짜 목적은 엉뚱한 데 있었다.

 우리나라 제과업계의 큰손으로 불리는 하니제과는 값싼 노동력으로 부를 축적하기 시작했다. 원래는 미성년자는 노동자로 고용할 수가 없었다. 하지만 황금성은 미성년자를 고용하고 있었다. 그들을 학교에 보내주고 남는 시간에 일을 시키는 것으로 보고하면 그만이었다.
 하니제과는 여기에 그치지 않고 오이엠(OEM) 방식으로 과자를 납품받는다. 공장을 풀가동 하지 않고도 값싸게 공급받는 제품을 천년성 제품으로 둔갑시키면 이익이 크게 남았다.

　황금성과 하니제과는 협력관계를 맺기 위해 만났다. 일반 기업체가 미성년자를 고용하면 엄하게 처벌을 받았지만, 황금성은 학생들이라는 구실을 붙여 교묘하게 법망을 빠져 나갔다.

　하니제과 담당자가 의견을 제시했다.

　"우리는 황금성으로부터 다섯 가지 제품을 납품받을까 합니다. 저렴하면서 소비자들이 많이 찾는 싱싱크래커나 쿠키 종류가 그 대상입니다. 기존 설비를 이용해서도 생산이 가능할 것으로 보입니다. 다만 제품 생산과 관련된 모든 법적인 것은 황금성에서 책임을 지는 조건입니다. 특히 노동자에 관한 모든 책임은 그쪽에 있습니다."

　"우리 황금성은 지난 70년대 후반부터 캔디나 샌드쿠키, 크래커 등을 생산하고 있습니다. 그때는 상인들이 공장 입구에서 밤새워 기다렸다가 물건이 나오기 무섭게 가져갔습니다. 제품의 질이나 맛을 믿을 수 있습니다. 다만 우리 식품공장에는 주경야독하는 학생들이 일을 하고 있습니다. 우리가 학생들을 고용하는 것은 인건비가 문제가 아니라 그들에게 학비를 대주고 있기 때문입니다. 오해가 없기를 바라는 마음에서 설명 드렸습니다."

　"저희 하니제과는 우리나라 제과시장의 45퍼센트를 점유하고 있으며 매출액으로는 두 번째입니다. 황금성에서 좋은 제품을 생산해 주시기 바랍니다. 그것이 소비자들이 즐겨 찾는 제품을 지속적으로 공급할 수 있는 길입니다."

　이러한 전략은 방송 등의 인터뷰 기사로 홍보되고 있었다. 황금성은 어린 여공들에게 공부시켜 준다고 유인하고는 죽도록 일만 시켰다. 이들은 항상 잠이 모자라서 일을 하다가 다치는 사례가 빈번했지만 황금성 안에 있는 의원에서 간단히 치료를 받고 곧장 공장으로 되돌아갔다. 간혹 여공들이 죽거나 해도 외부에 신고를 하지 않고 몰래 매장해 버렸다. 어떤 때는 부모가 딸을 보겠다고 찾아오면 그럴듯한 거짓말로 속여서 못 만나게 했다. 이미 죽은 딸을 살려낼 수도 없었다. 부모는 울며불며 자기 딸에게 나쁜 일이 일어난 게 아닌가 하고 따졌지만, 지금은 일을 하고 있으니까 다음에 연락을 하면 만나러 오라고 윽박질렀다.

어린 여공이 병들어 일을 못하면 병원으로 데려가는 것이 아니라 트럭에 가마니로 덮어서 40킬로미터 떨어진 황금성 공동묘지에 매장했다. 어떤 경우는 그 여공이 아직도 살아 숨 쉬고 있는데도 구덩이에 던져서 묻어버렸다. 황금성은 이것이 수사기관에 알려지기라도 하면 돈을 뿌려 틀어막았다. 또 보도가 나가면 신도들을 동원해서 신문사 앞에서 시위를 하도록 해서 업무를 방해했다. 그러면 신문사는 견디다 못해 사과문을 싣고 없었던 일로 해버렸다.

하니제과는 겉으로는 중소기업과의 상생(相生)의 원칙에 따라 제품을 오이엠으로 만든다고 떠들어 댔지만, 진짜 속뜻은 더 많은 이익을 남기는 데 있었다. 우리나라에서 원자재 가격이 비슷한데 이익을 더 많이 창출하려면 값싼 노동력을 확보해야만 했다. 결국 노동력을 값싸게 이용해서 하니제과가 이익을 많이 남길 수 있도록 해줄 수 있는 곳은 황금성밖에 없었다. 다른 데 비해 황금성은 인건비가 차지하는 비중이 30퍼센트 수준이었다. 이러니 직접 만드는 것보다 마진율이 여섯 배나 높았다.

하니제과가 황금성에서 납품받는 다섯 종류 과자의 연간 매출은 약 1천억 원 정도였다. 하니제과가 직접 제조하면 마진율이 5퍼센트 남짓한데 황금성에서 납품을 받으면 30퍼센트를 웃돌았다. 결국 직접 제조하면 50억 원이 이익금으로 떨어지지만 납품을 받으면 300억 원이 남았다.

지역신문에는 두 기업의 상생의 결과를 벤치마킹하는 기업이 늘고 있다는 기사가 떴다. 이것은 하니제과 홍보팀이 전략적으로 기획하여 배포한 것을 그대로 받아쓴 것이다.

〈하니제과, 황금성과 오이엠 방식으로 시너지 효과 극대화에 성공, 매출도 이익도 5배 이상 신장.〉

이 기사가 나가자 하니제과를 비난하는 댓글이 인터넷 여기저기에서 뜨기 시작했다. 하니제과는 그룹 전체에 미칠 영향을 놓고 전전긍긍 고민하지 않을 수 없게 되었다.

우선은 눈앞의 이익을 포기할 생각이 조금도 없었다. 직접 만드는 경우보다 다섯 배 이상의 이익이 생기는데 쉽게 포기할 수가 없었다.

황금성은 임금 착취로 악명(惡名) 높았다. 가끔 황금성에 속았다는 것을 깨달은 여공들이 탈출해서 노동부 산하의 근로감독 관청에 고발하는 일이 잦았다. 당국은 신고를 받을 때뿐, 그저 흐지부지 마무리 지었다.

총무과 직원이 댓글을 몇 개 뽑아가지고 와서 보여주었다.

"아니, 하니제과가 싱싱크래커와 하니맛 샌드를 사이비 종교인 황금성에서 받아다 팔다니. 그 사이비 종교의 생명 참으로 질기기도 해라. 교주 김영일에게 회장 자리를 물려받은 차남 김철구는 횡령에다 배임죄로 여러 차례 구속, 첫째는 스캔들 제조기였는데…"

"하니 맛샌드에 장난 친 하니제과의 만행 — 나는 역겨운 그들을 거부

한다!!"
"개 같은 하니, 알지도 못하는 게 익명 뒤에 숨어서… 헛소리 하고 있어!!!"

하니제과에서는 황금성에서 과자를 납품받는 문제를 놓고 은밀하게 대책을 논의하고 있었다. 그러는 사이에 기자들에게서 전화가 계속 걸려왔지만 홍보팀은 그들의 입을 효과적으로 틀어막는 역할을 하고 있었다.
홍보담당 이사가 짜증을 내면서 입을 열었다.
"이건 예사 문제가 아닙니다. 그룹 전체에 악영향을 줄 수도 있습니다. 황금성이 어딥니까? 종교계에서는 이단으로 지탄을 받고 있습니다. 이익도 이익이지만 어떤 특단의 대책을 세워야 하겠습니다. 과거에는 시간이 흐르면 잠잠해졌지만 요즘 시대에는 그렇지 않습니다. 오늘은 결단을 내려주시기 바랍니다."

회의실에는 납덩이같은 침묵이 흘렀다. 모두들 고개를 숙이고 있었다. 홍보이사의 지적이 틀린 게 아님을 알고 있었기 때문이다. 문제는 대상이 소비자들의 입으로 가는 식품이라는 데 있다. 또 직접 생산하는 것보다 엄청나게 많은 수익이 나는데 쉽사리 포기할 수도 없다는 데 있다. 원래 악마의 유혹이란 달콤한 것이다.
마케팅 이사가 침묵 속에서 뭔가 부스럭거리더니 조용히 일어섰다.
"홍보 이사님의 지적이 틀린 것은 아닙니다. 그러나 소비자가 나쁜 반응을 보인다고 해서 당장 그만둔다면 지구상에 기업을 키워나갈 곳은 한 군데도 없을 것입니다. 에스기업은 휴대폰을 만드는데 아프리카에서만 생산되는 희귀금속을 썼다가 '피 묻은 휴대폰'이라는 오명을 뒤집어썼습니다. 다 아시다시피, 이 기업은 신문에 이런 광고를 냈습니다."

그러면서 그 신문광고를 읽어 내려갔다. '저희는 국민들의 염려와 비난이 저희를 사랑하기 때문에 쇄도하고 있다고 알고 있습니다. 저희들은 국민들의 지적을 면밀히 검토하여 6개월 안에 대책을 내놓겠습니다.'

"이 기업은 이렇게 사과 광고를 하고 지금도 아프리카 콩고 국민들의 시뻘건 피가 뚝뚝 떨어지는 휴대폰을 잘만 만들어 팔고 있습니다.

또 미국의 스포츠 용품을 만드는 다국적 기업은 중국에서 어린이 노동자들을 운동화 마감 질에 투입했다가 글로벌 불매운동에 직면하기도 했지만 계속해 나가고 있습니다. 그렇지 않으면 제품의 경쟁력을 유지할 수가 없기 때문입니다. 제품의 경쟁력은 곧 이익입니다. 지금 우리 앞에 닥친 비난과 불매운동은 일시적으로 거쳐야 하는 통과의례의 하나일 뿐입니다. 두려워하지 마시고 용기를 가집시다."

원래부터 홍보부서는 황금성에서 제품을 납품받는 데 대해 부정적인 입장을 보였다. 그 쪽이 워낙 폐쇄적으로 경영을 하고 있는데다 여공들에게 주는 월급도 일반 직장의 20퍼센트밖에 안 주고 있다는 비난이 이어졌기 때문이다. 월급은 코딱지만큼 주면서 헌금을 하라고 이런저런 구실을 붙여서 거의 다 떼어갔다.

옆에서 가만히 듣고 있던 홍보실장이 말했다.

"지금 우리가 지나치는 게 하나 있습니다. 황금성에서 과자를 만드는 여공들은 초등학교만 겨우 졸업하고 올 데 갈 데 없는 가난한 집안의 애들이라는 것입니다. 일부는 납치하다시피 해서 데려온 애들이 과자공장에 투입되고 있다는 소문입니다. 하루 20시간 가까이 여공들을 혹사시키면서도 야간에는 산업체 부설학교를 보내주겠다고 한 약속은 안 지킨다는 것입니다. 이번만 매출을 크게 올리면 공부할 수 있게 해준다고 사탕발림으로 위기를 넘긴다는 것입니다. 저임금에 노동착취로 얻게 되는 이익은 이익이 아닙니다. 일부에서는 여공들의 성까지 착취하고 있다는 이야기마저 들리고 있습니다."

이때 홍보부 박 대리가 벌떡 일어섰다. 그는 평소에도 소신 있게 말을 하는 사람이었다.

"며칠 전 이런 전화를 받았습니다. '하니제과 싱싱크래커에는 여공들의 눈물이 묻어 있다. 인건비 낮춰서 이익을 많이 내고 있지만 그것만 있겠냐. 뭔가 더 큰 빅딜이 있는 게 아니냐. 과자 팔아서 이익을 남기는 그 이상의 뭔가가 있다'는 주장이었습니다. 소비자들은 '황금성과의 거래에 과자 이상의 수상한 음모'가 개입되어 있다고 보는 것입니다. 오늘 반드시 이 점을 고려하여 재고해 주시기 바랍니다."

이날 세 시간에 걸쳐서 홍보부와 마케팅부는 용호상박(龍虎相搏)의 논쟁을 펼치고 그 결과가 상부에까지 올라갔지만 쇠귀에 경 읽기였다. 이 사안은 '계속 추진하라'는 몇 마디로 정리되고 말았다.

"아니, 황금성 재품에서 이익이 나오지 않으면 홍보부 저놈들의 월급은 어디서 받을 건데? 그 새끼들은 이슬 받아 처먹고 사나? 참 한심한 애들이구먼. 계속 밀어붙이라고, 새끼들…."

어느 날 최 목사는 전혀 모르는 사람에게서 전화를 받았다. 그는 최 목사에게 꼭 밝히고 싶은 게 있다고 말했다.

최 목사는 황금성 내부고발자가 아닐까 하는 기대에서 그 사람을 만나기로 했다. 약속장소는 시청역 건너편 카페 엘리스였다. 그 사람은 황금성에서 20년을 일하다가 최근에 건강이 나빠져서 나왔는데, 나오면서 퇴직금을 달라고 했다가 지하실에 갇혀서 사흘 동안 매만 맞고 앞으로 어떤 것도 요구하거나 민형사상의 소를 제기하지 않겠다는 조건으로 풀려났다는 것이다. 그는 세상이 전혀 모르고 있었던 사실을 털어놓았다.

"하니제과가 황금성에서 오이엠(OEM)으로 다섯 종류의 제품을 생산하는 데는 이윤의 극대화란 것 뒷면에 숨겨진 진실 두 가지가 있습니다. 하나는 황금성 그룹 김철구 회장이 언제라도 외국으로 도피할 수 있도록 외화를 빼돌리는 데 하니제과가 협조하고 있습니다. 지금까지 이렇게 해서 빼돌린 외화가 5억 불이 넘습니다. 외화를 빼돌릴 때마다 하니제과는 20퍼센트의 고율의 수수료를 챙깁니다. 정상적인 외환거래에서는 5퍼센트가 될까 말까 한데 이건 살인적인 수수료입니다."

  결국 하니제과가 황금성에서 과자를 오이엠 방식으로 납품받는 것은 이런 관계를 유지하기 위한 '검은 제휴'(Black connection) 라는 것이었다.

  그 사람은 얘기를 하느라 목이 말랐는지 찬물을 두 컵이나 연거푸 마셨다. 눈은 쉴 새 없이 주변을 살폈다. 일부러 한적한 곳에 위치하고 있는 카페에서 만났는데도 그는 불안해하고 있었다. 사실 최 목사에게 황금성의 중요한 비리들을 고백한 뒤로 연락이 안 되는 사람이 몇 명 있었다. 그들이 숨어 살고 있어서 그런지, 아니면 신변에 문제가 생긴 것인지는 알 수가 없었다. 황금성에서 나온 지 3주가 됐는데 막상 나와 보니 그 안에서 배운 것은 어디에도 쓸 데가 없다고 했다. 그는 목구멍에 풀칠이라도 하려면 막노동판에라도 들어가야 할 형편이라면서 눈물을 흘렸다.

그가 털어놓은 다음의 얘기는 더욱 충격적이다 못해 분노가 치미는 내용이었다. 그가 말한 내용을 요약하면 이러했다.

황금성에서는 초등학교를 졸업한 후 집이 가난해서 진학하지 못한 소녀들을 A, B그룹으로 분류한다고 했다. A그룹은 몸매가 좋고 얼굴이 반반한 애들이고, B그룹은 공장에 배치될 애들이었다.

A그룹은 상생원(相生院)이라는 집합소에 모아놓고 몸매를 가꾸도록 해준다. 여기에 들어가면 세뇌교육을 시켜서 완벽하게 다른 사람으로 개조한다는 것이다. 어린 소녀들이 아직 성적으로 성숙하기 전에 성 경험을 시켜서 노리개로 삼는다는 것이다.

이들을 목욕탕에 나체로 모아놓고 집단 성교 파티를 벌인 적도 있는데, 이때는 공장의 자회사 밀조품인 필로폰을 소녀들에게 주사한 다음 섹스파티를 벌인다는 것이다. 이것은 북한의 기쁨조와 다를 게 하나도 없었다.

이런 패륜의 광란극은 김철구 회장만이 즐길 수 있다. 때로 주요한 손님이 초청되기도 하는데 아주 극비리에 이루어져서 소문이 철저히 차단됐다. 그러나 세상에는 비밀이란 없는 법이다. 추악한 비밀은 언젠가는 드러나게 마련이다.

하니제과는 황금성이 과자를 생산할 수 있는 노동력을 모아오고, 그러면 마진율이 높은 제품을 납품받고, 반대로 황금성은 값싼 노동력으로 공장을 돌리고, 제품을 안정적으로 생산하는 상생효과를 거두고 있었다.

하니제과가 이들과 손을 잡게 된 이유가 하나 더 있었다. 그것은 하니제과의 강 회장 때문이었다. 그는 어린 소녀들과 섹스를 즐기는 소아성애 적 기질이 있었다. 황금성은 하니제과에게 높은 이익을 남겨먹는 감사의 표시로 강 회장에게 황금성에서 가장 예쁘고 어린 소녀들로 성접대를 하게 하였다.

하니제과 강 회장이 황금성으로 들어오는 날 저녁에는 가로등 한두 개만 남기고 다 꺼버렸다. 이것은 강 회장의 승용차가 눈에 띄지 않도록 배려하는 조치였다. 다음날 아침까지 황금성은 앞을 분간하기 힘들 정도의 어둠이 깔렸다. 그 속에서 무슨 일이 일어나는 지는 아무도 알 수 없다. 어둠은 짙었고 사람들은 접근할 수 없었다.

특히 목욕탕은 퇴폐의 극치를 보여주는 곳이었다. 이태리 산 대리석으로 치장을 하고 어디서든지 맘에 드는 상대와 성관계를 맺을 수 있도록 곳곳에 물침대가 놓여 있었다. 어린 소녀들에게는 필로폰이나 마약이 항상 투여되고 있어 저역이란 있을 수 없었다. 그 목욕탕을 이용할 수 있는 사람은 김철구 회장, 그리고 하니제과 강 회장, 이렇게 딱 두 사람뿐이었다. 이들은 특별하게 가꾼 10대 소녀들을 수십 명씩 데려다놓고 마음 내키는 대로 쾌락을 즐겼다.

기쁨조 얘기는 점차 입에서 입을 통해 외부에 알려지게 되었다. 더 결정적인 것은 상생원에서 성적 노리개로 착취를 당하던 10대 여성 중 한 명이 극적으로 탈출하여 언론에 털어놓으면서 세상에 알려졌지만, 이 역시 흐지부지 묻혀버렸다.

이 여자가 상생원에서 빠져나갔다는 사실이 알려지자 황금성은 청부살인조 9명을 동원해서 뒤를 쫓았다. 하지만 그녀는 곧바로 모텔로 들어가서 경찰에 도움을 요청했다. 아마 계속해서 거리를 헤맸다면 청부살인조에 잡혀 피살되었을 것이다.

청부살인조는 어떤 일이 있어도 드러나게 살인을 하지는 않았다. 대놓고 살인을 저지르는 것은 문제의 해결이 아니라 더 큰 문제를 야기하기 때문이다.

아니나 다를까, 회장은 화가 나 경비대장을 호출했다. 집무실로 들어가는 그의 발걸음은 천근만근이었다. 안절부절 못하고 있던 김철구 회장은 다짜고짜 목청부터 높였다.

"야 이 시팔, 백주대낮에 그년 하나를 못 잡고 놓친단 말이냐? 이 등신 개새끼들! 그동안 내가 못해 준 게 뭐 있어? 이제는 국물도 없어. 경비반장, 조장은 들어오는 대로 사표를 받아!"

사표라는 두 글자에 경비대장은 간이 떨어지는 줄 알았다. 천만다행으로 이번에 자기는 빠졌다는 것에 안도했다.

"네, 그대로 이행하겠습니다. 바로 전달해서 조치하겠습니다. 회장님!"

김철구 회장이 보건 말건 창밖을 바라보고 있는 회장의 등 뒤에 대고 경비대장은 90도로 허리를 굽혀 인사를 올렸다. 그리고는 구두 뒤꿈치를 살짝 들고 조심조심 돌아 나왔다. 그러고는 혼자 중얼거렸.

"이런 때는 몸조심이 최고야. 다치면 나만 손해지…. 잠깐 개처럼 굽실거리는 거야 얼마든지 할 수 있지."

황금성이 하니제과와 모종의 밀착관계가 있다는 소문이 한 시민단체의 안테나에 포착되었다. '우리들 상점'이라는 단체를 창립한 방연선회장은 정책실장 박준석을 방으로 불렀다.

"박 실장, 거기 앉아 봐. 오늘 말하는 것은 절대 비밀로 해줘야 해! 꼼꼼히 읽어보고 마음에 들면 그 아래에 서명해!"

방 회장은 은밀하게 추진하는 일이 있으면 담당자의 서명을 받아두는 습관이 있었다. 이것은 당당자를 처벌하기 위해서라기보다는 심리적 압박감을 주어 입막음을 하는 데 효과적이었기 때문이다. 정책실장은 서명까지 하라고 하니 조금은 의아해 하면서 읽어 내려갔다.

〈오늘 방 회장을 통해 듣고 알게 된 내용은 어느 누구에게도 전하지 않을 것이며, 만약 저로 인해 정보가 새어나가 문제가 되었을 경우에는 모든 책임을 지겠음.〉

그는 이런 일을 여러 번 겪어본 적이 있어서 자신 있게 서명을 했다. 방 회장이 뭔가 다른 것을 생각하는 것처럼 망설이더니 입을 열었다.

"지금부터 내가 하는 얘기를 잘 듣고 첩보를 수집해라. 비용은 업무추진비에서 정보 활동비라는 항목이 있으니까 거기서 지출하면 된다. 김 실장, 하니제과 알지?

요즘 하니제과가 종교 재벌로 불리는 황금성과 오이엠 방식으로 납품을 받고 있는데 문제는 그 제과공장에서 일하는 여공들의 72퍼센트가 미성년자라는 거야. 이건 노동법, 근로기준법에 저촉되는 거지. 최근 하니제과는 윤리경영을 선언했어. 이러고서 윤리경영 선포는 미쳤다고 왜 하는지 모르겠어. 이것 말고도 아주 부도덕한 사건이 두 기업 사이에 개입되어 있다는 첩보를 받았어. 거기서 하니제과 회장이 어린 소녀들과 성관계를 주기적으로 갖는다는 거야.

하니그룹 강달호 회장이 변태라는 소문은 벌써부터 나 있었는데 여공들 중에 얼굴이 제법 잘 생기고 몸매가 좋은 애들을 선발해서 성형수술을 시킨 다음 목욕탕에 수십 명 데려다 놓고 강 회장 혼자만 들여보낸다는 거야. 말하자면 그룹섹스를 하는 거지."

방 회장은 잠시 말을 멈추고 안주머니에서 지갑을 꺼내었다. 그는 조그만 종이쪽지 한 장을 박 실장에게 내밀었다.

"여기 최 목사라는 사람이 있어. 이 인간이 그 내용을 가장 잘 알고 있다는 거야. 그를 만나보면 결정적인 단서가 나올 거야."

"이 사람이 만나면 얘기해 줄까요?"

"그건 박 실장 하기 나름이지. 처음부터 모두 다 털어놓는 사람이 어디 있어? 대개 간부터 보게 되어 있거든."

"일단 도전해 보겠습니다, 회장님. 실망은 안 시키겠습니다!"

두 달 후 〈우리들 상점〉의 방 회장은 하니그룹 비서실로 전화를 걸었다. 〈우리들 상점〉의 방 회장이라고 신분을 밝히자 비서실은 뭔가 숨기는 게 있는 것처럼 말끝을 흐렸다. 재벌기업에 있어서 방 회장은 저승사자보다도 더 무서운 존재로 알려져 있었다.

강달호 회장의 둘째 아들 강춘석 사장이 방 회장을 직접 만나러 왔다.

"회장님, 황금성과 저희는 그저 오이엠으로 제품을 납품받고 있는 아주 정상적인 관계입니다. 저희 하니제과는 완제품과 반제품을 포함해서 62개 기업과 오이엠으로 제품을 납품받고 있습니다. 그 이상도 그 이하도 아닙니다."

"사장님, 우리는 오이엠을 문제 삼으려는 것이 아닙니다. 하니제과의 제품을 만드는 여공들의 72퍼센트가 미성년자들입니다. 노동법에 따라 미성년자는 고용할 수 없습니다. 이게 알려지면 두 기업은 치명타를 입게 됩니다. 지난달 하니그룹은 윤리경영을 선포하지 않으셨습니까?"

강 사장은 진땀을 흘리고 있었다.

"방 회장님, 재작년 저희가 계약을 앞두고 꼼꼼하게 현장을 점검했습니다. 당장 실사에 들어가서 그런 일이 있으면 시정을 하고 만약 그게 안 된다면 계약을 끊겠습니다."

방 회장은 강 사장의 해명을 들으면서 속으로 '이런 얼치기 새끼, 네놈 머리도 한심한 수준이구나. 솔직하게 털어놓고 얼마를 줄 테니 덮어달라고 하면 끝날 일을 가지고 어영부영 하기는….'하고 생각했다.

"이건 입에 올리기가 참 거북한 말인데요. 강 회장께서 황금성 안에 있는 목욕탕에 주기적으로 간다는 첩보가 있는데, 거긴 왜 가시는 거죠?"

방 회장의 '목욕탕'발언은 가히 폭탄 급이었다. 강 사장은 어쩔 줄 모르고 허둥거렸다. 등에 식은땀이 흘렀다. 이리저리 곁눈질을 하며 말을 지어내려 애쓰다 씨익 웃었다.

"예? 목욕탕요? 아니 목욕탕이야 어딘들 없겠습니까? 직원들이 2만 명이나 되는데 목욕탕이야 당연히 있을 테지만 저희 회장님이 목욕하러 거기까지 구태여 갈 일이 있겠습니까."

"솔직하게 털어놓으세요. 아니면 우리가 입수한 자료를 공개하겠습니다. 그러면 모든 책임과 비난은 하니그룹 전체로 떨어져 치명타를 입게 됩니다."

강 사장은 더 이상 할 말이 없었다. 그는 일을 수습하지 못하고 돌아서 가야만 했다.

　강춘석 사장과 만난 지 열흘 후 〈우리들 상점〉의 방연선 회장은 하니 빌딩 32층에 있는 강 회장의 방으로 들어섰다. 여기서는 서로가 구차한 말이 필요 없다. 강 회장은 방 회장을 보더니 손을 덥석 잡으며 씁쓰레한 웃음을 짓는 것이었다. 감추고 싶은 비밀이 탄로 나서 약간은 겸연쩍었던 것이다.

　"아이고 방 회장님 제가 가야하는데 여기까지 오시느라 고생 많으셨습니다. 제가 좀 바빴습니다. 싱가포르에 150층 트레이드 센터를 건설하고 있어서 두 달 간 거기에 가 있다가 왔습니다."

　"예, 거기 계신다고 뉴스를 보고 알았습니다. 하니그룹은 전체적으로 잘 나가고 있는 거죠?"

　"꼭 그렇지만은 … 미국 발 금융위기로 힘이 든다는 보고가 계속 올라오고 있습니다. 그럴 때마다 호통을 쳐서 내보내지만 쉽지 않을 게 현실이죠."

　"우리 경제가 최근 미국과 중국에 너무 편중되고 10대 재벌이 차지하는 비중이 60퍼센트를 넘습니다. 만약 재벌 하나만 삐걱하면 펀더멘탈(fundamental)이 부실한 우리 경제가 붕괴되는 것은 시간문제라는 것입니다. 우리 경제는 사상누각(沙上樓閣)인 셈이지요."

　방 회장은 기선을 제압하려고 재벌그룹이 갖고 있는 위기부담을 꼬집었다. 말이 길어지면 자꾸 약점을 걸고넘어질 것 같았다. 강 회장은 오만상을 쓰면서 두 손을 모으며 말을 막았다. 그는 서랍을 열고 두툼한 봉투를 하나 꺼냈다. 봉투 겉에는 벤츠 로고가 금색으로 큼지막하게 찍혀 있었다. 봉투만 봐도 고급스럽다는 티가 났다.

"방 회장님, 이 안에 자동차 열쇠가 있습니다. 약속합니다. 협찬금은 비서실에서 별도로 마련해서 전달할 것입니다. 잘 부탁드립니다. 현 정권은 경제문제를 슬기롭게 풀지 못해서 사면초가(四面楚歌) 아닙니까? 저희 하니그룹은 16만 개의 일자리를 제공하고 있습니다. 이제부터는 이 늙은이가 조신하게 행동하겠습니다. 너그럽게 봐주십시오."

그날 하니그룹 강 회장은 황금성의 목욕탕 사건을 모르는 일로 하는 조건으로 방 회장에게 3시리즈 벤츠 한 대와 100억 원의 협찬금을 건네주었다. 이렇게 해서 방은선 회장은 또 한 건의 수입을 올리게 되었다. 사실은 방 회장에게 전달된 협찬금과 벤츠 자동차는 황금성이 부담한 것이었다.

24

황금성의 재산은 신도들의 것이다

　김 회장의 끝없는 욕심 때문에 황금성 재산 분쟁이 점점 과열되었고, 두 형제로부터 신도에게 옮겨가게 되었다. 이 분쟁에 대해 난 판결의 내용이 볼 만 했다. 분쟁을 잠재우기에만 급급했던 김철구 회장은 이 판결이 후에 황금성의 운명을 가르는 중대한 판결이 될 줄 예상하지 못했다. 오히려 황금성의 재산이 신도 총유재산으로 판결이 나던 날 그 뉴스를 듣고서 만세를 불렀다. 이를 두고 그의 최측근인 원로목사 김사영은 혀를 끌끌 차면서 탄식을 했다.
　"에그. 제 아버지 반에 반만 닮았어도 저렇게 철딱서니가 없지는 않았을 텐데…"
　김 회장은 형이 아버지 재산을 달라고 할 명분이 사라진 것에만 신경을 곤두세우고 있었다. 지금까지 형이 그에게 계속해서 분배를 요구하는 소송을 거는 바람에 쓸데없이 시간과 수백억 원의 비용이 들어갔다.
　이 판결을 받아내서 재산을 지키려고 철구가 판사들에게 쓴 돈만 수백억 원이 넘었다. 또 날선동 주민협의회 지달스 회장에게 날선동 토지 5천 평을 헐값으로 쳐 주다보니 거저 넘겨주는 꼴이 되고 말았다.

그는 최종 판결을 열흘 앞두고 고문 변호사들을 만났다.

"서 변호사님, 참 오랜만입니다. 이번 판결이 우리가 원하는 대로 떨어져서 기분이 좋습니다."

수석 변호사 서태진이 말을 이어 받았다.

"김 회장님, 형에게 재산을 안 주겠다는 것은 회장님의 결심이니까 신도들의 재산이란 판결이 나올 수 있었습니다. 사실 지금까지 문 판사에게만 60억 원이 넘게 들어갔습니다. 회장님의 바람대로 황금성의 재산은 신도들의 재산으로 바뀌었습니다."

이번에는 권 변호사가 말을 이어 받았다. 그는 약간 신중한 편에 속했다.

"지금까지 판사들에게 먹인 규모는 건국 이래 가장 클 겁니다. 그런데 이 판결이 우리에게 해가 되지는 않을까 걱정이 좀 됩니다."

김철구 회장은 당장 형에게 동전 한 닢도 주고 싶은 마음이 없었다. 그들이 없다면 재산이 모두 평온하게 자신의 소유가 될 것이었는데 그가 있어서 일이 피곤하고 번거로웠다. 이름 석 자도 듣고 싶지가 않았다. 이제 판결이 나서 형과는 영원히 남남이 되었다.

〈만약에 신도들의 재산이 아니라면 그 새끼에게 분배해야 하나?〉

김철구 회장은 택시를 불러 황금성 사람 그 누구도 모르게 밖으로 나갔다. 바닷가에 있는 에코그랜드 호텔로 가고 있었다. 3층 일식집 사까에로 올라갔다. 다른 때 같으면 적어도 서너 명의 경호요원이 따라붙었을 텐데 오늘은 혼자 온 것이다. 하지만 황금성에서 다른 눈은 속여도 경비대장의 눈은 속일 수가 없었다. 그는 혹시 몰라서 비밀리에 경호요원 한 명을 따라 붙였다.

그는 3층 일식집으로 올라갔다. 그의 양손에는 큼지막한 쇼핑백이 들려져 있었다. 그가 방으로 들어가자 대법관 한 분이 먼저 와서 자리를 잡고 있었다.

"황금성은 신도들의 피와 땀으로 일구어낸 대한민국 최초의 사랑공동체입니다. 우리는 어떤 부당한 대우도 하지 않습니다. 모두 동등하게 대해주고 있습니다."

이것은 아주 새빨간 거짓말이었다. 한국에서 난다 긴다 하는 판사가 그것을 모를 리가 없었다.

"맞습니다. 황금성은 전후 우리나라의 개발모델이었습니다. 정말 초근목피로 연명할 때 돌아가신 김 교주는 시대를 100년이나 앞서서 미래를 보신 분이셨습니다."

판사가 선친에 대해 긍정적으로 평가하자 김철구 회장은 기분이 좋았는지 빙그레 웃음을 머금고 있었다.

"오늘 서로 만나기 어려운데도 불구하고 자리를 함께 했습니다. 김 회장께서 원하는 대로 판결이 나지 않겠나 싶습니다. 오늘 우리가 만난 사실은 무덤까지 가지고 가야 합니다."

한마디로 보안을 철저히 지켜달라는 부탁이었다.

김 회장은 옆에 있던 대형 쇼핑백을 옆으로 슬그머니 밀어주었다.

"오늘은 약소합니다. 당 대표님께는 공식채널을 통해 기회를 만들겠습니다."

김철구 회장은 황금성이 길이 보전될 수 있도록 전 재산을 신도들의 재산으로 바꾸어 놓았다. 그러나 최 목사는 황금성 재산도 신도들의 재산으로 판결이 났으니까 자산 전부를 찾는 것은 시간문제로 보고 있었다. 서로 보는 시각이 달랐던 것이다. 아니나 다를까 대법원은 "황금성이 모든 신도들의 재산이 아니라고 볼 수 있는 근거는 하나도 없다. 따라서 황금성의 모든 재산은 신도들의 것이다"고 판결을 내렸다.

최 목사는 김철구 회장이 신도들의 재산으로 판결을 받으려고 수백억 대의 돈을 뿌리고 있다는 첩보를 입수했다. 그렇게 되면 지달수에게 날선동 토지의 소유권이 넘어갈 것 같았다. 지 회장은 날선동 토지 5천 평에 목을 매고 있지만 최 목사는 황금성 전체를 보고 움직이고 있었다. 이렇듯 두 사람의 관점이 서로 달랐던 것이다.

황금성 재산이 모든 신도들의 재산으로 판결이 나던 날 최 목사는 십자가 앞에서 무릎을 꿇고 감사의 기도를 올렸다.

〈아버지 하나님, 하나님의 능력은 참으로 오묘하십니다. 하나님께서 역사하심으로 얻게 되는 모든 재물은 가난하고 버림받은 자들을 위해 쓰겠나이다. 황금성 재산은 신도들의 봉사와 기도로 이루어졌습니다. 부디 청하오니 저의 소원이 완전하게 이루어지도록 역사하여 주십시오. 아멘.〉

이날 이후 최 목사는 날선동 소송사기의 진실을 밝히는 데 모든 역량을 다 동원했다.

〈김철구 회장, 네가 황금성 회장이 되었지. 아버지 김 교주의 후계자가 되었지. 이제 두고 봐라. 혹 떼려다 혹을 더 붙인 꼴이 될 것이다.〉

2년 후 최 목사는 프레스센터에서 황금성 재산과 관련해 내외신 기자회견을 열었다.

"2년 전 오늘 황금성의 모든 재산은 신도들의 헌금과 봉사와 노동으로 이루어졌기 때문에 모든 신도들의 재산이라는 판결이 나왔습니다. 우리 신도들이 황금성 재산소유권 이전 청구소송을 제기하고 있지만 도무지 반응이 없습니다. 제가 보기에는 김철구 회장의 신변에 중대한 변화가 생긴 것 같습니다. 황금성이 북한입니까? 북한 정보도 수시로 나오고 있는데 황금성에서 일어나는 일은 깜깜입니다. 얼마 전 몸 안찰을 거부했던 유부녀가 칼에 찔려 숨겼습니다. 그런데도 공권력은 귀를 막고 있습니다. 그 여신도를 불법으로 매장하려고 땅을 파니까 유골과 교복, 속옷들이 다량으로 나왔다는 겁니다. 황금성에서 이렇게 끔찍한 사건들이 은폐되었는데도 방치하고 있습니다. 김 교주의 추악한 피가 묻은 돈을 받아먹은 정치인들은 천벌을 받을 겁니다."

이날 현장에 나온 기자들은 웅성웅성하면서 기사를 송고하느라 정신이 없었다. 그날 전국적으로 황금성에서 일어난 '패륜 사건' 기사가 떴다.

〈날선동 최경진 목사, '충격, 황금성 김영일 교주의 몸 안찰 거부하는 주부 신도 살해, 암매장' 기자회견에서 폭로〉

이렇게 황금성 암매장 사건으로 전국이 들썩거리는데도 정치권은 꿀 먹은 벙어리가 되어 입을 다물고 있었다. 주로 취약계층의 자녀들이 피해를 입었다. 평소에 상스런 말을 잘하는 국회의원들은 한마디 입도 뻥긋하지 않았다. 만약에 이 사건의 피해자가 부유층이라면 과연 입을 닫고 있었을까 하는 생각이 들었다. 취약계층의 자녀들 정도야 표와는 직접 상관이 없는 일이기 때문에 정치인들은 강 건너 불구경하듯 보고만 있었다.

25

황금성 해체 계획을 꾸미다

 곽선칠 대통령은 이번 기회에 말썽 많은 황금성을 공중 분해시켜 버리기로 작심을 했다. 곽 대통령은 독실한 기독교 신자로, 기독교인들의 표를 얻어 대권을 잡게 되었다. 이렇게 되자 일부 정통교단에서는 황금성의 비리첩보를 곽 대통령에게 직접 보고해왔다. 그 내용은 황금성 김영일 교주의 비리행각과 후계자로 떠오른 김철구 회장의 범죄 사실이 주를 이루었다.
 곽 대통령은 강항로 비서관을 집무실로 불렀다. 기존 교단의 원로목사가 보내온 문건을 강 비서관에게 건네주면서 부탁했다.
 "강 비서관, 이걸 보고 3일 안에 황금성을 해체할 수 있는 방안을 만들어 갖고 올 수 있겠나?"
 언뜻 읽어보니 황금성의 비리를 정리한 보고서였다. 그는 이미 황금성의 부패상을 훤히 꿰뚫고 있었다.
 "예. 그렇게 하겠습니다. 각하!"

"강 비서관도 알고는 있겠지만 황금성이 문젭니다. 우리 기독교계의 이단이니 사이비니 하는 게 다 거기서 나오고 있다고. 장원용 원로목사께서도 여간 걱정이 많은 게 아니더라고. 이번 기회에 황금성을 없애 버리게!"

"예, 저에게 힘을 주시면 작정하고 초토화시키겠습니다."

"강 비서관, 그런데 말이야, 지난 대선에 거기에서 자금을 보내준 사실은 알고 있겠지?"

"각하, 정확한 건 모르지만 얘기는 들었습니다."

"이걸 염두에 두고 일을 진행하라고. 먼저 내 아들 병칠을 꼭 만나라고. 그러면 아마 자금을 지원할 걸세. 그리고서 장원용 원로목사를 만나서 신중하게 일을 처리하라고. 중간에 나한테 그 결과를 보고하는 것도 잊지 말게."

"예, 각하 그대로 수행하겠습니다."

며칠 후 강 비서관은 날선동 황금성을 관할하는 신경환 경찰청장을 모처로 불러올렸다. 그는 각하가 특별히 신임하는 지방 경찰청장이었다. 그는 벌써부터 내년 초에 있을 경찰청장 후보 물망에 오를 정도로 신망이 있는 인물이었다. 더구나 강 비서관과는 중학교 3년 선후배 사이였다. 이왕에 같은 값이면 다홍치마라고, 강 비서관은 후배인 신 청장을 밀고 있었다. 둘은 강 비서실장이 관리하는 강남의 모 빌라에서 만났다. 신 청장이 먼저 물었다.

"오늘 무슨 일이기에 이렇게 갑자기 부르셨습니까?"

"이건 아주 중대한 일이오. 꼭 보안을 지켜주고 그대로 실행에 옮겨야

해요."

"뭐지요?"

"황금성이라고…"

"황금성이 어떻게 되었지요?"

신 청장은 주기적으로 황금성 김철구 회장을 만나서 로비자금을 받아 오고 있었다. 날선동 황금성 관할 경찰청장은 으레 그러러니 하고 넘어 가는 것이 관례였다.

"이건 각하의 의중이오. 이번에 황금성을 분해시키기로 결정 했소. 저들이 존재하는 한 이 땅의 기독교는 왜곡이 점점 더 심해질 것이오. 이러니 기독교계 원로목사들도 암 덩어리인 황금성을 제거해야 한다고 그동안 계속해서 각하에게 탄원서를 올렸소. 결국 각하께서는 원로목사들의 의중을 헤아려서 실행에 옮기기로 작심을 하신 거요. 신 청장은 이번 일에 주도적으로 나서야 하오."

"명령을 따르겠습니다. 각하의 의중이시라면 어디 감히 거역을 하겠습니까? 지침만 내려주시면 그대로 실행하겠습니다."

그때서야 강 비서관은 가방에서 두툼한 서류 뭉치들을 내놓는 것이었다. 그것을 신 청장에게 건네주면서 말을 이어갔다.

"이건 청와대 민정실에서 작성한 문건이오. 사실 이 첩보는 경찰로부터 정보부를 통해서 올라온 것을 분석한 것이오."

그 문건을 몇 장을 넘기던 신 청장의 얼굴이 갑자기 검은빛으로 변하는 것이었다. 그 문건에는 야당의 위원이 국정감사에서 자기를 염두에 두고 제기한 의혹도 들어 있었다.

솔직히 말해서 황금성을 해체하는 문제를 놓고는 삼인삼색이었다. 먼저 곽 대통령의 개인적인 욕심이 우선이었다. 황금성을 두드리면 반드시 거액이 나오게 된다는 것쯤 잘 알고 있었다. 그는 아들 병칠을 시켜 김철구 회장을 접촉하도록 분위기를 만들고 있었다.

원로목사들의 욕심 또한 어마어마했다. 황금성은 전국에 교회를 갖고 있었다. 황금성이 해체되면 그것들은 법에 저촉되어 자연히 자기들에게 넘어오게 되어 있었다. 또 김영일 교주가 곳곳에 박아놓았던 부동산에 탐이 나는 것이었다. 황금성이 산산조각이 나더라도 아야 소리도 못하는 것은 정관 변경이 조건부로 허가되었기 때문이다.

〈만약 황금성이 십자가를 부정하거나 멀쩡한 인간이 하나님이라고 주장하면서 국민과 신도들을 기망할 경우 정관 변경은 취소된다.〉

곽 대통령은 이 내용을 근거로 황금성을 해체시킬 수 있다는 유권해석을 받아놓았다.

강항로 비서관은 신 청장에게 문건을 넘겨주면서 디데이를 정해서 알려주겠다고 통보하고 안가에서 나왔다.

이렇게 되자 신 청장의 고민은 깊어질 수밖에 없게 되었다. 이걸 두고 진퇴양난(進退兩難)이라고 해야 딱 맞아떨어질 것이다. 신 청장은 황금성이 자기에게 미칠 효용가치를 놓고 저울질을 했다.

경찰청 총수에 오르는 데도 김철구 회장의 전폭적인 지지가 필요했다. 또 청장을 마치고 정계로 진출하는 데도 황금성 김 회장의 지원을 받아야만 했다. 이러니 각하가 보낸 '사이비 종교 황금성 해체 기획안'을 놓고 고민을 하지 않을 수 없었다. 그는 며칠을 두고 장고에 들어갔다. 그는 오랜 숙고 끝에 결론을 내렸다.

"각하의 임기는 불과 1년여 밖에 남지 않았지만 황금성은 주인이 있기 때문에 영속성을 갖고 있어. 여기서 나는 김철구 회장의 바짓가랑이를 잡는 게 출세에 도움이 돼."

그는 현직 고위 경찰간부로서 각하에게 충성을 다 해도 모자랄 판에 배신의 길을 선택하기로 했다. 사이비 종교단체의 수장에게 자기의 운명을 맡기기로 결심한 것이다.

이런 것을 모르는 강 비서관은 신 청장과 수시로 읍어로 된 문건을 주고받으면서 황금성 해체 작업을 진두지휘하고 있었다.

청와대에서 최종 문건이 내려온 날, 신 청장은 김 회장에게 직접 전화를 걸었다.

"회장님, 접니다. 혹시 시간 되시면 조만간 뵙고 드릴 말씀이 있습니다."

김 회장은 신 청장이 전화를 걸면 거절한 적이 없었다. 그만큼 정보가 필요했기 때문이다.

신 청장은 사복차림으로 김 회장이 지정한 그랜드 호텔로 갔다. 둘은 오래 전부터 알고 지내는 친구처럼 격식 없이 자리에 앉았다. 김 회장이 먼저 입을 뗐다.

"청장님, 무슨 일이십니까?"

"이건 정말 김 회장님께 청천벽력 같은 일입니다."

"뭔데 그러십니까?"

"각하께서 김 회장님을 아주 밉게 보시고 계십니다."

"아니, 뭐 때문에 그러시죠? 대선에 성공하셨을 때 드린 돈이 얼만데요?"

"혹시 가능하시면 열흘 안에 해외로 도피하시죠?"

"뭐요? 해외로 나가라고요? 맙소사…"

"열흘쯤 있으면 김 회장님께 출국금지가 내려질 수 있습니다."

지방경찰청장이라는 자가 각하의 은밀한 계획을 통째로 김철구 회장에게 일러바치고 있는 것이었다.

"청장님, 좀 더 구체적인 내용을 알려 주시죠? 그러면 인사를 진하게 하겠습니다. 부탁합니다."

이쯤에서 신 청장은 자기의 앞으로의 행보를 밝히지 않을 수가 없었다.

"회장님, 저는 지역경제 발전에 이바지하고 있는 황금성의 입장을 지지하지 않을 수 없습니다. 그래서 회장님께 고위공직자인 제가 미리 말씀을 드리는 것입니다. 저는 여기서 옷을 벗는 한이 있어도 회장님과 한 배를 타고 가겠습니다. 풍랑이 몰아쳐서 배가 침몰이 되는 한이 있어도 회장님 곁을 지키겠습니다. 그 다음에 여기 지역구에서 국회로 가겠습니다. 좀 도와주십시오."

"아… 좋아요 좋아. 얼마면 되겠습니까?"

"그건 회장님께서 헤아려 주십시오."

"10억이면 되겠습니까?"

신 청장은 10억이라는 말에 껌 값처럼 느껴져 너무 실망이 되었는지 다음 단계의 전략을 공개했다.

"회장님, 각하께서 디데이에 황금성을 압수수색하라는 지침을 내렸습니다."

"예? 정말요?"

이 말을 듣더니 김 회장의 얼굴은 겁에 질려 새파랗게 변하는 것이었다. 그는 하도 당황해서 그런지 말을 더듬거리면서 신 청장을 바라보았다. 넋이 나간 것처럼 보였다.

"청장님, 20억을 내놓겠습니다. 그것만은 막아주시죠. 나는 미국으로 출국하겠습니다."

"아닙니다. 50억을 생각해 주시면 나머지는 제가 알아서 정리하겠습니다."

그날 둘은 점심을 먹자마자 각자 제 갈 길로 갔다. 신 청장은 50억이 들어오면 바로 실행에 옮기기로 했다. 다음날 그는 강 비서관을 밀실에서 만나서 김 회장의 의중을 전달했다.

"비서관님, 황금성은 우리 경제의 한 축을 맡고 있습니다. 더욱이 최근에는 정보통신에서 특수강 분야까지 투자를 확대하여 2만여 개의 일자리를 창출하고 있습니다. 이번에 각하께서 한 번 방문하셔서서 김 회장을 만나시는 것도 좋을 것 같습니다."

"그건 각하께 보고를 드려 결심을 받아야 하는 일입니다. 아마 좀 곤란하지 않을까 생각됩니다."

"만약 각하께서 은밀하게 황금성을 방문하신다면 충분하게 방패를 쳐드릴 수 있습니다. 제가 방패를 쳐드려야만 안심할 수 있습니다."

"가능한 한 빠른 시간 안에 각하의 결심을 받아서 연락을 하겠습니다."

이날부터 불과 사흘 만에 각하가 적당한 날에 황금성을 방문해서 김 회장을 만나겠다는 의견을 보내왔다. 신 청장은 아주 은밀하면서 바쁘게 움직였다. 이건 하나부터 열까지 혼자서 움직였다.

곽 대통령은 철통같은 보안 속에 황금성을 방문하기로 합의가 이루어졌다. 그 자리에는 청와대 비서실장, 민정수석, 영부인, 아들 곽병칠이

동행하는 것으로 정했다.

곽 대통령이 황금성을 방문하는 그날 날선동 지방경찰청은 황금성 총무국에 13명의 경찰을 투입해서 컴퓨터와 문서들을 압수수색 했다. 경찰은 사전 합의에 따라 진짜 증거서류는 놔두고 오래된 문서와 신문, 잡지들을 압수수색 박스에 담았다. 일종의 쓰레기 청소작전이었다. 경찰은 이들을 모아서 주황색 5톤 트럭에 가득 실었다.

상황이 이렇게 급박하게 돌아가는데도 김철구 회장은 어쩔 줄을 모르는 게 아니라 희희낙락하는 표정이었다. 다들 김 회장이 길길이 뛸 것으로 알고 있었는데 그와는 정반대의 모습이었다.

곽 대통령은 이런 사실을 다 알고 있으면서도 모른 척 시치미를 떼고 있었다. 김 회장은 총무과 이성길 과장의 숨 넘어 갈듯 다급한 목소리로 하는 보고를 받았다.

"회장님, 이거 큰일 났습니다. 경찰이 영장도 제시하지 않고 총무국을 이 잡듯 수색하고 있습니다."

"거긴 지금 누가 있나?"

"현재는 저밖에 없습니다."

"빨리 장만복 경비대장을 불러라."

김철구 회장은 정신이 혼미한 척했다. 곽 대통령이 황금성을 방문하는 날에 이런 일이 일어날 것으로는 꿈에도 생각을 못했던 일이었다. 그는 체면 불구하고 욕설을 차지게 내뱉었다.

"아니 도대체 시부럴 등신 같은 것들이 원하는 게 뭐야? 이건 병 주고 약 주는 거야?"

그때 인터폰에서는 장만복 경비대장의 목소리가 다급하게 들려왔다.

"회장님, 넘버원께서 입구로부터 5킬로미터 지점까지 접근했습니다."
넘버원이란 대통령을 가리키는 용어였다.
김 회장은 보고를 받자마자 불에 덴 강아지처럼 달려 나가 롤스로이스에 올라탔다. 대통령의 황금성 방문은 초특급 비밀이었다.
철벽보안 속에 곽 대통령의 황금성 방문이 추진되었던 것이다. 대통령이 탄 차가 정문으로 들어서자 김철구 회장은 허리를 90도 넘게 구부려 예를 깍듯이 표시했다.

그날 황금성에는 김철구 회장을 빼고는 모든 사람의 출입이 금지되었다. 모든 창문에는 커튼이 설치되었다. 입구가 보이는 건물에는 경비가 배치되어 창가를 엄중하게 감시했다. 비록 휴일이기는 했지만 대통령이 일개 사이비 종교단체를 극비리에 방문하는 일로 청와대를 비운다는 것은 우리 헌정 사상 초유의 일이었다.
곽선칠 대통령은 황금성 회장실로 안내받아 갔다. 곽 대통령이 황금성을 방문한 것은 순전히 돈 때문이었다. 사실 에스그룹 같은 재벌한테 통치자금을 받는 게 가장 쉬운 일이기는 하지만 뒤끝이 사나웠다. 그동안 에스그룹이 정치계나 법조계, 언론계에 돈을 뿌린 사실은 거의가 다 들통이 났다. 김철구 회장은 대통령 앞에 서서 황금성의 현황을 설명했다. 이때 곽 대통령은 김철구 회장의 브리핑에는 영 관심이 없어 보였다.
"오늘 각하께서 누추한 황금성을 방문해 주신 데 대해 무한한 영광으로 간직하겠습니다. 저의 황금성은 현재 22개 기업을 거느리고 있으며 약 2만 명의 근로자가 일하고 있습니다. 올 하반기에 2천 개의 일자리를 더 창출할 계획입니다."

이때 눈을 게슴츠레하게 뜨고 있던 곽 대통령이 김 회장의 말꼬리를 잡고 늘어졌다. 이렇게 말꼬리를 잡고 늘어지는 것은 뭔가 불만이 있다는 징표였다.

"잠깐, 여기 근로자들의 평균임금은 얼마나 됩니까?"

김철구 회장은 이런 질문을 받고나니 쥐구멍이라도 있으면 들어가고 싶었다. 그렇다고 대통령에게 허위보고를 할 수는 없는 노릇이었다.

"아, 예, 아, 예… 그러니까요…"

"아니 김 회장, 그게 무슨 보안입니까? 어서 얘기해 보세요."

"정확한 통계는 다시 뽑아서 보고를 올리겠습니다. 각하."

곽 대통령의 이런 질문은 강항로 비서관이 적어준 것을 그대로 읽었을 뿐인데, 김철구 회장은 그만 정신이 나간 것이었다. 이렇게 송곳질문을 던져야 김철구 회장이 주는 자금이 커지게 된다. 한 마디로 장사가 되는 것이다.

사실 곽 대통령은 이미 황금성에서 임금 착취가 무지막지하게 일어나고 있다는 것을 보고로 알고 있었다. 대통령은 서두르고 있었다. 오늘 여기 온 게 만에 하나 드러나면 마땅히 둘러댈 말이 없다.

"어서 다음으로 넘어갑시다."

"여기 보시면 아시겠지만 지난해 우리 황금성은 29개 국가에 12억불의 물건을 팔았습니다. 여기 B일보가 황금성은 지역경제에 기여한 게 없다는 보도는 사실을 왜곡 보도한 것입니다. 저희는 B일보에 대해 명예훼손에 따른 손해배상을 청구해놓고 있습니다. 이상으로 브리핑을 마치겠습니다."

그때 비서가 쪽지를 건네는 것이었다. 슬쩍 곁눈질로 봤더니 '압수수색 차량'이 서울로 출발했다는 것이다. 아무리 신 청장과 어느 정도 합의가 되어 있기는 했지만 영 마음이 편할 수가 없었다.

그때 대통령이 일어서더니 화장실로 가는 것이었다. 그는 대통령 곁으로 다가가서 메모지를 전달했다.

〈오늘 각하께서 저희 황금성을 방문하신데 대해 20억 원을 준비했습니다.〉

각하는 그걸 슬쩍 쳐다보더니 얼굴 색 하나 안 변하는 것이었다. 그건 맘에 안 든다는 의미였다. 그때 옆에서 대통령의 아들 병칠 회장이 보자는 쪽지가 전달되었다. 김 회장은 얼른 자리를 옮겨갔다. 거기에는 아들이 초승달 같은 눈초리로 김 회장을 노려보고 있었다.

"아이고 회장님, 송구스럽습니다. 이렇게 찾아주셨는데 각하께 브리핑을 하느라 신경을 못 썼습니다. 너그럽게 용서하시기 바랍니다."

"아니, 김 회장님, 황금성에서는 아직도 이런저런 추문들이 계속 들리고 있습니다. 이제는 개방을 하고 국민들에게 알릴 것은 알려야 되지 않겠습니까?"

이것은 원로목사가 써준 것을 그대로 말로 옮긴 것이었다. 사람들은 대통령의 차남은 영혼이 없는 허수아비 같다고 비방하고 있었다. 이 말에 김 회장은 뭐라고 답변해야 좋을지 몰라 우물쭈물 거리고 있었다.

"예, 좋은 지적이십니다. 지난해부터 저희도 일부 기업에 일반시민들도 주식을 살 수 있도록 조치했습니다. 자연히 주식을 갖게 되면 관심이 높아지게 됩니다."

"물론 일반인이 황금성 주식을 사고팔 수 있도록 하는 것도 중요하지만 이런저런 범죄가 일어나고 있다는 제보가 줄을 잇고 있습니다. 이를 테면 김 회장님의 선친인 김영일 교주가 살해되었다는…."
 곽병칠 회장은 김철구 회장의 눈치를 보면서 이쯤에서 말을 끊는 게 좋다고 판단을 했는지 뒤끝을 흐리는 것이었다. 이 말이 나가자 김철구 회장은 갑자기 얼굴에서 땀이 비 오듯 흐르는 것이었다. 김 회장은 곽병칠 회장의 손을 덥석 잡았다.
 "아니, 회장님, 그런 루머를 믿으십니까? 소문이야 뭔들 못하겠습니까? 그건 저를 음해하려고 지어낸 악성 루머입니다. 선친은 아주 평온하게 눈을 감으셨습니다. 임종을 지켜본 사람들이 저 말고도 9명이 있습니다."
 "그런데 그 당시 간호사가 어디론가 사라져 행방불명이라는 소문도 있습니다. 누군가가 그 간호사의 생존 여부를 알아봤는데 1994년 이후 어떤 움직임도 전혀 없었다는 겁니다."
 이렇게 집요하게 파고들자 그만 김 회장은 더 이상 버티기가 어렵다고 판단을 했는지 납작 엎드렸다. 그러더니 여기서 나간 사람의 신상까지는 알 수가 없다고 엄살을 피우는 것이었다.
 "회장님, 다음에 날을 잡아주시면 해수시장과 국회의원을 보내겠습니다. 저를 선처해주시기 바랍니다."
 이제야 김철구 회장은 자기가 아버지를 살해했다는 것을 간접적으로 인정하는 것이었다. 그런데 김 회장이 곤경에 처할 때마다 해수시장과 국회의원이 나서주어 사건을 해결하거나 덮는 역할을 해주었다. 이들은 악어와 악어새의 관계를 유지하고 있었다. 사실 대통령의 아들이 검찰에 한 마디 하면 김철구 회장은 하루아침에 구속되고도 남을 만한 범죄를 저지른 것이었다.
 "김철구 회장님, 잘 알았습니다. 그런 소문이 있어서 말해본 것이고 더는 그런 말들이 나와서는 안 되도록 해주시기 바랍니다."

대통령의 아들 곽병칠은 김철구 회장이 자기 아버지 김영일 교주를 살해한 정보를 내부자의 제보로 알게 되었다. 그는 이것을 강항로 비서관에게 알려 검찰이 수사를 하도록 했다. 이 사건을 배당받은 고영건 검사는 장남 김철성을 마약 소지로 구속한 다음 김철구 회장이 아버지를 살해했다는 진술을 확보했다. 이렇게 자신의 운명이 풍전등화처럼 되자 김철구 회장은 이상식을 검사에게 보내서 빅딜을 시도했다. 고영건 검사는 아무 말 없이 이상식을 바라만 볼 뿐이었다.

이때 김철구 회장은 두 가지를 생각하고 있었다. 하나는 얼마를 먹여야 입을 막을 수 있을까 하는 것이었다. 또 이 새끼가 대통령 아들이면 아들이지 지가 뭔데 남의 집 밥상에 배 놔라 감 놔라 하는 것인지 은근히 부아가 돋는 것이었다. 그는 잠깐 양해를 구하고 금고지기 김종해 사장을 불렀다.

"김 사장, 정말 큰일 났다. 곽 대통령이 우리 황금성을 공중분해할 수도 있을 것 같은 분위기다. 금고에서 현찰로 200억을 준비하기 바란다."

"예, 회장님, 황금성 공중분해를 막을 수만 있다면 200억은 싸게 먹히는 겁니다. 준비하겠습니다."

김 회장은 바로 곽 대통령이 쉬고 있는 곳으로 다가갔다. 그가 대통령 곁으로 다가서자 눈치 빠른 영부인이 얼른 자리를 비켜주는 것이었다.

"각하, 너무 무료하게 해드려 송구스럽습니다. 오늘 200억을 준비했습니다. 각하께서 출발하시면 200억을 실은 차를 한 대 보내겠습니다."

"그래요? 우리가 여기 온 것은 그게 다는 아닌데… 일단 고맙소. 김 회장. 그런데 날선동 재개발 토지 건도 병칠이가 도와줄 수 있도록 조치를 해주시오."

"알겠습니다. 각하. 꼭 한 식구가 되어 날선동 토지를 개발하도록 확약서를 작성해드리겠습니다. 충성."

이때 각하는 강항로 비서를 부르는 것이었다.

"강 비서, 빨리 이리 와보게."

"각하, 무슨 일이십니까?"

"아까 압수수색 증거물을 싣고 간 차는 어디쯤 가고 있나?"

"방금 출발했습니다. 아마 해수 요금소에 접근하고 있을 것 같습니다."

"강 비서관, 얼른 연락해서 유턴하라고 하게."

그는 전화를 꺼내서 연락을 시도했다. 두 번 만에 그쪽에서 전화를 받았다. 강 비서관은 아주 생생한 목소리로 지시를 내렸다.

"지금 어디쯤 가고 있나"

"해수 요금소까지 2킬로미터 남겨놓고 있습니다."

"그러면 거기서 유턴하기 바란다. 다시 황금성으로 돌아가기 바란다."

"예? 뭐라고요?"

"지금 말씨름할 겨를이 없다. 유턴해서 원위치하기 바란다."

"알겠습니다."

200억 원이 위력을 발휘하는 순간이었다. 압수수색 물품을 싣고 서울로 가던 차량은 황금성으로 되돌아와서 모든 것을 다 풀어놓고 빈차로 나갔다.

26

후계자 제거 음모를 꾸미다

황금성 재산을 둘러싼 형제의 전쟁은 2라운드로 접어들고 있었다. 김 회장은 유산 상속 소송에서 모두 승소했다. 김철구 회장은 날선동 주민 협의회 지달수 회장과 공모하여 법원으로부터 '황금성 재산'이 '신도들의 재산'이라는 판결을 받아냈다. 법원은 원고의 아버지인 김 교주의 재산이 아니라 황금성을 만든 모든 신도들의 재산이라고 판결을 내렸다.

이렇게 판결이 나자 소송 자체가 공중에 뜨게 되었다. 당장 누구를 상대로 재산 상속을 요구하는 소송을 해야 할지 모르게 된 것이다. 황금성 재산은 아버지 것도, 동생 철구의 것도 아니었다. 신도들이라면 과연 누구를 말하는 것인가. 살다 살다 이렇게 애매모호한 판결은 처음이었다. 장남 철성은 너무 분해서 참을 수가 없었다. 같은 피를 이어받은 형제끼리 그렇게 매정하게 대하는 동생이 죽이고 싶도록 미웠다.

그때 사촌 철무가 하나의 묘책을 생각해냈다. 사람이란 그냥 앉은 자리에서 죽으란 법은 없는 것 같았다. 장남 철성과 사촌 철무는 철구를 제거하기로 합의를 보았다.

〈철구를 제거하고 재산을 탈취하자.〉

철성은 사촌 철무를 호텔로 불러냈다. 그 역시 동생에게 단돈 일원 한 장 받지 못하자 이를 갈며 방책을 강구하고 있던 참이었다. 오랜만에 만난 이들은 둘이 힘을 합쳐 재산을 되찾아오자고 머리를 맞댔다. 철성이 먼저 말을 꺼냈다.

"우리는 패자가 되었다. 그래 우리 신세가 어쩌다 이렇게 되었냐? 이제 더는 시간이 없다. 서둘러야 한다. 너는 어떻게 했으면 좋겠는지 말해봐라."

"형님, 아무래도 우리 힘만으로는 안 됩니다. 정권의 힘을 빌려야 할 것 같습니다. 곽선칠 정권의 실세는 정보부 차준 부장입니다. 그 사람이면 김 회장 하나쯤은 거뜬히 처리할 겁니다. 제거에 성공했다면 바로 동부파 두목 한범호를 내세워 황금성을 접수하면 됩니다. 한번 해보시겠습니까."

"좋기는 한데 거기에 들어갈 자금은 어떻게 하면 되겠니?"

"아이 형님, 이런 큰 프로젝트는 성공보수로 합니다. 그건 염려 안 해도 됩니다. 문제는 그 정도 자금력이 있는 데를 찾는 것입니다. 누구 없을까요?"

"철무야 이리 가까이 오너라. 내가 정보부 차준 부장하고 잘 통하는데 한 번 부탁을 해보면 어떨까?"

"그래요? 잘 됐네요. 그쪽은 마음만 있으면 김 회장 하나쯤은 쥐도 새도 모르게 처리할 수 있습니다. 형님, 성공보수를 아주 후하게 주는 조건으로 하시죠. 어차피 김 회장은 그 안에서 오래 못갑니다. 그 김종해란 인간이 생긴 것보다 무서운 놈입니다. 제 생각으로는 김종해가 김 회장을 제거할 것입니다. 그러면 황금성 재산은 산산조각이 나게 됩니다. 신도들 모두의 재산이라는 것은 어느 누구의 재산도 아니라는 것입니다. 짧게 요약하면 황금성 재산은 주인이 없다는 것입니다. 그러니까 먼저 먹는 놈이 임자라는 것입니다."

철성은 눈을 치켜뜨고 철무를 향해서 약간은 격앙된 목소리로 말했다.

"야, 너, 안 보는 사이에 똑똑해진 것 같다. 옛날의 네가 아닌 것 같다. 철무야, 요즘 정치권에 떠돌고 있는 첩보인데 곽선칠 대통령이 북한 수장을 만나서 통일을 담판 짓겠다고 하는데 문제는 돈이라는 거야. 그러니까 수천억 원의 비자금이 필요한데 마련할 길이 없다는 것이거든. 이건 국회의 동의를 받아서 하려면 아마 정권이 서너 번 바뀌어야 가능할 거다."

"그러면 15년에서 20년은 걸린다는 얘기네요. 형님, 그러니까 아이디어가 떠올랐네요. 철구를 제거하고 형님과 제가 황금성을 접수하면 5조 원을 주겠다고 제안을 해보시죠. 제 판단으로는 덥석 물 것 같네요."

"야. 우리가 진작 왜 이 생각을 못했을까? 그러면 내일 당장이라도 김 부장 비서가 있거든. 황 실장이라고, 내가 만나서 상의할게."

형제는 7년 만에 오징어 안주에다 맥주를 마시면서 회포를 풀었다. 술이 들어가자 철성이 갑자기 엉엉 우는 것이었다. 그 소리가 얼마나 컸던지 귀가 따가울 정도였다.

"철무야, 이 형이 못나서 동생한테 다 빼앗기고 소송에서도 패했다. 정말 미안하다. 이제는 피를 나눈 형제지만 김 회장을 죽이는 길밖에는 달리 방법이 없다. 내가 그놈을 꼭 제거하겠다. 우리 힘을 모으자."

"형님, 정말 이 길밖에는 다른 길이 없는 걸까요?"

"이제 주사위는 던져졌다. 더는 뒤를 돌아보지 말고 앞으로 나가자. 이것이 최선의 길이다. 사내가 전쟁에 나아가 패하면 깨끗하게 죽는 것도 영광이다. 구차하게 산다는 것은 치욕이다. 형을 믿고 도전해보자. 철무야."

철성은 다음날 우즈앤오크 호텔로 가고 있었다. 거기에는 차준 국가정보부장의 비서 황 실장이 가끔 머무는 사무실이 있었다. 이런저런 고민에 머리가 지끈지끈 아파왔다.

한편으로는 가슴에 맺힌 한을 풀고야 말겠다는 각오를 새삼 확인하는 것도 즐거운 일이었다. 3층으로 올라가 303호 앞에 서서 호흡을 가다듬었다. 그 앞에서 벨을 눌렀더니 황 실장이 문을 열어주었다.

"실장님, 오랜만입니다. 잘 지내셨죠. 어제 전화로 말한 것을 오늘 직접 뵈면서 상의하고 싶어서 왔습니다."

"자, 차나 한 잔 마시고 차근차근 얘기하시죠. 그것은 워낙 중대한 사건이어서 보고를 하고 기다려야 합니다. 제가 메모를 할 테니까 의견을 말해 보시죠."

"사실 알고 나면 간단합니다. 철구를 살해하는 것입니다. 그러면 우리가 황금성을 접수하고 여기는 성공보수를 챙기면 됩니다. 사극에도 이런 장면이 자주 등장합니다."

"물론 지나고 보면 간단하지만 당사자들은 목을 내놓고 싸우는 것입니다. 지금 돈을 잡지 못한 상태에서 싸우면 성공 확률은 낮습니다. 그렇다고 손가락만 빨고 있으면 안 되죠."

"여기서 문제는 돈입니다. 저는 땅은 있는데 누가 땅 보고 대출을 해주겠습니까? 우선 자금을 대줄 수 있는 사람이 있어야 합니다. 성공보수로 하는 것으로 하고 자금을 투입하면 됩니다."
 "잘 알았습니다. 우선 투장님께 보고를 드린 다음에 연락드리겠습니다. 너무 앞서가면 안 됩니다. 성급하게 되었다고도 아니면 안 된다고도 판단하지 마십시오. 최선을 다하겠습니다."

 한 달이 다 되어가는 어느 날 오후, 황 실장한테서 전화가 걸려왔다. 뭔가 미안하게 생각하는 분위기가 느껴져 조금 실망스러웠다. 한편으로는 안 될 일이면 전화로 통보하면 되는데 구태여 만나자고 하는 것을 보니 지레 실망할 일만도 아닌 것 같아 약속장소로 나갔다. 형식적인 인사가 오가고 차를 시켰다.
 "최고 책임자의 낙점을 받느라고 시간이 오래 걸렸습니다. 오케이가 떨어졌습니다. 이제 진행하시면 됩니다. 당분간 우리가 지정해 준 곳으로 숨어야 합니다. 강남에 있는 슈퍼달리구 호텔을 잡았습니다. 거기서 당분간 머물기 바랍니다."
 "그렇게 하겠습니다. 김 회장이 서울에 올라온다는 첩보가 있습니다. 세검정입니다. 거기서 탤런트 노아영과 밀애를 즐길 겁니다. 주소는 여기 있습니다."
 누군가가 비용을 대지 않으면 이 작업은 거의 불가능할 것으로 보였다. 물론 성공을 확신한다면 너도나도 줄을 서겠지만 저쪽은 만만한 상대가 아니다. 철성은 황 실장에게 물었다.
 "김철구 회장을 살해하는 데 들어갈 작업비는 어떻게 충당하게 되나요?"
 "그것은 신경 쓰지 마십시오. 자금이 해결되지 않았으면 착수는 감히 꿈도 꿀 수 없습니다. 오늘부터 이 작업이 끝날 때까지 이 호텔에 계속 머물러 있어야 합니다. 특실을 마련했습니다. 거기에는 헬스기구가 있고 영화는 극장 상영과 동시에 볼 수 있습니다. 다만 녹화는 안 됩니다. 외출은 특별 조치가 있을 때만 가능합니다."

그는 선선히 김철구 회장을 제거하고 나면 5조원을 대북 자금으로 내놓기로 합의각서에 사인했다. 정보부는 슈퍼달리구 호텔에 철성을 투숙시키고 해결사를 선발해 본격적인 공작에 들어갔다.

한편, 차준 국가정보부장은 양다리 전략을 동시에 구사하기로 했다. 김철구 회장에게 형을 제거해 주는 조건으로 돈을 받아내는 것이었다. 김 회장은 등물적 감각의 소유자였다. 그것은 아버지에게 물려받은 유전자일지도 모른다. 그는 요 근래 시시각각 자기를 향한 어떤 음모가 진행되고 있다는 것을 느끼고 있었다.

싸움의 근본적 원인은 김 교주가 재산을 정리하지 않고 갑자기 세상을 떠났기 때문이었다. 철성은 그것이 불만이었다. 아버지가 말년에 자신이 하나님 구세주라는 논리에 빠져들지만 않았어도 재산을 정리할 수 있었을 것이다. 또한 동생 김 회장이 방해만 하지 않았어도 문제가 이처럼 엉킨 실타래 같이 꼬이지는 않았을 것이다. 아버지에 대한 서운한 감정과 모든 재산을 독점한 동생에 대한 분노가 겹쳐졌다.

지난밤의 섹스파티로 피로했던 철성이 낮잠을 즐기고 있는데 김종해 사장이 전화를 걸어왔다.

"회장님, 급히 드릴 말씀이 있습니다. 시간 되시면 올라가겠습니다. 지금 당장…"

"뭐 그렇게 급한 일인가? 그러면 올라오게."

김종해 사장은 단숨에 달리다시피 해서 김철구 회장의 집무실로 향했다. 그가 집무실에 도착하자 모니터로 보고 있던 경호실장이 문을 열어 주었다. 그는 숨이 가빠서 말을 제대로 못할 정도였다.

"회장님, 저기 창가로 가시죠. 혹시 몰라서 그럽니다. 방금 들어온 첩보입니다. 철성과 철무가 회장님을 제거하기로 모의하고 작업에 착수했다는 것입니다. 당분간 서울은 가시지 않는 게 좋을 것 같습니다."

"이 첩보는 어디서 들어온 것인가?"

"정보부에 심어놓은 우리 편이 보내준 것입니다. 100퍼센트 믿으셔도 됩니다. 더 놀라운 것은 곽선칠 대통령이 여기에 개입이 되었다는 의혹이 짙다는 겁니다."

에스그룹은 한국에서 첩보가 가장 정확한 것으로 정평이 나있었다. 두 번째는 황금성 김 교주였으며 세 번째가 정보부라는 우스갯소리가 떠돌고 있었다. 그 이유는 황금성의 신도들이 요소요소에 고르게 분포되어 있다는 점이다. 그들은 수시로 들어오는 첩보를 빼돌려 황금성으로 전달한다. 황금성의 첩보 창구는 김종해 사장이었다.

"아니 대통령이 그렇게 할 일이 없나, 왜 나를 제거하는 데 개입하는 거야. 정작 해야 할 일은 안 하고 엉뚱한 데 신경을 쓰니까 경제가 엉망이지. 안 그래? 대통령이 도대체 뭣 때문에 그러는 거야?"

"바로 돈 때문입니다. 비정상적인 통치자금이 더 필요한 겁니다. 금액으로는 약 5조원이라고 합니다. 그 돈은 정부 예산으로는 마련이 어렵습니다. 국회를 거쳐야 하니까요."

"그쪽에서 무슨 사인이 없었나?"

"여러 번 있었죠. 제 눈치만 보는 겁니다."

"구체적으로 요구한 게 있나?"

"당연히 있었죠."

"얼마를 요구했나?"

"5백억 원을…"

"그래. 그러면 김 사장이 전적으로 책임을 지고 거길 만나서 요구에 응하라구."

두 사람은 이심전심(以心傳心) 마음이 통하고 있었기 때문에 서로 마주보고 웃었다. 이 대표는 사무실로 내려와서 정보부 차준 부장에게 회장님께서 통치자금을 지원하기로 했다고 통보했다.

다음날 오후 4시가 넘어 철성은 6개월 동안 머물렀던 특실에서 쫓겨났다. 그때까지 호텔 특실료만 5억 원이 넘게 나왔다. 이런 속사정을 모르는 철성은 하루아침에 황제에서 거지로 추락했다.

철성은 한참 뒤에야 김 부장과 동생 김 회장이 공모했다는 것을 알게 되었다. 이렇게 정치권력의 힘을 빌려 황금성을 되찾으려는 꿈은 수포로 돌아가고 말았다. 그때 이후 철무를 봤다는 사람은 아무도 없었다. 철무는 실망감에서 은둔하고 있다는 얘기도 있었고 김 회장에 의해 살해되어 용광로 불길 속에 던져졌다는 소문도 떠돌았다.

3년 전 한여름이었다. 그때는 오후 7시가 될 즈음이었다. 최 목사는 수곡동에 일이 있어 갔다가 에스마트 버스 정류장에 쇼핑백을 들고 서서 버스를 기다리고 있는 사람을 보았다. 눈에 익은 모습이었다. 철무를 닮은 것 같아서 차를 돌려 다시 그리로 갔다. 정류장 앞에다 차를 세우고 다가가보니 진짜 철무였다. 그는 속칭 백수들이 입는 파란색 바탕에 옆에 하얀색 줄이 쳐진 운동복차림이었다.

최 목사는 약 10미터 전방에서 '철무 형!'하고 큰 소리로 불렀다. 그는 누가 자기 보고 형이라고 부르는가, 해서 눈을 크게 드고 두리번거렸다. 그러다 어릴 적에 매일 같이 놀았던 최경진라는 것을 알고서는 쇼핑백을 내동댕이치며 냅다 달아나는 것이었다.

"형님, 철무 형, 나 최경진이야. 왜 달아나는 거야. 거기 서 봐요. 할 말이 있어요."

아무리 소리쳐봤자 그는 쏜살같이 사라져버렸다. 그는 자기의 비참한 몰골을 후배에게 보이기가 싫었던 것이다. 그가 버리고 간 쇼핑백을 열어보니 목이 메었다. 그 안에는 라면 3봉지, 오이 3개, 파 한 단, 마늘 한 봉지가 전부였다. 동생 김 회장은 후계자가 되어 수백 조 원의 거액을 굴리면서 섹스 안찰과 마약의 쾌락을 느끼며 살고 있는데 철무는 라면 세 봉지 인생이 되어 있었다.

"아… 사람의 팔자가 이렇게 극과 극으로 갈리는구나. 김철두 회장은 수백조원의 재산을 독차지했는데 사촌은 겨우 라면 3봉지로 연명하다니, 이게 모두 김영일 교주의 탐욕이 빚어낸 죄악의 유산들이로구나."

철성은 김 부장에게 당한 배신감으로 거의 정신이 오락가락하는 폐인이 되어버렸다.

10월 중순, 최 목사는 신도가 입원한 병원에 가는 도중 전화를 받았다. 전화 너머에는 철성의 반가운 목소리가 들려왔다. 그는 도청을 당한다면서 여러 번 전화번호를 바꾸었다.

"형님, 오랜만입니다. 전화를 몇 번 했는데 안 받더라고요. 번호가 또 바뀌었네요. 무슨 일이죠?"

"내일 시간되면 잠깐 볼 수 있을까?"

긴장한 목소리로 보아 필시 철성의 신변에 심각한 일이 벌어지고 있다는 느낌이 들었다.

"예, 그러시죠. 시간과 장소만 찍어주면 그리 가겠습니다. 내일 뵙겠습니다."

천하의 종교재벌 김 교주의 장남이 개인 문제를 놓고 상의할 사람이 하나 없다는 것이 서글펐다. 철성은 무슨 일이 있으면 동생 철구의 친구인 최 목사를 찾았다.

그는 최 목사를 만나자마자 낙담한 듯 나지막이 중얼거렸다.

"철구가 나를 모욕하려고 아주 더러운 전략을 썼어. 조폭 김달만 사범에게 마약을 주사한 다음 내 부인을 겁탈하도록 시켰다. 그 겁탈 장면사진을 보내서 보고야 알았지. 난 이제 더 이상 부인의 얼굴을 볼 자신이 없더라고. 난 이제 영원히 황금성에 대해 관심을 끊고 살련다."

27

암매장 사건을 덮은 검은 뭉칫돈

검찰은 황금성에서 김 교주의 세 여자가 실종되었다는 첩보를 우연찮게 인지하게 되었다. 그런데도 수사는 제대로 이루어지지 않고 제자리였다. 경찰은 검찰의 지휘를 받아 여러 번 황금성을 드나들었지만 작은 단서 하나도 확보하지 못했다.

황금성에서는 하나님의 일을 하다가 죽으면 천국의 문은 저절로 열린다고 세뇌가 되어 죽음을 두려워하지 않았다. 30년 넘게 일가친척들과 단절되어 있다 보니 그들을 기억하는 사람들은 아무도 없었다. 죽으면 하나님의 나라에 들어가는 것을 가장 큰 행복으로 알고 있었다.

일반 기업들은 근로자가 일하다가 다치거나 질병으로 목숨을 잃으면 그 기업에게는 여러 가지 재제가 따르게 되지만 황금성은 밤에 트럭으로 실어다가 묻어버려 후환을 제거했다. 소문이 돌고 신고가 들어가도 공권력은 모른 체하기 일쑤였다. 황금성에서 주는 떡값 때문이었다.

동서지검 형사부 이하영 검사는 본격적인 조사에 착수했다. 몇몇 쏟아져 나온 증언들을 모아갔다. 증인이 문제였다. 사람들은 증인으로 나서 것은 한사코 거부하며 입을 닫아버렸다. 황금성 근처 도시에선 '황금성'이라고 운을 떼기만 하면 모두 고개를 갸웃이 돌렸다. 남루한 복장의 남자를 몇 차례 설득 끝에 한마디 겨우 들을 수 있었다. 그는 머리숱이 많이 남지 않아 이마가 매우 넓어보였다. 두꺼운 입이 툭 튀어나와 있었다. 그에 의하면 황금성은 지난 10년 동안 살인사건을 수십 건 자행했으며 시체들을 바다에 수장했다고 했다. 으슥한 골목에서 말을 하면서도 그는 엿듣는 사람이 없는지 주위를 살폈다. 막다른 골목엔 언제 버려졌는지 모를 검은 봉투가 좁은 공간을 가득 메우고 있었다. 불룩한 배 위로 살짝 터진 입구에선 고약한 냄새가 흘러나왔다. 쓰레기봉투는 꾸역꾸역 내용물을 쏟아내고 있었다. 살짝 드러난 내용물 사이엔 구더기가 꾸물거리고 있었다. 짧은 증언을 마치고 그는 짧은 다리로 총총거리며 사라졌다. 그가 사라진 곳은 어두운 기운으로 가라앉아 있었다. 그 말고는 길가를 지나다니는 사람들이 거의 없었다. 가끔 보이는 행인은 낯선 이하영 검사의 얼굴을 곁눈질로 보고는 옷깃을 여미고 발걸음을 재촉했다. 길가엔 모여서 이야기 하는 사람 하나 없었다. 보도블록 옆에 들어선 어느 집에선가 갓난아이의 울음소리가 들려왔다. 울음소리는 처량했다. 달래주는 사람이 없는 듯 낮고 구슬픈 울음소리는 점점 지쳐가고 있었다. 골목은 천천히 어둠 속에 파묻혀가고 있었다.
　대선을 앞둔 정치권은 요동을 치고 있었다. 경제는 잘 나가는데 항상 정치가 질척거리고 있었다. 차기 대선주자로 주목받고 있던 박주헌 의원이 부전동 재개발 사업과 관련해 수억 원의 뇌물을 받은 정황이 포착되어 수사를 놓고 국회가 난타법석을 떨고 있었다. 그는 자기가 뇌물을 받았으면 세종로 가로등에 머리를 박고 죽겠다는 등 막말을 하면서 결백을 주장했다. 여러 명의 정치인이 엮여 있어서 섣불리 칼을 들이댔다가는 뒤통수를 맞을 수 있어서 조심스러웠다.

〈얼마 전, 황금성에서 세 여자가 살해되어 암매장도 었다. 기획실 이계원 씨가 유력한 범인으로 추정된다.〉

이런 무시무시한 소문은 날선동 일대에 빠르게 퍼져나가고 있었다. 이것은 청와대 민정실을 통해 곽선칠 대통령에게도 보고되었다.

비서실장이 수석들과 회의를 마친 다음 은밀하게 보고할 것이 있거나 특이한 게 있으면 대통령을 별도로 만나게 되어 있었다. 실장은 대통령 집무실 앞에서 두 번 노크를 했다.

"들어와요. 뭐 별도로 보고할 게 있나요?"

대통령은 모레 발표할 대(對) 국민담화문을 다듬다가 고개를 들어 비서실장을 쳐다보았다.

"예, 있습니다. 황금성에서 불미스런 사건이 터졌습니다. 황금성은 정치바람을 타는 것으로 유명합니다. 걱정이 됩니다."

곽선칠 대통령은 황금성이라는 말을 듣자 또 거기냐는 표정을 지었다.

실장은 A4용지 한 장에 깔끔하게 정리된 문서를 대통령이 읽기 편하게 펼쳐 놓았다. 그걸 집어서 죽 읽어 내려가다가 눈살을 찌푸렸다. 대통령은 단정하게 넘긴 머리 한 올이 삐져나오자 쓱 뒤로 넘겼다. 칼라나 넥타이가 한 치의 흐트러짐이 없었다. 이 서류를 보니 지난번 거래했던 일이 선명하게 되살아났다. 황금성을 압수 수색하여 서류를 갖고 서울로 가다가 유턴한 사건을 기억해 냈던 것이다. 대선에서 황금성이 선거자금을 대려고 할 것이다. 곽 대통령은 그것을 두고만 보아야 함을 잘 알고 있었다. 자신도 돈을 받았기에 뭐라 말할 처지가 못 되었다.

김철구 회장은 회장실의 단단한 대리석으로 상판을 깔고 그 테두리는 오동나무로 두른 검은색 회장 책상에 앉아있었다. 그는 무슨 생각이 난 듯 회장실 문을 잠갔다. 검은 가죽으로 뒤덮인 회장 의자를 민 다음 회장 책상 안으로 들어가 가장 오른쪽 끝에 웅크리고 앉았다. 검은 정장을 위 아래로 맞춰 입고 웅크려 앉은 모양새는 꼭 석상 같았다. 그 곳에 앉은 지 1분여가 지날 무렵, 바닥 돌이 조금씩 들어가기 시작했다. 그러면서 옆 대리석도 함께 조금씩 올라갔다. 돌들이 움직이는 것이 멈추자 사람 한 명이 누워 들어갈 수 있을 만큼의 틈이 생겨났다. 그는 그 사이에 가파르게 내려가는 돌계단 속으로 들어갔다. 돌계단이 끝나고 바닥으로 들어가자 벽에 붙어있는 등이 한 번에 켜져 사위가 밝아졌다. 사방은 볕이 들지 않는 지하라서 이슬이 맺혀있었다. 바닥과 벽은 먼지로 퀴퀴한 냄새가 났고 거미줄이 덕지덕지 붙어있었다. 늘 축축해서 그런지 곰팡이가 벽지처럼 사방을 감싸고 있었고 이끼도 군데군데 보였다. 길 끝에는 커다란 돌문이 있었다. 오른쪽엔 원형의 번호판이 있었다. 꼭 옛날 다이얼 식 전화기 같았다. 철구는 그걸 스무 번 정도 돌렸다. 움직일 때마다 쇠가 긁히는 소리가 났다. 주변이 울려 음침한 느낌이 들었다. 철구는 돌리는 걸 끝내고 돌문에 살짝 손을 갖다 대었다. 그랬더니 스르륵 오른쪽으로 열렸다. 그 속엔 5평 남짓한 방이 있었다. 사위가 밝아질 정도로 속 안엔 갖가지 보석들이 있었다. 가운데엔 금괴가 쌓여있었다. 유리로 막혀있던 벽엔 칸칸이 사람 얼굴만 한 보석이 모셔져 있었다. 개중에는 신문에서나 볼 수 있었던 큰 다이아몬드도 있었다. 이 금고는 웬만한 재해에도 끄떡없을 정도로 튼튼했다. 황금성 대표이사 김종해가 들어왔다. 그는 선거가 불과 20여일 밖에 안 남았기 때문에 금고가 한 번은 열릴 것으로 짐작하고 있었다. 바로 오늘이 그날이었다. 그는 회장 곁에서 금고 안을 점검하면서 지켜보고 있었다. 여기서 액수가 결정되면 그 돈을 김종해 사장이 처리하게 되어 있었다.

"김 사장, 이번에 진차용 후보가 될 것이 분명한데 얼마를 주면 좋겠소? 생각한 게 있으면 말해 보라고."

"제 생각으로는 300억만 전달하죠. 그러면 그쪽도 섭섭하게는 생각하지 않을 겁니다. 또 당선되면 어차피 축하금으로 얼간가는 전달해야 하니 그렇게 하시죠."

"그러면 야당 후보는 어떻게 하나?"

"그쪽이 되든 안 되든 얼만가는 인사치레는 해야 합니다. 그쪽에서 국정감사 때 우리를 물고 늘어지면 골치 아파집니다. 그들의 입을 막는 가장 좋은 기회가 바로 오늘입니다."

"이번에 하는 김에 몇 군데 추가하라고. 누가 더 있을까?"

"이수인 후보가 두 달 전에 안부전화를 했습니다. 그건 보나마나 자금 좀 지원해 달라는 것이죠."

"그러면 거기는 5억만 주면 되겠지? 또 누가 있나? 이번에 우리 황금성을 두 번 다시 입에 올리지 않도록 입을 막는 데 필요하다면 조금씩 안겨 주라고."

"권진영 후보도 5억이면 되겠습니다. 거기는 많이 주든 적게 주든 껄떡

대기는 마찬가집니다. 또 스스로를 지방의 맹주라고 떠드는 이성무, 진차용 후보의 최측근으로 문화부 장관 물망에 오르고 있는 오재경 의원에게는 10억을 전달하겠습니다."

"더 줄 사람이 없나 생각해 보라고."

"아 참, 회장님! 지난 번 단일화한다고 서명을 하고는 단독 출마해서 결국은 야당에게 정권을 헌납한 이재인 의원도 안 주면 우리를 들개처럼 물고 늘어질 겁니다. 10억을 준비해서 입을 틀어막겠습니다."

"알았으니까 김 사장이 잘 알아서 입을 강력 접착제로 봉해버리라고. 이번이 절호의 기회야."

김 대표는 윗도리를 벗더니 금고 깊숙이 걸어 들어갔다. 그 안에 또 하나의 문을 여니 5만 원 신권 뭉치가 마치 한국은행 금고처럼 산더미를 이루고 있었다. 김 대표는 땀을 뻘뻘 흘리면서 메모지에 적힌 대로 돈뭉치를 카트에 실었다.

이 돈 박스는 회장이 독일에 특별히 주문해서 들여온 승합차에 실렸다. 돈 박스 겉에는 국산 참기름으로 래핑(wrapping)이 되어 있었다. 설령 강도가 브더라도 영락없이 참기름 박스로 알고 그냥 넘어갈 것 같았다. 그는 직접 운전대에 올라 시동을 걸었다. 독일제 차라서 엔진은 부드럽게 돌기 시작했다. 김 회장은 집무실에서 그 모습을 지켜보면서 회심의 미소를 머금고 있었다.

〈자식들, 정치하는 것들 그저 돈이라면 환장해서… 이번에도 입막음으로 뿌려야지. 이걸 안 하면 날 죽이겠다고 달려들 놈들이지.〉

20분쯤 있다가 김종해 사장은 김 회장에게 전화를 걸었다. 워낙 거액의 현금을 운반하고 있으니까 불안해하고 있었다.

"회장님, 저는 지금 고속도로 입구에 왔습니다. 그쪽 차가 나오길 기다리고 있습니다. 아마 30분 안에 끝날 것 같습니다. 참기름을 배송하는 차량으로 꾸몄습니다. 임무를 잘 마무리하겠습니다."

"그럼 차질 없이 마무리하고 조심해서 돌아오라고. 돌아올 때는 택시를 대절해서 오게. 혹시나 김 대표를 미행하는 자들이 있을지 모르니까 따돌리라고."

"예, 그렇게 하겠습니다."

"각별히 조심하라고. 천안을 통과하면 감시팀이 뒤에서 따라 붙을 거니까 알고 있으라고."

"예, 알겠습니다. 송청빌라까지는 4시간이면 도착하고 남을 것 같습니다."

송청 빌라는 지하주차장으로 들어가면 세상 누구도 그 안에서 무슨 일이 일어나는지 알 수가 없다. 들어가는 문과 나가는 문이 서로 달라서 눈치 채기가 쉽지 않다. 빌라 입구에는 렌터카 승합차가 대기하고 있었다. 그 차를 지나치면서 따라오라는 신호를 보냈다. 그 차에는 두 명이 타고 있었다. 안에 들어가서 신분을 확인하고서 뒷문을 열었다. 선거대책본부 본부장이 직접 차를 몰고 온 것이었다. 현금 300억은 10개 박스로 나뉘어 있었다. 그는 황금속 김 사장에게 진차용 후보의 친필 편지와 함께 감사장을 전달했다. 김 사장이 받은 친필 편지 어디에도 돈과 관련된 문구는 한 군데도 찾아볼 수 없었다. 일부러 훗날을 대려해서 그렇게 쓴 것이다. 돈 박스를 다 옮겨 싣자 선대 본부장은 허리를 90도로 꺾어서 인사를 했다.

"황금성 김 회장님은 진정한 애국자이십니다. 이번에 우리가 정권을 잡지 않으면 황금성에 어떤 폭풍이 닥칠지 아무도 장담을 못합니다. 저희들은 정권을 잡아도 황금성의 든든한 울타리가 되어줄 것입니다."

이런 인사치레의 말을 들으면서 김종해 사장은 흡족해 했다. 뒤를 잘 부탁한다는 말이 들어있는 편지를 진차용 후보에게 전했다. 이 장면은 고스란히 녹화되었다.

여기서 나온 김 대표는 한국기독교대표자협회 황기찬 목사를 만나러 갔다. 그에게도 회장 당선에 대한 축하의 인사와 함께 20억 원이 전달되었다. 이것은 기존 교단이 황금성을 이단이니 사이비니 해서 더는 들먹이지 말라고 주는 입막음용 미끼였다. 이렇게 큰돈이 올 줄 모르고 있던 황 회장은 얼씨구나 하면서 좋아서 입이 귀밑까지 치켜 올라갔다.

돌아오는 길에 휴게소에 들른 김 사장은 김 회장에게 전화를 넣었다. 임무를 완수했다는 보고였다.

"회장님, 늦은 밤 쉬시는데 전화 드려 죄송합니다. 오늘 임무는 잘 마쳤습니다. 진차용 후보께서 친필 감사장을 주셨습니다. 또 황 목사께서도 3년 임기를 막 시작하면서 기꺼이 받았고 앞으로 황금성에 대한 어떤 언급도 안 하시고, 언급하는 자들의 입을 봉하겠다고 굳게 약속하였습니다. 정권 교체기에 회장님께서 일일이 챙기시니까 든든합니다. 아침에 뵈러 가겠습니다. 편히 쉬십시오."

"그래요. 힘들면 서울에서 쉬고 내일 내려와요. 무리하게 밤 운전을 하지 말라고. 혹시 모르니까…"

이 말은 혹시 누군가가 그를 미행하다가 교통사고를 가장하여 살해할지도 몰라서 걱정해 주는 것이었다. 그는 어딘가 영 기분이 불길하다는 생각이 스쳤다. 그는 김 회장의 말대로 강남역 인근에 있는 센트룸 호텔로 들어가서 몸을 풀었다. 눕자마자 그는 바로 깊은 잠에 곯아 떨어졌다.

그날 이후 검찰과 경찰이 입수한 세 여자 암매장 사건은 한때 시장바닥에 떠돌던 소문으로 판명이 나서 더 이상 수사를 할 필요가 없다고 발표했다. 이번에도 돈이 마법의 힘을 발휘한 것이다.

28

하나님 후계자도 여자하고 동침하나요

어둑어둑한 토요일 저녁 9시, 김철구 회장은 더벅머리 가발에다 둥그런 검정 뿔테 안경을 쓰고 남문을 향해 걸어가고 있었다. 황금성 남문은 일반인의 출입이 금지되어 있었다. 주로 높은 분들이나 특별히 모셔야 할 분들만이 출입할 수 있었다. 남문에서 큰길까지 500여 미터의 길에는 가로수가 촘촘하게 줄지어 있어 대낮에도 늘 어두운 편이었다. 그는 비서실에서 남문에 미리 대기시켜 둔 택시의 뒷자리에 몸을 실었다. 그는 아버지 김 교주한테 수백조 원의 유산을 이어받은 황금성의 후계자이기 때문에 자신의 행동이 외부에 노출되는 것이 무척 부담스러웠다.

더구나 자신이 이 땅에 온 메시아라고 선포할 것이기 때문에 은둔의 삶을 살아갈 운명이었다. 하나님이라서 밥을 맘대로 먹을 수도, 회사가 부도 직전에 몰려도 하나님이라서 은행에 가서 대출을 받는 것도 안 되었다. 그것은 인간적인 행동이었기 때문이다. 김 회장이 후계자가 되고나선 일부 신도들은 "자칭 하나님이 여자를 밝힌다고 소문이 나니 말이 되느냐"면서 하나 둘 이탈했다. 김철구 회장은 여자 신도들이 무더기로 이탈하는 것을 보고 위기의식을 느꼈다.

신도의 절반이 넘게 떨어져 나갔다. 사정이 이러하니 당장 황금성의 공장을 돌리는 인력이 부족했다. 궁여지책으로 일부 근로자를 미성년자로 대체하는 악수를 두었다. 곧바로 누군가가 그것을 노동부에 일러바쳤다. 또 노동부는 그것을 검찰에 고발해서 조사를 받았다. 그 과정에서 김철구 회장의 얼굴이 처음으로 세상에 드러났다. 사람들은 이것을 보고서 황금성이 무법집단이라는 것을 어렴풋이나마 알게 되었다.

"아니, 자기가 하나님이라고 떠들더니 고발당하는 것도 몰랐단 말이야? 웃기고 앉았네. 뭐 얼어 죽을 하나님이야. 저놈은 파렴치범이야. 오죽했으면 13살짜리 애들을 공장에 투입했겠냐고. 퉤에엣…!"

얼마 전 노동법 위반과 배임 혐의로 조사를 받았던 것을 생각하다가 보니 김 회장이 탄 택시는 고속도로 입구에 있는 주유소에 도착했다. 거기서 미리 와서 대기하고 있는 자기 승용차로 갈아타기로 되어 있었다. 택시가 멈추자 고급 승용차가 택시 곁에 차체를 바짝 붙였다.

"회장님, 여기까지 오시느라 힘드셨죠. 회장님의 신변을 보호하려고 그런 것입니다. 지금부터 중간에 안 쉬고 달리겠습니다. 그렇게 하면 자정이 조금 지나 세검정 자택에 도착할 것 같습니다."

김 회장은 외제차 마세라티로 갈아탔다. 차는 유리 위를 미끄러지듯이 소리 없이 앞으로 나아갔다. 이 차는 우리나라에 4대밖에 없다는 5천 cc, 12억 원짜리였다. 최고급 리무진은 시속 200킬로미터의 속도로 무섭게 달려 나갔다. 대충 10여분쯤 달렸을 때 그는 깊은 잠에 빠져들었다.

이 기사 말대로 중간에 한 번도 쉬지 않고 내달려 서울에 2시간 만에 들어섰다. 고속도로를 벗어난 후부터는 차가 가다 쉬다 하면서 저절로 눈이 떠졌다.

"회장님 푹 쉬셨어요? 여긴 한남동입니다. 한 20분만 있으면 도착합니다. 그대로 쉬시고 계시죠."

"아, 그래 벌써 서울이야? 참 세상 모르고 잤구나. 전화를 걸어봐라."

그는 어젯밤 간호사 김해리와 경리부 직원 한애숙이랑 셋이서 섹스를 즐겼다. 철구에게 섹스를 빼면 인생의 낙이 없었다. 셋은 새벽 5시가 다 되어서야 눈을 붙인 탓에 자꾸만 눈이 감기고 하품만 연거푸 나왔다. 그는 운전기사가 건네주는 전화를 받아서 오른쪽 귀에다가 붙였다.

"아영이? 잘 있었지? 그래 거의 다 왔다. 조금 전 서울역을 지났으니까 샤워하고 기다려라. 사랑해…"

그의 말투는 여자들이 질겁할 정도로 딱딱한 명령조였다. 그런데도 여자들이 철구를 줄줄이 따르는 것은 순전히 돈의 마력 때문이었다.

"네, 회장님. 보고 싶어요. 빨리 오세요."

"그래. 거의 다 왔으니까 조금만 참고 기다려라. 아영아 너 정말 나 사랑하고 있는 건가?"

"그럼요, 회장님…. 사랑해요. 천천히 안전하게 오세요."

벌써 세 시간 가까이 운전대를 잡고 있는 이 기사는 김 회장이 탤런트 아영이와 나누는 대화를 듣고 있자니 얼굴이 화끈거려 시야가 흐려지는 것 같았다. 그는 속으로 상상을 하면서 세검정 고급빌라로 가고 있었다. 이 기사는 김철구 회장의 불륜과 혼외 남매, 몸 안찰 등을 훤하게 꿰고 있었다.

황금성 김철구 회장과 3년째 불륜 관계에 있는 노아영은 얼마 전 시청률이 가장 높았던 '약초마을'드라마에서 주인공의 고모로 출연했다. 차는 터널을 지나서 세검정으로 접어들었다. 미리 약속대로 대문 옆 벨을 누르자 그녀가 문을 열어 주었다. 그녀는 김 교주의 몸 안찰을 받고 나서 남편과 이혼하고 이십 년째 혼자 살고 있다. 어릴 적부터 진주댁을 봐온 철구는 그녀 고향을 따서 진주댁이라고 불렀다. 진주댁은 회장을 보더니 맨땅에 넙죽 엎드려 절을 하는 것이었다.

"회장님, 먼 길 오시느라 얼마나 힘드셨어요. 저의 구원이시며 희망이십니다."

진주댁은 이십 년 전 받았던 몸 안찰의 환상 속에서 깨어나지 못하고 있었다. 죽으면 천당에 가서 김영일 교주와 결혼하는 것이 희망이었다. 그녀는 부유한 집안에서 태어나 사범학교까지 나온 엘리트였다. 그녀 남편의 가문은 서부 경남에서는 쟁쟁한 집안이었다.

그녀의 결혼생활은 행복했었다. 슬하에 남매를 두었다. 둘 다 천재라는 소리를 들을 정도로 공부도 잘했다. 아들은 고등학교 1학년 때 S대에 들어갔다. 누가 가르쳐 주지도 않았는데 중1 아이가 미적분을 척척 풀어내는 것이었다. 사람들은 이 신동을 보고 벌어진 입을 다물 줄 몰랐다. 그러던 어느 날, 지인의 소개로 황금성 교인이 되면서 가정의 행복에는 조금씩 금이 가기 시작했다.

온순했던 남편이 진주댁에게 폭력을 휘두르기 시작했다. 이빨이 부러지고 얼굴은 울퉁불퉁 상처가 생겼다. 진주댁은 참다 참다 못해 황금성으로 피신했다. 그녀가 황금성에 들어간 때는 황금성이 벌려놓은 사업을 제대로 추스르지 못하면서 부도위기에 몰려 있을 때였다. 단돈 일만 원이 아쉬운 판이었다. 그는 난국을 돌파하려고 잔머리를 굴리기 시작했다.
"나도 아버지처럼 몸 안찰로 욕정도 채우고 돈도 벌자. 그대로 따라 하면 되겠지."

그날 이후 김철구 회장은 몸 안찰을 인체 부위별로 가격을 매겨서 공지했다. 가장 비싼 안찰은 전신 안찰이었다. 여자가 전라의 몸으로 누워서 김철구 회장과 관계를 맺는 것이었다. 몸 안찰을 받지 않고서는 아무도 천국에 갈 수 없다는 감언이설에 속아 많은 여자 신도들이 김 교주 아들의 몸 안찰을 받으려고 줄을 서서 순서를 기다렸다.
여기까지 생각하다가 퍼뜩 정신을 차리고 보니 아영이가 다가오고 있었다. 그녀는 전라(全裸)의 몸에 실크가운만 걸치고 있었다. 실크가운 속에는 고혹적인 유두가 실루엣처럼 다가왔다. 아영의 허리 라인은 조각 같았다. 허리와 엉덩이는 완벽했다. 걸을 때마다 거웃이 실크가운 사이로 고개를 내밀었다. 그는 아영의 가운을 커튼처럼 좌우로 펼쳤다. 그러자 탱탱하게 솟아오른 젖무덤이 그의 눈으로 쳐들어왔다. 그는 젖가슴을 입으로 지긋이 깨물었다. 그녀의 젖가슴에서 나는 향긋한 체취가 양귀비처럼 코를 자극했다.
"아영아, 사랑해. 정말 보고 싶었다."
"회장님, 저도 뵙고 싶었어요."
아영은 말을 맺기도 전 철구의 입술에 포갰다. 가운이 스르륵 풀어져 땅에 떨어졌다. 철구의 어깨에 몸을 갖다 대었다. 철구의 어깨는 그녀의 몸을 탐하려고 야수처럼 꿈틀거렸다. 그 순간 아영의 코에 여자의 향수 냄새가 들어왔다. 자신의 것보다 더 진했다. 달콤한 사과향기 같기도 했고 자두향 같기도 했다. 그녀는 그 향기를 맡으며 질투심이 났다. 다른 철구의 품에 안겨 몸을 섞는 다른 여자의 모습이 자꾸 떠올랐다. 그 모습을 상상하니 집중도 되지 않았고 감흥도 없었다. 철구가 더럽게만 느껴졌다. 그의 혀에서 쓰레기 냄새가 느껴졌다. 그러나 그녀는 티를 낼 수 없었다.

철구의 오른손은 그녀의 국부 골짜기를 더듬고 있었다. 그녀는 눈을 샐쭉하게 뜨더니 철구의 가슴을 살며시 뒤로 밀쳐냈다.
"아영아, 잠깐만, 잠깐만…."
철구도 속옷까지 훌러덩 벗어젖히더니 서둘러 샤워실로 들어갔다. 이미 몸은 달아올라 더는 욕정을 억제할 수 없었다. 그는 중학교 2학년 때부터 지금까지 여체를 탐하고 있었다. 이런 테크닉은 아버지 김 교주가 여신도들과 관계를 갖는 것을 몰래 엿보면서 배웠다. 샤워실에서 나온 철구는 노란색 사탕 한 알을 그녀 입에 넣어주었다. 그러자 지금까지 차갑던 그녀가 몸부림을 치면서 헉헉거리는 것이었다. 그것은 섹스용 필로폰이었다. 대한민국에서 내로라하는 연기자의 몸은 서서히 의약품에 찌들어가고 있었다. 그는 얼굴을 만지고 있는 아영의 뒤에서 젖무덤을 살포시 껴안아 주었다.
"아영아 우리 침대로 가자. 응."
"회장님, 회장님, 더 깊이깊이 애무해 주세요."
"그럼, 그럼, 그렇게 해줄게."
그때 그녀가 뭔가에 홀린 듯 한 눈동자를 굴리면서 철구를 보고 말을 던졌다. 그는 벌써 아영의 체취, 섹시함, 애교에 녹아버려 인사불성이 되어가고 있었다.

"회장님, 오늘 불 끄고 할까요?"

"그래, 오늘은 깜깜한 상태에서 섹스를 하자."

그러더니 철구는 그녀를 번쩍 들고 침대로 갔다. 그녀의 매끈한 다리는 정말 고혹적이었다. 티 하나 없는 피부는 철구의 성욕을 돋워 주었다. 그는 그녀의 양 어깨 쪽에 팔을 딛고 몸매를 음미하고 있었다. 그녀는 김 회장이 항상 후하게 베풀어주고 있으니까 거기에 맞춰서 서비스하는 것이었다.

"회장님, 그만 감상하시고 어서 이불 속으로 들어오세요."

그녀의 두 손은 철구의 것을 감싸더니 입속으로 가져갔다. 마치 바짝 마른 나무처럼 빳빳해진 남성을 삼켜버릴 것처럼 힘껏 빨아 당겼다. 김 회장이 그녀의 위에서 바라보자 눈을 살며시 감았다. 입술은 반쯤 열려 있는데 물기가 촉촉하게 배어 있었다.

그는 아영을 오래오래 잡아두고 싶었다. 그는 아영에게 2세를 낳아달라고 파격적인 제안을 할 참이었다. 그 제안을 할 시기만 결정하면 되었다.

"아영아, 정말 멋져. 하나님이 창조하신 가장 걸작은 여성이라고 생각한다."

이 말을 듣자 아영이 물었다

"회장님이 하나님 아니셔요? 그럼 하나님이 창조한 것 중에서 최고의 실패작은 뭘까요?"

"그건 남자야. 밤이나 낮이나 껄떡거리고 3분마다 여자와 섹스 하는 것을 생각한다는 거 아냐. 그래서 실패작이라고 하는 거야."

그녀는 이 말을 들으면서 남자란 인간들은 정말 색이나 밝히는 개처럼 보였다. 이때 그녀는 철구의 것을 입으로 삼킬 것처럼 강하게 빨아주었다. 철구는 "으으으!"하는 신음소리를 내면서 젖가슴을 두 손으로 움켜잡았다. 살구꽃 연분홍 젖꼭지가 도드라져 보였다. 이때 철구는 상체를 15도 정도 일으키더니 젖꼭지를 입에 넣었다. 그녀는 상체를 뒤로 젖혀 활 모양으로 만들면서 신음소리를 내지르기 시작했다.

"회장님, 회장님, 얼른 넣어주세요. 얼른요."

"헉헉헉… 알았다. 아영아, 사랑해. 우리 오래오래 사랑하면서 살자. 알았지?"

"회장님, 하나 말할 게 있어요."

"뭔데?"

"회장님, 내일 당장 여기로 오세요. 전 회장님이 저하고만 사랑했으면 좋겠어요. 당신이 누구하고 섹스를 하는지 알아요. 시궁창 같은 년들의 음부에 들어갔던 회장님의 것이 나한테 들어오는 게 정말 싫어요."

"그래. 알았다. 그건 우리 일을 치루고 얘기하자."

"지금 대답하지 않으시면 난 안 할래요."

"알았어, 이제는 저걸들하고는 섹스를 안 할 게."

"회장님, 섹스 안찰인가 몸 안찰인가 하는 그거 안 하시면 안 돼요?"

"뭐? 그건 황금성의 구원사업이야. 또 수익사업이기도 하고 말이지. 그 수익률이 1,000퍼센트가 넘는 건데, 그걸 그만두라고?"

"저는 회장님이 그렇게 돈 버는 거 싫어요. 그건 어딘가 음침한 것 같아요."

"알았어. 아영이 부탁이라면 그만둘게. 일단 하고 나서 얘기하자."

그러면서 철구는 남성을 그녀의 음문으로 밀어 넣었다. 그때 그녀는 고양이 울음소리를 내면서 숨이 멈추는 것이었다. 철구는 아주 능수능란하게 그녀를 다루고 있었다.

"회장님, 더 깊이 더…"

"그래. 그래."

이제 그녀는 절정에 오른 것 같았다. 위에서 내려다 본 그녀의 얼굴에는 땀이 배어나고 있었다. 그때 그녀는 체위를 바꾸자고 했다.

"회장님, 제가 엎드릴 테니까 뒤에서 해주세요."

그러면서 그녀는 얼굴을 침대에 묻고 후위자세를 취했다. 철구는 남성을 그녀의 음부에서 뺀 다음 다시 뒤에서 삽입했다. 그러자 그녀는 신음소리를 크게 내면서 뭔가 터진 것 같았다.

"아아아… 회장님, 더 빨리, 더 깊이 해주세요."

"아영아, 아영아… 나 미치겠다. 으흐흐흑…"

"여보, 여보. 더 세게 해주세요."

그녀는 절정에 오르면 회장님이 아니라 '철구 씨'아니면 '여보'라고 불렀다. 철구는 그녀의 주문에 따라 섹스의 강도를 맞추느라 정신을 차릴 수가 없었다. 두 사람은 운우지정(雲雨之情)이라는 말처럼 땀으로 뒤범벅이 되었다. 그 땀 냄새마저 포근하게 느껴질 정도로 둘은 정상에 도달하려는 등산가처럼 한 발 한 발 올라갔다. 드디어 두 사람은 이제 정상에 올라 깃발을 꽂았다. 이제 내려갈 일만 남은 것이다.

이때 그녀가 철구의 품으로 파고들면서 말했다.

"회장님, 나 이번에 차 바꿔 줘요."
"그러지. 지금 어떤 차를 타고 있지?"
"벤츠인데요. 5년 됐어요. 근데 요즘은 BMW가 대세에요."
"BMW도 등급이 있잖아?"
"760L시리즈가 있어요. 그걸로 바꿔 줘요. 회장님…"
"그래 알았다. 내일 당장 바꿔줄게."
"회장님, 정말 멋지셔요."

김 회장은 그 자리에서 김종해 사장에게 전화를 걸어 차를 바꿀 준비를 하라고 지시했다.

"김 사장, BMW 760L시리즈를 인수하려면 시간이 얼마나 걸리는지 알아서 전화해 주게."
"네, 지금 당장 알아보고 전화 올리겠습니다."

아영과 김 회장은 섹스를 마치고 나서 피곤했는지 둘이 부둥켜안고 깊은 잠에 빠져들었다. 얼마나 잤을까, 두 사람은 목이 마르고 배가 고파서 잠에서 깨었다. 밖에서는 진주 댁이 식사를 준비하는지 구수한 냄새가 퍼지고 있었다. 이때 아영이 갑자기 눈물을 흘리면서 우는 것이었다. 이 모습을 보고 김 회장은 당황했다.

"아영아, 갑자기 왜 그래? 무슨 속상한 일이라도 있나?"
"회장님, 오늘은 꼭 얘기하고 싶어요."
"뭔데 그러지?"
"어제 가발에다 선글라스를 쓰고 산부인과에 갔다 왔어요."
"그런데 뭔가 좋은 소식이 있었어?"

이때 김철구 회장의 얼굴에는 잔잔한 미소가 흐르고 있었다. 그렇잖아도 한번쯤 물어보고 싶었지만 본인이 얘기하기를 기다리고 있었다.
"의사 선생님이 임신 3개월이래요."
"오 맙소사. 이제야 나도 아빠가 되는구나. 이건 경사다. 아영아 고마워."
김 회장은 전라의 아영을 꼭 껴안더니 볼에다 키스를 퍼부었다.
"회장님, 내 뱃속의 아이가 아들인지 딸인지 궁금하지 않으세요?"
"그걸 말이라고 해? 뭐야?"
"아들일 확률이 70퍼센트 이상이래요. 5개월이 되어야만 확실히 알 수 있대요."
"아영아, 아영아. 사랑해. 내 아이의 엄마, 고마워."
"여보, 의사선생님이 그러시는데 초음파 검사로 그렇게 보인대요."
이때부터 아영은 회장님 대신 여보로 부르기 시작했다.
"그런데 여브, 한국에서 애기를 낳고 싶지 않아요. 제 얼굴을 다 아는데 별의별 소문에다 추측 기사로 도배할 거예요."
"은퇴 기자회견까지 했는데 애를 낳으면 애 아빠가 누구냐 부터 기자회견은 쇼였다는 등 말이 밑도 끝도 없이 나돌 거예요."
"그러면 어디로 가고 싶어?"
"미국에서 낳고 싶어요. 그러면 우리 애는 자연스럽게 미국 시민권을 얻게 돼요."
"그럼, 그럼, 좋아. 언제 미국으로 갈까?"
"지금은 임신한 표시가 안 나지만 다음 달부터는 약간 표시가 나요. 그게 사진이라도 찍히는 날이면 동네방네 소문이 쫙 퍼지게 돼요."
"아영아, 그건 걱정마라. 내가 전세기를 띄워 줄 테니까. 그러면 아무도 모르게 감쪽같이 미국으로 갈 수 있어."

29

김철구 회장이 안 보인다

   김 회장은 탐욕스러우면서 잔꾀가 많기가 여우같았다. 형과는 달리 말 없이 일을 꾸미고 그 일에 방해가 된다면 살인까지도 서슴지 않고 저지를 정도로 잔인한 구석이 있었다. 김 회장이 이런 성격이라는 것을 아는 사람은 절친한 친구였던 최 목사밖에는 없었다.

   3년 전 여름인가 철구의 형을 만난 적이 있었다. 그는 젊은 날부터 돈으로 큰 터라 제 손으로 할 줄 아는 것이 없었다. 큰 아들이라고 아끼다 보니 이기적이고 안하무인이었다. 더구나 하고 싶은 일은 해야만 직성이 풀리는 성격이었다.
   그가 하루는 아주 심각한 목소리로 최 목사에게 전화를 걸어왔다. 어떻게 보면 그에게 있어서 최 목사는 아버지 유산 문제나 동생 철구의 문제를 상의할 수 있는 유일한 사람이었다. 이번에도 생소한 번호였다. 그는 자기가 도청되는 것 같다면서 전화번호를 자주 바꾸었다.

"최 목사, 나다. 오랜만이다. 잘 지냈어?"
"아, 형님, 참 오랜만입니다. 그동안 어디 계셨기에 전화도 안 받고 그랬어요? 어디 아픈 데는 없으시고요?"
"그럼 잘 지내고 있어. 동생, 나 좀 도와줄 일이 생겼어. 한 번 만나자고."
"그래요. 형님 편한 시간에 봐요."

거의 일 년여 만에 걸려온 전화인지라 최 목사는 연속해서 질문을 던졌다. 그는 질문 하나하나에 대답하는 게 아니라 그저 '응, 응, 그래.'하는 것으로 대신했다. 그의 목소리로 봐서 아버지의 재산을 차지한 동생 김 회장 문제 때문인 것 같았다. 그는 장남으로서 아버지의 행태를 최 목사 앞에 드러내놓고 비난한 적이 여러 번 있었다. 비록 후계자 자리에서 밀려나기는 했지만 누군가 그에게 이런저런 정보를 제공하는 사람들이 있는 것 같았다.

"최 목사, 우리 어디서 만나 저녁식사나 같이 할까?"
"형님, 좋지요. 날짜하고 식당만 미리 정해 주시면 그리로 가겠습니다."
"이스트 선 호텔에 오면 3층에 중국식당 샹하이가 있어. 거기 모레 괜찮겠지?"
"아이, 그럼요. 형님 얼굴 보는 게 중요하지 먹는 것은 아무데나 좋습니다. 제가 모시겠습니다. 형님."

그날 서울에 있는 신도 한 사람이 병원에 입원하게 되어서 병자 기도를 들어 줘야 하는 일도 있어서 최 목사는 아침 일찍 집을 나섰다. 3년여 만에 만나는 철성의 입에서 무슨 말이 나올까 궁금했다.

약속시간에 맞춰서 이스트 선 호텔로 들어갔다. 만약에 대비하여 녹음을 할 수 있는 준비도 갖추었다.

철성은 가슴에 맺힌 한이 많은 사람이었다. 젊어서 방탕한 생활로 아버지의 눈 밖에 나 후계자의 꿈을 이룰 수 있는 기회를 날려 버린 뒤부터 더했다.

자리에 앉자마자 바로 철성이 들어왔다.

"오, 최 목사! 얼마만이야? 그동안 연락을 못하게 된 사정이 있었네. 미안해. 우리 어려서 매일 만나다가 이렇게 몇 년 만에 보니까 나이 먹는 게 하루하루가 다르구나."

"형님, 건강은 어떠세요?"

20대 초반부터 마약과 술에다가 여자를 가까이 하는 등 워낙 방탕한 생활에 찌들어 살아온 탓에 건강은 엉망이었다. 60대 초반인데 얼굴 이십년 이상의 노인으로 보였다. 마른 몸매는 세월의 나이테처럼 푹 파인 얼굴에 생기라곤 찾아볼 수 없었다. 커다란 눈알만 돋보이는 얼굴은 살아있는 해골처럼 보였다.

"영 안 좋다. 지난봄에 대수술을 받았다. 죽다가 살아났어."

"형님, 이제 건강 잘 챙기세요. 술하고 여자 멀리 하시고 절대로 마약은 하시면 안 됩니다. 이제 마약으로 걸리면 형은 거기서 일생을 마감할 수도 있어요. 이 동생의 쓴 소리를 새겨 들어주세요."

"그럼. 그렇게 하고 있어. 건강이 점점 나빠지니까 그런 게 다 한때의 허세였음을 알겠어."

"이제라도 그걸 깨달았으니까 다행입니다. 제가 형님보다 일곱 살 아래지만 형님의 고민을 함께 나누면서 대안도 찾겠습니다. 혹시 하실 말씀이 있으면 솔직하게 다 털어놓으세요."

"그래서 오늘 최 목사를 만나자고 한 것이니까 이제부터 유언이라고 생각하고 말하겠네. 녹음기 준비되었나?"

"그렇잖아도 형님 목소리를 듣고서 뭔가 중대한 사건을 털어놓을 것만 같아서 준비했습니다."

"몇 달 전 나는 거의 죽는다는 진단을 받았어. 심장으로 되돌아오는 혈관이 녹아버렸다는 거야. 그것도 하루 이틀 밖에 시간이 없다는 거였어. 바로 수술을 하지 않으면 48시간 안에 무슨 일이 일어날지 모른다고 해서 서둘러 수술대에 오르게 되었다. 그 뭐냐, 혈전이라는 거 들어봤지?"

"예, 혈관을 막아버리는 응어리요? 들어봤습니다."

"그게, 심장에서 피가 나가는 혈관과 다시 받아들이는 혈관이 막힌 데다 혈관 벽이 너무 얇아서 터질 수도 있다는 거야. 갑자기 날카로운 칼로 저미는 것처럼 가슴에 통증이 오는 거야. 아마 그때 수술을 안 받았으면 지금 최 목사를 만나지 못했을 거야."

"형님, 천만다행입니다. 이제 형님은 철구의 부당한 짓을 바로 잡는 데 총력전을 펼쳐야 합니다. 그게 형님이 살아있는 동안에 할 일입니다. 거기에만 전념하세요. 저도 돕겠습니다."

"그래, 고맙다. 철구의 저런 독선은 모두가 아버지에게서 비롯되었다. 아버지의 비리가 그대로 김 회장한테 전수된 것이다. 대표적인 과오는 자기가 하나님 구세주라는 것이다."

최 목사는 김 교주의 장남한테서 이런 말을 듣게 될 줄은 꿈에도 몰랐던 일이라 잠시 할 말을 잊었다. 머리가 혼란스러워졌다. 이제 생이 얼마 남지 않았다는 것을 알고 고든 것을 다 털어놓고 싶은 것 같았다.

"아버지가 돌아가신 지가 벌써 10년이 넘었는데 산소에 한 번도 못 갔다. 아무리 저놈이 후계자가 되었어도 형이 산소는 가볼 수 있게 해야 되는 거 아냐?"

"맞습니다. 철구가 그러면 안 되지요."

철성은 3년 전 아버지 산소를 찾아갔다가 정문에서 경비대장에게 구타를 당하고 병원에 실려 간 적이 있었다.

"가족 중 누가 가든지 파버리니까 접근이 불가능하다. 그날의 폭행 사실이 지역신문에 보도되어 경비대장이 구속되었다. 나는 6주 만에 퇴원을 했다. 지금 피해보상 소송 중인데 언제 끝날지 모르겠다. 여기 봐라. 갈비뼈가 부러져 수술을 받은 흔적이다."

"형님, 제가 김 회장 하고는 동창이잖아요. 12년을 같이 다녔으니까 잘 아는데, 중학교 때부터 그렇게 폭력적이었어요. 나도 고등학교 2학년 때 간첩으로 몰려 맞아서 병원에 입원했었는데, 그때 배후가 철구라는 것을 몇 달 지나서 알게 되었어요."

그의 말에 철성은 고개를 끄덕여 주었다. 한 가족이니까 철구의 성정이 잔인하다는 것쯤은 잘 알고 있었다. 철성은 차를 한 모금 마시고 다시 말을 이었다.

"최 목사! 오늘 내가 하고 싶은 말은 아버지 죽음에 관한 것이거든. 꼭 녹음해서 내가 죽더라도 진실을 밝혀줄 수 있겠어?"

"형님, 그리고 말고요. 사실 제 나이도 예순이 되고 보니 기억력이 가물가물 그전 같지가 않습니다. 얘기만 해주면 제가 나서서 밝혀내겠습니다. 제 곁에는 방송에서 사건만 30년 넘게 전문적으로 다루었던 베테랑이 포진하고 있습니다."

 철성의 눈가에는 눈물이 고여 곧 흘러내릴 것 같았다. 최 목사는 가방에서 물 티슈 두 장을 꺼내서 눈물을 닦으라고 주었다.
 철성은 철구 때문에 부인과 헤어졌고, 수천억 원의 재산이 날아갔다. 그의 부인은 재산분할 청구소송을 진행하여 법원에선 절반을 주라고 판결을 내렸는데도 전 재산을 다 가져가 버렸다. 또 아버지의 신임을 받지 못해서 후계자 자리도 동생한테 빼앗긴데다가 유산도 한 푼 건지지 못했다. 이래저래 당하기만 하다 보니 화병이 난 것이다.
 철성은 갈색 루이비통 가방에서 서류 한 뭉치를 꺼냈다. 서류에서 고문서에서나 나는 퀴퀴한 냄새가 훅하고 콧속으로 들어왔다.

 다시 철성의 말이 이어졌다.
 "최 목사, 이것이 결정적인 서류야. 이것만 있으면 김 회장의 만행을 고발하여 법의 심판대에 세울 수 있을 거야. 다 건네 줄 테니 지금부터 연구를 해서 내 한을 풀어주게."
 "예, 형님! 그럼요. 저도 형님한테 꼭 할 말이 있습니다. 충격적으로 들릴 수도 있습니다. 받아들일 수 있죠? 그래야 제가 진실을 털어놓을 수 있습니다."
 최 목사는 이렇게 말하면서 잠시 뜸을 들였다. 심장수술을 받은 사람에게 충격을 주어 불행한 사태라도 발생하면 어떻게 하나 걱정스러웠다.
 숨을 깊게 들여 마신 다음 그를 똑바로 바라보았다.

철성의 얼굴은 약간 들뜬 것 같은 분위기가 역력했다.

"동생, 이제 나한테는 최 목사밖에 없어. 이런 답답하고 억울한 얘기를 누구한테 털어놓겠나. 내 얘기를 먼저 듣고 최 목사 얘기를 들어보는 게 순서일 것 같은데…"

"그러시면 형님부터 먼저 얘기하시죠."

"최 목사, 내 옆으로 오게. 이건 귓속말로 해야 되는 거야."

최 목사는 자리에서 일어나 철성의 왼쪽으로 가서 허리를 굽혔다. 그는 최 목사의 귀에 대고 속삭이듯 낮은 목소리로 말했다.

"아버지는 독살되었네. 김 회장이 간호사 신동렬을 시켜서 독극물을 혈관에 주사해서 살해했어. 주변 환경이 불리하게 돌아가니까 상속을 서두를 필요가 있었던 거지. 그 자료에 다 들어 있네. 그때 독극물을 주사한 간호사도 죽었대. 또 아버지 임종을 지켰던 조카도 죽임을 당했고."

이건 하늘도 놀라고 땅도 놀랄 일이었다. 최 목사는 정신이 아득해졌다. 어느 정도 예측은 했던 일이지만 상상을 초월한 사건이 황금성 안에서 벌어졌던 것이다. 황금성이 북한의 수용소도 아닌데 사법 당국이 뒷짐을 지고 있다는 게 도저히 이해가 되지 않았다.

"최 목사, 아버지가 어떻게 철구한테 독살을 당했는지 내가 사실대로 얘기할 테니 잘 들어보게.

철구가 아버지를 살해한 원인은 아버지가 추악한 종교를 만들었다는 것이었네. 이것은 겉으로 드러난 것이고, 실제로는 황금성 재산을 차지하여 후계자가 되려는 것이 목적일세. 그런 다음 아버지를 대충 묻었다가 6개월이 지나 묘를 파서 화장을 해버렸어. 지금 아버지 묘는 화려하게 꾸며져 있지만 정작 아버지 시신은 그곳에 없네. 황금실업 이상식 사장을 시켜서 화장하여 바다에 뿌려 버렸다고 하더군. 이것은 만약의 경우 아버지가 피살되었다는 것이 드러나서 디엔에이 검사를 하자고 할까봐 그걸 하지 못하게 하려는 술책이었지."

"아, 그렇군요. 철구 그놈 패륜 범죄를 저지르고도 저렇게 당당한 것을 보면 인간이 아닙니다. 형님…"

"아버지가 독살되던 날 나는 송도 비치 호텔에 있었어. 그런데 황금성에서 누가 나를 찾아온 거야. 그가 나보고 이러는 거야. '오늘 자정에 당신의 아버지가 살해됩니다. 당신은 수사기관에 신고하지 않는다는 각서에 지장 찍으십시오. 그렇게만 한다면 당신의 장래는 우리가 책임을 지겠습니다.'라고. 그 말을 하고는 나가버렸어. 그 사람이 가방을 놓고 갔는데 나중에 열어보니 거기에는 무기명 채권으로 20억 원이 들어있었어. 며칠 후 나는 그것을 현금으로 바꾸었어. 그 돈은 철구의 흉악범죄를 캐는 데 썼어."

"형님, 그랬군요. 범죄 물증을 잡았습니까?"

"내 얘기를 더 들어보라고. 그날 밤 11시가 넘어 사촌 여동생이 전화로 '오빠, 오빠, 김 교주님이 지금 위독해요. 빨리 지성병원으로 오세요.' 하며 다급하게 말하고 전화를 끊었어. 나는 그 전화를 받자마자 솔티 고개를 넘어 병원으로 가고 있는데 반대편에서 달리던 앰뷸런스에서 여동생이 창문으로 고개를 내밀고 이 차를 따라오라고 손짓을 했어. 나는 중앙선을 넘어 유턴을 했지. 병원에서 아버지는 들것에 실려 응급실로 갔는데 벌써 산소마스크를 쓰고 있었어. 응급실로 들어가자마자 의사들을 만났더니 '김 교주님은 이미 사망했습니다.'고 말하는 거였어. 그러면서 아버지를 못 보게 하는 거야. 계속 보여 달라고 내가 아들이라고 했지만 경호원들에게 끌려나왔지. 그 놈들 다시 보니까 철구 옆에 있던 경호원이었어."

"형님, 철구를 그냥 둬서는 안 됩니다. 존속살해범에다 패륜범죄를 저지른 인면수심의 인간입니다."

"최 목사, 내 원수를 꼭 갚아줄 수 있겠나?"

"그럼요. 철구는 내 동창이지만 사람이 아닙니까? 그놈이 언제부터 저렇게 추악해졌는지 상상할 수가 없습니다."

그날 김영일 교주의 장남 김철성은 지갑에서 명함 크기의 아버지 사진을 꺼내어 영정사진 삼아 간단히 예를 갖추었다. 그러더니 눈물을 펑펑 흘리면서 아버지의 넋을 위로했다.

"아버지, 아버지…. 이 못난 아들을 두신 덕에 아버지는 비극에 가셨습니다. 아버지, 철구 그놈이 재산에 눈이 멀어 아버지를 살해했습니다. 아버지, 모든 것은 저에게 맡기시고 눈을 편히 감으십시오. 제가 살아있을 때 철구를 법의 심판대에 세우겠습니다."

그러더니 일어나서 아버지 사진 앞에서 기도를 했다. 장남 철성이 저렇게 서럽게 우는 것은 처음 보았다.

김 교주는 살아서는 끊이지 않고 뉴스메이커가 되었지만 죽어서는 뉴스의 관심도 못 받고 쓸쓸하게 사라져 갔다.

극소수의 간부들만이 아침저녁으로 그의 시신 앞에서 참배를 하면서 기도를 했다. 이건 북한에서 하는 짓거리를 그대로 빼다가 옮겨놓은 것이었다. 그의 묘비에는 작위적인 미사여구로 나열되어 있었다.

〈김영일 교주는 황금성을 일구어 수백만 명의 신도들을 구원으로 이끌었으며 보릿고개를 넘기도록 하는 데 앞장을 섰다. 그는 영적으로 완성이 되어 스스로 하나님이 되었다. 김 교주는 황금성 신도들의 가슴속에 인자하신 하나님으로 영원히 각인되어 있을 것이다.〉

김 교주의 장례식은 장막 안에서 철저하게 비공개로 진행되었다. 딸을 포함한 그의 일곱 명의 자식들 가운데 한 명도 장례식에 참석하지 않았다. 후계자 김철구 회장은 당시 미국에서 노아영과 밀애를 즐기고 있었다. 김 교주의 부인도, 딸도, 아들도 정문에서 막혀 아버지 장례식에 참석할 수 없었다.

아버지가 세상을 떴는데도 그 자리에 참석하지 못한 장남은 성난 들소처럼 울부짖었다. 또 딸들은 정문에서 약간 떨어진 곳에서 소복을 입고 통곡했다. 인간이라면 어찌 인륜을 거스르는 일을 태연하게 할 수 있었을까 싶었다.

"아버지, 살아생전에 불효를 저지르고 마지막 가시는 길을 못 지킨 이 못난 자식을 용서하세요. 아버지…"

철성은 그러면서 동생이 황금성 안에서 저지른 범죄들을 늘어놓으며 저주를 퍼부었다.

"철구야, 나도 아버지한테서 태어났건만 무슨 철천지원수를 졌기에 아버지의 장례식에도 못 가게 막느냐. 너는 아버지가 정신이 없자 섹스 안찰을 흉내 내 수많은 가정을 파탄 나게 했다. 네가 또 마약을 하는 것도 모자라 14살 여중생들에게 약을 먹이고 환각파티를 벌이고 있다는 자료도 갖고 있다. 그러다가 병이 들거나 쓸모가 없어지면 생매장했다는 증거가 있다. 너는 정말 악인의 꾀만 물려받았다. 너는 살아도 제 명에 못 죽고 죽어서도 악마의 아가리로 들어갈 것이다. 나는 오늘부터 네놈의 범죄를 밝히고 죽을 것이다. 각오해라."

"……."

"최 목사, 이것으로 끝이 아니네. 세 사람을 죽여서 시체를 처리한 장 대장이라고 있네. 이름은 장만복이란 놈이야. 시체 처리가 마무리되니까 김철구가 장 대장한테 수고비로 3억 원을 주었지. 이때 장 대장은 황금성을 탈출해서 은둔하게 되지.

이때부터 철구는 불안해서 견딜 수가 없었던 거야. 결국 조폭을 풀어서 장 대장을 추적하게 했지. 3년 만에 영월에서 진방춘이란 가명으로 펜션 사업을 하고 있는 장만복을 찾아내서 칼로 29군데나 찔러서 잔인하게 살해했다고 하더군. 요새 말로 회를 떠버린 것이지. 이 사건은 미제(未濟) 사건으로 남아 있는데 나는 그 범인을 알고 있어."

최 목사는 그의 얘기가 어디까지가 진실인지 분간할 수가 없었다.

"오늘 내 얘기는 여기까지 하고 이제는 최 목사 얘기를 들어보고 싶네."

그는 목이 마른지 자작으로 맥주 한 잔을 따르더니 단숨에 마시고 두 잔째까지 연거푸 비우는 것이었다. 수술한 지 3년밖에 안된 사람이 맥주를 마시는 게 여간 걱정되지 않았다.

"형님, 술을 마시면 심장에 안 좋습니다. 이제 술은 절대로 입에 가까이 하지 마십시오. 부탁입니다. 아직 하실 일이 남아 있잖아요."

"아냐. 의사가 그러는데 맥주 한 잔 정도는 심장에 무리가 안 간대. 조심할게. 어서 말해보라고."

"형님, 철구가 어디론가 감쪽같이 사라졌습니다."

"아니, 그놈이 언제 그랬어?"

"벌써 3년이 됐습니다. 증거가 있습니다. 3년 전부터 김 회장의 신용카드도, 은행통장 거래도, 거기다 투표까지 모든 게 멈춰져있습니다. 또 세검정의 대지 1천 평에 100억 원짜리 주택도 이남주라는 사람의 명의로 바뀌었습니다. 김 회장과 관련된 모든 게 정지되었습니다. 탤런트 노아영과 3년 동안 밀애를 즐겼던 집인데 풀장이 딸린데다 정원엔 없는 꽃이 없을 만큼 그야말로 화려한, 일대에서 경치가 가장 좋은 집입니다. 멀리 여의도와 한강까지 보이는 명당인데 그 집을 소유했던 사람들의 말로가 좋지 않다는 소문도 있습니다. 말하자면 흉가인 셈이죠."

"아니, 그런 것만 가지고 죽었다고 단정할 수 있나?"

"가능합니다. 단적인 증거가 황금성 부동산 소유주가 누군가의 이름으로 야금야금 바뀌고 있다는 것입니다. 강남 대치동 3천 평이 현 정권 실세의 재당숙이 되는 김 모씨 명의로 소유권이 바뀌었습니다. 시가로 2천억 원이 넘습니다. 만약 김 회장이 살아 있다면 그게 가능한 일이겠습니까?"

"다른 증거는 뭐 없나?"

"또 있습니다. 배후 세력 같은데요, 철구와 꼭 닮은 사람을 데려다가 대역을 시키고 있습니다."

"아니 지난해 서류에 동생의 지문이 찍혀 있다는 얘기를 들었는데 그것은 어떻게 해석해야 되는 건가."

"형님, 그건 현대의술로 아주 간단합니다. 장기이식처럼 지문을 도려내서 이식하면 됩니다. 거부반응을 억제하는 약품도 좋아서 3주만 지나면 원래대로 된다고 합니다. 지금 우리나라에 주민증을 바꾸면 남의 지문을 이식해서 재산을 차지하는 일들이 비일비재하다는 겁니다."

"최 목사, 그러면 황금성에서 그 일을 꾸미는 자가 누굴까?"

"그 안에서 일을 수행하는 자는 하수인에 불과합니다. 더 큰 세력이 밖에서, 정권의 실세들이 조종하고 있습니다. 그건 단정적으로 맡하지 말고 계속 얘기를 더 듣다 보면 저절로 아시게 될 것입니다."

"그런데 노아영과는 관계가 없을까?"

"세검정 집의 소유자로 되어 있는 이남주라는 사람은 노아영의 이모부라고 하던데, 그건 아닙니다. 위장입니다."

"동생, 더 큰 세력이라면 누굴까? 대통령?"

"이건 힘이 센 세력이 아니면 엄청난 범죄를 자행할 수가 없다는 겁니다."

이때 철성은 안주머니에서 누렇게 빛이 바랜 종이를 꺼내더니 최 목사에게 건네주었다. 역겨운 냄새가 코를 찔렀다. 하도 오래 돼서 그런지 종이가 닳아있었다. 그것을 펼치니 신문 제호가 보였다. 민주일보 미주판이었다. 거기에는 〈황금성 대표 김철구 회장, 친자 확인 소송 중〉이라는 기사가 보였다.

최 목사는 너무나 놀라서 물었다.

"아니, 형님… 이게 뭡니까? 친자확인 소송이라니요?"

"말 그대로야. 연예인 노아영이 알지? 걔하고 동거해서 애를 낳았어. 미국에서 말이야."

"그럼 누가 키웠어요?"

"큰아버지 김영국 씨 딸, 그러니까 내 사촌누나 자녀로 출생신고를 했지."

"친자확인 소송이면 남매가 자신들의 친부는 김철구 회장이라고 주장하는 거겠죠."

"맞아. 그거지."

"그러면 김철구 회장이 죽었으면 아들이 대를 이어 후계자가 되겠네요."

"그렇게 되겠지. 최 목사, 그런데 그게 뭔 꼴이냐. 북한의 수장이 세습하는 거와 뭐가 다르겠니?"

"형님, 그러네요. 정말 이해할 수 없어요."

"동생, 이걸 언론에 흘려 이슈를 삼을 수는 없을까?"

"가능합니다. 어떤 물증만 있으면 바로 던지겠습니다. 제가 아는 프로듀서가 있는데 그 사람은 취재만 거의 30년을 해서 웬만한 수사관도 그 사람 앞에서 울고 갑니다. 다만, 정보 접근에서 불리하다는 것만 빼놓고는요."

"그럼 소송자료를 줄 테니 그걸 그 프로듀서한테 주고 이슈화를 시키라고 그러지. 최 목사, 그러면 김 회장이 죽었기 때문에 그 쪽에서 소송을 낸다는 거지?"

"꼭 그렇게 단정할 수는 없지만 어느 정도 그렇다고 볼 수 있습니다."

"동생 생각은 어떤가?"

"저는 반반입니다. 우선 김 회장이 죽었기 때문에 재산 상속을 위해 소송을 낸 겁니다. 그건 유전자 검사로 간단하게 끝납니다. 다음은 김 회장 쪽에서 진행을 하고 미국에서 친자가 맞다는 확정 판결을 받은 다음에 우리 가정법원에 내면 그것도 어렵지는 않습니다."

이날 두 사람은 세 시간이 넘도록 얘기를 나누었다. 서로가 워낙 충격적인 얘기들을 털어놓는 바람에 아직도 심장은 벌렁벌렁 뛰고 있었다.

철성은 이때 병원에서 처방해 준 독일 B사의 심장 안정제 한 알에다가 다국적 제약기업 네바티스가 생산하는 고혈압 치료제 티스포지 한 알을 입에다 넣고 물을 마셔 넘겼다.

 최 목사는 사흘 후 철성을 다시 만나 김철구 회장의 숨겨둔 아들과 딸이 제기한 친자확인 소송 서류를 넘겨받았다. 시카고 연방법원에서 진행하고 있었다. 소송 서류에 있는 '아버지' 란에는 'Chul-Gu Kim'라고 적혀 있었다. 김철구 회장이 맞았다.
 그동안 이들의 친부는 사촌누나의 남편이었다. 여기서 이들을 출산한 여자가 누구냐는 것이 관심의 초점이었다. 탤런트 노아영이 아이들의 어머니인 것이 사실로 밝혀진다면 이건 어마어마한 후폭풍을 몰고 올 것이었다.

30

김 교주의 손톱과 발톱을 얻다

오후 2시, 검찰에서는 긴급회의가 열리고 있었다. 총장은 간부들만 불러서 최근에 들어온 진정 사건을 논의하고 있었다. 그동안 황금성 안에서 일어난 범죄를 수사하느냐를 놓고 의견이 분분했다. 고심 끝에 황금성 범죄수사팀을 한시적으로 운영하는 것으로 결론을 내렸다. 이것은 그동안 수사는커녕 그들에게 기생하면서 범죄를 비호했던 정치세력들이 어떻게 변하느냐를 평가받는 계기가 될 수 있었다.

최 목사가 보낸 진정서 가운데 날선동 토지 사기와 섹스 안찰 피해자들의 고소가 증거불충분으로 불기소된 것이 정식으로 보고되었다.

마지막으로 총장은 형사부장을 보고 지시했다.

"6개월간 수사팀을 운영하면서 그 결과를 갖고 수사 여부를 결정하도록 최선을 다해 주시오."

김 교주의 범죄 행각에 대한 투서만도 수천 건이 넘었다. 그는 행불이

지만 반인륜적인 범죄를 수사할 필요가 있을 것인지 결론을 내리지 못하고 있었다. 최 목사는 청와대와 검찰에 황금성에서 일어난 범죄를 수사하여 진실을 밝혀 달라는 진정서를 넣었다. 그는 김 교주가 저지른 각종 범죄를 수사해 줄 것을 촉구했다. 그동안 종교라는 탈을 쓰고 자행한 살인, 성폭행 등의 인권유린 사실을 아는 데까지 꼼꼼히 기록했다. 황금성의 불법행위 가운데 미성년, 여성 등 약자의 노동과 성 착취는 무엇보다 공분을 자아내기에 안성맞춤이었다.

어린 여공은 물론 간호사 등의 많은 사람들이 실종되었다. 이들은 살해되어 암매장되었을 수도 있다. 황금성은 종교단체가 아닌 범죄단체이고 거대한 사기꾼 집단이므로 철저한 수사를 통해서 그들의 범죄를 국민 앞에 공개하라는 것이었다.

최 목사를 비롯해 수천 명의 피해자들은 수사와는 별도로 진상조사를 해달라고 촉구했다. 피해자들은 〈황금성 피해자 진상규명 시민연합〉을 발족했다.

이 〈황진련〉에는 600여개 교회와 3천여 명의 저명인사들이 참여했다. 〈황진련〉에는 하부조직으로 황금성 피해자 신고센터와 자료센터를 별도로 두었다. 또한 기독교 이단 신고센터를 두어 이단 피해자들이 하루빨리 피해의 악몽을 떨치고 일어나 정상적인 생활을 할 수 있도록 지원하기로 했다.

이들은 전국에 걸쳐 60개 지부를 두어 활동을 전국 규모로 전개하기로 했다. 그러려던 김영일 교주가 남긴 종교적인 유산을 먼저 파악하기로 했다. 그러자 〈황진련〉에는 피해 신고가 계속 밀물처럼 들어오고 있었다.

피해자들의 대다수가 70대였다. 이들은 그동안 황금성 김영일 교주한테 겁탈을 당하고도 말없이 살아온 여인들이었다.

어느 날 최 목사는 피해자가 보낸 서류를 정리하다가 양면 괘지에 손으로 쓴 편지 한 통을 발견했다.
〈위원장님, 안녕하십니까? 저는 한때 김 교주의 비서였던 박금란입니다. 김 교주가 죽고 나서 저는 20년을 감시 속에 살았습니다. 그 아들 김철구 회장이 아버지 김영일 교주를 약물주사로 살해하라고 지시했습니다. 이것은 김철구 회장이 저보고 간호사한테 전하라고 한 것입니다.〉
약물 주사로 살해하는 것은 반인륜적인 행위이므로 비난을 받아야 하지만, 황금성에서 김철구의 말은 곧 법이었고 그것을 어겼다가는 죽음이 뒤따르게 되어 있었음을 감안해야 한다.

이때 최 목사는 전신에 전율이 흐르는 것을 느꼈다. 그는 계속해서 편지를 읽어 내려갔다.
〈김 교주는 이틀에 한 번씩 마약주사를 맞았습니다. 그러니 독극물 주사를 놓는 일은 어려운 일이 아니었습니다. 간호사는 그날, 세 가지 독극물을 섞었습니다. 김 교주는 이 주사를 놓은 지 채 1분도 안 되어 몸부림을 치더니 숨이 멎었습니다.〉

얼마 전 철성이 했던 말과 같은 내용이었다. 최 목사는 그 얘기를 철성에게서 들었을 때 반신반의했었다. 그런데 편지를 읽고 나니 그게 사실로 믿어지는 것이었다.

〈김철구 회장은 그 일이 있고 난 후부터 저를 감시했습니다. 제가 지시를 전달했고, 간호사가 주이는 것을 지켜보기만 했다는 이유로 말입니다. 때로는 저를 죽이려고 한 적도 있습니다. 저는 김 교주의 장례식으로 정신없는 틈을 타 황금성에서 빠져 나왔습니다. 그런데 김철구 회장은 제 주소를 알아내서 계속 감시했습니다. 세 번이나 주소를 이전했는데도 집요하게 추적했습니다. 김 교주 부속실에서 일했던 세 여자도 살해된 것이 맞습니다. 그들은 서로 다른 곳에 암매장되었습니다.〉

그 편지에는 다 낡아서 너덜거리는 지도 한 장이 붙어 있었다. 거기에는 황금성 경계를 빨간 볼펜으로 칠해 놓았다.

〈여기가 황금성 입구입니다. X표를 해놓은 곳이 김 교주의 시신을 보관하려고 지은 영생원입니다. 하지만 김 교주는 이곳에 묻히지 못했습니다. 이곳은 금으로 도배를 했는데 그 시대에 금값만 500억 원이 들었다고 합니다. 여기서 능선을 따라 80미터쯤 올라가면 바위가 나타납니다. 바로 그 자리에 간호사가 묻혔다는 것입니다. 여기서 약간 북서쪽으로 올라가면 평평한 곳이 나옵니다. 예전에 이곳에 헬리콥터가 뜨고 내렸다고 합니다. 여기에 여중생들을 묻었다는 설이 있습니다.〉

이것은 장만복 경비대장의 증언과는 약간의 차이가 있었다. 다만, 장 씨는 자기가 직접 시신을 처리했지만 박금란 씨는 한 다리 건너 전해 들었다는 차이가 있었다. 어찌 되었든 둘 다 참고할 만한 가치가 있는 정보였다. 엑스 표시를 한 곳은 간호사를 매장한 것이 아니라 다른 여공들이 매장됐을 수도 있다.

김철구 회장은 워낙 꾀가 많아서 금방 들통이 날 곳에 두지는 않았을 수도 있다고 생각했다. 어디론가 옮겼거나 불에 태워버렸을 수도 있을 것 같았다.

〈이제 더 깜짝 놀랄만한 사실을 털어놓겠습니다. 김 교주가 몸 안찰을 하면서 성관계를 가진 여자는 2천 명이 조금 넘습니다. 몸 안찰을 받은 여자들 가운데 절반가량이 이혼했습니다. 그 여자들 가운데 12명이 김 교주의 애를 출산했습니다. 이들은 정신이 나간 것 같이 배가 남산만 해 가지고 다니면서 하나님의 아이를 잉태했다고 자랑했다고 합니다. 나중에 김 교주의 애라면서 양육비를 청구하니까 김철구 회장은 유전자 검사를 해서 김 교주의 친자로 확인된 애들은 다 받아들였습니다. 그러곤 애들이 없어졌는데, 그 후 애들이 어디로 갔는지 확인이 안 되고 있습니다.〉

거기까지 읽다가 최 목사는 몸을 부르르 떨었다. 이런 패륜아를 하나님이라고 따르면서 몸과 재산을 바치다니. 눈앞으로 울부짖는 숱한 사람들의 모습이 필름처럼 스쳐지나갔다.

"아…, 이를 어쩐단 말이냐. 이단 종교의 해악이 하늘을 찌르는 구나. 김 교주는 종교라는 백색의 가면을 쓴 사탄이었구나."

3월 말, 아직도 날씨는 쌀쌀했다. 최 목사는 박금란 씨를 만나러 대전으로 내려가고 있었다. 그녀가 아직 살아있다는 것이 천만 다행이었다. 오늘 황금성에 대해 못 다한 얘기를 해주기로 약속 받고 가는 중이었다. 다만, 자기 이름이나 신상은 절대 언론에 밝히지 말라는 전제조건이 따라 붙었다. 북대전 요금소를 빠져 나가 둔산 신도시 쪽으로 방향을 틀었다. 고개를 넘자 C대 교정이 눈에 들어왔다. 대학 후문 쪽으로 들어가자 약속한 민들레라는 카페가 나타났다.

실내는 대학생으로 보이는 남녀 둘만이 앉아서 도란도란 얘기를 나눌

뿐 비교적 한가했다. 그는 박금란 씨가 알아보기 쉽도록 입구에서 대각선으로 보이는 곳에 자리를 잡았다. 괜히 가슴이 두근거리고 초조하여 주위를 둘러보았다. 미행자나 수상한 사람은 보이지 않았다. 약속시간보다 5분 쯤 지나서 머리를 뒤로 묶은 말총머리의 여인이 나타났다. 박금란 씨가 틀림없어 보였다. 잔머리가 위로 삐죽삐죽 튀어나와있었다. 최 목사는 자리에서 일어서서 먼저 아는 체 했다.

"제가 최 목사입니다. 박금란 씨 맞으시죠? 어서 오십시오."
"예. 제가 박금란입니다. 멀리서 오시느라고 힘드셨죠?"

그녀는 생각보다 예의가 바른 사람이었다. 그는 편지의 논리전개를 보면서 그래도 뭔가 좀 배운 여자라는 생각이 들었다. 그녀가 명함을 내밀었다. 복지부 산하 장애인 브호기관에서 대표로 일하고 있었다.

"보내주신 편지 정말 잘 읽었습니다. 저도 황금성에서 13년의 세월을 보냈습니다. 황금성 대 화자와 대 홍수를 겪고 이듬해 나왔습니다."

"아, 그러셨군요. 저는 홍수 그 이듬해에 황금성에 들어갔습니다. 처음에는 직물공장에서 일하다가 비서로 발탁되었습니다. 김 교주가 세상을 떠난 그날까지 옆에 있었습니다."

그녀는 손수건을 꺼내더니 눈물을 훔쳤다. 아마 그곳에서 청춘을 보내면서 무시당하고 천대받은 일이 떠올랐기 때문인 것 같았다. 그녀가 감당해야만 했던 많은 세월을 어떻게 위로해야 할지 몰라 잠시 망설이다 입을 열었다.

"정말 반갑습니다. 편지를 보내주셔서 너무나 놀라운 사실들을 알게 되었습니다. 이제는 김 교주의 부도덕한 죄악을 만천하에 공개해야 합니다. 도와주시면 저가 그걸 드맡아 하겠습니다. 잘 부탁드립니다."

그녀는 주황색 가방을 열더니 종이 한 장과 비닐봉지를 최 목사에게 내밀었다. 종이는 색이 누렇게 바래 있었다. 그는 두 가지를 받아들고 그녀의 설명을 기다렸다.

"종이를 보면 'Kim, Y I, D.D'라고 적혀 있습니다. 이건 '김영일 교주 신학박사'라는 것으로 간호사 신동렬이 쓴 것입니다. 측근들은 김 교주를 박사라고 불렀습니다. 하지만 이것은 가짜였습니다. 겨우 상업고등학교 출신의 김 교주는 자기를 신학박사라고 불러주면 무척 좋아했다고 합니다. 그 다음 종이를 보면 김 교주에게 베카론과 나로핀, 리도카인 등 세 가지 약물을 한꺼번에 투여한 것으로 되어 있습니다. 그 옆에 영어로 'All'이라고 적혀 있는 것은 이 약물들을 한꺼번에 투여했다는 표시입니다."

이것은 장남 철성이 말한 것과 거의 일치했다. 그녀는 다른 편지를 한 장 더 건네주었다. 그 편지에는 봉투까지 곁들여져 있었다. 겉봉투를 보니까 신동렬이 박금란에게 보낸 편지였다.

"이 편지는 동렬이가 저한테 보낸 편지입니다. 동렬이는 저보다 두 살 아래였습니다. 정말 친언니처럼 따랐습니다. 지금도 생글생글 웃던 그 모습을 떠올리면 눈물이 나옵니다. 이 글씨체와 처방전 글씨체를 보면 판에 박은 것처럼 똑같습니다. 증거물로 이것도 드리겠습니다. 둘 다 원본은 제가 갖고 있겠습니다."

대충 봐도 두 장의 글씨체는 빼다 박은 듯이 서로 닮았다. 최 목사는 이런 소중한 증거물들을 받으면서 소름이 돋는 것을 느끼고 있었다.

"동렬이는 그렇게 악한 애가 아닙니다. 김철구 회장은 동렬이가 아버지를 독살하는 데 거절을 못하게 하려고 몸을 빼앗았습니다. 그 아이는 김 교주한테 먼저 겁탈을 당했습니다. 부자간에 한 여자를 성노리개로 삼은 것입니다. 세상에 이런 패륜이 어디 있습니까? 김철구 회장은 김 교주가 하던 짓을 그대로 따라 했었습니다. 섹스 안찰도 그대로고 생수도 기적의 물이라면서 맹물을 비싸게 갖다 팔았습니다. 천변 만번 지옥에 떨어질 인간 악마들입니다."

그 말을 하면서 그녀는 너무 흥분해서 말을 제대로 못하는 것이었다. 그야말로 원한과 분노가 뼛속까지 스며있는 것 같았다.

"감사합니다. 잘 알겠습니다. 이것으로 황금성의 가면과 위선은 물론 범죄행위를 다 벗겨내겠습니다."

"그 비닐봉지를 열어 보십시오. 그 안에 있는 것은 김 교주의 손톱 3개와 발톱 두 개 모두 합쳐서 5개입니다. 그건 운명하고 3시간 후에 제가 잘라두었습니다. 그때는 저 홀로 김 교주의 시신을 지키고 있었기 때문에 가능했습니다. 이걸 분석하면 어떤 약물을 투여했는지 증명이 될 수 있을 겁니다."

김 교주를 죽음에 이르게 한 독극물 처방전과 김 교주의 손톱과 발톱을 받고나니 마치 꿈만 같았다. 박금란 씨는 가져온 물건들을 건네주고는 눈물을 흘렸다.

"이제 너무 걱정하지 마십시오. 하나님의 때가 이른 것 같습니다. 하나님이 이렇게 만날 수 있도록 해주신 겁니다. 또 예수님의 이름으로 악행을 저지른 김 교주를 응징하라고 이런 소중한 것들을 주시게 된 겁니다. 하나님의 역사하심이 여기에 들어 있습니다."

"목사님, 지나간 세월을 탓해서 뭐하겠습니까. 이제는 황금성의 재산을 피해자들에게 돌려주어 조금이나마 위로가 될 수 있었으면 좋겠습니다. 저도 힘을 보태겠습니다."

지난 50년의 세월을 보내면서 이런 증거물들을 간직한 것도 놀랍지만 이런 것의 소중함을 알고 있었다는 것도 기적 같았다. 대체로 보통 사람 같으면 한 순간의 판단 미스로 날려버리는 경우가 허다하기 때문이다.

그는 카페에서 나오자마자 고속도로를 타고 서울로 되돌아 왔다.

그는 사무실에 들어가서 바로 대봉투에 김 교주의 손발톱과 신동렬의 처방전 그리고 편지를 금고에 넣고 문을 닫았다. 때가 오면 이것들은 황금성의 범죄 사실을 밝히는 강력한 무기가 될 것이다.

그러고 보니 점심부터 아무것도 먹지 못한 것을 깨달았다. 그는 너무 허기가 져서 국밥 한 그릇을 시켜 뚝딱 해치웠다. 그제야 비로소 사물이 제대로 보이는 것 같았다.

"휴우, 때가 되면 저 증거물들이 파괴력을 발휘하겠지. 그때까지는 절대 비밀이다."

〈끝〉

· 작가의 말 ·

"한 인간의 위선으로 가정이 풍비박산이 나서 방황하는 동생이 있습니다. 아무도 돌보는 사람이 없는 데서 처박혀 살아야 하는 동생을 보면 가슴이 시렸습니다.

그들을 보고 있으면 고통이 살을 저미는 것 같았습니다. 그들의 일그러진 삶을 보면서 많이 울었습니다.

그들의 절망과 한숨이 지금도 제 귓가에 맴돌고 있습니다. 그들은 세월의 무게를 안고 살았습니다. 이 쓴 잔을 마시던 삶의 무게에 짓눌렸습니다.

저는 그들의 고통을 대신 져줄 수 있는 힘이 없었습니다.

저 황금성의 지배자들은 눈물도 없이 값싼 노동력으로 물건을 파는 앵벌이를 시켰습니다. 그러나 그들 앞에서 눈물을 보일 수가 없었습니다. 그들이 더 깊은 고통의 나락으로 빠지게 될까 두려워서 울음을 참아야 했습니다.

진정 당신들은 하나님을 알기나 합니까? 당신들이 있는 그곳이 수용소가 아니면 무엇입니까? 그곳은 악마가 사는 지옥입니다.

당신들은 악마의 친구입니다."

작가의 말

이 소설에 11개의 정권과 60년, 3개의 시공간이 응축되어 있다.

한 가족은 지난 1957년 한 부흥회에서 한 인간을 만나면서 운명이 뒤틀려 버렸다.

사이비종교들의 집성촌은 한국전쟁 이후 "외딴섬"으로 존재해 왔다. 섬이란 외부와 소통을 단절하고 자기들만의 삶을 살아가는 곳이다.

이 소설에서 말하고자 하는 것은 한국에서 우후죽순처럼 돋아나는 비공인 신흥종교들의 폐해의 공통분모적인 이야기들이다. 신흥종교로 인해서 수많은 가정이 파괴되고 건강한 사회공동체가 무너지고 있는 것이다. 신흥종교들로 인해 수많은 가정이 파탄 났으며, 그 후유증으로 죽어가거나 폐인이 된 사람들도 수없이 많다. 하지만 공권력의 손길이 미치지 못한다.

나는 이 소설에 이어서 김영일 장로의 패륜과 이단성을 고발하는 또 한 권의 소설을 준비하고 있다.

독자들이 사이비이단종교들의 부조리를 바로잡을 수 있도록 성원해 준다면 저자로서는 남은 생애의 희망으로 삼고 싶을 따름이다.

아무쪼록 이 소설이 지금 독버섯처럼 번지고 있는 이 땅의 이단교회를 이 땅에서 몰아내는 데 기여한다면 더 이상 바랄 것이 없겠다.

2020. 7.
저자 허병주 목사